长篇历史小说

英雄鼎

问道青天·著

九州出版社
JIUZHOUPRESS

图书在版编目（CIP）数据

英雄鼎 / 问道青天著 . -- 北京 : 九州出版社，
2023.7

ISBN 978-7-5225-1986-9

Ⅰ . ①英… Ⅱ . ①问… Ⅲ . ①长篇小说－中国－当代
Ⅳ . ① I247.5

中国国家版本馆 CIP 数据核字（2023）第 128649 号

英雄鼎

作 者	问道青天　著	
责任编辑	刘　嘉	
出版发行	九州出版社	
地 址	北京市西城区阜外大街甲 35 号（100037）	
发行电话	（010）68992190/3/5/6	
网 址	www.jiuzhoupress.com	
印 刷	唐山才智印刷有限公司	
开 本	787 毫米 ×1092 毫米　16 开	
印 张	24	
字 数	431 千字	
版 次	2024 年 3 月第 1 版	
印 次	2024 年 3 月第 1 次印刷	
书 号	ISBN 978-7-5225-1986-9	
定 价	95.00 元	

目　录

第一章　如梦初醒还是梦 …………………………………… 001

第二章　祸从天降战端起 …………………………………… 005

第三章　壮士断腕大仇结 …………………………………… 010

第四章　力不从心搬救兵 …………………………………… 014

第五章　血流漂杵染宗祠 …………………………………… 018

第六章　穷途之哭苗雨烟 …………………………………… 021

第七章　盛名难副忠义门 …………………………………… 025

第八章　闭门思愆再出山 …………………………………… 030

第九章　狭路相逢勇者胜 …………………………………… 034

第十章　一战成名天下闻 …………………………………… 038

第十一章　将星陨落苗不禄 ………………………………… 042

第十二章　自我牺牲苗雨蝶 ………………………………… 047

第十三章　九死一生拜高禾 ………………………………… 052

第十四章　岁月静好太匆匆 ………………………………… 058

第十五章　兄弟歃血酒杯碎 ………………………………… 063

第十六章　唯利是图李海雕 ………………………………… 070

第十七章　仗醉使酒渔门镇 ………………………………… 077

第十八章　乱花渐欲苦乐楼 ………………………………… 086

第十九章　一夜夫妻有几人 …………………………………… 091

第二十章　痛心疾首那孤鹰 …………………………………… 095

第二十一章　粉身碎骨难救主 ………………………………… 098

第二十二章　百口莫辩刀兵起 ………………………………… 103

第二十三章　不虞之隙难冰释 ………………………………… 108

第二十四章　金谷堕楼证清白 ………………………………… 112

第二十五章　堕入术中几人活 ………………………………… 116

第二十六章　反掖之寇谁之过 ………………………………… 121

第二十七章　弃家报国千古恨 ………………………………… 125

第二十八章　棋逢对手有阴招 ………………………………… 129

第二十九章　无辜送命安开疆 ………………………………… 136

第三十章　在后黄雀熊空空 …………………………………… 142

第三十一章　神焦鬼烂全族灭 ………………………………… 147

第三十二章　出奇制胜为时晚 ………………………………… 151

第三十三章　血战到底肝肠断 ………………………………… 154

第三十四章　同道攻杀自有度 ………………………………… 159

第三十五章　一战诛心胡靖扬 ………………………………… 166

第三十六章　命悬一线醋意生 ………………………………… 171

第三十七章　蹈节死义又如何 ………………………………… 175

第三十八章　虎口余生天几重 ………………………………… 179

第三十九章　勇往直前敢亮剑 ………………………………… 184

第四十章　力挽狂澜秦高飞 …………………………………… 190

第四十一章　挥戈反日灭敌军 ………………………………… 194

第四十二章　反攻倒算大疫起 ………………………………… 198

第四十三章　回天之力吕不来 ………………………………… 202

第四十四章　冤家路窄一死解 ……………………………… 209

第四十五章　洗雪逋负苗雨魂 ……………………………… 212

第四十六章　千里奔袭出奇兵 ……………………………… 217

第四十七章　重气徇名求一死 ……………………………… 219

第四十八章　绝处逢生天意定 ……………………………… 223

第四十九章　妙言论道拜上师 ……………………………… 227

第五十章　势如破竹亡大理 ……………………………… 230

第五十一章　不为鞍马罢封赏 ……………………………… 233

第五十二章　命丧黄泉知男儿 ……………………………… 240

第五十三章　拔丁抽楔一念解 ……………………………… 247

第五十四章　死别生离兄弟情 ……………………………… 253

第五十五章　重整旗鼓再出发 ……………………………… 259

第五十六章　一路高歌向天涯 ……………………………… 267

第五十七章　翻江倒海失麟儿 ……………………………… 276

第五十八章　灼艾分痛痛更痛 ……………………………… 281

第五十九章　后会有期从此去 ……………………………… 287

第六十章　醉卧江海不由己 ……………………………… 291

第六十一章　忍无可忍安可忍 ……………………………… 294

第六十二章　横行霸道天灭狂 ……………………………… 298

第六十三章　方寸之地有高山 ……………………………… 304

第六十四章　罢战息兵却不能 ……………………………… 308

第六十五章　惨无人道王大道 ……………………………… 312

第六十六章　轻饶素放祸难免 ……………………………… 315

第六十七章　桃花潭水见真情 ……………………………… 320

第六十八章　欲盖弥彰再栽赃 ……………………………… 324

第六十九章　痛心泣血怎甘心 ································ 329

第七十章　血债血偿天之道 ································ 335

第七十一章　除疾遗类留大患 ································ 338

第七十二章　身显名扬总是空 ································ 343

第七十三章　认祖归宗有何难 ································ 347

第七十四章　栽赃陷害身难退 ································ 352

第七十五章　一波才动万波随 ································ 355

第七十六章　阴疑阳战火燎原 ································ 360

第七十七章　挺身而出入瓮中 ································ 365

第七十八章　蠹居棊处谁能防 ································ 369

第七十九章　背信弃义再成魔 ································ 373

第八十章　身陷图圄动四方 ································ 376

第一章　如梦初醒还是梦

波涛汹涌的暗红色海面上，数万艘战船在疯狂地厮杀鏖战，战船上空飘着一块巨大的黑色流云，渗透着残阳的血色和苍穹的蓝光，犹如一张阴森恐怖的脸，正在欣赏着一场亘古未有的战斗场面。

一艘艘战船被接连击毁，一群群士兵在挣扎、落水、厮杀、呐喊，大火与鲜血相映照，一个个无情的画面正在这个绝望的世界里疯狂上演。

一个红衣猎猎的男子站在船头，手持滴血的战刀，伤痕累累，正目光如炬地看向远方。

突然，舰队中间插着九龙穿云旗的巨大龙船爆炸沉没！

男子身体一震，倏地面向龙船伏身一拜，而后纵身入海，即将隐没时一张清晰而冷峻的面庞出现在鹿鸣眼前。

男子双眼血红，剑眉怒张，瞠目一呼："义不死，魂必归！"

……

鹿鸣忽地坐起，浑身冷汗，这个梦他已经连续做了好多天了，红衣男子的面庞一次比一次清晰，他不知道这究竟意味着什么。

这时鹿鸣的母亲推门进来，关心地问道："是不是又做噩梦了？"

"还是那个梦！"鹿鸣有气无力地说道，整个人显得十分疲惫和无奈。

"昨天咱们村儿里不知道从哪来了父女二人，看病可灵了，专治这些邪病，要不你也去看看？"鹿鸣母亲试探性地问道。

"我没病，我不信那些东西，明天就到假了，回到部队可能就好了。"鹿鸣说着就起床穿衣服。

吃过早饭，鹿鸣习惯性地围着村后头的小山包跑一圈。跑完回来走到村口时，鹿鸣看见对面走过来两个人，一男一女，看起来应该是父女俩，两人并排走着，稍微靠前的女子一身青袍，脸上毫无血色。

鹿鸣远远地看上一眼就觉得浑身发冷，待走近之后更觉得冷气袭人。两人长衫及地，看不见如何挪步，可靠近自己的速度却明显快于常人。

鹿鸣停下脚步时，二人已在眼前，只见女子长发披肩，发丝黑如锰针，竟无一丝凌乱，更无一发随风摆动，冷冷地贴在肩上，就像戴了一头铁丝做成的假发。鹿鸣惊得不由得倒吸一口凉气。

"义不死，魂必归！"

老人突然开口说话，惊得鹿鸣差点跳起来，这不是他梦里红衣男子入

海时喊的话吗？

这是怎么回事？鹿鸣心里怦怦直跳，额头不自觉地已渗出一层冷汗。

由于刚才目光都集中在青衫少女身上，还未及端详这位老者。这时鹿鸣不由得看了一眼老者，这一看不要紧，看完更觉脊背发凉。

只见老者一身灰袍，手持一根拐杖，杖头泛着红光，鹿鸣下意识地想到，这包浆，这成色，定是祖传之物，老者怕是有些来头。

再看这老者的脸，皱纹如同刀刻一般，皮肉早已凝缩成一体，干瘪地贴在皮下之骨上，眼窝深陷，显然已经瞎了多年。

这张脸就像一块死树皮，毫无一点生气，更像是风干了几百年，刚从棺材里爬出来一样。鹿鸣死死地盯着老者的脸，惊诧得一时不敢开口说话。

这时，老者的脖子突然摆动了一下，没看清脖子是怎么转动的，那张干瘪的脸就已直直地对着鹿鸣。这眼睛明明已经瞎了，塌陷得没有缝隙，更看不见眼珠子，可鹿鸣却感觉这干瘪的眼窝后面有几十万双眼睛盯着自己，着实瘆人。

"老、老人家，您、您刚才说、说的什么？"鹿鸣诚惶诚恐地问道。

"时候到了！"老人的瞎眼直直地对着鹿鸣。

"时候到了？什、什么意思？"鹿鸣显然有些慌乱。

"回到梦里！"老者说完，突然一把抓住鹿鸣的手。

"跟我走吧！"

"去哪？你要干什么？"鹿鸣冷不丁被老者一抓，来不及躲闪就被死死钳住，早已吓得魂飞魄散，慌忙用力挣扎。

可老者的手像铁箍一般，无论鹿鸣如何挣扎都无法挣脱，鹿鸣不由得大喊大叫，惊恐慌乱到了极点。

……

突然，鹿鸣从床上滚了下来，他惊慌地看了一眼四周，床单上"疗养院"三个红楷大字映入眼帘。

"这是怎么回事？"他稍做平复，用手摸摸了自己的脸，脸上的汗水真实地沾到手上。

难道自己做了一个梦中梦？鹿鸣想着，心还在怦怦乱跳。

过了一会儿，鹿鸣伸手抓着床沿想站起来，突然他的眼睛因受到某种惊吓而瞪得极大，眼神中充满了无比的恐惧。

他稍稍平复的心又一下子提到了嗓子眼儿，想喊却怎么也喊不出声，只能直勾勾地看着手腕上那刚被人抓出的四道白色手指印儿。

鹿鸣不敢相信自己的眼睛，自从进了这疗养院，所有人都把他当成精神病，现在连他自己都怀疑，自己是不是真得了精神病，梦里的场景却比现实还真切地在脑子里翻滚，以至于自己真的不知道哪里才是现实。

"回到梦里！跟我走吧！"老者最后这句话不停地在鹿鸣的脑子里回放，他感觉这话就飘荡在房间里，不知道是从哪里发出来的。

鹿鸣抓着头发，感觉整个人都要崩溃了，他逃也似的跑出房间。

疗养院里古木参天，阳光被树叶切割得稀碎，零星地从树冠上落下来，洒满了整个院子。

鹿鸣十分无助地走到一个长椅旁，草坪被修剪得整整齐齐，小草被剪草机拦腰折断后，散发着浓郁的青草气息，清香甘甜，沁人心脾。

蜂蝶在百花间飞舞奔忙，这世界是多么真实和平静。

可鹿鸣刚坐上长椅，就感觉周围的花草树木都在向他发出"跟我走吧、跟我走吧！"的喊声。

鹿鸣顿感如临大敌，抓狂似的大喊："跟你走！跟你走！你要带我去哪里？"

这时对面楼房各个窗户前突然出现很多人影，虽然听不到他们是否在说话，也看不到他们在指指点点，但鹿鸣知道，这些人一定是在笑话自己，一定认为自己是个精神病。

只有鹿鸣自己知道，他确实快被逼疯了，但却不知道是被谁逼疯的，他无法向别人诉说，也无法清晰地阐述自己的病因，因为他越说别人越认为他精神有问题。

可他该怎么办呢，不停重复的梦疯狂地在脑海里翻滚，他又听到了那句话——"回到梦里！跟我走吧！"

鹿鸣捂住耳朵，可声音还是不停地从四面八方硬钻进来，他濒临崩溃，不停地用手抓打着自己的头，感觉自己已经病入膏肓，生命也即将走到尽头……

持续的抓狂让鹿鸣精疲力竭，他孤独而疲惫地躺在床上，慢慢地冷静下来，想着与其这样煎熬还不如一死了之。这么一想，鹿鸣突然觉得什么也不怕了。

鹿鸣吃力地坐起来，平静地打开电脑，他想把自己经历的这一切都写在日记里，就像交代后事一样，无论如何，总好过白白死去。

悠悠古今，芸芸众生，也许将来有一天会有人能够读懂自己，或者读懂他的故事。

……

鹿鸣写到很晚，直到写完才疲惫地睡去，奇怪的是他竟然走出了那个重复不断的梦魇，进入另一段新的梦境。

醒来之后，鹿鸣继续将这段新的梦境记录下来，记下来之后奇怪的梦就会继续向下发展，记不完就会一直重复。

鹿鸣渐渐有些明白了，于是他就不停地记录，不停地进入新梦境。

不知不觉，一段尘封已久的波澜壮阔的故事，在鹿鸣的梦中再现，又慢慢还原在笔端，而这段故事将给鹿鸣今后的人生带来难以想象的改变。

或许看过这段故事的人也会有些许的改变。

因为，故事是有魔力的。

第二章　祸从天降战端起

梦中的故事发生在公元 1252 年。那时蒙古大军已经接连踏平辽、西夏和金国，横扫欧亚大陆。

华夏大地上吐蕃、大理和南宋尚存，但在蒙古铁骑之下瑟瑟发抖，朝不保夕。

大理苗寨位于云南和四川的交界，是吐蕃、大理和南宋三国的必争之地，乱世之中又成了"三不管"之地，这里山川秀美、四季如画，在苗寨寨主苗不禄的治理下，人足物丰、仓满鸡肥，堪比人间天堂。

苗不禄有两个女儿，一个名唤雨烟，一个名唤雨蝶，两个姐妹都生得天仙一般，在整个大理国也算是一等一的美人。

秋日的早晨，经过春夏两季的成长，每一株生命都把毕岁吸取的精华全部集中在成熟的果实上，整个苗寨到处散发着各色浓郁的果香。

大家载歌载舞欢庆丰收，歌声飞舞在层叠的高山上，融入清冽的河水里，弥漫在净朗的天空下，到处都充满了丰收的喜悦，铺陈了和平的盛况，展现了无穷的生机。

突然有一天，一队南宋伤兵的到来打破了这里的平静。寨主苗不禄悬壶济世，救死扶伤，远近闻名，因此好心收留了他们，还用自己家传的金疮药为他们疗伤治病。

为首的宋军叫晋国宝，伤好之后不但不知恩图报，反而忘恩负义，打起了寨主苗不禄两个女儿的主意。苗不禄早就看出晋国宝心怀不轨，但一直隐忍未发。

不料晋国宝变本加厉，多次试图调戏苗雨烟和苗雨蝶，每天都到两姐妹的门前守候，能窥则窥、能碰则碰，行止已近无赖。

苗雨烟只能佩剑出门，见到晋国宝凑过来就拔剑相迎。

晋国宝见占不到便宜，一个人喝得伶仃大醉，夜里又趁着酒劲儿闯入苗雨烟的房间，抱起她的贴身衣物就跑。

苗雨烟大惊之下，起身穿衣追赶，竟看到晋国宝倒在地上抱着自己的贴身衣物戏耍，满身满脸都是污秽之物。

苗雨烟感觉受到了奇耻大辱，拔剑欲砍，却被闻声赶来的苗不禄拦住。

苗不禄也恨得牙根痒痒，但不想多生事端，遂命人将晋国宝抬入房中

清洗醒酒。

第二天一早，苗不禄脸色铁青地盯着晋国宝道："小寨偏僻，只求乱世苟安，贵军在此已驻多日，现已无恙，还请速归，各安使命。"

苗不禄无奈下达了逐客令。

晋国宝不甘心就此离去，但干了那么龌龊的事，也无颜再留，只能低头说道："多谢苗寨主救命之恩，今生莫不敢忘，还请寨主宽限一日，待我等收拾行装，明天一早便走如何？"

苗不禄见晋国宝态度还算诚恳，遂勉强点头答应下来。

不想晋国宝当天夜里带着自己的一队宋军，秘密包围了苗不禄的房间。

同时派人跳窗而入，欲盗取苗不禄的金疮药配方，计划盗取不成，便强行夺取。

晋国宝哪里知道，苗不禄原是大理皇宫一等暗影护卫、南征大将军、天义堂堂主，别说这一小队宋军，纵是有十队宋军，也不一定是苗不禄的对手。

晋国宝派人跳窗进入苗不禄的房间后，正带着人在门口探听里面的动静。

就听见"哐、哐"两声，跳窗进入的两人都被原路扔了出来。

晋国宝大惊失色，这时苗不禄开门走了出来，晋国宝带着埋伏的宋军一拥而上，尚未出刀，就被苗不禄一脚踢飞。

晋国宝从地上爬起后，知道偷袭已经失败，遂立即带着这队乌合之众慌不择路地向寨门跑去。

苗不禄的独门绝技散手蝴蝶镖，百步之内无人能躲。追到寨门时本可将晋国宝等人一击毙命，可他心中有戒，不想再造杀孽，更不想惹上宋朝边军，一忍再忍，放虎归山，铸成大错。

晋国宝作为宋朝边军守将，不修防务，胡作非为，在这"三不管"之地早就臭名远扬，手下也是一群欺男霸女的兵匪之徒。

晋国宝曾跟苗不禄谎称自己是带队偷袭蒙古营哨时被打伤的，实际是抢完吐蕃境内的一户人家后路遇蒙古游骑，被三名蒙军打得落花流水，慌乱中逃到苗寨躲避才得以活命。

晋国宝为人心狠手辣，不达目的决不罢休，苗寨两姐妹的美貌让他垂涎三尺，逃出苗寨后久久难忘，渐成心病。

贼心不死的晋国宝决定铤而走险，以献计夺取金疮药配方为底注，叛宋投蒙。

蒙古大军连年征战，三次西征，灭国上百，死者伤者自然不计其数，对金疮药配方自然视如至宝，双方一拍即合，兵发苗寨！

苗寨依山而建，寨是一座山，山是一座寨，只要守住寨门，纵有十万大军也上不得山来。

蒙军主将木李花曾是灭西夏的主力，杀人无数。属下三百黑风军，所到之处如疾风卷草。

晋国宝逃走后，苗不禄整天忧心忡忡，这日又到寨顶家祠焚香祭拜。

"阿爹是有什么心事吗？"

说话的是少寨主苗雨魂，苗雨魂是苗不禄唯一的儿子，相貌堂堂、一表人才，苗不禄将毕生所学都传给了这个儿子。

"唉！"

苗不禄长叹一声，起身说道："我担心那个晋国宝不会善罢甘休，这样的小人一旦沾上，就再难有安宁之日。"

"那阿爹当夜为何不杀了他？何以让他逃走呢？"苗雨魂对苗不禄放走晋国宝一事一直耿耿于怀，如果没有苗不禄拦着，晋国宝在调戏苗雨烟之后就被苗雨魂杀了。

"我答应过师父，今生再也不犯杀戒！"苗不禄说完一直盯着祠堂上鹿北逐的牌位，不知他们曾经经历过什么。

"既然如此，阿爹也不必太过担心，只要我们不离开苗寨，以宋朝边军的实力还不敢强行攻寨。"苗雨魂自信满满地说道。

苗不禄点点头，随后又摇头道："凡事不可掉以轻心，多派出哨骑侦察周边几个势力的动向，一有风吹草动，也可早做打算，希望能平安无事。"

但事情的发展往往事与愿违，这日苗不禄突然接到报告，有一队骑兵正在向苗寨快速杀来。

苗不禄带着苗雨魂早早地站在寨门上，当他看到远处快速腾起的滚滚尘云，突然眉头紧蹙，面色阴沉，转身对苗雨魂说道：

"来的不是宋军，快带老人孩子到寨顶家祠，让女人在三寨门处埋锅造饭，弓箭手和藤甲兵到寨门集合，骑兵在二寨门处埋伏！"

此刻苗雨魂一身蔚蓝的苗家服饰，显得十分英武帅气。听到苗不禄的吩咐，立即领命退去，可刚走两步，又回头问道："阿爹，来者可有什么不妥？"

苗不禄头也不回地说："这么快的骑兵，天下恐怕只有一支，我三千苗家老小的性命恐将不保！"

苗雨魂闻言回头一望道："看这尘云的厚度，这队骑兵应该不超过三百，咱们未尝顶不住吧？"

苗不禄仰天长叹道："唉！你没见过，快去吧！"

苗雨魂从未见过父亲如此焦虑不安，遂不敢懈怠，急急领命而去。

苗雨魂带着苗寨的保寨护卫队到达寨门时，来袭骑兵也几乎同时到达。

看到这队骑兵的阵势，所有人都有些惊恐不安。只见这队骑兵人马均披黑甲，马上人左跨悬刀，右执护盾，腰系弓弩，背插哨旗，装备之精良，在蒙军中也绝无有二，任何对手看了都会倒吸一口凉气。

这队骑兵正是令人闻风丧胆的黑风军——成吉思汗的汗帐宿卫，蒙古四怯薛之首。

苗不禄也是身经百战之人，面对如山压顶般的蒙古黑风军，依然镇定自若。

但当他的目光扫视到队伍最右边时，沉郁的脸更黑了，眼中倏地变红，额头青筋暴起，鼻翼两边的肌肉抖动不停。

晋国宝的一队宋兵赫然在列！

苗不禄早有计划，蒙古骑兵如果是来攻打大理，不会和苗寨纠缠，最多就是借粮借路，行个方便就是了。

如果是为了金疮药配方，则断不能助纣为虐，无论如何也不能让金疮药配方落到蒙古人手中，大不了他带着配方跳进火坑，人方俱焚，总可以保住全寨老小的性命。

可如今看到晋国宝的一队宋兵也在蒙古军中，犹如晴天霹雳，显然他们已叛宋投蒙。

这种忘恩负义的奸邪小人，一定是为了他的女儿而来，女儿是他的心头肉，绝无谈判的可能。

两军未及开战，其实就已经没了退路！

一场大战注定不可避免！

蒙古骑兵主将木李花十分傲慢地将马鞭一指，扯开洪钟巨嗓道："你就是寨主？"

苗不禄知道谈判已无可能，遂开门见山道："小寨偏安一隅，苟且偷生，不曾与贵军结怨，不知将军挥师前来，意欲何为？"

"小老儿听着！我军来此，只为求借一张配方，只要你乖乖交出，自可保你全寨无虞！"木李花一开口便盛气凌人，一脸不屑地盯着苗不禄。

苗不禄再看这木李花，一张方脸上横肉堆陈，加上常年征战，横肉上又如同镀了一层紫铜，怒目竖眉，杀气腾腾地坐在黑色战马之上，好似一尊瘟神。

苗不禄定了定神道："配方已被你身边那个贼子偷走，找他便可，何须大军到此徒劳？"

"你放屁！配方明明在你身上！"晋国宝听后阴眉倒竖，急忙开口骂道。

木李花看了一眼晋国宝，又对着苗不禄说道："看来你是不打算乖乖交出了？难不成为了一张配方，你非要大动刀兵，血染全族吗？"

木李花显然不相信苗不禄。

"哼！"苗不禄冷笑一声道，"我何必为了一张配方枉送全寨三千口老小的性命，配方早已付之一炬，恐怕将军此次要白走一遭了！"

木李花见苗不禄镇定自若、毫无惧色，又环视了一圈苗寨的布防，确实地势险要、易守难攻。他攻伐无数，深谙兵法，知道硬取此寨肯定是要付出些代价。

特别是见到苗不禄谈吐不俗，定是位见过世面的主儿，如果强攻硬取，别弄到最后对方人方俱焚，自己不但损兵折将，还什么也没得到，这可要折了他地狱黑煞的名声，心里不免有些犹豫。

一时间，木李花和苗不禄对视良久，谁也没有再说话，心里却都在盘算着双方所要付出和能够承受的代价。

晋国宝似乎看透了木李花的想法，忙接口道："将军，那配方就文在他两个女儿的背上，那可是个两个绝色的美人儿，将军可以一举两得、一箭双雕啊！"

听到此话，木李花突然双眼放光，有美女自然是要掠走的。

况且配方文在身上，想焚毁自然也是难了，只要破寨抓人，自然可以一举两得，木李花立即下定决心说道：

"哈哈哈哈！既然如此，小老儿，快把你女儿送出来，我只要配方不要人，用完了自然完璧归还！"

"哈哈哈哈……"木李花后面的蒙古兵听后也哈哈大笑。

苗不禄深吸一口气，知道在劫难逃，遂背着手给少寨主苗雨魂做了一个攻击的手势。

敌强我弱！必须先发制人！

第三章　壮士断腕大仇结

先下手为强！这个道理亘古不变，苗不禄身经百战，自然深知此理。

两军交战，没有什么道义可讲，正所谓"兵不厌诈"！

即便是正义之师也需要战法智谋，这里面不分阴谋与阳谋，唯有胜者为大！

木李花正在大笑间，只听"嗖"的一声。

一支冷箭劈空射来，不偏不倚直奔木李花眉心！

苗雨魂深得苗不禄的真传，他射出的冷箭一般人绝无躲过的可能，但木李花却不是一般人！

只见木李花脑袋一歪，便轻松躲过此箭，反应之快，令人难以置信，一看就是久经战阵的高手。

但身后的铁卫却惨叫一声，箭头深深射入左肩，虽有甲胄护身不足以致命，但至少也能折损七成战力。

可让所有人都没想到的是，这受伤的蒙古铁卫不但没有倒下，反而一怒之下策马带伤直奔寨门。

因为这个蒙古铁卫也不是一般人，他是木李花的近身左卫兀秃噜！

此刻兀秃噜肩插羽箭，挥刀狂啸，不避箭镞，迎面而上，其强悍的气场让久经沙场的苗不禄也倍感惊惧。

还没等苗不禄缓过神儿来，又见漫天飞矢从蒙古军中劈空射来，苗不禄身旁的藤甲兵忙架起藤甲盾护住苗不禄。

苗雨魂见状立即带着埋伏的弓箭手放弓还击，双方中箭者惨叫连连。

大战全面爆发！

突然，"轰"的一声巨响。

苗不禄觉得脚下一颤，原来兀秃噜纵马硬生生地撞在寨门之上，这种不要命的战法实在让人难以置信。

更让人难以置信的是，几乎在战马撞死倒下的同时，兀秃噜踩着马头纵身一跃，竟然翻过了寨门。

门内的藤甲兵立即将其围住，兀秃噜虽然受伤，但十几个藤甲兵竟困他不住，一把弯刀瞬间又杀出了一条血路。

"护住寨门！"苗不禄飞身跳下寨门，与此同时，门外的蒙古黑风军也开始了冲锋，大军齐发，直向寨门冲杀而来。

门内仅一个受伤的兀秃噜都难以制服，何况门外数百骑兵发起集团冲锋，双方的战力刚一接触便立见高下，寨毁族灭几成定局。

但不到最后，绝不能放弃！

苗不禄跳下寨门后，苗雨魂慌忙指挥弓箭手密矢压制冲锋而来的蒙古黑风军。

门内的藤甲兵一边围攻受伤的兀秃噜，防止其打到寨门，一边顶住寨门，抵抗门外骑兵的冲击。

这样的打法，短兵相接已不可避免，蒙古黑风军一旦与苗寨的藤甲兵交手，就犹如群虎捕孤羊，哪里还有一丝活命的机会。

兀秃噜见门外大军发起了集团冲锋，也疯了一般向寨门杀去，其惊人的战力让藤甲兵一时难以接近。

"我乃地狱黑煞近身左卫兀秃噜，谁敢……"兀秃噜的话还未说完，脖颈、脸颊和额头上已被深深刺进五枚蝴蝶镖，兀秃噜满眼惊惧，轰然倒地。

苗不禄终于出手了，大内一等暗影护卫果然名不虚传。

门外的蒙古兵知道兀秃噜单枪匹马坚持不了多久，遂纷纷撞向寨门。

苗寨的藤甲护卫哪是这些蒙古黑风军的对手，一触即溃，寨门即将失守！

门破之际，苗不禄不但不增兵守门，反而让藤甲兵迅速后撤，后撤时举盾相连，以挡飞矢。

蒙古黑风军一击之下便攻破寨门，纷纷举刀欢呼，毫无顾忌地纵马追击。

突然，"嗖嗖嗖"，箭破长空的声音划过。

冲在前面的几匹战马应声倒下，落地的蒙古兵也随即中箭，一命呜呼！

木李花倒吸一口凉气，好一个暗中埋伏！

自古骄兵必败，轻敌必伤，蒙古黑风军也不例外。

木李花顿感不妙，勒马停住，折损了几员战将，竟连一个发箭人也没有看到。

木李花哪里知道，大内一等暗影护卫最擅长的就是暗中埋伏，这是苗不禄的看家本领，但这种埋伏只能暂缓攻击势头，却无法改写战局。

就在木李花犹疑之际，苗不禄在藤甲兵的护卫下，徐徐退入了二寨门。

木李花远远看见苗不禄关上了二寨门，大觉上当，随即命黑风军举盾防止偷袭，再次向二寨门冲杀而去。冲到寨门之时，木李花更为惊讶，因

为明明关上的寨门竟然大开！

在他还没有想明白原因时，门内瞬间冲出五头火牛，尾巴拴着火把，没命地奔向蒙古黑风军。

火牛冲阵！

这样短的距离，这样快的速度，即便是训练有素的战马也会受惊，这一招甚是毒辣！

蒙古军阵一旦被火牛冲乱，寨内骑兵便可居高临下俯冲攻击，胜败易手便在瞬息之间。

但就在所有人都觉得蒙古黑风军阵脚将要大乱之时，木李花飞身下马，一拳打向牛头，一头火牛应声倒下。另一头火牛刚要冲过，木李花竟抱住牛脖子，脚下顺势一拌，生生将火牛摔倒，牛脖子也应声折断。

这是何等臂力！

二寨门上的藤甲兵看得惊骇不已，苗不禄看了也大为错愕。苗雨魂额头上的冷汗微微渗出，现在他终于相信父亲开始说的话了，这寨子怕是守不住了！

蒙古黑风军果然是最强杀器，火牛冲阵只造成了轻微混乱，队形重整后又向着尚未关闭的二寨门急速杀来。

快到寨门之际，木李花看到寨门内有一队骑兵从山上向寨门狂奔而来。

木李花此刻心中大喜，不想这苗不禄原来是个有勇无谋之辈，用骑兵和蒙古黑风军正面厮杀，没有任何一支骑兵能讨到便宜。

这就是找死！

木李花想到这里微微一笑，纵马迎击。

其他蒙古兵看到有骑兵杀来，也都血脉偾张，个个嚎叫不已，拼命拍马疾驰。

可随后看到的画面却让木李花无比恐惧——这个随成吉思汗横扫欧亚大陆的蒙古拔都竟然也冒出了冷汗。

只见山上奔突的骑兵冲出寨门后，手握双针，刺向马眼，战马双眼俱瞎，疼痛嘶鸣，拼命向前盲冲。

骑兵从高处俯冲，速度已达极点，蒙古黑风军的速度也已到达峰值，两种高速运动的物体直接相撞，纵是有绝世武功也难有用武之地！

加之战马被刺瞎，疼痛嘶鸣，在极速之上又爆发原力，一旦相撞，必定山崩海啸、粉身碎骨。

特别是战马已瞎，不知惊恐和躲避，遇到任何阻碍都只会加力猛冲，寨内的每一个骑兵现在都已是一枚加速到极点的巨型肉弹，狂暴地射向举世无敌的蒙古黑风军。

快得没有人反应过来，相撞就已经发生！

仅在一瞬之间，几十匹战马同时发出了撕心裂肺的嘶鸣，叫得百鸟惊起，野兽惶惶，让人头皮发麻、汗毛倒竖。

再看双方骑兵，一阵又一阵粉身碎骨的哀号，腾空而起的惊叫，挥刀互砍的怒吼交织在一起，马倒人翻、腥血飞溅。

此刻的山寨已成为真正的人间炼狱！

这一场自杀式的断腕之战，苗不禄是不得已而为之，如能趁此杀了主将木李花，此围自当可解。

但木李花绝非池中之物，地狱黑煞也绝非浪得虚名。

木李花冲在队伍的最前面，冲撞也是最先发生，就在战马相撞的瞬间，他竟向后转身腾空飞起，接连踏着身后蒙古兵的身体，跳到了路旁的山坡。

但让木李花没想到的是，他落地未稳就看见满天飞矢呼啸而至！

苗不禄竟然在战马相撞之时，不分敌我发起了无差别攻击！

木李花虽然杀人无数，但这种战法也从未见过，即便是对花刺子模的屠城之战，也没有此刻让他心惊肉跳。

危急之时，两个蒙古铁卫以身相护，挡在木李花前面被射成了刺猬，否则令人闻风丧胆的地狱黑煞就折戟在此了。

此刻的山寨，两军撞得人仰马翻，漫天飞矢又劈空落下，惨叫和哀号连成一片。

乱箭之下，木李花小腹也中了一箭，被两名亲兵强行架着后退。

两个回合不到，贴身近卫兀秃噜在眼前被杀，两名亲卫以肉盾方式惨死，几十个黑风军铁卫死伤倒下，木李花双眼爆射出愤怒至极的地狱之火，恨不得立刻将这个山寨踏成烂泥。

木李花死死盯着站在寨门上的苗不禄，两人四目相对时都读懂了对方凌厉的怒意。

从今以后，这场冲天大仇只能用无尽的鲜血才能化解。

第四章　力不从心搬救兵

夜色降临，血腥弥漫着山寨。

黑风军撤到寨门外扎营休整，和守在二寨门处的苗不禄暂成僵局。

木李花包扎好伤口，立即清点伤亡情况，并召集手下将领商量攻寨事宜。此役共战死三十六人，其中包括左卫兀秃噜和一名百户长，另有轻重伤者近百人，包括木李花本人。

可谓损失惨重，但战力尚存。

"苗寨共有三道寨门，一道比一道险要，易守难攻，寨主苗不禄是用兵和暗杀的高手，决不可贸然轻进，必须从长计议。"

"现在我们身处敌国境内，随时面临大理、吐蕃和宋朝军队的夹攻，此次的任务只是刺探军情，不想遭此一战，如果再遇三国边军，恐怕难以向大汗交代。"

"三国边军见到我蒙古雄兵早已闻风丧胆，绝不敢轻言战事，此等事自不必多虑。只是我军只有铁骑，未带攻城器械，如此攻寨，破寨之时怕也会损失过大。"

"强攻自是不可，此寨依山而建，寨门均为木制，宜用火攻破门，强弩压制后再以三人小队轮番冲击，明日天亮即可破寨。"

"……"

众将各抒己见，只等木李花发话。

木李花犹疑不决，这时晋国宝凑上前来道："小人曾在此寨疗伤小住，对山寨地理略知一二，只要顺着这棋盘河逆流而上，就可绕到此山的背面，带上攀山索，一夜工夫便可直抵寨顶，届时上下火攻，此寨定能不攻自破！"

木李花听后面露喜色，略一沉思道："此寨有暗中埋伏的高手，今夜不可偷袭，右卫哈里赤带三人天黑之后上山，务必在天亮前到达寨顶，举火为号，同时火攻，破寨之后，无论男女老幼，猪马牛羊，不留活口。"

此刻的苗不禄和全寨各房当家更是忧心忡忡，因为蒙古黑风军的战力让全寨老小都吓破了胆，大家议论纷纷。

"今日一战，全寨六十一口归天，轻重伤者不下百人，十个保寨阿哥也难敌一个黑风军，若不是寨主指挥得当，伤亡数字恐怕要再翻两倍！"

"蒙古铁骑还没有攻不下的城池，何况咱们区区一个山寨，破寨只是时间问题，还是要早做打算！"

"蒙古人不就是想要金疮药的配方吗，给他们就是了，何必要搭上全寨上下三千口的性命！"

"哼！现在说这些已经晚了，蒙古人今天吃了大亏，不把全寨烧光杀光，绝不会善罢甘休！"

苗不禄知道各房当家根本不懂军事指挥，开会议事只是想听听他们的想法，悲观恐慌早就在意料之中，此刻化解危机只能靠他一人，而他却一点信心也没有。

苗雨魂见苗不禄面色凝重，大家怯战悲观情绪蔓延，遂"噌"的一声站起来道："让我带几个不怕死的，今夜去偷袭蒙古军营，若能杀了木李花，蒙古兵必退！"

大家听后交头接耳。

"敢去偷袭蒙古军营，这真是不要命了！"

"是啊！那木李花一拳能打死一头牛，简直就是恶魔！杀不死的！"

"这就是去自杀！白白送死！"

……

苗不禄轻咳一声以息众口，接着说道："木李花小腹中箭，天黑之前应不会再起干戈，今日两遭埋伏，又不熟悉寨内地形，谅他也不敢夜间偷袭！"

苗不禄环视一下众人脸色道："我寨依山而建，山路蜿蜒曲折，不利于骑兵冲击作战，蒙古人没有攻城器械，想一战破寨，也绝非易事！"

众人听后点头赞许，苗不禄接着分析道："蒙古与我大理尚未开战，孤军到此必是刺探军情，黑风军乃是精锐，是大汗直接统帅的宿卫，如有太大折损，木李花必难以承受！"

苗不禄说得句句在理，众人听后连连点头，悲观情绪开始消退。

这时苗不禄起身命令道："天黑之后，所有木制寨门、屋顶全部涂上泥巴，防止敌人火攻；各家谷物、腌肉全部搬到三寨门后的藏龙洞，再储备些破衣棉麻，做好寨破据守的准备。"

苗不禄又转身看向苗雨魂道："带着你的弓箭手，从戌时开始，每个时辰袭扰一次蒙古兵营，只放冷箭，勿要近前，不让他们睡好便可！"

苗不禄布置妥当之后，众人领命而去，苗雨魂看着苗不禄紧张地问道："阿爹，这寨子是不是守不住了？"

苗不禄眉头紧锁，长吐一口气道："全看天意了！"

"天意？一旦寨破，我自可以战死，可雨烟和雨蝶怎么办？阿爹还是要早做打算啊！"苗不禄未做最后之打算，苗雨魂显然有些担心。

苗不禄自然知道苗雨魂的意思，遂略感无奈地说道："此刻如果送你两个妹妹出寨，全寨上下必然大乱！"

"那蒙古军一旦破寨怎么办？"苗雨魂紧接着问道。

苗不禄沉默片刻，低声说道："全寨俱焚，她俩又怎能独活？"

"什么？"苗雨魂眼睛瞪得大大的，显然不相信苗不禄能说出这样的话。

"此事莫要再提！"苗不禄说完便走进了内室。

苗不禄一句话把所有余地都堵死了，他的内心其实也十分痛苦和惶恐，只是他喜怒不形于色，外人很难看出罢了。

苗雨魂见状不敢再提送妹妹出寨的事，但自己又没有应对之法，焦急地在房间里踱来踱去。

半个时辰左右，苗不禄从内室走了出来，看见苗雨魂还在焦急地转圈，遂开口说道："这里有四封信，天黑之后这三封你派人分别送给大理、南宋和吐蕃的边军守将，这一封，你亲自送去云龙寺，把信交给杨傲！"

"阿爹，当今天下，各国谈蒙古而色变，唯恐避之而不及，谁还敢来救咱们这区区小寨啊！"苗雨魂说得没错，苗不禄此举实在是毫无意义。

"宋朝守将张钰刚直勇毅，曾与我有一担粮的交情，也许不会见死不救；吐蕃摩羯主好大喜功，也许会来看看热闹，不出手也能助助声势；大理守将裴大名曾是我的部下，他是一定会来的，只是没有段兴智的手令，怕是调不动兵啊！"苗不禄说完无奈地摇了摇头。

"这封信呢？杨傲是何人？他手上可有兵？"苗雨魂接连三问，急切地想听到答案。

苗不禄并没有直接回答，低头半晌才道："有些事是时候告诉你了，我恩师叫鹿北逐，我这一生所学均是拜他所赐，师父一生追随岳飞将军，尊同己父，与岳将军之子岳云是结拜兄弟，共同掌领岳家军精锐中的精锐背嵬军。

"风波亭之后，我师父誓不引颈，带着五百背嵬军一路拼杀，逃到这南国大理。这五百背嵬军曾在朱仙镇大破十万金军铁骑，个个武功盖世、以一敌百，即便是现在的蒙古黑风军也绝非其对手。"

苗不禄走到窗前，望向远方的雪山，接着说道："师父一生忠于道义，这个道义不是哪个人、哪个国、哪个朝廷的道义，而是心中的道义、天下的道义。我从小被师父养大，但却始终没有明白他的苦心。

"为了追求功名，我出仕大理，以宫内暗影护卫为主体，组建鬓贪军，南征北战，先后屠杀南部边寨三十七蛮部，手上沾满了无辜生灵的鲜血，完全背叛了师门教诲。攻打独龙族时，我放火烧寨，手段残忍。"

苗不禄负手而立，眼睛微微湿润。

"师父为此将我逐出师门，我在师门外跪了七天七夜，指天发誓，今生绝不再食皇俸，弃名无疆，改名苗不禄，归隐山林，从此绝不再造杀孽，若违此誓……"

苗不禄说到此处，突然停住。

苗雨魂看到父亲的表情极其痛苦，知道这是父亲打算永远埋藏心底的辛酸块垒，今天无奈说出，定是又勾起了往日伤痛，遂说道："阿爹，你说了这么多，和我去云龙寺有什么关系啊？我要找的究竟是何人？难道这世上还有背嵬军？"

苗不禄沉默良久才道："习习谷风，维山崔嵬。无草不死，无木不萎。天下已无背嵬军！"

苗雨魂一脸疑惑，不解地看着苗不禄。

"我师父一生为国尽忠，却屡遭奸人陷害，他认为宋朝最大的敌人不是金人的百万雄师，而是无处不在的奸邪小人。若想匡扶社稷，拯救苍生，人人心中都应该有一个'义'字，重信义、有情义、扬正义，忠于道义！所以，他以五百背嵬军为主体，创立了'忠义门'，奉岳飞将军为第一任门主。从那以后，不再为朝廷征战，只为'义'字奔驱！"

"忠义门在云龙寺？"苗雨魂迫不及待地追问。

苗不禄长叹一声，似有难言之隐，没有正面回答，只是说了一句："忠义门也已不在了！你只需把信交给杨傲就好，若无救兵，千万不要回来！"

苗不禄说完转过身来，目光中有诀别之意。

"阿爹！我渡棋盘河后直奔鸣音寨，快马加鞭，两个时辰就可到达云龙寺，不管有无救兵，明日巳时前我一定回来！"

"不可！"苗不禄大喝一声。

苗雨魂看着苗不禄，眼含热泪，突然猛地一跺脚，头也不回地走了。

天黑以后，苗雨魂趁着弓箭手偷袭蒙古兵营的时候，带着三个信使冲出了苗寨。

四人各奔东西，消失在茫茫的夜空之中。

第五章　血流漂杵染宗祠

冰冷的月光洒满黑暗的大地，奔驰的骏马哪知主人的忧郁。

此时苗雨魂的心已经绝望到了极点，他几乎已经确定，苗不禄让他去云龙寺，就是为了让他能逃出生天，而自己的两个妹妹……

他实在不敢想下去。

苗雨魂打定主意，无论如何，都要去走上一遭，不管有无救兵，自己都一定会回来，一定！哪怕是死，全家人死在一起也是好的。

苗雨魂马不停蹄地赶到棋盘河，奋力游向对岸，却突然看见几个蒙古兵向他游来。苗雨魂吃惊不小，心想这木李花用兵果然了得，在自己军营不断被袭扰的情况下，居然还能派出拦截信使的巡游兵。

苗雨魂来不及细想，快速爬上对岸。

"嗖嗖嗖"三枚蝴蝶镖掷了过去，而后急速向前奔跑，后面随即传来几声惨叫。

但苗雨魂越跑越觉得不对劲儿，如果这几个蒙古兵的目标不是他，而是山寨的背面……

想到这里苗雨魂出了一身冷汗，这可怎么办？如果回去报信儿，就无法去找援兵，如果去找援兵，就无法回去报信儿。

苗雨魂陷入了两难，无论选择哪一条路，后果都是山寨无法承受的。

此时最好的办法就是用发自心底的善念去选择，一旦掺杂了个人的经验、情感和智慧，只会变得更糟。

而在经验、情感和智慧的蒙蔽下，纯净的心早已不在，哪还知道怎么选择。

苗雨魂不敢去想，因为他越想越不知道如何选择，只能狠狠地一咬牙继续向前飞奔，同时在心里安慰自己，也许是自己多虑了，况且自己的蝴蝶镖应该打中那几个蒙古兵了。

这边哈里赤带着三个蒙古铁卫看见有人渡过棋盘河，正想追上杀掉，却不想被这小子的暗器所伤。

哈里赤将两名受伤的蒙古兵拖上岸，一名已经奄奄一息，一名也已无法完成攀岩任务，哈里赤也面临着两难的选择。

如果送伤兵回去，就会耽误偷袭的任务；如果继续执行任务，这两个出生入死的兄弟就会死在这里。

哈里赤也狠狠地一咬牙，抱着两个受伤的蒙古兵说道："对不住了兄弟，咱们来生再做安答！"

说完手起刀落，将受伤的蒙古兵杀死，沉入棋盘河，自己只带了一名蒙古兵继续向前。

哈里赤此举一是怕被山寨的人发现，暴露偷袭任务；二来也是给两个兄弟一个痛快，免得在此遭罪。

由此可见，此人既心思缜密，又心狠手辣。

可怕的是，这样的一头恶魔，已经不知不觉地站在了山寨的背后，露出了嗜血的獠牙，正准备对着无辜的人一口一口地咬下去。

……

清晨，依然宁静而美丽，山中的薄雾在阳光的照耀下逐渐散去，一股血腥之气再次扑面而来。

哈里赤爬了一夜终于爬上了寨顶，此刻哈里赤身边只剩一人，行事自然小心，侦察之后他发现寨顶只有一座祠堂，堂前是空旷的场地，应是全族祭祖祈福之地。

要放火只能烧祠堂，哈里赤拿出火折子刚要点火，却闻到了祠堂里飘出的饭香，难道这里还有伏兵？

哈里赤踩着另一个蒙古兵的肩膀攀上辅墙头，探头往里一看，脸上立即露出了无法形容的狰笑。

祠堂里面黑压压足有六七百口人，全是手无寸铁的老人和孩子。

哈里赤兴奋异常，他让蒙古兵守住祠堂门，自己提刀而入，所有人都没有反应过来发生了什么，一场屠杀就已经开始。

哈里赤是地域黑煞的近身右卫，其凶悍程度比左卫兀秃噜有过之而无不及，是一个十足的恶魔。

哈里赤无差别地向所有人挥刀猛砍，犹如一头猛虎冲入群羊，老人孩子惊叫着四散奔逃，可还能逃到哪里去呢？

蒙古军营被骚扰了一夜，大家都没有睡好，天放亮时蒙古兵才敢派出哨骑，让大家恶补了一个时辰的觉。这一个时辰对苗寨来说，简直是太珍贵了。

辰时三刻，蒙古兵包围了二寨门。

木李花在二寨门处迟迟看不见寨顶放火，料想哈里赤可能出事了，殊不知，哈里赤正在杀人取乐！

木李花随即下令火攻，漫天火箭飞舞而至。

苗不禄早有准备，命所有人躲进房中，因寨门、寨房全部涂满了泥巴，火箭落下后迅速熄灭，竟没有一处燃起火苗。

木李花计计不成，勃然大怒，对苗不禄的仇恨已到极点，立即命令骑兵三人一伍，发起强攻。

苗不禄依然气定神闲，命人砍断拦木索，一排圆木轰然而下，骑兵刚至寨门，圆木已卡在寨门叠罗而上，堆起了一座木墙，只此一墙，蒙古骑兵纵是插翅也难飞跃。

木李花大吃一惊，又见漫天飞矢从墙后射出，几名蒙古兵中箭倒地，大军节节后退，强攻失败！

火攻不成、强攻不成，木李花怒目圆睁、眦眦俱裂。

正在这时，山下号角争鸣，狼烟四起。

大宋和吐蕃的援军到了！

第六章　穷途之哭苗雨烟

战场形势瞬息万变，没有人能够完全预知天意和人心。

苗不禄无法预知，木李花也无法预知。

大宋和吐蕃的援军来了。

宋朝守将张钰自不必说，接到求救信后带上一百亲兵就狂奔而至。但张钰心里明白，自己来只是讲和，断不能和蒙古黑风军交锋，他也没有这个权力和实力。

吐蕃鸠哈罗则是另一番好打算，信上只有一句话："施以援手可得金疮药配方！"但并没有说援助谁，来之前他已打定主意，配合蒙古黑风军进攻苗寨，既能向蒙古人示好，也可能分得一份配方，遂带着二百蛮兵急急赶来。

张钰快到苗寨时，正好遇到鸠哈罗，两军没有任何交流，都向着苗寨飞奔而来。

寨门口因伤留守的二十多个蒙古兵突然见到两支大军队袭来，立即慌乱地吹角提刀。

张钰勒马停住，眼见寨门处都是伤兵，远远的二寨门处还有黑压压一片后退的黑风军。张钰心里知道，这次蒙古兵遇到苗不禄，肯定是吃了大亏。

以蒙古兵凡遇抵抗必屠城的习惯，今天这调和的事难了。

在寨门处留守的蒙古伤兵见两支军队来袭，正要准备战斗，却见两支军队并未拔刀，而是勒马停住，遂改吹进击号为预警号。

木李花听到号角，大怒之下调转马头，迎头冲去。

张钰和鸠哈罗带兵同时向寨门缓缓走去，这样的走法是想让冲击而来的木李花知道，对方并没有攻击的意思。

三军在寨门和二寨门中间相遇了。

木李花昂首马上，怒目相向。

鸠哈罗见状率先抱拳，大声说道："听闻将军在此会猎，特来助战，若夺得配方，望赏赐一份！"

鸠哈罗的一番话让所有人都大吃一惊，谁都没有想到他是来落井下石、坐地分赃的。

张钰斜眼看着冷哼一声，就差向他脸上吐上一口吐沫。

木李花却哈哈大笑，左手护腰、右手伸出，附身低头在马上施了一个蒙古迎宾礼，十分高兴地道："事成之后，我愿与你结为安答！"

鸠哈罗和木李花的结盟让张钰的一百亲兵颇为尴尬，因为讲和已不可能，动手更不可行，蒙古和吐蕃的兵力已远超自己四倍，张钰走也不是，留也不是，脸色颇为难看。

正在这时，木李花突然怒视张钰道："你是来与我开战的吗？"

张钰镇定自若地说道："此乃我大宋边地，尔等在此动兵，我岂有不查之理！"

这话分寸把握得恰到好处，不愠不火，既不说打，也没说不打，就是看看。

木李花一时无语，冷哼一声，嘴角微动，显然是对张钰极度蔑视。

这时寨顶突然浓烟滚滚，三寨门处传来众多女人悲天抢地的哭声和尖叫。

木李花高兴地大喊一声："哈里赤得手了！全体下马，步行进击！"

苗不禄看见寨顶火起，心知大事不好，又听见在三寨门处埋锅造饭的女人鬼哭狼嚎起来，以为敌人已经杀到了三寨门，顿时慌了手脚、乱了方寸，未及部署就拉过一匹战马带着骑兵飞速回援三寨门。

苗不禄用圆木堵死了二寨门，他料定木李花必定下马步行攻击，这时再砍倒寨门，用圆木冲击步兵，即便不能造成多大的伤亡，也会将无人看管的战马冲散，没有战马的蒙古兵很难攻进三寨门。

苗不禄的计划可谓天衣无缝，但一切都被哈里赤的偷袭打乱了。

苗不禄带兵回援三寨门后，二寨门处立即群龙无首，乱作一团，这时蒙古兵又步行蜂拥而至。寨内守兵一触即溃，亡命奔逃，黑风席卷，横尸一路。

……

苗不禄匆忙赶到三寨门后，眼前顿时一黑，这样的场景实在让人目不忍视、惨不忍睹！

苗寨的女人们哪里见过这样的血腥场面，有的当场吓晕，有的抱着自己孩子哭死过去，全部惊慌失措，哭倒一片。

苗不禄坐在马上，上面是惨败的景象，下面是溃败待宰的人流，眼下是混乱如麻的女人。苗不禄坐立不稳，仰天悲叹！

突然指天大喊一声："报应来了！"喊完吐出一口鲜血，从马上直直栽倒下去。

苗雨烟和苗雨蝶立刻跑过去趴在苗不禄的身上大喊："阿爹、阿爹……"泪如雨下、泣不成声。

随着溃兵的到来，三寨门处更加混乱不堪，所有人都成了蒙古黑风军待宰的羔羊。

人马践踏，鬼哭狼嚎，苗寨大势已去！

这时苗雨烟却突然收住眼泪，抽刀上马，满腔悲愤化作无穷的力量，爆发出响彻山寨的嘶哑怒吼："骑——兵——列——阵——！"

这一嗓子让惊慌失措的苗寨护卫从混乱中醒过神来，苗家两姐妹是寨内所有阿哥的梦中嘎脉，平时谁能让两姐妹看上一眼，都能乐上三天三夜，要是能说上一句话，纵是让他们去死也都愿意。

有时候女人的号召力胜过一切动员，更何况是女神！

苗雨烟勒马站在寨门口，后面是齐刷刷列阵的三十死骑，所有人都举刀拍胸狂喊："亚努！亚努！"

从二寨门处退回来的藤甲兵和弓箭手看到苗雨烟横刀三寨门，也都群情激奋，倍受鼓舞，纷纷止步列阵，举刀拍胸狂喊："亚努！亚努！"

木李花带着蒙古兵一路掩杀，一直追杀到三寨门，却见一个墨瞳朱唇、秀眉粉黛的绝色女子坐在一匹白如霜雪的银鬃马上。

女子头上银装素裹，灿灿发光，上着一身大领对襟挑花超短衣，身姿婀娜，英气逼人。下穿一套色彩斑斓加长百褶裙，锦绣花边，飘逸多姿。腰系一副五色刺绣嵌银小围腰。耳坠一对弯月围星银耳环。后面列阵数百举刀狂喊、不惧死亡的死士。

木李花倒吸一口凉气，这苗寨还真是神秘莫测啊！

黑风军都被眼前的景象震惊，纷纷止步不前。

木李花伸手示意，让大军按照战斗队形徐徐后退。木李花深谙兵法，在对手士气暴涨的时候无马冲阵，绝难撼动。

苗雨烟也知道，能慑退敌军已是完胜，如纵马追击，断无取胜的把握，一旦失利，苗寨绝无活口。

如能拖到大哥苗雨魂回来，也许还有希望。

可蒙古兵接下来的动作让苗雨烟稍稍平复的心又紧绷，蒙古兵不是撤退，而是去拆毁二寨门，准备骑马进攻。

三寨门处毫无防御，一旦黑风军形成冲锋，苗寨将无力抵挡。

趁蒙古兵拆门的空档，苗雨烟指挥大家进藏龙洞躲避。这些哭昏吓晕的女人，满目绝望、互相搀扶、面无表情地向藏龙洞走去，有的还是被藤甲兵硬拖进去。

张钰带领的宋军和鸠哈罗的吐蕃兵在二寨门外互相防备，远远地看着发生的一切，每个人都面无表情，个中滋味无法言说。

看到蒙古兵拆砍二寨门，两支军队立即撤到寨门处躲避横木冲击。

拆掉二寨门后，蒙古兵再次成为马上雄狮！

木李花让鸠哈罗的吐蕃兵随同进攻，两军声势大盛，挥刀向三寨门处冲杀而来。

张钰则带领宋军在二寨门处列阵以待，不知是何打算。

木李花冲到三寨门时，见只剩战马，不见人迹，遂下马搜查，很快找到洞口。

木李花哈哈大笑："真乃天助我也！"立即命人在洞口放火，想把洞里的人用烟活活呛死。

苗寨一千多人聚在洞中，本就呼吸不畅，又有烟火袭来，纷纷咳嗽不止，战士的恐慌蔓延，女人的哭声渐起。

苗雨烟突然想起，父亲曾让人在洞中储备了破布棉麻，遂让人们沾水捂住口鼻，生命虽得保全，但战力也大为衰减。

这时，蒙古和吐蕃发起了总攻，苗雨烟起身高呼："苗寨的战士们，今天，你们是我心中真正的亚努！为了苗寨，冲啊！"

苗寨的战士也知道退路已无，个个神勇无比，在洞内一批一批地列阵冲杀，一个一个悲凉倒下。

……

伴着震天的厮杀和呐喊，女人们蜷缩一团，战栗抽泣。

苗雨烟看看地上神智逐渐清醒的父亲，再看看越来越近的蒙吐联军，绝望地流下两滴晶莹的泪珠。

……

第七章　盛名难副忠义门

　　美丽的玉龙雪山在月光下苍劲雄浑，苗雨魂在月下不停地飞奔、疾驰，一刻也不敢停歇。

　　虽然夜半就已赶到玉龙山，但却怎么也找不到云龙寺，苗雨魂心急如焚，纵马从山谷到山脊反反复复跑了整整一夜。天快亮时，枣红马长嘶一声，力竭跪地而亡。

　　苗雨魂从地上爬起时大吃一惊，甚至有些不敢相信自己的眼睛，一座古老的寺庙在黎明的薄雾笼罩下，像一朵浮云飘在眼前的半山之上。

　　苗雨魂飞一样跑了过去，奇怪的是寺门敞开，寺里灯烛辉映、梵音渺渺，苗雨魂站在空无一人的寺中庭院俯身缓气。

　　"施主，可是来此布施？"苗雨魂闻声猛地一回头，见一个小沙弥不知何时站在身后。

　　"我要、我要找杨傲大师！"苗雨魂气喘吁吁地说道。

　　"可有信引？"小沙弥不紧不慢，语速和缓。

　　苗雨魂匆忙从怀中掏出信件，小沙弥并未伸手去接，只低眉看了一眼落款，见到苗无疆三个字，便疾步离开。

　　"请随我来，杨傲大师已等候多时了！"苗雨魂闻言一惊，心想是不是自己听错了，难道杨傲早知自己要来？

　　但苗雨魂见小沙弥话不多，所以也不好乱问，就跟着小沙弥沿着石板路向前走去。

　　穿过三道宝殿，经过一片郁郁葱葱的树林，一扇充满年代感的朱漆木门映入眼帘。小沙弥慢慢推开大门，一阵古老木门发出的"吱嘎"声在古寺晨空中萦旋回荡，更加凸显了这深山万物的沉寂肃穆。

　　苗雨魂走出门外，眼前豁然开朗，远处的雪山直插云天，脚下的高山草场一望无际，一条小路蜿蜒而下坠入谷底，薄雾流云朦胧，宛如人间仙境。

　　"施主慢走！"小沙弥合掌作礼，欲关寺门。

　　苗雨魂慌忙扶门问道："杨傲大师却在何处？"

　　小沙弥伸手指向小路，又一言不发地关上寺门。

　　苗雨魂顺着小路疾奔，隐约有歌声传入耳中，他越听越不敢相信自己的耳朵，可歌声却越来越清晰，唱歌人似乎也越来越近。只听那歌声唱道：

玉龙居偏地，不来不知名。

天阔云飞渡，道高卧龙生。

绝处惊鬼斧，妙处叹神工。

孤鹰问古雪，山外天几重。

不敢高飞越，空盘待苍龙。

一夜魂往来，遍地老少鸣。

苗雨魂细细品味歌词，不由得惊出一身冷汗，尤其是最后两句："一夜魂往来"莫非说的是自己？可"遍地老少鸣"是什么意思呢？

苗雨魂突然想到了在棋盘河遇到的几个蒙古兵，又想到了寨顶家祠的老人和孩子，眼前倏地一黑，栽倒在地。

不知过了多久，苗雨魂感觉自己好像在半空中晃晃悠悠、悠悠晃晃，突然听见有人说："你醒啦？"

苗雨魂"嚯"地睁开眼睛，却看见自己正趴在一匹枣红马上，并行的马上坐着一个白衣少年，目光炯炯、衣带飘飘，腰上挂着一支精钢长箫。

苗雨魂急忙问道："先生可是杨傲大师？"

白衣少年看了一眼苗雨魂，轻松地说道："在下李麟儿，今日奉师命下山找杨傲，尚未见面便遇家童嘱我吟诵此歌来此接你！"

"杨傲大师怎知我此刻要来？"苗雨魂挣扎着坐到马上。

李麟儿微微一笑道："杨傲人称小卧龙，自是有神机妙算之能！不但知你来，也许还知你为何而来。"

苗雨魂惊得张大嘴巴不知该说什么，这时李麟儿却用手一指，"到了！"

苗雨魂定眼望去，丝丝浮云背后一座偌大的府宅逐渐清晰，府宅后面矗立着十二座极富秋天色彩的山峦，像孔雀开屏的尾翎，五彩斑斓地延展下来，使这府宅像极了孔雀的头，痴痴地盼着远方的来客。

李麟儿和苗雨魂下马来到门口，只见门额上写着"北逐山庄"四个大字，两旁还有一副楹联。

上联：举目望天下皆虚幻万物便是我

下联：合掌听心声知我在我便是万物

苗雨魂正看得出奇，门突然开了，一个年轻英俊的少年走出来道："杨傲有请！"

少年说完转身便走，李麟儿和苗雨魂连忙跟着进去，但进门之后少年却已经不见了。

二人当面有一个巨大的祥兽屏风，快速绕过之后两边各有回廊通向后院，直面是一间正厅，厅门上又有一副楹联。

上联：张臂揽日月入胸怀自然归于我

下联：闭目化微尘遁虚空我归于自然

二人互看了一眼，慢慢推门而入，一尊高大的岳武穆塑像端坐于前，李麟儿和苗雨魂忙伏地跪拜，抬头一看座下还有一首题名诗，只见上面写道：

逐鹿中原心向北，风波断头犹不悔。

一朝洞彻生死路，万千功名化背嵬。

——鹿北逐

李麟儿念完，苗雨魂随口说道："这是师爷所作！"

李麟儿似笑非笑地看着苗雨魂道："鹿北逐是你师爷？"

苗雨魂见李麟儿的表情古怪，遂正色道："鹿北逐乃家父恩师，我理应尊奉为师爷！"

李麟儿立即站起道："家师与北逐师叔同出一门，你岂不是要尊我一声师叔？"

李麟儿话刚说完，苗雨魂就一掌劈来，因为苗雨魂认为李麟儿如此年轻敢妄称自己师叔，定是在故意羞辱自己。

苗雨魂虽然未下狠手，但如此近的距离，且侧面相对，又是如此突然的袭击，这一掌李麟儿恐怕要吃些苦头，断没有躲过的道理。

但苗雨魂却一掌劈空！

"敢在岳将军面前动手，你也不怕师爷怪罪！"

苗雨魂听音回身，竟看见李麟儿已站在身后，自己竟然毫无察觉。这样的速度已如同鬼魅，苗雨魂吃惊地看着李麟儿。

"我该叫你一声师叔？"苗雨魂试探性地问。

"我还不满二十，看你少说也快三十了吧，"李麟儿微笑着道，"我可不敢托大！"

"辈礼如此，不敢僭越！"苗雨魂说着站起施礼。

"到此认亲，总算不白跑一遭了！"

话音未落，一个手拿拂尘，身背青罡剑的男子出现在二人面前，男子剑眉方口，一袭青衫，英气逼人。

李麟儿见到青衣男子立即喊道："杨傲师兄！"

苗雨魂一听，立即俯身施礼道："在下苗不禄之子苗雨魂，拜见杨傲大师！"

青衣男子微笑着说道："在下杨傲，但不是大师！"说完又看着李麟儿道，"古雪大师可有何话？"

李麟儿立即回道："师父说，时候到了，去见杨傲！"

杨傲听后沉思片刻，长吁一口气道："二十年了，终于到了，终于可以下山了！"

又转头看向苗雨魂道："你是苗无疆的儿子？"

苗雨魂忙施礼道："家父已改叫苗不禄，让我将此信交予大师。"苗雨魂说着从怀中掏出书信。

杨傲连忙摆手道："莫叫我大师，按辈分你应该叫我师叔！"说完未接信件便转身走向后堂。

苗雨魂和李麟儿紧随而至，后堂又是一尊塑像，杨傲对着苗雨魂说："这是我和无疆师兄的恩师鹿北逐！"

杨傲说完，二人赶紧跪地叩拜，一个喊"师爷"，一个喊"师叔"，起身看到座下还有一首题名诗：

> 红尘都是戴罪客，净土皆是致良知。
> 放下过往绝欲念，洞开心门度愚痴。

> ——彤弓

杨傲等人拜过鹿北逐，走出内堂，便见庭院中间有一个大香炉，香炉后是一块巨大的降龙石，旁边站着刚才开门的英俊少年，少年的肩上蹲着一只狼鹰。

杨傲拂尘一抖道："去找你的主人吧！"

少年闻令纵身而起，跳过屋檐。

狼鹰振翅高飞，长啸九天。

苗雨魂和李麟儿都感到有些奇怪，但不便主动追问，随杨傲继续向前走去。庭院后是十二级台阶，拾级而上，又见一排屋宇，两边是奇花异草、古木参天。

杨傲推门而入，旦见一间非常大的会客厅，杨傲示意二人就座。

这时已有家童过来沏茶。

"彤弓应该很快就到，我们在此稍等片刻！"杨傲说完端起茶杯，吹着茶水上的白毫。

苗雨魂急忙掏出信件道："杨傲师叔，侄儿此行是来求援，我寨现已危如累卵，如何施救，可否指点一二？"

"施救方法，也许就在信中！"杨傲平静地看着前方。

苗雨魂闻言十分疑惑和惊讶，遂急忙拆开信件，眼中所见着实让他大吃一惊。

他反复翻找，只有一张白纸，一个字也没有，苗雨魂不敢相信自己的眼睛，复又看向杨傲。

"我手中若没有救兵，令尊可还有交代？"杨傲说完放下了茶杯。

"阿爹说，若没有救兵，让我不要回去！"苗雨魂低着头小声说道。

"天命有数，因果轮回，血祭开始，血祭结束！此行就如这白纸一样，终究是一场空！"

杨傲平静得似乎看透了一切，苗雨魂却听得毛骨悚然。

"一场空便是白忙一场，就是没有救兵了？"苗雨魂急切地问。

杨傲低头端起茶杯，没有说话。

"师叔，我苗寨三千口性命危在旦夕，家父命我来此求救，已是走投无路……彤弓又是何人？我们在这干等一人究竟是何用意？"苗雨魂急得喉咙嘶哑。

"彤弓是北逐师父唯一的传人，视同亲子！"

杨傲喝了一口茶水，接着说道："当年师父创立忠义门，下设四个堂。天义堂，负责诛杀贪官，替天行道；地义堂，负责打击恶霸，除暴安良；道义堂，负责尊法维德，保境安民；人义堂，负责致敬良知，修己化人。每堂还编设天地道人各义卫十二名，义卫下面还有门徒，门主身边有左尊和右尊。"

"这些家父曾有提及，可现在告诉我这些与救兵何干？"苗雨魂急得突然站起道。

杨傲没有回答问题，而是继续说道："忠义门鼎盛时门徒众多，每堂下面都有义军，实力之强足以攻伐一国。但有了组织就有了等级，有了等级就有了欲望，加入忠义门不再是为了忠于道义，而是为了追逐名利，渐渐地失去了师父创立忠义门的初衷。"

杨傲说着站起身，看着墙上岳武穆将军的画像，继续说道："天义堂堂主苗无疆，从诛杀贪官污吏变为贪官污吏残杀平民的帮凶，被逐出师门；地义堂堂主那云珠，从铲除恶霸变为恶霸之主，被师父解除义卫，忧惧而死；道义堂堂主彤弓，在法律与人情的撕裂中纠结，走火入魔，滥杀无辜，闭关思过至今；人义堂堂主杨傲，不知修己，一味化人，却连身边的师兄弟都没有度化，不得不重上雪山，净化心体。"

"这么说忠义门确实已经没了？救兵也没了？"苗雨魂听到杨傲的话后彻底心凉了。

杨傲沉默半晌道："古雪大师说今日下山，自是与你有关，只是救不救得下，要看天意！"

"什么天意？"

苗雨魂急得一脸通红，刚要继续发问，却听"咣"的一声，一个红衣男子推门阔步而入。

但见此人瞳孔乌黑深不可测，五官分明、面色古铜，三寸硬发齐齐指天，一身英气咄咄逼人，让人不由得心生敬畏。

苗雨魂心想：此人定是彤弓！

第八章　闭门思愆再出山

二十年，对一个人的一生来说，实在是太长了。

特别是韶华正盛的二十年、青春洋溢的二十年，这是人生中最为宝贵的一段时光，没了就没了，永远都不会再来。

彤弓在这大山里封印了整整二十年，成魔还是成佛，也许都在一念之间。

杨傲见彤弓推门进来，略显焦急地问道："怎么样，拿出来了吗？"

彤弓微笑着从身后拿出一把降龙杖，有些释然和解脱地说道："拿出来了！终于可以下山了！"

"果然是今日！"杨傲说完，起身就向门外走去，此刻看来竟比苗雨魂还要着急。

众人见状立即紧随而去，这时杨傲边走边向彤弓介绍道："这是无疆师兄的后人，苗雨魂！"

"苗无疆已被逐出师门，哪还有什么师兄？"彤弓也一边走一边说道。

苗雨魂心想此人怎如此无礼，但也不好反驳，只能硬着头皮紧跟着向前走去。

走到正厅之后，彤弓将降龙杖放在了鹿北逐塑像的手中。这里好像早就留好了位置，塑像的右手刚好能握住降龙杖，杖尖恰好顶在塑像底座的一个凹槽处。

彤弓放好后立即伏地跪拜，众人见状也一起跪拜。

这时只听彤弓说道："弟子罪孽深重，在此闭关二十年，未敢踏出半步，今日古雪大师说时候已到，还请先师明示。"

彤弓说完抬起头，却惊见鹿北逐塑像的左手已经打开，手掌上写着一排小字。彤弓凑近观看，只见上面写着一首诗。

彤弓开口念道："该来总会来，北上莫徘徊。会猎三江口，屠龙钓鱼台。"

彤弓念完有些奇怪地看向杨傲，显然没有完全明白这首诗的意思。

杨傲起身说道："这是古雪大师所作，该来总会来，北上莫徘徊。看来此刻立即下山北上应该是对的！"

"会猎三江口，屠龙钓鱼台呢？"彤弓紧接着起身问道。

"古雪大师曾说过，下山之日，需经一场浩劫！也许是在一个叫三江口的地方吧？"杨傲也有些不太确定。

"三江口在哪？"彤弓问道。

杨傲摇了摇头，显然也不知道。

"先不管这么多了，下山再说，关了二十年，还怕什么浩劫？轰轰烈烈死一场，也比隐没在这里强！"

彤弓说着就从鹿北逐塑像的手里抽出了降龙杖，塑像的左手立即收起。

彤弓快步向府门外走去，众人立即尾随跟上，这时彤弓突然回头问道："孤鹰到哪了？"

"小冀和狼鹰已去，时间紧迫，无须等他了！"杨傲说完，彤弓已走出府门。

这时苗雨魂才意识到，彤弓和杨傲的急迫程度显然并不比自己差，只是他们今日下山好像还需要有一个内在的程序或特殊的仪式。

就好像必须要拿到降龙杖才能得到明示，必须得到明示才能下山一样，只是如何才能拿到降龙杖这些事，苗雨魂根本无从知道。

但自己险些错怪了好人，苗雨魂心里顿时有些愧疚，况且算上自己才四个人，这如何能救得了苗寨？

彤弓等人出了府门，立即翻身上马，只有苗雨魂还立在门前，似乎不愿离去。

彤弓回头看了一眼苗雨魂，似有责备地说道："快走吧！也许已经来不及了！"说完即拍马离去。

"蒙古黑风军彪悍无比，我们这几个人如何能救得了？你们的情分已尽，还是不要去送死了！"苗雨魂对着彤弓离去的背影大声喊完，眼泪已经含在眼中。

苗雨魂实在不想让这些人白白去送死，苗寨肯定是救不得了，自己回去一死便是，何苦连累这些义士。

这时杨傲回头看了苗雨魂一眼说道："肉身可灭，道义永存！救援的本身和过程远远大于成败，走吧！"说完也疾驰而去。

苗雨魂刚要说话，却见人已离去，也只好飞身上马追了上去。

苗雨魂追上之后心中还是有些不忍，遂直接问道："彤弓师叔，侄儿不解，既然家父已被逐出师门，为何还这般执意去以死相护啊？侄儿一个人回去算了！"

彤弓在马上头也不回地说道："红尘都是戴罪客，净土皆是致良知。放下过往绝欲念，洞开心门度愚痴。既然要绝欲念，自然也要绝怨念，无贪无恨，才能心如净土，度化像你这般的愚痴之人！"

苗雨魂先是一怔，随后又思索片刻说道："天下皆是愚痴之人，度得我一人又有何用啊？"

"哈哈哈！若能度得你一人，便能度得天下人！虽死无憾了！"

苗雨魂看着彤弓在马上的背影，红衣猎猎，宛如一团熊熊燃烧的烈火，突然让人觉得无比温暖和安全。

"你怕死吗？"

苗雨魂闻言转头看向并排驰骋的李麟儿，随口回道："我不怕！"

"哈哈哈！那是因为你还没有真正面对它！"李麟儿大笑着说道。

"那师叔你怕吗？"苗雨魂随即问道。

"我？我怕啊！今日若不死，以后别叫我师叔了，我与你兄弟相称，一醉方休如何？哈哈哈哈！"李麟儿心直口快，豪气冲天，丝毫没有对死亡的惧意。

苗雨魂突然有些受宠若惊，心想这些人真是狂放了得，怎都如此大俗大雅，不修边幅？

众人马不停蹄飞奔半个时辰后，突然看见几十名大理鬏贫军在围攻三个边军守将，三人力战不退，显然已难支撑，其中一人手持开山巨斧。

杨傲见状突然说道："绝处惊鬼斧，妙处叹神工！"

彤弓看了一眼杨傲，又看了一眼手拿开山斧鏖战的守将，说："此人要救！"说完便奔突而去，三人紧随其后。

鬏贫军将领高通看见四骑奔突而来，红衣如火，白衣如云，青衣如雾，蓝衣如水，心想大事不妙！

尚未来得及指挥，红衣男子已一杖击飞数人，蓝衣男子掷出的竟是大理宫内独门暗器散手蝴蝶镖。高通刚要拔剑，已被一白衣长箫顶喉。

"叫他们住手！"青衣男子发令。

这些鬏贫军本来就没有尽全力围攻，一看主将被擒，纷纷停手。

被围一人见状立即拱手道："在下大理鸣音寨守将裴大名，敢问壮士姓名，今日若能保住性命，他日必将舍命报答！"

"你这不是保住了吗？"彤弓说话之时已拍马前行，显然是急着赶路不想多费唇舌。

裴大名摇头苦笑道："今日这命怕是保不住了！"

说完又拱手向着前方大喊道："兄弟交心，不在岁处，待到用时，两肋插刀！"

杨傲微微一笑，纵马疾驰，并未回头。

鬏贫军主将高通说道："整个大理国都知你裴大名有恩必报，言出必行，我拦你也是不想让你去送死，看来这是天意，快走吧，我回去也好交差了！"

不想裴大名得寸进尺，对着鬓贫军说："我裴大名此去必死，兄弟们有没有想陪我一程的？"

鬓贫军将士看向高通，高通扭头看向远方，显然是不管的意思。

鬓贫军果然也是血性之师，除了一些受伤的，足有二十多人追随裴大名而去。

裴大名在军中的威望之高，由此可见一斑。

很多人有福可以同享，但有难却绝不能同当，更何况是舍命相陪。

天下寥寥，有一人，便足够！

第九章　狭路相逢勇者胜

没有人不惧怕死亡，但在通往死亡的路上，能有一个神圣的使命，死亡便不再可怕。

因为，完成使命远比保住生命更重要！

彤弓等人快马疾驰，一刻未歇，向着地狱之门快速逼近。

此时地狱黑煞木李花正在围攻藏龙洞，彤弓等人到达苗寨时，见寨门口只有二十几个伤兵把守，远见二寨门处还有一队宋军列阵，三寨门处蒙吐联军攻寨正酣。

"看来苗寨已被攻破，无疆师兄生死不明，不能等孤鹰了，先烧蒙营，围点打援，不可突进！"杨傲话未说完，彤弓已冲杀过去。

蒙古伤兵哪里是彤弓的对手，未触即飞，彤弓从马上腾空而起，一跃飞上寨门，登高而望。

杨傲拂尘一抖，蒙古营帐立刻火起冲天，其余伤兵被蓝白两道光影瞬间解决。

木李花在三寨门处攻击正酣，突见山下火起，连警戒号都未响一声，心中大惊。

虽然把守门口的只是伤兵，但也没有人能够一声不响地解决他们，木李花觉得情况不对，立即派铁卫长哲哲毛髭带三十铁卫回援寨门，一看究竟。

黑风军从高处而下，瞬间狂奔而至，哲哲毛髭见寨门上站着红、白、青、蓝四个人，满地蒙军尸身，不见别的军队，甚是惊惧。

更让他惊讶的是，蒙古黑风军尚未围住寨门，为首的红衣就飞身而下，凌空一脚，横扫马头。

哲哲毛髭从未见过如此大胆找死之人，一把弯刀挥劈过去，这个力道足以斩断双足！

不想刀未完全挥出，一把降龙杖就突然直刺至眼前，杖头泛着红光，里面是自己惊惧的眼睛，哲哲毛髭知道这个距离已无法躲避，只能收刀向后一仰，翻身落马。

哲哲毛髭尚未起身，又增一分惊惧，顺着马腿的缝隙，他看见一队大理鬓贫军正从寨门外挥刀杀来！

他还没来得及反应，降龙杖就当头劈下，立时爆毙，死时眼睛里还带有一分惊惧。

纵横大漠多年的黑风军铁卫长哲哲毛髭，不到一个回合命丧马下，这样的战力让黑风军也有几分胆寒。

但黑风军之彪悍天下少有，没有主将也依然战力不减，迅速完成了对寨门的合围。

裴大名带着鬓贫军赶到时，正看见彤弓飞身和黑风军厮杀，这不正是自己的救命恩人吗？

裴大名二话不说就领兵冲杀过去，心中还有些许兴奋！

"我们是否加入？"宋军副将南永忠看向张钰。

"还不到时候！"张钰从始至终主意之坚定，少有人及。

黑风军没想到这四人如此难对付，近身不得，又横空杀出一队根本不要命的大理鬓贫军，摆成梅花防御阵竟都无法抵挡。

黑风军接连被斩落马下，这群凶恶的猛虎从未遇见过这样的对手，平时都是猛虎灭群羊，不想今日却变成了待宰的羔羊，全都惊慌愤怒到了极点。

蒙古哨骑卫眼看已无取胜的可能，甚至要全军覆没！危急之际，吹响了大汗令号！

此号一响，意味着发号军可能被全歼！

木李花眼看就要攻入苗寨藏龙洞，却听到了蒙古军最为紧急的大汗令号——黑风军组建以来还从未吹响过！

木李花大为恼火，这山下到底发生了什么？这三十铁卫足以击溃当今世界上任何一支五百人规模的军队，刚到山下就被全歼，这怎么可能？

但所有黑风军都听到了大汗令号，听闻此号，有如大汗亲召，必须立即施救！

木李花被逼无奈，只能痛惜地一挥令旗，大军撤离藏龙洞，疯了一般直扑山下。

苗雨烟的泪珠还在脸上尚未完全滴落，黑风军就慌忙撤退，她知道一定是大哥苗雨魂回来了！

苗雨烟激动得不知如何是好，可旋即又是一惊，大哥苗雨魂一定是在山下，黑风军俯冲攻杀，世界上没有任何一支军队可以抵挡。想到这里，苗雨烟大喊一声："跟我追出去！"

半洞尸体尚未血凝，剩下的也都心有余悸，苗寨的护卫立在原地，没有人敢出去追杀。

苗雨烟心急如焚，咬牙切齿地喊道："谁能杀了蒙古主将木李花，我就嫁给他！"

这一嗓子还得了，洞里除了女人几乎都跑了出去，蒙古黑风军、吐蕃兵、苗寨护卫，三支军队接连从三寨门向寨门俯冲过去。

木李花刚过二寨门，就远远地看见寨门处的惨烈厮杀，三十铁卫已倒下大半，而对方人数并不多。木李花眼中射出两道赤红的怒火，犹如一头饿疯的雄狮扑向猎物。

这样的扑杀，纵有上千精兵也难以抵挡，更何况彤弓这边无伤可战的已不足十人。

二百黑风军俯冲十人，纵有通天本事，也毫无悬念！

猎物必死！

裴大名惨笑一声："无疆兄！您的恩情，裴大名马上可以报了！"

彤弓此时眼中也露出了今生从未有过的忧惧之色。

苗雨魂觉得苗寨是救不成了，还连累了这些义士，怆然涕下，指天大喊道："这就是天意吗！"

突然，一声凄厉的鹰唳划破长天！

杨傲仰天一笑道："他到了！"

话音未落，一队足超百人的紫色幽骑军飞驰而至，犹如神兵天降。

但见为首主将容貌如画，风仪之美远超世间男女，紫衣黑发不扎不束，衣发都随风飘逸，手持冷月蟠龙戟，一只狼鹰盘旋头上斯斯长啸。

"那孤鹰！"李麟儿惊呼！

那孤鹰、彤弓、杨傲三人与古雪大师都有师徒之缘，很小的时候就受过古雪大师的点化，三人从小一起长大，从未分开。

孤鹰问古雪，山外天几重。

不敢高飞越，空盘待苍龙。

此刻孤鹰、苍龙齐至，纵有几重高天，怕是也要掀翻！

那孤鹰的紫色幽骑分秒未停，直对着俯冲而至的黑风军冲杀过去，世界上绝对没有任何一支军队敢如此不避黑风军的兵锋，这无异于自杀！

李麟儿和苗雨魂都惊在当场！

木李花更没有想到对方会如此接招，他跟随成吉思汗西征七年，征战无数，也没有见过此等场景。

世界上最精锐的两支军队在双方战力都接近峰值的情况下轰然相遇了。

交战双方的第一刀都用尽了全力，刀枪相交爆发出铿锵巨响，兵器兵刃震断崩飞比比皆是；骑兵互相冲入对方军阵，双方阵型均被冲散，互相拼命砍杀，瞬间难解难分。

不过几百人的军队交战所爆发出的气场和冲击波，即便是百万大军也难以企及。

木李花简直不敢相信自己的眼睛：直接面对俯冲而下的黑风军，没有雪片般倒下，也没有潮水般败退，反而越战越勇，难分伯仲！

木李花哪里知道，这支军队的爷爷们是比泰山还难撼动的岳家军精锐中的精锐背嵬军，曾在朱仙镇大破十万金兵。

那孤鹰的爷爷是金人，因崇拜岳飞将军的忠义而投靠岳家军，他虽然生在大理，但却始终没有忘记自己流着女真人的血，他像一只孤鹰盘旋在雪山，日夜操练幽骑军，现在终于可以对灭亡自己母国的军队挥戈痛击了。

双方缠杀不休之际，吐蕃兵也赶到了，鸠哈罗指挥吐蕃兵分成两队，从侧面对幽骑军进行包杀。

彤弓、杨傲、李麟儿、苗雨魂和裴大名的鬓贫军死死守着幽骑军的两翼，让吐蕃兵无法完成合围，但战场的天平又倾斜到蒙古黑风军一方。

"冲啊！"随着一声女子的尖叫，尾随的苗寨护卫队也加入战阵，对黑风军的腹背攻击。木李花不得不回戈抗击，战局又陷入了胶着。

此刻，双方都知道，谁都没有取胜的把握，无论胜败都将是一场惨烈的团灭，索性都将生死置之度外，用尽全力忘我击杀。

突然，一声急促而激昂的号角刺过苍穹！

宋军吹响了进击号！

第十章　一战成名天下闻

张钰的火候把握得正好，无论他站在哪一方，都会让另一方陷入绝望。

宋军从二寨门处向下俯冲，既可以对中军进行了压打，也可以对两翼进行反包抄。

张钰选择了反包抄，因为中军的蒙古黑风军很难撼动，两翼的吐蕃军相对好打，避强击弱，符合兵法之道。

随着宋军的加入，小小的山寨里，蒙古、大理、吐蕃、南宋、忠义门、幽骑军、苗寨护卫队，四国七方最精锐的部队交战在一起，旌旗飞动，杀声震天！

木李花知道全身而退已不可能，遂瞄准苗寨护卫队的薄弱处，硬生生撕开一个豁口，准备带着黑风军突围出去。

木李花勇猛无敌、万人难挡，连破苗寨护卫队、宋军、幽骑军的多重包围冲出寨门。

此刻的木李花人已是血人，马已是血马，身后也只剩下两骑。

可怕的木李花！重情重义的木李花！

冲出寨门后本可逃出生天，一走了之，但他回头看到被围的黑风军，实在不忍丢下出生入死的兄弟，遂不顾两个铁卫的拼命阻拦，又重新杀回战阵，重入地狱！

木李花凶神恶煞，形如血魔，见者纷纷避让，黑风军士气大震，拼命突围。

木李花以一人之力扭转乾坤，直杀得人心惊胆寒、肝胆俱碎！

黑风军一旦完成突围，必将进行山崩海啸式的报复！

千钧一发之际，只见一团红色的火焰从侧面向木李花喷涌过去。木李花此刻战力已接近爆表，任何靠近之物都必将粉身碎骨。

只见木李花向后一仰，躲过扫到太阳穴的降龙杖，几乎在后仰的同时将战刀横劈过去。只听一声爆裂般的马嘶，对方战马从马眼以上被齐齐削去。

彤弓暴喝一声！

在战马倒下的同时纵身跃起，降龙杖从天而降向木李花的头盖骨刺去！

降龙杖向下击打的同时一分为二，木李花决然没有想到，对方竟从降龙杖中抽出一把降龙刀！

木李花立即挥刀挡住了降龙杖的劈打，但却无法躲过这把从天而降的刀。

降龙刀从天而下，直直地插向木李花的天灵盖！

一击必杀！

但让彤弓没有想到是，木李花居然徒手握住了降龙刀的刀刃！

更让彤弓没有想到的是，木李花左手抓住降龙刀的同时，右手的蒙古刀借着挡杖之力回划过来，反劈向了彤弓的天灵盖。

看起来两人将同归于尽！

但此刻彤弓的刀已被木李花空手握住，身体从上而下的势能让他无法再度跳开，即便此时弃刀跃向旁边，也是非死即残！

同归于尽已不可能！

彤弓和木李花都知道，这一刀绝对无法躲过！

除非躲过的不是人，而这个世界上根本没有神。

战场上的死亡并不可怕，可怕的是心有不甘！

就在胜负几乎没有悬念的时候，一道白光鬼魅般地从万军之中飞向木李花，白光中伸出一把精钢长箫直刺木李花心脏。

木李花大吃一惊，下意识地将刀挥向白光。只听"当啷"一声，木李花的刀尖精准地刺进了李麟儿的精钢长箫，刀刃碎裂，直入箫口半寸有余！

李麟儿简直不敢相信自己的眼睛，一般人能看清他身体移动的轨迹已十分了得，木李花居然能在与绝世高手对战的危机之时，用刀尖刺中箫口。

只这一击，木李花已是天下第一！

可就在木李花的刀尖刺进李麟儿的箫口之时，彤弓的刀也刺进了木李花的天灵盖。

彤弓趁着木李花移刀刺向李麟儿之时，身体顺势回落站在了木李花的马背上，双手握住降龙刀，狠狠地向下扎了进去。

此刻的木李花依旧坐在马上，右手的蒙古刀还顶着李麟儿的长箫，齐腰长的降龙刀已刺入身体，彤弓站在马背上，握着悬在木李花头顶的刀柄，红衣猎猎。

木李花的眼睛睁得大大的，不知是懊悔、愤怒还是遗憾。

如果他不顾李麟儿的攻击，手中的蒙古刀继续刺向彤弓，至少也是同归于尽。

可在那种千钧一发的危急关头，他出刀只是下意识，根本没有思考的时间，任何人都会下意识格挡。只不过这一挡，没能拯救自己，还便宜了敌人。

所以，他的眼睛里更多的应该是不甘。

所有人都被这从未见过的凌空劈杀震惊了，更为震惊的是站在远方的苗雨烟，她看着站在木李花马背上的猎猎红衣，心如撞鹿。

木李花的惨烈喋血，让整个战场偾张的怒火逐渐止熄。

吐蕃鸠哈罗弃刀投降。

蒙古黑风军依然奋力拼杀，但战力大减，被幽骑军快速围歼，伤者纷纷自尽，无一就缚。

苗寨一战可谓生灵涂炭，从山下到山顶，惨烈之景难以描述。

扫灭蒙古黑风军后，苗雨魂血剑尚未入鞘，便一脸杀气地走向鸠哈罗。

杨傲拂尘一抖道："乱世举步，何求此身能站稳；换位置身，最难莫若平和心！"

苗雨魂听后驻足，面目依然狰狞，但刀已慢慢入鞘。

鸠哈罗吓得瑟瑟发抖，俯身跪地拜向杨傲。

"回去吧！"杨傲看着满地的尸体，背对着鸠哈罗说道。

鸠哈罗先是一怔，而后立即伏地三拜道："再造之恩，终生难报！"说完迅速带着残兵撤出苗寨。

后来吐蕃投降蒙古，鸠哈罗被封玛哈罗差，但却始终没有配合蒙古攻打大理，兵锋终生未过苗寨。

这时李麟儿看着一旁的晋国宝发笑："你还能坚持多久？"

晋国宝憋到几乎窒息，脸色铁青，忽地一口浊气喷出，跪地求饶。

"你一个宋军，跑到这儿来装死，你还有没有点儿血性？"李麟儿用他的精刚长箫点打着晋国宝的头。

李麟儿的话吸引了众人，苗雨魂看见晋国宝，顿时火冒三丈，立即提刀飞奔过去。

"你这个叛徒！"苗雨魂一刀砍过去，却被一把两刃枪挡住。

"这是我宋军中的败类，正要缉拿归案以正法度，就把他交给我吧！"此刻张钰也算是苗寨的大恩人，苗雨魂没有理由拒绝。

"你这个奸贼！"随着一声银铃般的大喊，一把短剑刺入晋国宝的后腰。晋国宝大叫一声，顺势一滚躲过了苗雨烟的第二剑，但这一剑也足以断了他的子孙。

晋国宝随即被几个宋军缚住带走，张钰对着怒目圆睁的苗雨烟和众位义士抱拳道："张钰尚有公务，先行一步，他日有缘，愿与诸君共襄盛举！"

杨傲看着张钰远去的背影喃喃自语："玉龙居偏地，不来不知名！此战足以名动天下！"

"小冀，把幽骑单独埋葬！"那孤鹰对着一个英俊的少年发令。

少年闻令立即带着幽骑军打扫战场，其他尸体都付之一炬，唯独将幽骑的尸体单独埋在了寨门旁的山脚下。

那孤鹰端坐马上，单臂持戟，戟尖在一块磐石上火花飞溅，写下了一行祭文：

> 乱世扰，势难休。
> 幽骑血，染江流。
> 魂不死，义千秋。
> 忠于道，复何求。
> ——那孤鹰

第十一章　将星陨落苗不禄

夕阳的余晖洒满染血的大地，满地的落叶沙沙地在众人的脚下发出悲凉的声音。

彤弓等人顺着道路向山上走去，一路上遍地尸体，伤者呻吟不断。

走到三寨门处，景象更是惨烈，看得人毛骨悚然。

所有人都面色凝重，不知是怜、是恨、是怨，还是怒！

"一夜魂往来，遍地老少鸣！"杨傲摇头叹息，不知是认可了天意，还是恨透了苍天。

一直走到寨顶，家祠前的空地上跪了一地女人，歇斯底里的哭声听得人肝肠俱碎。

祠堂廊前的立柱上有几个血淋淋的大字："杀人者，地域黑煞近身右卫哈里赤！"

原来哈里赤杀人后，料定苗寨骑兵必然狂暴复仇，遂留下几个字后从山后垂崖而下，复渡棋盘河，原路返回。

快到寨门时刚好看到彤弓击杀木李花，哈里赤在远处痛心疾首，但却已无能为力。

哈里赤遂跪在地上亲吻大地，为即将长眠于此的木李花求得保佑。

亲吻完大地，哈里赤抽刀斩下了自己的小手指，在地上滴血为誓："我大蒙古必将以三国鲜血再次祭奠这片土地！"

说完便头也不回地消失在茫茫远山中。

祠堂里，杨傲盯着几个乌黑血字半晌道："一虎归山群虎来，千里赤红万骨埋！"

众人都听得明白，一场浩劫也许在所难免了！

"啊——"

突然一声无比痛苦的悲鸣传来，大家这才看到苗不禄正跪伏在祖宗的牌位前，凝血没膝，呜咽悲泣。

"阿爹！都是我的错，是我害了苗寨老小，我渡棋盘河时遇见了这伙恶魔，本该回来报信儿的，是我大意了，都怪我啊！"苗雨魂无比自责，伏地大哭。

苗不禄不停地摇头捶胸，大哭道："报应啊！报应！都是报应！悔不听师父当初之言啊！"

这时彤弓突然看见鹿北逐的牌位也在，这让他想起当年忠义门鼎盛时，鹿北逐只让门徒修心自持，不许出仕立业，致使那孤鹰的父亲那云珠忧愤而死，大师兄苗无疆被逐出师门，其他门徒纷纷散去，忠义门再也无门可进。

鹿北逐总是说各有使命，时候未到。临终时指着古雪大师留下的一首诗说："此诗收尾时，才是下山日。"

不想这一等就是二十年，此刻他也不曾参透。

苗寨的阿哥们将尸体抬出祠堂外装殓，堂外女人们的哭声惨烈无比，哽咽抽泣久久不绝。

这时，谁也不曾想到，苗不禄突然抽出身上的幽兰剑，对着自己的小腹刺了进去。

"阿爹！"苗雨魂立即扑过去抱住苗不禄大喊，苗雨烟和苗雨蝶也扑过去，悲痛欲绝。

彤弓立即俯身跪地握住苗不禄的手道："无疆师兄，事已至此，你这又是何必呢？"

苗不禄看着彤弓，悲痛地说道："我曾在师父灵前立下毒誓，若再开杀戒，必遭惨死！今日能死在师父的灵位前，也算圆满了。"

彤弓看着苗不禄，一时不知该说什么好，只能紧紧握住苗不禄的手。

苗不禄看了看苗雨魂和苗雨烟两姐妹，气息奄奄地道："苗寨……和……和我的……孩子们……就……拜托……给你了！"

彤弓用力地点了点头，苗不禄释然地闭上了双眼。

这个曾让西南三十七部族战栗的王者，在自己的家祠、在自己的族人面前，满是愧悔、满是悲伤、满是幽怨、满是无助、满是屈辱地离开了这个世界。

苗家三兄妹号啕痛哭，众人也都默默垂泪。

……

彤弓等人帮着苗家兄妹处理完后事已过月余，这天苗家兄妹带着几人骑马登上了苗寨的最高处——苗家顶。

山顶清风徐徐，枫荫野道，五彩斑斓，众人仿佛置身画中。

这时一片红叶从彤弓的眼前徐徐飘落，彤弓随手抓住后悠悠吟道：

> 一片枯叶落深山，
> 满目疮痍满目欢。
> 静待清风催我舞，
> 终随黄土化尘烟。

杨傲望着远方蜿蜒不尽的棋盘河，随口接道：

百川争渡知归海，

万物轮回天地间。

人在天涯终会老，

情仇散尽拜乡关。

众人听后良久不语，眼前无限寥廓的天地，让每个人的内心都开阔起来。

"不知彤弓师叔今后有何打算？"苗雨魂缓缓上前，站在彤弓的身边。

"静待缘起，何来打算？"彤弓心平气和地道。

"不打算出仕建功吗？"苗雨魂抬头目视前方。

"眼下朝廷昏昏，出仕也难免重蹈武穆将军的覆辙，这样的功劳不要也罢。"彤弓昂首立在崖前，红衣猎猎。

"难不成还要回去隐居避世？"

彤弓闻言看了一眼苗雨魂："避世？我已避了二十年了，不是一样没能避过这世间之事，一旦下山就再难回去了！"

"那就只能去参禅悟道了！"

彤弓微微一笑："如何悟道？像古雪大师那样，化入虚空，融入天地，这样的生命形式又有几人能够领悟呢？"

彤弓说完，苗雨魂摇摇头叹道："唉！今后何去何从确实是难以选择啊！"

这时那孤鹰驱马向前一步，紫衣长发飘逸若云，意气风发地说道："越是迷茫时，越是要选择一条最艰难的路。"

杨傲拂尘一抖，微微一笑道："如能找到最难的那条路，就不是真的迷茫，所谓迷茫，就是无从知晓哪条路最容易，哪条路最艰难。"

"既然无从选择，又何必选择？真正的自由，就是不受天地的束缚；真正的洒脱，亦不能被情仇所绑缚！"那孤鹰说完，狼鹰长啸一声振翅高飞。

杨傲仰望天空，叹息一声道："唉！天地万物，因缘生聚，无人能够独立世外，乾坤运转之妙，也无人知道在何处转旋，皆是随缘罢了。"

这时李麟儿将手中的精钢长箫转得飞快，一跃飞坐到树杈上，"杨傲师兄，师父让我下山的时候只说了一句'时候到了'，这个时候到了指的是我下玉龙山的时候到了，还是指你们出云龙寺的时候到了？"

"都到了。"杨傲不假思索地说。

"此诗收尾时，才是下山日。"彤弓一字一句，似有所思。

"现在收尾了吗？"李麟儿紧跟着问道。

"那得问你杨傲师兄了。"彤弓回头看了一眼杨傲。

杨傲有些勉强地说道:"既然已经下山了,此诗自然也就收尾了。"

李麟儿飞身落地,凑过去问道:"可否说来听听?"

杨傲看了一眼李麟儿,稍顿一下才缓缓说道:"天机怎可随便泄露?"

李麟儿却扭头不以为然地道:"是你不知还是不想说啊?"

杨傲闻言沉默不语。

李麟儿见状口中喃喃自语道:

> 玉龙居偏地,不来不知名。
>
> 天阔云飞渡,道高卧龙生。
>
> 绝处惊鬼斧,妙处叹神工。
>
> 孤鹰问古雪,山外天几重。
>
> 不敢高飞越,空盘待苍龙。
>
> 一夜魂往来,遍地老少鸣。

李麟儿将此诗唱和出来后又摇头说道:"唉!不懂,不懂!"

苗雨魂听到这首诗,不知心中想起何事,脸色阴沉地对着杨傲说:"一夜魂往来,遍地老少鸣。指的是我苗寨吧?"

杨傲依然沉默不语,不知是认可还是否认,众人也不好答话,现场的氛围一时变得尴尬起来。

突然,一个银铃般的声音响起:"这首诗明明是描写一座古寺风景的,怎么还牵扯到苗寨来?故弄玄虚!"

"雨烟不要无礼!"苗雨魂看着苗雨烟有些不悦地说道。

"难不成这一切都是天定?"苗雨烟有些不服地说道。

"诗乃人作,天地焉知其详?"彤弓随口应道,苗雨烟盯着彤弓的背影没再言语。

"天地滚滚向前,焉能主宰万物的悲欢;岁月匆匆逝去,又怎能留下接续的诗篇。创造和改变、探索和留下这一切的,唯有人耳!"那孤鹰手拿冷月蟠龙戟,衣带飘飘,在阳光下宛若仙人。

苗雨蝶痴痴地看着那孤鹰,早已不把其视作凡人。

"天机一到,自会拆解!人不能胜天,天亦不能度人,天地之间,人只是一个平衡之物而已。"

杨傲说完,众人不语,因为都没有听明白,也不知该从何处问起。

这时李麟儿将长箫放到嘴边,天籁般的箫音随即回荡在山间,众人正听得入迷,箫音却突然停了。

众人不知何故,齐齐看向李麟儿,却见他用手指着远方说:"那是什么?"

众人循声望去,远远地看见有一骑向苗寨扬尘而来,背后插着一面

哨旗。

"是大理哨骑卫！"裴大名看清之后大声说道。

"来者不善！"杨傲说完，众人立即拍马下山，几乎和大理哨骑卫同时赶到寨门。

未等众人开口，大理哨骑卫便首先喊道："来人哪位是裴大名将军？"

裴大名纵马向前道："本人便是！"

"这是高通将军的插旗快报！"大理哨骑卫说着将一封书信交给裴大名，未等裴大名拆开就急急复命而去。

裴大名拆开书信，脸色陡变，看后将信交给杨傲。

杨傲看了之后长叹一声道："没想到这么快就来了，看来地狱黑煞右卫哈里赤并未走远，而是飞鸽传书报信！"

杨傲把信递给彤弓，接着说道："高通将军信中说黑风军是蒙古大汗四怯薛之首的宿卫部队，精锐中的精锐，木李花是成吉思汗御封的全国九十五千户之一，成吉思汗之孙托雷的安答。他的死引起了黄金家族的震动，蒙哥汗已颁布诏书，同时对大理、南宋和吐蕃宣战，东起淮扬，西至汉川，蒙古十二路大军正在集结！"

裴大名接着说道："现在迫在眉睫的是大理上将军高禾正率五万大军向苗寨杀来，他们想用我们的首级作为向蒙古求和的礼物！"

苗雨魂听后"噌"地拔出幽兰剑，大声喊道："大不了和他们拼了！"

那孤鹰看着苗雨魂冷冷地道："拿什么拼？即便过了高禾这一关，蒙古大军来的时候一样躲不了。"

杨傲飞身下马，用青罡剑点地边划边说："苗寨肯定是守不住了，现在南边有高禾的大军进剿，西边有吐蕃的虎视狼围，北面有蒙古的兵锋逼近，只有东面的大宋是唯一的退路！"

彤弓点头称是，随即对苗雨魂说道："事不宜迟，雨魂，立即召集苗寨现有族人，带上粮食车马，连夜启程，东进大宋！"

第十二章　自我牺牲苗雨蝶

"嘎嘎"，一群乌鸦从山谷中飞过，给这个小寨的悲秋又增添了一层凄楚。

苗寨的人还没有从蒙古黑风军的屠杀中缓过劲儿来，又被告知大军临寨，连夜搬家，自然是怨声载道，纷纷堵在寨门口处犹疑不定、止步不前。

苗雨魂站在寨门上大声喊道："大家不要迟疑，再不走就来不及了！我们挡不住高禾的五万大理军，更挡不住蒙古铁骑的复仇！"

"我们是大理的子民，大理军为什么要打我们？这天下还有没有道理了？"

"对啊，为什么要打我们？不能你说什么就是什么，要拿出证据，否则我们不走！"

"我们祖祖辈辈生活在这里，不能无缘无故地说走就走！总得有个说法吧！"

"没有说法，我们就不走！"

……

苗寨的人七嘴八舌，说个不停。

"我已经说了，蒙古大军要来复仇，已经对大理宣战了！"

"对大理宣战和我们有什么关系？"

苗雨魂话未说完，就被众人打断。

"大理不可能为了我们和蒙古开战，只能牺牲我们，从此刻起，我们走与不走，都已经不是大理的子民了！"

"这都是你的一面之词！我们不可能再上当了！"

苗雨魂喊得声嘶力竭，族人却还是争吵不止，举步不前。

这时裴大名骑马过去，大声喊道："大家听我说，我是大理鸣音寨守将裴大名！因为我们杀了蒙古黑风军，蒙古已对大理、吐蕃和南宋三国同时宣战。大理为了向蒙古求和，所以要把我们交给蒙古人，是我提前得知了消息，此刻不走，明日这里就会重演黑风军来时的惨景！"

"蒙古人是你们杀的，不是我们杀的！要走你们走，我们不走！"说话的是一个身穿蓝青色家织布的黑脸大汉，名唤苗大牛，他还有一个兄弟叫苗二牛。

这苗寨除了苗不禄，就属他爹的辈分高，这哥儿俩虎背熊腰，也是苗寨里的头面人物，一心做着同娶苗家姐妹的美梦。

苗大牛见彤弓杀了木李花，苗雨烟估计是娶不成了，又见苗雨蝶整天围着一个绝美的紫衣男子转，早就气不打一处来，私下散布苗寨的人都是因为苗家姐妹而死的流言。家家都憋着一口气，爆发已经是迟早的事。

"你以为我们想走吗？不走蒙古人能放过我们吗？老人小孩儿都不放过，还能让你们活吗？"苗雨魂红着眼睛，扯着嗓子喊道。

"那你说说，蒙古人为什么要来打我们，是谁把他们招来的？"苗大牛明显话里有话。

"现在说这些废话还有什么用？留下就是死，走了就能活，这么简单的道理还不懂吗！"彤弓本来就是个急性子，实在憋不住呛了一句。

"你终于跳出来了，别以为我们不知道，就是因为你和蒙古人抢我们苗寨的阿妹，打了起来，把我们苗寨老小都给害了，你才是真正的罪魁祸首！"苗大牛看见彤弓立即火冒三丈，把所有屎盆子都扣了过来。

彤弓没想到苗大牛能说出这样的歪理来，一时有理也不知道该怎么说了。

苗雨烟见苗大牛血口喷人，未等彤弓开口，忙不迭地喊道："苗大牛！你说的什么胡话！没有这些义士舍命相救，我们现在还能活着吗？"

没想到苗大牛也是个犟种，指着苗雨烟喊道："那你说说，你是不是要嫁给他？"

彤弓不知道苗雨烟发过誓，疑惑地看向苗雨烟。苗雨烟心知肚明，自然心虚，与彤弓对视后脸唰地红了。

这个时候、这个场合，苗雨烟回答也不是，不回答也不是，越发显得尴尬了。

"怎么不说话了？啊？"苗二牛也跟着嚷嚷起来。

"你要嫁给一个外族人，还拉着我们给你当嫁妆！你还要不要脸？"苗大牛见苗雨烟不吭声，越发猖狂起来。

彤弓听后刚要跳起，却被杨傲一把抓住，附耳低声道："你现在若动他半指，你二十年的闭关思过就白费了！"

彤弓牙关紧咬，不知该说什么好，只觉得这些人真是无药可救。

苗雨魂听后气得突然拔出幽兰剑，愤怒地指着苗大牛喊道："苗大牛！你是想让大家都在这里陪着你等死是吗？"

"走可以！你让你妹嫁给我，我们就走！反正不能让他嫁给外族人！"苗大牛此时已经到了不要脸的地步。

"对，我哥是苗寨的亚努！嫁给我哥！"苗二牛也跟着喊了起来。

"对，嫁给大牛！证明你们没有勾结外族和蒙古人！"

"对，你们没有勾结外族和蒙古人我们就走，否则不走！"

……

众人又七嘴八舌地喊了起来！

苗大牛这一脉占了苗寨的半壁江山，苗寨一战，死的大半都是苗不禄这一脉的，所以此刻苗大牛这一脉的人数占尽优势，局势一时有些失控。

李麟儿实在看不下去了，飞身站在寨门上喊道："你们听着，是你们寨主苗不禄临终时托付我师兄照顾好你们和苗家兄妹，否则我们早走了，你们爱走不走，与我们何干！"

这时苗大牛的父亲苗无力走了出来，苗无力看着李麟儿平心静气地说道："孩子，你说得对，要照顾好苗家兄妹，那让苗家姐妹嫁给大牛二牛不是最好吗？不禄大哥活着也会同意的，为什么你们就不同意呢？"

"阿叔，你怎么也能说出这样的话呢？嫁给谁是我妹妹的自由，你用你们自己的命来威胁我们，天下有这样的道理吗？"苗雨魂气愤地说道。

"雨魂，你也是个明白孩子，不是威胁你们，是要让你们证明蒙古兵不是你们引来的。我苗家一千多口老小不能白死啊！"苗无力说话声音虽然不大，但在苗家人心里却很有分量，大家都啧啧发声附和。

苗雨魂心里知道，如果当初牺牲妹妹和配方，这场屠杀就可以避免，从这个角度来说，苗寨的人也算是为他们家而死，所以现在更要救这些族人，绝不能扔下不管。

可眼下如果再牺牲妹妹，那这一仗打得还有什么意义，即便父亲活着也不会同意的，但当下这僵局又不知该如何化解，苗雨魂实在是有些心力交瘁。

那孤鹰见状拍马上前喊道："我有一半的幽骑兄弟死在这里，还有几十名大理、南宋的边军在此长眠！"

那孤鹰说着手中的冷月蟠龙戟向旁边的磐石一指，继续说道："这石上所刻祭文尚未蒙尘，冢中热血尚未凝固，他们也是为了苗家姐妹来的吗？你们说出这样的话，就不怕遭天谴吗！"

那孤鹰说得句句在理，苗寨的人纷纷交头接耳，开始有些动摇。

"胡说！这些人都是为了穿红衣服那个领头的来的！根本不是为了我们苗寨，我们才是最大的受害者！"苗大牛见族人开始动摇，又胡搅蛮缠起来。

苗雨魂气得咬牙切齿道："你怎么能说出如此忘恩负义的话，他们是我搬来的救兵，舍命救的都是我苗寨的人！"

"那你让他发誓，绝对不会娶我们苗家姐妹！"苗大牛指着彤弓说道。

"我可以发誓……"

"不行！"

彤弓话未说完，就被一个极尖的声音打断，大家纷纷看向苗雨蝶。

这时苗雨蝶看着彤弓说道："我姐曾在生死关头发过誓，谁杀了木李花她就嫁给谁！你杀了木李花，你就要娶我姐，不能让我姐违背誓言！"

这个誓言苗寨的人都知道，当初如果不是为了这个誓言，苗寨的人也不会冲出藏龙洞。

"那你呢？你没发过誓吧？你为什么也要嫁给外族人？"苗大牛眼见理亏，又开始打苗雨蝶的主意。

"我为什么要嫁给你！"苗雨蝶瞪着苗大牛愤恨地喊道。

"你要证明你们没有勾结外族和蒙古人！苗寨死了这么多人，你们要负责！"苗大牛此刻已经无耻到了极点。

"我负什么责？"

"你负什么责你自己心里清楚！那晋国宝就是你们两姐妹勾引来的，晋国宝又把蒙古人勾来，罪魁祸首就是你们！"苗大牛说完用手狠狠地指向苗雨蝶。

"你！你别血口喷人！"苗雨蝶本来就被晋国宝调戏过，此刻又被污蔑是她勾引的，这让她的情绪有些激动。

"喷你？哼！那你敢证明自己的清白吗？"苗大牛故意激怒苗雨蝶。

"怎么证明？"

"嫁给我！嫁给我就能证明你没有勾结蒙古人！我们就跟你们走！"苗大牛把无耻到极点的话说得理直气壮。

"好！我嫁给你！"

"不可！"苗雨烟大喊一声。

"行了吧？可以走了吧？可以证明我们没有勾结蒙古人了吧？"苗雨蝶眼泪哗哗流下，大哭着喊道。

那孤鹰虎躯一震，热血翻滚，没有回头看苗雨蝶。

李麟儿右手拿着精钢长箫狠狠地砸向左手手心，不知是手疼还是心疼。

"妹妹不可！大哥说过要保护你，不会让你受委屈的！"苗雨魂飞下寨门，满眼热泪。

"你们都别说了，赶紧走吧！"苗雨蝶说完，三兄妹抱着哭作一团。

彤弓知道了苗雨烟发过的誓，再看着哭作一团的三兄妹，无疆师兄的嘱托犹在耳畔，却无能为力，心如刀绞。

这样救人的代价实在是太大了！

这时杨傲怒喝一声："出发！"

火把飞舞，火光映照，却无人看见杨傲微微湿润的眼睛。

因为苗寨的老人和小孩都在这次屠杀中惨死，剩下这一千多人都是青壮年，走起来倒也不费劲，男的骑马，女的坐车，在夜色中无声地前行，几乎没有人再说话。

天要放亮的时候，彤弓等人到达左所海子湖，四周崇山峻岭，水泊交错。

大家走了一夜，纷纷饮马休整，生火造饭。

彤弓和杨傲、那孤鹰三人绕湖查看地形，研究行进方向，走了半个时辰还未能绕湖半周。

杨傲望着碧波粼粼的大湖，无奈地叹息道："唉！如能渡过此水，可直奔渔门镇，然后走金沙水路，不出三日就可到达重庆府，到那里就可以安顿苗寨的人了。"

"是啊，这么走下去肯定不行，高禾如果丢下步兵，只带骑兵来追，半日就可追上。"彤弓忧心忡忡地说道。

那孤鹰一夜未说话，听到彤弓、杨傲两人的对话，看着清冽的湖水，愁绪难平，对着大湖吟道：

> 如天大镜落沙丘，
> 凉风吹尽意难休。
> 远山碧水粼粼处，
> 安得大舟速解愁？

彤弓、杨傲听后看过去，知道那孤鹰心情不好，但也不好劝慰，因为实在不知道该如何开口。

杨傲看着那孤鹰说道："是啊，没有大舟，实在难解此愁啊！"

这时一声鹰唳划破长天！

那孤鹰抬头看见狼鹰在天上盘旋三周后，长啸一声向西南飞去。

"有敌兵来袭，方向西南！"那孤鹰说完就纵马向回奔。

杨傲稍怔了一下，立即反应过来，随后脱口道："坏了！"

说完调转马头，也急速回奔。

第十三章　九死一生拜高禾

喷薄而出的朝日映红了波光粼粼的湖面，苗寨的人都在湖边欣赏这如画的美景，丝毫不知道危险即将降临。

高禾是大理国上将军，用兵如神，他知道踏平一个小小的村寨何须五万大军。

所以发兵当日他就亲率一千骑兵，飞奔苗寨。

计划到达苗寨后立即发动夜袭，火箭齐射将苗寨夷为平地，但他马上发现，苗寨已是一座空寨！

高禾何等聪明，他知道大理军中一定出了内奸，而苗寨中也一定暗藏大人物，否则怎能如此秒探军机。

夷平苗寨，此次突袭任务本可算大功告成，可以回兵复命了。但高禾绝非善类，在火光的映照下，他脸上露出了一个顶级杀手冷冷的笑容。

"哼！擒杀大鱼，才有攻伐之乐！"高禾冷笑一声后，带着骑兵连夜追击。

苗寨的人正在造饭休息，人马早已卸甲，不料骑兵突至，惊慌失措，未及拾械反抗就被死死围在湖边。

高禾高居马上，厉声喊道："谁是头领？"

苗雨魂大声说道："我们都是大理的子民，蒙古人进寨屠杀，不见你们有半刃染血，现在反倒对手无寸铁的平民死死追杀，你们算什么东西！"

高禾冷哼一声道："哼！无知小民！皇上深意，你怎能知？不杀你们，整个大理国都要生灵涂炭，孰轻孰重，焉能由你掂量！"

"你们这些食禄的禽兽，由你们掂量，我们这些百姓的命就一文不值了吗？"苗雨魂大声斥责道。

"伶牙俐齿救不了你们的命！我且问你，你们连夜搬家，定是早知我军前来，这消息究竟是何人探得，说出来，或可免一死！"

裴大名闻言看了一眼苗雨魂，双方立即会意，高禾此次前来，是想追查军中何人泄露了机密。

高通将军冒险报信，对大家有救命再造之恩，无论如何也不能出卖兄弟，好在知道这件事的只有当初在苗家顶上的几个人。

苗雨魂微微一笑，扭过头去。

苗雨蝶紧紧握着苗雨烟的手，心中悲喜交加，悲的是环环劫难，还是难逃一死；喜的是那孤鹰不在，或可避过此劫。

荒滩泥土之上，一个美女就已十分惹眼，两个美女站在一起，早就亮瞎了大理骑兵的眼，要不是高禾治军严谨，想必此刻早已扑过去据为己有。

高禾似乎也看出这两个女子的不同寻常，遂对着副将孙伍子打了一个手势。孙伍子等这个指令等得早心痒难耐，带着几个亲兵就冲了过去。

孙伍子是大理军中有名的色狼，小眼儿只有一条缝儿，睁也睁不开，但里面却藏满了奸诈和阴毒，长了个十足的奸臣相。他能走到今天，全靠他父亲吏部尚书的关系，对上极尽谄媚，对下极尽威淫。

苗雨魂知道来者不善，立即推开横在头上的长枪，跑过去挡在两个妹妹的前面，准备以死相拼。

孙伍子长枪直刺苗雨魂心脏，一枪毙命已无悬念。

突然，一个白影从眼前飞过，一支精钢长箫直接打在孙伍子的马脸上。马倒人翻，孙伍子狼狈地从地上爬起，几个亲兵见状一拥而上。

苗雨魂和裴大名见状趁机扑了上去，但手中有武器的只有李麟儿，其他人的武器都在马上，空手搏击数倍于己之骑兵，纵是有惊天之能，也绝无胜算。

未到两个回合，苗雨魂和裴大名就被长枪制住，动弹不得。李麟儿凭着鬼魅般的身手，还在勉强支撑。

"住手！"一声大喝传来，李麟儿看见孙伍子已将短刀架在苗雨蝶的脖子上。

李麟儿应声停手，却被一枪打倒在地。

孙伍子带着亲兵押着苗家两姐妹走到两队人马中间，孙伍子用拿刀之手紧紧勒住苗雨蝶的脖子，另一只手趁机抓向苗雨蝶胸前。

突然，一声鹰唳划破长天！

众人抬头望天之际，却有一人一骑从侧面杀入阵中，紫衣长发，不扎不束，正是那孤鹰！

一把冷月蟠龙戟呼啸生风，所向披靡，如入无人之境，目标直取上将军高禾。

高禾暴喝一声："果然有大人物！"

说完跃马出枪，一个拦腰斩，二人枪戟铿然相交。

一声巨响，两人都觉手上一麻，双方力道居然相当！

一招之后，两人缠斗在一起，攻守频率之快，其他人竟很难插手。

这时彤弓和杨傲也飞奔而至，杨傲对彤弓大声喊道："射人先射马，擒贼先擒王！"

不想杨傲话未说完，自己坐下的战马就已中箭倒下。

那孤鹰的突袭已让大理骑兵万分警觉，彤弓和杨傲杀到时，虽间隔仅差分秒，但大理骑兵也算是以逸待劳了。

飞弩过后，一拥而上！

杨傲随着战马跌落地下，起身未及反抗就被牢牢缚住！

彤弓手中的降龙杖一分为二，左挡右杀，触之者飞，挡之者死！快速杀入骑兵中间。

此时若能与那孤鹰联手，定能制服高禾！整个战局也许还有颠覆的可能！

如果那孤鹰能等等彤弓和杨傲，三人同时突袭，胜算也许早已翻倍。

可惜人生没有如果，过去的也不可能重来。

但彤弓还是想把如果变成可能，虽身陷重围，却还在拼死一搏，毫无惧意！

可此时人马刀枪已混战在一起，难以向前移动，好在大理骑兵一时也拿他不住。

那孤鹰和高禾缠斗得难解难分，但随着体力的下降，攻守频率逐渐放缓，其他骑兵也参与了围杀。

那孤鹰以一抵百，虽至勇无敌，但喋血殒命也应在呼吸之间！

此时如果那孤鹰倒下了，彤弓的拼杀就再无意义，束手就擒或力战而死都是迟早的事。

想到这一点，彤弓暴喝一声，体内潜能被无限激发，重重一杖向当面的骑兵打砸下去，对方马腿立时震断。

随着对方人马向下倒去，彤弓借力一跃，踩着对方骑兵的脑袋又是凌空一纵，降龙刀从天而降向对面的大理骑兵砍去。

对面的大理骑兵大惊之下，立即长枪横举，以挡来刀，不想却正中彤弓下怀！

彤弓在空中迅速变换体位，双腿屈弹踩在骑兵横举的长枪上，借着骑兵的推力和双腿的爆发力，凌空再一次高高跳起，空中滑步飞向那孤鹰。

彤弓此跳足有丈高，空中滑行亦有数米，而后他挥刀从空中向着高禾大力劈下，此刀力超千钧，高禾纵有天大本事怕也难逃此刀！

制住高禾，定可全身而退！

但因彤弓跳得太高，在空中已是非常明显的独立目标，一直在外围张弓待射的骑兵此刻终于找到了机会。

就在彤弓即将成功劈到高禾的时候，他看见无数的箭镞向自己呼啸飞来！

万物有利就有弊，彤弓也不例外，跳得越高，摔得越疼！

彤弓惊慌之下挥刀舞杖，身体在空中旋转形成刀盾，箭镞应声而落。

但箭镞来自四面八方，旋转的刀盾毕竟不是盾，随着两声闷响，彤弓从空中失衡落下，重重地砸在一名围攻那孤鹰的骑兵身上。

那孤鹰看到后大喊一声："彤弓！"

心神一分，高禾迅速抓到破绽，一柄长枪直刺那孤鹰右肩。那孤鹰长戟横扫，左手抓住刺向右肩的长枪，不料左边又扫过来一柄长枪，那孤鹰只能眼睁睁看着长枪砸向自己，身体一歪，跌落马下！

同时又有一枪刺向摔在地上的那孤鹰，一枪封喉，那孤鹰必死无疑！

千钧一发之际，一个英俊的少年飞扑过去，推开那孤鹰，自己的肩膀却被长枪穿透！

"小冀！"那孤鹰大喊一声，长戟挥过，对方人马鲜血横飞。

高禾趁机从那孤鹰背后一枪劈下，那孤鹰回身用前臂格挡，被迫向后跟跄倒下！

苗雨蝶惊得大叫一声！左手狠狠抓向孙伍子的胯下，孙伍子大叫一声松开了苗雨蝶，苗雨蝶飞身扑向那孤鹰。

孙伍子随即举刀砍向苗雨蝶，苗雨魂大喝一声，孙伍子举起的刀尚未落下，眼睛、面颊、脖颈就各刺进了一枚散手蝴蝶镖。

一只眼睛中镖的孙伍子只剩下了一只小眼儿，却还在努力地睁开看向另一只中镖的眼。也许他没看清发生了什么，而他永远也不可能看清，不是因为他死得太早，而是因为他的眼睛实在是太小。

这一切发生得实在太快，几乎都是在一瞬之间，孙伍子颓然倒地后，押缚苗雨魂的骑兵反应过来，举刀向苗雨魂砍去。

就在这时，高禾大吼一声："住手！"

这一嗓子用力之猛，声音之大，犹如晴空暴雷，所有人都被震在当场。

高禾暴喝之后立即飞身下马，快速跑到孙伍子的身边，看了半晌才道："真的是散手蝴蝶镖！"

高禾说完看向苗雨魂，急切地问道："苗无疆是你什么人？"

高禾目光之坚定绝不容许对方拒答。

苗雨魂冷冷地道："乃是阿爹！"

高禾听后身体一震，眼睛血红，关切地问道："令尊现在何处？"

苗雨魂冷哼一声，眼睛斜向一边。

"说！"高禾吼声震天。

这一声着实让苗雨魂也感到心惊胆战，如不回答，以高禾现在的状

态，估计什么事都能做得出来。

苗雨魂想到父亲和苗寨老小的惨死就心如刀绞，他总认为是自己没有回去报信儿造成的。这种自责必将伴随他的一生，因此他无论何时都不愿再次提及。

此时高禾瞪着充血的眼睛看着自己，苗雨魂不知眼下之人与父亲有什么深仇大恨，但人已经死了，还有什么可怕的。

想到这里，苗雨魂缓缓开口说道："家父二十年前已改叫苗不禄，隐居避世，躬行善道，麻衣素食，布施救人。不想却在自己曾经保护开拓的国土上，被异国贼兵攻杀屠寨！三千余口折损过半，老人孩子无一幸免！家父无脸面对列祖列宗，自杀谢罪！"

苗雨魂边说边大义凛然地看向高禾，却见高禾苗的表情越来越痛苦，嘴角鼻尖不停抖动，咬牙之声咯咯作响。

高禾听到苗无疆已死时，当场大叫一声："堂主！天义堂九品天义卫高禾！来晚了！"

高禾说完面向西南长跪不起，涕泪横流，半刻钟后才缓缓抬起头，突然双手一挥，前方骑兵立即分列两旁。

高禾目视前方，右手慢慢抽出配刀，盯着刀刃，突然他左手握住刀刃，鲜血顺刀而下，而后将刀插向地面，以刀为香，滴血唤魂。

"堂主，义卫高禾来晚了！二十年前，你不辞而别，不想今日却阴阳两隔，哀哉，痛哉！你以一寨之力，倾覆天下共惧之狼师，惨烈喋血，英魂昭彰，悲哉，壮哉！我等违背门规，步入歧途，今日险些铸成大错，惜哉，悔哉！不复哀哉！"

高禾说完伏地痛哭，大理骑兵见此情景，知道肯定是打错人了，纷纷撤枪回刀，解除押缚，退后列阵。

彤弓身中两箭，但都不足以致命；那孤鹰刀伤四处，勉强可以起身。小冀伤势较重，其余人员都是皮肉之伤，大家解押后立即围在小冀身边，查看伤势。

高禾起身后双手擎刀，面向苗雨魂，单膝跪地道："天义卫高禾，罪孽深重，请少堂主责罚！"

此时苗雨魂正在给彤弓上金疮药，甚为恭谨地说道："这是鹿北逐门主的后人，彤弓！"

"啊！少门主！"

高禾十分惊诧，立即俯身跪拜道："义卫高禾罪该万死！"

彤弓咬着牙亲手将两枚箭镞拔出，而后看着高禾气息微弱地说道："天下已无忠义门，万不要再如此称呼，今日幸遇将军，方得续命，请受我一拜！"

彤弓说完双手颤抖相握，抱拳施礼。

"高禾不敢！不知少门主此行欲往何处，高禾愿誓死追随！"高禾说完再次抱拳俯首。

"人各有使命，你快回去复命吧！我答应过无疆师兄，要照顾好剩下的族人，现需深入宋境，找一块安顿之地。"彤弓说完，挥手示意高禾离开。

高禾双眼血红，迟迟不肯离去。

彤弓起身背对着高禾说道："你的使命不在这里，快回去吧！"

"孙伍子一死，高禾回去必遭清算，难有作为，就让高禾护送你们去大宋吧！"高禾近乎恳求地说道。

"你若随我去，便是叛国！大理高氏隆盛仅次于皇家段氏，又怎能做出如此悖逆之事，令后人蒙羞。"

彤弓说着转身看向高禾继续道："回去吧！大理需要你去守护，胜败绝非天定，凡人终要一搏！"

高禾闻言再次伏地拜道："门主保重！"

高禾知道彤弓主意已定，再坚持已无必要，遂万般无奈地带着骑兵退回大理，走时留下一些野营物资和粮草。

彤弓等人都需要养伤，于是就在湖边安营扎寨，一边疗伤，一边研究渡河事宜。

秋风渐起，又添新凉！

第十四章　岁月静好太匆匆

美好而安静的日子总是让人觉得短暂，有时候还没有抓住开始，就已经结束。

虽然是在疗伤休整，但湖边如画的风景和大家彼此温暖的情感，让人生充满了无限阳光。

苗雨烟和苗雨蝶两姐妹日夜不离地分别照顾着彤弓和那孤鹰，这让男女之间的情愫在小小的帐篷里逐渐膨胀和碰撞。

彤弓从来没有对苗雨烟动过男女方面的心思，一来辈分不对，二来年龄也有差距，但自从知道了苗雨烟发过的誓，总是不自然地想到这方面的问题。

毕竟所有人都知道，苗雨烟是一定要嫁给自己的，但每天面对苗雨烟，又不知道该说些什么，这层窗户纸谁都不好意思捅破。

所以两个人虽然心中都起伏不定，但见面又都没什么话可说。

那孤鹰和苗雨蝶本来彼此之间都有那么一点心思，可这点心思在苗雨蝶答应嫁给苗大牛之后变得非常不自在，因为所有人都知道，苗雨蝶是一定要嫁给苗大牛的。

但苗雨蝶喜欢那孤鹰，这个谁都看得出来，可眼下的矛盾又无法解决，所以两个人心中也起伏不定，但见面却又都没什么话可说。

彤弓身体逐渐康复，已经能够自己照顾自己，可苗雨烟还是一如既往无微不至地照顾，这让彤弓感到十分别扭，却不知该怎么开口拒绝。

这天，苗雨烟端着刚熬好的粥坐在彤弓的床边，舀起一勺吹了吹喂向彤弓，彤弓忙坐起来道："还是我自己来吧！"

苗雨烟愣了一下，然后抬头看向彤弓，两人四目相对时，都有一种被电的感觉。

苗雨烟不好意思地低下了头，彤弓忙说："给我吧，我自己可以了！"

彤弓说着就伸手去接碗，却不小心碰到了苗雨烟拿碗的手，两人又感觉一阵电流，不由得同时缩手。

这时粥碗立即掉了下去，两人都下意识去捡，头又撞到一起。两人都不好意思地抬头看向对方，四目相对，又是如电流穿身的感觉，这一连串的电击，让两个人的心都怦怦乱跳。

"你……"

两人几乎同时开口说话，都是一个"你"字，又同时闭口。

小小的帐篷里，空气瞬间凝固，只能听见两颗心在不停地怦怦跳动。

彤弓从十八岁开始闭关思过，在云龙寺后的北逐山庄一关就是二十年，这期间经历了多少痛苦没人知道，自然是从未涉及男女之情，所以面对此刻的情景，竟比独自面对百万大军还不安。

苗雨烟也是情窦初开，哪里有什么应对的经验。

这种感觉是如此美妙，可又是如此难堪，对一个姑娘来说，除了赶紧逃走没有更好的办法了。

"我再去打一碗粥来！"苗雨烟说完立即转身出门。

苗雨烟走出帐篷，心还在怦怦乱跳，她稍做平复，觉得该和彤弓谈谈了，总这样不说话也不是办法。

苗雨烟再次回到帐篷时，彤弓正要起身捡拾碎碗，苗雨烟忙过去拦住彤弓。

"这种事你怎么干得来？"苗雨烟说完将新取的粥放到床边，然后蹲下身，捡拾碎片。

彤弓正不知该如何是好，又听见苗雨烟蹲在地上低头小声说道："我发的誓是我自己的事，你不用放在心上！"

"啊？那你……你也不要太过纠结誓言，毕竟是危难之时的权宜之计，用不着违背自己的心！"彤弓实在是不会说话，苗雨烟把球踢给他，他又把球踢回去，明摆着是要让苗雨烟捅破这层窗户纸。

"我没有违背自己的心！"苗雨烟这句话说得很快，声音却压得很低。

但彤弓听清楚了，他看着蹲在地上的苗雨烟，沉默半晌才道："论辈分，你该叫我一声师叔，无疆师兄临终托付我照顾好你们，我一定要给你们找一处安家的地方，至于……"

"可是你也需要照顾啊？"彤弓话还未说完，苗雨烟就急着打断了他。

因为苗雨烟实在不想听到后面的话，虽然彤弓还未说出来。

彤弓也知道苗雨烟的意思，让一个女孩子把话说到这个份儿上，其实已经有点难为人了。

可是彤弓放不下的还是年龄和辈分，如果让别人说彤弓受师兄临终之托，照顾师兄女儿照顾到自己怀里，这岂不坏了彼此的名节。

想到这里彤弓没再答话，端起碗来开始喝粥。

苗雨烟见彤弓不再言语，蹲在地上怔了片刻，拿着碎碗转身出去，再未说话。

……

那孤鹰早上睁开眼睛，就看见苗雨蝶正趴在自己的床边睡觉，这个场

景已经出现好多天了。

那孤鹰很想告诉苗雨蝶不要再来了，但又怕伤了苗雨蝶的心，每次起也不是，不起也不是，只能继续装睡。

那孤鹰刚要闭上眼睛，不经意间看见苗雨蝶的一缕黑发飘落在自己的胳膊上，他慢慢地将胳膊抽出，不想惊动苗雨蝶。

但苗雨蝶在睡觉时也一直想着那孤鹰，所以十分敏感，这一动还是惊醒了苗雨蝶。

苗雨蝶猛地一抬头，两人四目相对，那孤鹰长得实在太过俊美，无论哪个女人看了都会失神。苗雨蝶虽然天天见他，但如此对视还是让自己的心慌得差点飞出来。

"你……你醒啦？"苗雨蝶边说边不好意思地低下了头。

"我的伤已经好得差不多了，以后……以后你不用来了！"那孤鹰说着就要起身坐起来。

"我、我知道，我……"苗雨蝶声音小得只有自己能听见。

苗雨蝶声音越来越小，话未说完，就看见那孤鹰要起身下床，遂不再言语，立即起身去拿那孤鹰的外衣。

"天凉了！披上点衣服吧。"苗雨蝶说着就把衣服撑起披在那孤鹰身上，那孤鹰本想拒绝，却又不知该如何开口，只觉得两个人在这个小小的帐篷里，空气凝固得有些让人喘不过气来。

那孤鹰顺势裹紧衣服后立即向帐外走去，好像在帐篷里再多待一秒都要窒息。

苗雨蝶不知该说什么，只能紧紧地跟在后面，生怕那孤鹰出去着凉生病，但刚一掀开门帘，就看见苗大牛气冲冲地走了过来。

"苗雨蝶，你别总往这里跑！不要忘了自己的身份！"苗大牛瞪着一对牛眼珠子说道。

"我去哪是我的自由，你管不着！"苗雨蝶十分厌烦地说道。

"你别忘了你发过的誓！你早晚都是我的嘎脉！"苗大牛说得理直气壮，声音也提高了几度，不知道是要说给谁听。

一想起发誓嫁人的事，苗雨蝶就心痛难忍。苗雨烟发誓嫁人，嫁的是自己的心上人，自己发誓嫁人，嫁的却是自己最讨厌的人。

更何况如果不是自己牺牲自己，答应嫁给苗大牛，恐怕现在整个苗寨的人都已经葬身火海了。

但这份天大的恩情却没人记得，大家记得的都是苗雨蝶发誓要嫁给苗大牛。

真不知道这个世界何时开始变成这样，也许一直都是这样！

那孤鹰见苗大牛理直气壮地大喊，遂转头用凌厉的眼神看着苗大牛，虽然一句话也没说，却把苗大牛看得浑身发毛。

"你……你要干什么？"苗大牛有些哆哆嗦嗦地说道，他率先开口发问，只是为了掩饰自己内心的恐惧。

"别理他，我们走！"苗雨蝶说完突然搂住了那孤鹰的胳膊。

那孤鹰一震，苗大牛更是一震，怒火冲散了刚才面对那孤鹰的恐惧，扯着嗓子大喊道："不要脸！"

苗大牛喊完，竟鬼迷心窍般跑过去拉住了苗雨蝶的胳膊。

"啊！"苗雨蝶吓得大叫一声。

那孤鹰闻声立即转头看向苗大牛，苗大牛看见那孤鹰冷厉的眼神，吓得立即松了手。

"来人啊！大家快来看看啊！孤男寡女不要脸啦！"苗大牛松手后立即喊了起来。

苗大牛一喊，吓得苗雨蝶也立即松开了那孤鹰的胳膊。

听到苗大牛的喊声，帐篷外准备早饭的人都纷纷围过来，苗雨蝶气得满脸通红，大声骂道："你真是个无耻小人！"

"你才无耻！"苗大牛寸步不让地回击。

苗雨蝶气得满脸通红说不出话来，苗大牛却指着苗雨蝶继续嚷道："我告诉你！整个苗寨的人都可以做证，你发过誓要嫁给我，你永远都别想反悔！"

"发誓、发誓！我是发过誓！但我没说什么时候嫁。你以后离我远点。"看到苗大牛盛气凌人的样子，苗雨蝶气得浑身发抖。

"你阿爹死了，什么时候嫁就是我阿爹说了算，你永远都别想抵赖！"苗大牛见人多了之后，气势也跟着涨了起来。

"滚！我阿爹新丧，三年内不要再和我说嫁人的事！你给我滚！"苗雨蝶歇斯底里地喊道。

苗雨蝶彻底被激怒了，苗大牛见状也有点慌，遂吞吞吐吐地说道："我、我告诉你，以后别再做这些见不得人的事，否则、否则我饶不了你！"

"我做什么见不得人的事了？我真后悔牺牲自己救了你们！这就是我这辈子做过的最见不得人的事！"苗雨蝶气得肺都要炸了。

"救了我们？哼！我们苗寨一千多口都是你害死的！都是你家害死的！都是你爹苗不禄害死的！都是……"

"啪！"苗大牛话未说完，脸上就重重地挨了一巴掌。

"再敢胡言乱语，我要了你的命！"苗雨魂不知何时赶来，脸色铁青地

说道。

"好！杀了我吧！杀了我，你妹妹就可以嫁给别人了！我到地下见到苗寨主，就说你们家都是大骗子！大骗子！"苗大牛也红着眼睛喊道。

苗雨魂气得脸上青筋暴起，他真想一刀宰了苗大牛，但苗大牛说得对，杀了苗大牛该怎么和地下的阿爹交代呢？

想到这里，苗雨魂咬着牙忍着没有再出手，而是吐字十分艰难地说道："雨蝶会嫁给你，我们家不会违背誓言，但什么时候嫁我说了算！"

苗雨魂说完，苗雨蝶"哇"的一声，哭着跑开了。

这一声，让苗雨魂心里无比难受。

但苗雨魂也没有办法，因为信义是阿爹苗不禄最为看重的，甚至看得比生命还重要，如果违背誓言，他死后真的不知该如何面对苗不禄。

苗大牛见苗雨魂如此说，也不好再说什么，苗雨蝶跑开后，也愤愤地转身离开了，众人见状也都嘀嘀咕咕地走开了。

苗雨魂看了一眼那孤鹰，那孤鹰长发飘飘，毫无表情。

一个真正的男人，永远都是平静如水，却又让人难以捉摸。

那孤鹰便是这样的人！

如果他变了，那一定是发生了无法想象的惊天大事！

这样的事，希望永远都不会发生。

第十五章　兄弟歃血酒杯碎

　　早上的清风总是那么温柔，让湖面荡起的波纹也十分舒缓，几只野鸭在湖上慢慢地划行，不停地扭动脖子，随时警惕可能到来的危险。

　　那孤鹰站在湖边，紫衣长发随风摆动，给湖边的景色又增添了一分神秘和灵动。

　　苗雨魂默默地站在那孤鹰身后，心里觉得无比愧疚。

　　因为眼前的这个人曾不止一次地拼了命救他们，可他却连一句安慰的话也说不出来。

　　那孤鹰此刻所有的情感，都像断了线的风筝，随着这人间的无奈落地、撕裂，无人听得见他歇斯底里的呼喊，因为他根本就没有呼喊。

　　他平静地站在湖边，望着烟波浩渺的左所海子，不知在想什么。

　　"唉！"苗雨魂叹息一声，抬头看向远方，想起以前苗寨的幸福生活，短短一个多月，人生境遇竟发生了如此大的转变，不得不让人惆怅满怀。

　　一群野鸭不知因何受惊飞起！

　　苗雨魂看着越飞越远的野鸭，想想当下自己无家可归的绝望境遇，真想大哭一场！

　　他觉得自己对不起苗寨老小，对不起舍命相救的这些义士，对不起阿爹苗不禄，更对不起妹妹苗雨蝶。他觉得自己简直一无是处，对自己失望就是对人生最大的绝望。

　　"如果能一死了之就好了！下辈子就当这湖中的一只飞鸭，远离这人世间的烦恼！"

　　苗雨魂说完，那孤鹰在苗雨魂的眼睛里看到了一种决然赴死的坚定，那种坚定，让看到的人也能感受到一丝绝望。

　　"你死了，你爱的人还活着，他们还要承受你的死带给他们的无尽的痛苦！"

　　那孤鹰说完转身背对着苗雨魂继续说道："人最大的痛苦有时候并不是自己本身的痛苦，而是知道了你所爱的人因为你而痛苦，自己却无能为力，那才是真正撕心裂肺的痛苦！死，并不是一种解脱，而是一种不敢面对现实的逃避。"

　　"我也不想逃避啊！阿爹嘱咐的任务还没有完成，自己最亲的人还在饱受煎熬，我怎么有脸去死？"苗雨魂痛苦地低下了头。

"人生很短暂，又何须为幸福而隐忍；世界很开阔，又何必局限于一时一地。"

那孤鹰和苗雨魂闻声同时回头，却看见杨傲不知何时已站在身后。

"还请先生指点迷津！"苗雨魂诚恳地抱拳说道。

杨傲踱步走向湖边，语气平静地道："这个世界到处都充满了不公和无奈，可我们却无力去改变世事的走向，我们能改变的只有自己，自己的内心而已！"

"只改变内心？难道就是要让我们去平静地接受一切不公和无奈？大度地原谅一切罪恶和苦难吗？"苗雨魂有些不服气和不甘心地说道。

"不是忍受，而是放下。改变内心，便能改变天下。"杨傲依然平静地望向远方。

"我不明白。我一个人放下和改变天下有什么关系？"苗雨魂怨愤地说道。

"不明白说明你还没能做到放下，总想着去改变天下，往往就会适得其反，心门不开，终究是凡尘一粒，心门一开，才能成为无限造物的力量。"

"用心造物？"苗雨魂越听越糊涂。

"念力所及之处，宇宙才能无限恒生，所以万物无限，是因念力无限，若非心造，何来无限？"杨傲说完自己也摇了摇头，不知是何意思。

"可念力何来？难不成会发自我心？"苗雨魂十分不解地问道。

"你若纠结于此，就是凡尘一粒，你若放下，便可融入无限寰宇，念力之中，自有你心。"

杨傲说完，苗雨魂更加迷惑，但转而又反问道："那你和彤弓师叔放下了吗？"

"我们？"杨傲长吁一口气，继续道，"北逐师父都没能放下，我等又怎能做到？"

"你们都做不到，又何以要求我们去做？"

"人人皆可度人，人人皆可被度，浩劫过后，转身即悟！何言做不到？机缘未到而已！"杨傲说完意味深长地看了一眼苗雨魂，似乎还有话要说，但却没有说出。

苗雨魂似乎也觉察到了杨傲的话中之意，只是杨傲没再继续说下去，自己再问也不知该从何处张口，遂沉默片刻后又回到彤弓的话题问道："彤弓师叔深山禁足二十年，此刻难道还不算浩劫过后吗？"

杨傲听后微笑着摇了摇头。

苗雨魂见状继续追问道："这都不算，那还能有什么浩劫可历？"

"彤弓生性狂放，佛魔一体，十六岁便主掌道义堂，他想改变这个世界的不公，到处行侠仗义，打抱不平，可天下不公之事太多，他以一个武夫的方式又能解决多少呢？"

"可解决一点总比什么也不做强啊？彤弓师叔为什么要闭关不出呢？"苗雨魂紧接着问道。

"这就说来话长了，当年彤弓在大理剑川郡，为程、马两家的纷争挺身而出，当时程家在朝廷几代为官，势力庞大，经常欺辱马家，可马家却一直忍让，倒也相安无事。

"有一天，程家的小儿子程强偷摘隔壁马家的雪桃，被马家的狗咬了。程强勃然大怒，便找来家丁要去马家将狗打死。马家老太和这条狗相依为命，遂舍命相护，却被众家丁打倒在地。

"恰巧彤弓此时路过，一问之下怒火中烧，便让程强向马老太道歉，马老太不想惹事，就说算了，只要狗没被打死就行了。可彤弓执意不肯，非逼着程强道歉，彤弓本以为帮马家找回了公平，但刚走出马家，程强就跑回去当着马老太的面将狗打死，马老太心痛无比，号啕大哭。

"彤弓听到哭声后又折返回去，看到这个场景，立即出手教训了程强，并让其赔偿。马老太知道赔偿后程强一定不会善罢甘休，便求彤弓就此算了。但彤弓觉得老太太可怜，也觉得就此算了太过不公，非逼着程强赔了十两银子。

"不想当天夜里，程强带人去马家要银子，并起了歹意，马老太拼命反抗，却被活活打死。

"第二天，马家儿子马奎和媳妇从雇主家赶回来，程强给了马奎五十两银子了事，马奎知道斗不过程家，也就只好认了。本来这事也就此了结了，可后来彤弓知道了，觉得不公平，非要一命还一命，拉着马奎把程强告到了官府。

"官府都是程家的人，硬生生判成是马奎两口子为了占有马老太手中的十两银子，杀了自己的母亲。马奎两口子被押入大牢。彤弓怒不可遏，夜里抓了县令责打一番，县令也知理亏，同意翻案放人，但不同意抓程强，想就此模糊了事。

"可彤弓不肯，非逼着县令抓了程强，还马家一个公道！程强的大哥程能乃是剑川郡制置使，听说之后立即带兵回去，不但放了程强，还带兵杀到马家，将马奎的媳妇杀死，又将马奎父女抓到程家，让马奎为奴，让八岁的女儿为婢。

"彤弓知道后更是火冒三丈，立即带着道义卫去程家救马奎父女，与程能的府兵发生激战，混战中马奎被乱刀砍死，马奎的女儿也被程能抓

住要挟。彤弓不肯就范，程能当着他的面杀了马奎的女儿，彤弓愤怒至极，走火入魔，大开杀戒，三百府兵无一活口，程家上下七十七口也无人幸免。

"灭门对灭门，才算公平！也许这就是当时彤弓的心情。"

那孤鹰面无表情地讲完往事。

"唉！"苗雨魂听后重重地叹了一口气。

"本来只是死一条狗的事，最后却闹得两家灭门，数百人无辜惨死！"杨傲无奈地摇了摇头。

"可路见不平，拔刀相助，彤弓师叔维护公平正义的本身并没有错！"苗雨魂坚定地说道。

杨傲拂尘一抖，目视前方道："天地万物各有机缘，贫富强弱自有均衡。见死不救当然不是忠义之道，但出手中止了这个过程便已尽缘，如再强行加入弱势的一方去强求公平，就打破了原有的平衡，自然要适得其反。"

"但这个平衡的'度'，天下又有几人能够把握得住呢？"那孤鹰依旧面无表情。

"这个'度'没人能把握得住，因为一'把握'就错了。这个'度'只能用发自心底的善念去感知，心体纯净，不被外物所惑，才能感知到这个平衡处！"杨傲心平气和地说道。

"红尘都是戴罪客，净土皆是致良知。放下过往绝欲念，洞开心门度愚痴。"

苗雨魂吟诵完看着杨傲道："彤弓师叔写这首诗的时候，是不是就参透了？"

杨傲摇头叹道："唉！师父让彤弓闭门思过二十年，临终前又解散忠义门，彤弓写下这首诗也许只是一个觉醒而已，距离参透，还有无限高天！"

那孤鹰和苗雨魂听后都没再说话，因为二人都知道，自己还远远没有达到杨傲所说的境界，自然也难以理解杨傲的话中深意。

过了一会儿，那孤鹰转身离去，边走边说道："我去看看小冀！"

"我陪你去！"苗雨魂说完就跟着那孤鹰离开了湖边。

杨傲站在湖边未动，他想一个人静静地待一会儿，有些东西，越想参透越参不透，总有两种不同的思绪在自我矛盾中不停地挣扎，这种痛苦普通人是永远也感受不到的。

这天傍晚，李麟儿兴冲冲地从山上跑下来，看到杨傲就大声喊道："杨傲师兄，竹子都砍得差不多了，这两天就可以把竹排做出来了！"

"好！"杨傲抬头看看天后又道，"再不渡过湖去，怕就只能吃鱼了！"

杨傲说完和李麟儿一起走向彤弓的帐篷。

杨傲掀开门帘，看见彤弓、那孤鹰和苗雨魂正在喝酒。

"你俩可真行啊！伤刚好就喝上了？这酒是从哪来的？"

"酒？酒是小冀从蒙古兵身上拿下来的，这蒙古酒不错，烈呀！"那孤鹰明显有点喝多了。

"好啊！让我去砍竹子，你们在这喝酒，这也太过分了吧！"李麟儿说着就钻进了帐篷，坐在地上二话不说就给自己倒了一碗酒。

那孤鹰看了一眼李麟儿道："你才多大呀，你就喝酒？"说完就把李麟儿的酒碗拽到自己胸前。

"哎哎哎？我看麟儿有点儿量！"彤弓说着把酒碗又推到李麟儿胸前。

"这酒！我闻着就烈！"杨傲说着也钻进帐篷，拿起李麟儿的酒嗅了嗅。

这时彤弓举起酒碗笑呵呵地说道："麟儿呢，太小！杨傲呢，酒量不行！裴大名呢，在督造竹排！所以、所以就没叫你们！呵呵！"

"都是借口！"李麟儿说完夺过杨傲手里的酒碗一饮而尽。

这时彤弓微笑着向李麟儿道："我记得下山的时候你说过，如果这次没死，就、就和雨魂……结为兄弟！今天何不一起拜了？"

"拜！必须拜！"李麟儿说着又给自己倒了一杯。

这时苗雨烟拿着烤鱼走了进来。

刚好听到大家要结拜为兄弟的话，嘴角忍不住微微上扬，美丽的眼睛中快速闪过一丝惊喜，放下烤鱼后飞快地跑了出去。

杨傲看着苗雨烟离去的背影，微微一笑道："这么好的酒！这么好的菜！今天算是赶上啦！"说着也坐过去倒了一碗酒。

李麟儿趁机和杨傲碰了一下碗，急着说道："来，咱俩先干一个！"

杨傲一碗酒下去满脸就涨得通红，人也立刻来了精神，指着彤弓道："你刚才说什么？要结拜兄弟！那不经过我同意怎么行！孤鹰咱仨是三人行，谁加入也不行！"

"那……你……那你是不同意了？"苗雨魂舌头都有些大了。

杨傲突然站起道："大家同生死一场，早就是兄弟了！我为什么不同意？"

这句话又把苗雨魂说蒙了，苗雨魂用十分奇怪的表情看着杨傲道："是啊！那、那你为什么不同意啊？"

杨傲慢慢坐下，端起酒杯抿了一口道："我，我是不同意你们两个拜，那辈分就拜乱了！要拜也得大家一起拜！麟儿，你去把裴大名也叫来，大

家一起才热闹!"

杨傲说完又自顾自地喝了一口酒,大声喊道:"痛快!"

这时一个白影听令而去。

苗雨魂举着酒碗和杨傲碰了一下,颤颤巍巍地道:"平时看、看你神秘兮兮的,没想到……你还……挺豪爽!"

杨傲坐下来道:"什么叫神秘兮兮的?是、是你看、看不懂……我!"

"对!你……看不懂……他!"彤弓说着和苗雨魂碰了一下。

这时李麟儿拉着裴大名跑了进来。

杨傲立即站起来道:"来来来!人齐了!"

李麟儿快手快脚地倒了六碗酒,杨傲让大家互报了生辰。杨傲、彤弓、裴大名、苗雨魂、那孤鹰、李麟儿从大到小依次坐定。

杨傲又奋笔疾书写下岳飞和鹿北逐两个人的名字,分别贴在那孤鹰的冷月蟠龙戟和彤弓的降龙杖上,立在地上当作牌位。

杨傲咬破手指在每个人的碗中滴了一滴血,而后众人依次按照杨傲的方式在碗中滴血。

这时每个人的碗中都有六个人的血,杨傲又把自己碗中的酒向地上滴了三滴,众人也都依次照做。

杨傲带头领誓道:"武穆将军和北逐师父在上,今日我等在此结为异性兄弟,重信忠义,永不违誓!"

杨傲说完一饮而尽,又将酒碗摔个粉碎。

众人一一重复誓言,而后都一饮而尽,酒干碗碎!

礼成之后大家哈哈大笑,抱在一起畅谈豪饮,好不痛快!

喝到尽兴处,杨傲突然站起来道:"鸟兽欢飞走肉横,英雄何在?兄弟歃血酒杯碎,一醉方休!"说完就倒下昏睡过去。

裴大名见状赶紧过去扶杨傲,却被那孤鹰一把拽住:"不……用管他,一会儿……他……自己……能起来!"

"都、都喝这样了?还、还能起来?"裴大名有些不敢相信地问道。

那孤鹰微微一笑道:"你……不知道,他、他喝酒……就、就那样!"

说完两人又推杯换盏起来,不知过了多久,杨傲又突然站起来道:"哈哈,得一知己,舍命足矣!来!干!"

杨傲说完眼睛还没睁开就又倒了下去。

男人喝酒有时是为了消愁,却往往越喝越愁,这几个人除了李麟儿外都各有心事,自然是满腔愁绪道不尽,举杯含笑笑不休。

因此大家都喝得烂醉如泥,彤弓也觉得好久没有这么尽情地释放过了,直到把自己喝得站不起,才指着众人道:"杨傲起不来了,都撤吧。"

说完倒地便睡。

众人见状也都一一散去，李麟儿看见大家的碗里还有酒，遂指着酒碗道："这、这么好的……酒……怎么……还能……剩呢！"

李麟儿说完把所有碗里的酒都干了，而后化作一道白影儿一晃而去。

清早起来，彤弓头昏脑涨，走出帐篷后看见李麟儿扶着一棵大树在吐，彤弓心想，这孩子不是吐了一宿吧。

正想着，李麟儿回头看见了彤弓，眼睛通红、目光呆滞，傻笑着说道："昨晚出来跑太快，撞这棵树上了，撞得现在头还有点儿晕！"

说完露出了十分痛苦的表情。

彤弓刚要说话，却听见杨傲在树后面大声道：

> 一夜呕吐无眠，
>
> 身起倍觉清寒。
>
> 满枝枯蕊诉秋残。
>
> 花去应知冷，
>
> 人留也无欢。
>
> 吐纳万里路难还。
>
> 男儿有愁丝，
>
> 也无脊梁弯。

彤弓知道杨傲每次喝完酒都要感慨一番，就没有去打扰他，径直来到了那孤鹰的帐篷。

那孤鹰正在看地图，见彤弓进来就说："骑兵坐不了竹排，我得带幽骑走陆路绕过去！"

"我来找你也是商量这个事，你们把苗寨的马军也带上，我们在渔门镇会合！"

"嗯，好！"那孤鹰点头说道。

"事不宜迟，你们今天就走吧！蒙古大军应该已经开始进攻了，路上小心！"

那孤鹰昂首而立，脸上丝毫没有惧色。

彤弓知道，在那孤鹰的生命符号里，就没有惧怕二字。

中午时分，那孤鹰带着一队幽骑，装大名带着苗寨的骑兵，两个骑兵编队，各六七十人，从西边绕湖而去。

第十六章　唯利是图李海雕

一湖，百船，千人！

迎着次日清晨的朝阳，浩浩荡荡向对岸的渔门镇划去，迎接他们的不知是福还是祸。

乱世之中，谁都无法预料自己的福祸，甚至生死亦无法预知。

彤弓他们也是一样，只能冒险出发，无论结局如何，总好过坐以待毙。

中午时分，对岸的山峦树木已清晰地出现在眼前，李麟儿兴奋地大喊："快到岸了！快到岸了！"

众人都站起远眺，离岸边越来越近，越来越近。

突然！

一排飞矢从天而降，彤弓大叫不好，但已经来不及了，前面竹排上的人纷纷中箭，惨叫声不绝于耳。

彤弓立即让运载辎重的竹排在前，运载人员的竹排在后隐蔽，竹排停止靠岸，以免伤亡。

这时岸上人头攒动，弓弩兵、步兵和骑兵相继从湖堤后面杀出，整队列于岸前。

为首一人锦衣貂裘，高居枣红马之上，大声喊道："我乃渔门镇知镇李海雕，来者何人，有何贵干？"

这李海雕为人奸猾机敏，善于投机钻营，虽然只是区区知镇，但上至州县府衙，下至村屯寨堡，黑白两道，三教九流，无所不识。

渔门镇坐落在半山腰处的宽阔原台之上，前有大湖渔业之资源，后有金沙江码头之便利，左有连绵高山之依靠，右有层层梯田之富饶。

全镇只有一条路纵贯东西，只要关闭渔门镇的前后寨门，就可将此路阻隔，纵是有十万大军也难逾越。

李海雕极有经商头脑，所有往来渔门镇的人马牲畜、布帛钱粮、奇珍异石、刀兵器械，均在李海雕的交易范围之内。

在这乱世之中，李海雕积财甚巨，足以呼风唤雨，渔门镇实际上已成为李家的私邸。

苗雨魂站在竹排上抱拳道："我乃大理国苗寨少寨主苗雨魂，因躲避蒙古大军追杀，举族迁往宋境，路过贵宝地，还望李知镇行个方便！"

李海雕闻言抱拳回礼道："苗寨主客气了！我脚下的这条路，是我渔门镇万家共同出资所修，花费银两甚巨，我无权私自做主给你们方便，若是能留下些资财，我倒是可以帮助通融通融。"

李海雕早接到渔民报告，说有上百竹排从对岸驶来，本以为是哪支残军流寇过来抢劫，遂集中全镇武装堵在岸边。现在看来只是苗家寨民，还有一大半都是女眷，遂不再防备其登岸，但也要趁机敲诈一笔，因为李海雕还从未做过亏本的买卖。

苗雨魂和彤弓面面相觑，这时杨傲慢悠悠地说道："天生我材必有用，千金散尽还复来！"

苗雨魂深知其意，遂说道："我寨男耕女织，自给自足，不曾对外开市，积蓄甚微，只有这几百两缴纳贡粮的回赏，如不嫌弃，拿去行个方便吧！"

苗雨魂说完令人将运载辎重的竹排向岸边划去。

李海雕忙派人前去盘查，确实只有几百两，这离他心目中每人一两的最低价码还有大半差距，且李海雕做生意，还从来没有打过折扣。

可在这大湖之上，又能让这些人去哪里弄钱呢？李海雕灵机一动，打起了这些女眷的主意。

想到这里，李海雕大声喊道："苗寨主久居偏地，不想却如此会做交易，每人一两，断不能再少，若实在拿不出，每个年轻女眷可抵十两！"

竹排上的人听了都大吃一惊，面面相觑，议论纷纷，没想到这李海雕竟是如此能算计的奸邪小人。

苗雨魂见状强忍着怒火道："族人非我私产，我又怎能随意处置，还望李知镇心胸海纳，放我等一程！"

李海雕哈哈大笑道："我李某人平生只谈交易，不谈感情！一人一两，再不能少！"

这时在竹排上排查银两的李家家丁做了一个三和七的手势，李海雕看后立即说道："三百七十两！只可以下三百七十人，谁先谁后尔等自行商量，多下一人立即乱箭射死！"

苗寨的人听后立即乱作一团，谁先谁后都不合适，但这竹排本就不稳，再划回去已不可能，此刻进退两难，不能下船的人就只有死路一条。

李麟儿气急败坏地说道："让我先下去擒了那李老儿，看他还让不让大家下船！"

杨傲摇了摇头，面无表情地说道："规则既定，如若强力破坏，又与奸盗何异？"

这时苗无力冲着苗玉魂喊道："雨魂少侄，这谁下谁不下，是不是得

有个章法？"

苗雨魂看着苗无力冷冷地说道："你且说说你的章法？"

"按照族支根脉，划分三十七房，每房各下十人，人员各房自行决定。"苗无力说完盯着苗雨魂。

"那剩下的人怎么办？"苗雨魂十分不悦地问。

"规则已经定了，一个年轻女眷可救十人，剩下的人各房可自行决定交易和去留。"

苗无力的办法就是先让各房的男丁先，而后再用女眷冲抵，自行安排，既是强迫，也是自愿。

苗无力说完所有人都陷入了沉默，因为这确实是最公平的办法了，只是太没人性。

而在这乱世之中，最不值钱的就是人性，除了杨傲等人，谁还愿意去坚守心中的那一份道义。

还没等苗雨魂同意，苗寨的人就已经开始划分各房，确定谁先谁后，牺牲哪家姐妹，哭闹喊叫此起彼伏，让岸上的人看了好一个热闹。

只有彤弓和苗雨魂等人所在的竹排最为安静，这引起了李海雕的注意，这一注意不要紧，李海雕的眼睛直接定格在了苗雨烟和苗雨蝶的身上！

"好一对儿漂亮的姐妹花！"李海雕情不自禁地感叹道，同时脑海中出现了一副难以启齿的画面。

"哈哈哈哈！"李海雕一阵淫笑！

"苗寨主何苦如此为难，如果将你身后的两个姐妹抵债于我，我愿意放你全族的人下船，你看可好？"

"你休想！"苗雨魂声如洪钟，怒发冲冠。

但苗寨的人听到李海雕的话后似乎都看到了希望，众人齐齐地把目光投向苗雨烟和苗雨蝶，数百女眷全都兴奋了起来，七嘴八舌的声音纷纷传来。

"她们两个可以救全寨的人！"

"谢天谢地，我们终于可以得救了！"

"她们不会不同意吧！"

"怎么不同意，难不成要害死我们所有人！"

"就是，她们害死的人已经够多了，苗寨都是她们害的！"

"没有她们，我们也不会逃到这儿来，必须让她们给我们一个交代！"

……

这些声音一阵一阵地传到苗家兄妹的耳朵里，苗雨魂心急如焚。

"先送你们两个下船！"

苗雨魂说着拔出了苗雨烟头上的银簪，对着李海雕大声喊道："这个银簪足有四两，先送她们两个下船！"

李海雕带着满脸的淫笑道："不不不！现在规则变了！抵出她们两个，所有人可活！不抵出她们俩，所有人都得死！"

"你这个无耻小人！"苗雨魂指着李海雕大声骂道。

杨傲看着李海雕冷冷地道："你既然要做交易，又怎能随便改变规则？没有信义，何来交易？"

"哼！谁在岸上谁定规则，谁手里拿刀谁定规则，谁手里有钱谁定规则！少跟我提什么信义，我只讲规则，不讲信义，只讲交易，不讲感情。"

彤弓等人心中的怒火逐渐燃起。

"待我等上岸拿刀时，重新书写规则，你可接受得了？"彤弓一字一句咬牙切齿地说道。

"你若强于我，不接受也得接受；你若弱于我，就少和我谈什么信义！我只接受比我更强的，没工夫和你等在此辩论是非，这天下早就没有了是非对错，只有弱肉强食！"

李海雕说完做了一个手势，众弓弩手立刻张弓搭箭。

"再不将那姐妹俩送过来，你们就一起葬身湖底吧！"李海雕的眼神中露出了杀机。

苗寨的人都纷纷说道："还等什么呢，难不成要害死所有人吗？赶紧让她们过去啊！"

大家边说边看向苗雨烟和苗雨蝶，眼神中充满了愤怒和期待。

每个人的眼睛都像两个巨大的黑洞，人性的光辉在这里被一点一点地吸干，只剩下了无穷的欲望，似乎要吞噬掉这世间的一切。

苗雨烟平静地看着这一切，一边是张弓待射的强敌，一边是期待苟活的族人，进退都是死，解药只有一个，就是牺牲自己。

此刻苗雨烟想到自己横刀立马保护苗寨，想到苗雨蝶牺牲自己挽救全族，想到苗雨魂舍生忘死搬来救兵，想到苗不禄含冤九泉自刎宗祠。

自家究竟还欠苗寨多少人情？

人情永远也还不上，况且本来就不欠！

怪就怪自己长得太漂亮，可这算是什么逻辑！

苗雨烟再坚强也难以平静，眼睛湿润，她慢慢转头看向彤弓，有些哽咽地说道："彤大哥，我可以这样称呼你吗？"

彤弓目光热烈而坚定地看着苗雨烟，坚定地说道："我已与雨魂结为兄弟，雨魂的妹妹自然就是我的妹妹！"

彤弓说完，苗雨烟的泪水喷涌而出，摇头说道："原谅我不能信守誓言了！"

说完便跳向了旁边一个运载辎重的竹排。

"不可！"苗雨魂大喊，伸手阻拦时已经来不及了，眼泪顺着脸颊滚滚而下。

"雨烟妹妹！今晚就算踏平渔门镇，我也要去救你！"彤弓说完眼睛开始泛红。

苗雨烟眼泪簌簌而下，摇头说道："我已经很知足了，不要为了我坏了男儿信义！"

说罢苗雨烟把手伸向苗雨蝶，苗雨蝶眼睛早已哭红，她最遗憾的是没能再看一眼那孤鹰，此刻她内心的痛苦无人能知。

这个美如天仙的弱女子，强忍着无比巨大的悲痛，义无反顾地跳到了姐姐的竹排上。

迎接她们的，将是无边的黑暗！

……

这个糟糕的世界，总是让有情有义的人陷入无助和绝望！

苗寨的人脸上满是欣喜。但建立在别人痛苦之上的快乐，究竟能有多快乐？

这实在是让人恨无可恨，却又可恨至极！

李麟儿将精钢长箫砸向左手手心，不知是心疼还是手疼。

苗大牛看着苗雨蝶远去，虽心有不甘，却也一言未发。

杨傲鼻子发酸，眼角微微湿润，抬头仰望苍天，不知是要咽下这即将夺眶而出的眼泪，还是在期待着什么。

突然！一声凄厉的鹰唳划破长天！

杨傲眼泪夺眶而出！

"他到了！"

杨傲说完，岸上骑兵骚动，纷纷调转马头。

但渔门镇的骑兵队形尚未完成重组，就被冲散。

一排紫色幽骑奔突而至，为首一人长发飞逸，衣带缥缈，一把冷月蟠龙戟横扫千军，力压万人。

"孤鹰哥哥！"苗雨蝶一直紧绷的神经瞬间崩溃，号啕大哭！

李海雕尚未反应过来，枣红马的马头就被一戟斩断，李海雕跌落在地，马血喷溅一身。

李海雕惊恐万状，顺着抵喉的戟尖儿向上看去，一个从未见过的俊朗少年高居马上，长发衣带不扎不束，湖风吹拂，犹如神兵天降！

"我乃……渔门镇……知镇……李海雕，尔、尔等……又是何人？"李海雕胆战心惊地说道。

"杀你之人！"那孤鹰看着李海雕冷冷地道。

听到这句话，渔门镇的步兵和弓弩手将手中兵器纷纷对准那孤鹰。

"放下武器！"裴大名带领的苗寨骑兵此时也刚好赶到，从外围完成了包抄。

渔门镇的兵将虽不下四五百，但面对那孤鹰和裴大名两队不足百人的骑兵，却根本没有还手之力。

这时彤弓等人趁机靠岸下船，彤弓走到李海雕身边，直视着李海雕说道："我说过，待我上岸拿刀时，重新书写规则，你可接受得了？"

李海雕此时知道，这些人原来是一伙儿的，带了这么多女眷，必定不是什么叛军流寇，心中不免镇定了几分，遂从地上站起来说道："那规则本就是给苗寨难民定的，你们根本就不是难民，规则自然要重新书写了！"

李海雕嘿嘿一笑，继续道："不过你们要避难宋境，如果杀了我这官府任命的知镇，那你们就是暴徒，必遭诛剿！所以这交易，我们还是能做得的。"

李海雕说完把抵在喉咙处的冷月蟠龙戟推向一边。

"你还想如何交易？"彤弓看着一身马血的李海雕，十分不屑地说道。

"如果你们要在我这渔门镇驻留，只有我可以给你们提供宅邸和粮草；如果你们要渡江而去，也只有我可以让你们免于成为金沙帮的刀下之鬼！"李海雕有些得意地说道。

"金沙帮？"彤弓似在哪听说过。

"哼！怕了吧？"李海雕看着彤弓冷哼一声。

"怕？笑话！蒙古黑风军比之如何？不一样成为我等刀下之鬼！"彤弓也冷哼一声。

"什么？"李海雕一震。

"蒙古黑风军主将木李花难不成是你杀的？"

彤弓立即正色道："比之金沙帮如何？"

李海雕看了彤弓半晌，似乎确认彤弓所言非虚，才慢慢说道："恕在下有眼无珠，将军之名现已传遍九州，金沙帮比之不及！"

说完李海雕又拱手抱拳道："敢问将军大名？"

"在下彤弓，并非将军，山中小儿而已！"彤弓昂头冷冷地回道。

"彤弓弨兮，受言藏之。我有嘉宾，中心贶之。钟鼓既设，一朝飨之。"

李海雕诵完《诗经·小雅》名篇，复又说道："当年周天子赐彤弓于

有功诸侯，今日是上天赐将军您于四方百姓啊！如不嫌弃，今夜我渔门镇百姓设钟鼓，飨嘉宾，权为将军贺！"

"道不同，不相为谋，还是井水不犯河水的好。"杨傲一言回绝。

"哈哈！"李海雕大笑一声道："不犯河水，怕是此河难过啊！从渔门镇到重庆府，沿途十八寨，所有船只、码头、水手均归金沙帮掌控，虽无蒙古大军之威，但将军若准备以一个武夫的方式踏平十八寨，哼，李某就此恭送！"

李海雕说罢转身离去。

第十七章　仗醉使酒渔门镇

千里烟波浩渺，水天如镜。

眼下一地狼藉，旗鼓重整。

李海雕走后，彤弓等人指挥苗寨的人下船上岸，搬卸辎重物资，一切收拾停当后向着渔门镇方向进发。

傍晚时分，彤弓等人远远地看见前方火把通明，锣鼓喧天，李海雕锦衣貂裘站在马路中间，后面是黑压压的人群。

待彤弓等人走到近前，李海雕下马，回手向人群做了一个手势，人群中立即举起一排大字，只见上面写着："天赐彤弓保万民，扫平胡虏九州闻。"

彤弓刚要动怒，就听李海雕大声喊道："我渔门镇全体乡民仰望各位英雄已久，特在此摆酒设宴，以飨宾朋，且今日天色已晚，附近亦无安寝之处，不如稍作歇息，明日再择他途，亦为不可啊！"

苗寨的人听了交头接耳，有的人觉得是个陷阱，绝不能去，有的人觉得人饥马乏，确实也需要休息了。

这时杨傲转头和彤弓耳语："人饥马乏，渔门镇确实是最好的歇息之地，只是不知这李知镇葫芦里卖的什么药？"

"既然别无选择，也只能见机行事了！"

彤弓说完跳下马，抱拳回礼道："那就有劳李知镇了！"

李海雕满意地一笑，抱拳道："李某荣幸之至！荣幸之至！请——"

"有劳带路！"彤弓说完上马，跟着李海雕率领众人开进渔门镇。

彤弓等人跟随李海雕从西到东横穿渔门镇，镇上古街蜿蜒，美食飘香，众人更感饥肠辘辘。

李海雕边走边介绍渔门镇的地理，这渔门镇共有六坊两门二十四巷。

从西门出渡左所海子可直通吐蕃，从东门出不足百里便可到达金沙江码头。

镇中各府宅坐北朝南，北面是巍峨高耸的女神山，南面是层层梯田环抱下的卧龙河。

靠西门南北两边分别是鲤鱼坊和鲶鱼坊，靠东门南北两边分别是青鱼坊和黑鱼坊，镇中间南北两边分别是金鱼坊和锦鱼坊。

鲤鱼坊和鲶鱼坊居住的主要是商贾和手工业者，青鱼坊和黑鱼坊居住

的主要是渔民和农民，金鱼坊和锦鱼坊居住的主要是官绅和富贾。

其中锦鱼坊有四分之一都是李海雕的府宅，一府独占两巷，其奢华不亚于皇家行宫。

彤弓等人一直走到东门外，门外有一处废弃营寨，足可以容纳三千人规模的驻军。

李海雕说："此营乃是当年大理国防御宋太祖南征时修建的，后来宋太祖在大渡河旁挥鞭北归，此营寨逐渐荒废。现在由我渔门镇管理，商旅驼队经过我镇时可在此休整，我镇每年都要花费巨资进行修缮，因此设施还算齐全，安顿你们这一千多人绰绰有余。"

彤弓抱拳致谢后，让苗雨魂安排众人进寨休整，分划区域，组织警戒。

之后又转头对李海雕说："承蒙知镇悉心关照，我等不胜感激，所欠人情钱物，俱算在我的头上！"

李海雕满脸堆笑地说道："将军击杀木李花，威名远播，今日一见，不胜惶恐，我虽是个生意人，却也有公职在身，照顾好将军家眷本就是我分内之事，切莫再谈钱物。"

彤弓没想到李海雕还能说出这些言之凿凿的大道理，遂也附和着说道："李知镇有如此心胸，足令在下感佩！以后切莫再称将军，这些人也非我家眷，都是些无家可归的逃难人，受人所托，顾其周全罢了。"

"与人一诺，舍命相护！将军果然是重情重义的英雄豪杰！如不嫌弃，你我今后就以兄弟相称如何？"李海雕不愧是江湖老手，寥寥几句就拉近了和彤弓的距离。

"那就承蒙李兄照顾了！"彤弓拱手道。

"哈哈！好！好兄弟！走，咱们今天不醉不归，待会儿这边会有人送来吃食，兄弟们尽可放心！"

李海雕说完就拉起彤弓，带着一众人等向李府走去。

彤弓等人盛情难却，也就跟着走了，但心里不得不感叹李海雕的精明老道，谈规则的时候让人欲哭无泪，讲感情的时候又让人感激涕零。

进了李府，才知道什么是奢华，众人也算是开了眼界。

刚踏入朱漆大门，就看见一个偌大的庭院，足可容纳五百人操练；正对庭院的会客厅里，一张巨大的沉香木桌足有十丈之长，竟是一棵整树，仅此一桌，就可容纳六十多人同时就座，当头一把太师椅，甚有威严之势。

会客厅后有众多回廊拱门分通各院，家丁、女婢、护院等穿行其中，络绎不绝，足见人丁之盛。

穿过一条九曲回廊，又见一个偌大的后花园，园内有湖，湖中有岛，岛上有亭，还有小路直通镇后的女神山，遥见山上还有多处灯光闪闪，料想也是观景的雅处或是寺庙亭台。

彤弓边走边和杨傲低声说道："这府宅怕是足有两个北逐山庄大小！"

"北逐山庄乃是幽静清淡之处，这府宅可是酒色生香、靡音醉人得很啊！"杨傲说完摇了摇头。

"杨兄也醉了？"那孤鹰听后似笑非笑地说。

"怕是从未醒过！"杨傲语气平和有力，非是玩笑话。

彤弓看了一眼李麟儿，微笑着道："麟儿兄弟可要当心！"

"二哥何意？怕我顶不住诱惑？"李麟儿说着把手里的精钢长箫转得飞快。

"麟儿师弟从小跟随古雪大师，禅定之功自然了得，二哥怕是多虑了。"那孤鹰紧接着说道。

"哈哈哈……我是怕他又撞树上，毕竟这院子大树太多！"彤弓笑着看向李麟儿。

杨傲也微微一笑，因为只有他知道彤弓所说何意，李麟儿自然也知道是说他酒后撞树的事，其他人面面相觑，不知细里。

这时李海雕说了一声："请！"

众人步入后花园侧殿的宴客厅，里面雕梁画柱、金樽银碗，歌舞掩映，极尽奢华。李海雕居中面南而坐，右边已经坐满了客人，彤弓等人便在左边落座。

李海雕见众人坐定，一个手势，众女婢上菜满酒，共上三十八道全鱼宴，上完后每人后面站一女侍，手持酒壶随时伺候。

李海雕手持酒杯站起来说道："我先给大家介绍一下，这些朋友就是击杀蒙古黑风军的英雄豪杰！"

李海雕说完，彤弓等人一一站起抱拳。

"在下杨傲！"

"在下彤弓！"

……

"在下苗雨魂！这是我的两个妹妹，雨烟、雨蝶。"

对面众人纷纷议论，真是绝色女子！

"在下李麟儿！"

众人报名完毕，对面众人又都纷纷点头赞叹，果然都是一表人才。

随后李海雕又介绍右手边的陪客，他指着右手边第一位客人说道："这位是当朝国舅熊空空大人！"

熊空空起身抱拳："家姐刚刚晋为贵妃，就多次来信，催我到临安府求学拜官，可我不稀罕！我就喜欢在这里陪李大人吃喝玩乐！哈哈哈哈！"

杨傲看了一眼彤弓，两人心领神会，这熊空空一看就是个浪荡货色。

李海雕接着介绍道："这位是名震川西的大词人洛旭升，人称'小东坡'，也是我李府的常客。"

洛旭升起身抱拳道："花退残红起东风。英雄来时，把酒待宾朋。俗尘与我怎堪同，不才浪子洛旭升。"

"起身半阕《蝶恋花》，旭升兄弟果然超凡脱俗！"李海雕说完看向杨傲。

"先生何不补上后半阕，聊以助兴啊！"

众人看向杨傲，杨傲知道来者不善，遂略一沉思后吟道："云天一雕叫寒声。渔门镇外，刀兵败孤鹰。天下英雄何与争，击杀胡虏唯彤弓。"

"对得好！"裴大名突然一嗓子，把所有人都吓了一跳。

所有人都知道，杨傲这半阕对得确实妙。

因为洛旭升的半阕《蝶恋花》，先说来的都是英雄豪杰，又暗示英雄豪杰也是凡尘俗物，自然不能比肩他洛旭升，虽谦说自己不才，实际上早已傲气侧漏。

杨傲这半阕，先暗示了李海雕的暗中偷袭，又喻指渔门镇外被那孤鹰打败，最后霸气回应，彤弓击杀木李花，力盖天下英豪。

杨傲这半阕无论从气势上还是寓意上均高过洛旭升，这让渔门镇的人脸色有点难看。

李海雕本来想让彤弓等人当众出丑，没想到气势反被杨傲所压，也有些不快。

但李海雕还是带头鼓掌道："对得好，对得好！不分伯仲，不分伯仲！真是让人大开眼界！"

说完李海雕又接着介绍道："这位是渔门镇的马步军统领曹安国，曹将军有百夫莫挡之勇，是我渔门镇的第一勇士！"

曹安国听后起身抱拳道："陆上作战，重在马、步、车、箭兵相互配合，切不可逞匹夫之勇，偷袭暗算更为我等所不耻！"

曹安国身高八尺，声如洪钟，既暗讽彤弓击杀木李花是匹夫之勇，又暗讽那孤鹰是偷袭他们才取胜的。

那孤鹰冷冷地笑道："将帅吼声如天，却与战法毫不沾边，一触即溃还大言不惭，真是让人把肚皮笑翻！"

"你！"那孤鹰带着韵味的讽刺让曹安国立即暴跳。

"嗖！"一只银碗劈空飞来。

"咔！"那孤鹰头都未抬就稳稳地抓住。

众人惊愕！

那孤鹰把银碗伸向身后的侍女，侍女倒满酒后，那孤鹰一饮而尽，抬头看着曹安国道："感谢安国将军的酒碗，就是容量太小，尚不够一嗽！"

那孤鹰称呼其安国，看似亲近，实则是暗讽他幼稚；说酒碗容量不够，是暗讽他心胸太小，又说不够一嗽，是暗讽他根本不配和那孤鹰交手。

众人听得明白，曹安国气得青筋暴起，瑟瑟发抖的嘴唇上崩满了白色的吐沫，让人看了作呕，特别是一双三角小眼儿，射出了邪恶仇恨的目光，让人看了浑身发冷。

"曹统领息怒！这些都是我渔门镇的朋友，切不可动气。"李海雕怕局势失控，虽也十分气愤，但却不得不出言止息。

曹安国闻言愤愤不平地坐下，李海雕见状又继续介绍道："那位是小女欢欢！"

这时李欢欢慢慢起身，一袭美人裙婀娜贴身，酥胸纤腰，朱唇粉黛，瓜子小脸儿，眉心点红，眼角上扬，极尽妖娆。

"见过各位英雄！"

娇嗲之声传来，众人心里不禁一颤，这声音极具魅惑，众人纷纷抬头，李欢欢在施礼同时睁开秀目，一瞬之间就和所有人都完成了一次对视。

李欢欢的眼神就像一支穿心箭，众人纷纷低头回避，没人能接住这样的魅眼。

李欢欢看似娇弱无力的一个施礼，短短的一句话，所散发出的强大气场令所有人都有些心慌。

因为李欢欢的美不同于苗雨烟和苗雨蝶，苗家姐妹自然纯朴，让人看了心生喜欢却无杀伤力。

而李欢欢魔鬼的身材、妖艳的相貌、娇嗲的声音、柔软的动作、凌厉的眼神，组合起来让所有男人都觉得她想要和自己发生点儿什么，却又不免心虚，这个时候李欢欢若主动进攻，无人能够抵挡。

渔门镇中凡是有头有脸的人物，早都拜倒在了李欢欢的石榴裙下，也包括李海雕这个"干爹"。

李海雕见李欢欢势压英豪，在面子上总算是扳回一局，立即又兴奋起来，遂持杯起身道："各位英雄以一己之力横扫蒙古黑风军，保我四方百姓平安，这第一杯酒，是我的一杯感谢酒！"

李海雕说完一饮而尽，众人纷纷陪饮。

这时李海雕又端起第二杯酒道："我与各位英雄不打不相识，江湖误会，皆是缘分，这第二杯酒，是我的一杯道歉酒！"

众人饮罢，李海雕又端起第三杯酒，朗声说道："恕我李海雕造次，称呼各位一声兄弟！从今天起，渔门镇就是你们的新家！我渔门镇有鱼有米，有山有水，兴旺富庶不逊于江南，希望我们在此相处愉快，这第三杯酒，是我的一杯祝福酒！"

李海雕三杯敬毕，脸色有些泛红。

这时熊空空起身道："我这个人就喜欢和英雄豪杰交朋友，以后在渔门镇的吃喝玩乐我都包了！"

熊空空说完，在自己的桌上连着倒了三大碗酒，负手而立，只用嘴叼着酒碗就将酒一一饮毕，而后摇摇晃晃地指着彤弓等人说道："谁能陪我这三杯！"

这种喝酒的功夫，彤弓等人还没有见过，也不知是怎么个陪法儿。

"我陪你！"

李麟儿突然大喊一声。

众人循声望去，只见一个风度翩翩的白衣少年，右手拿着一支精钢长箫，长箫之上稳稳地放着三大碗酒。李麟儿用嘴叼起酒碗一一饮尽，而后将碗一一甩给侍女，这等握力和平衡力让众人看得十分惊骇。

接着李麟儿又倒了三大碗酒，指着熊空空说："我再回敬你三碗！"

熊空空大声说道："好！痛快！你这个兄弟，我喜欢！"

熊空空尚未说完，李麟儿的三碗酒已干完。

熊空空拿起酒碗喝一半儿洒一半儿，嘴角滴淌出的酒湿了大半个胸襟，勉强喝完时，突然又一口喷出，而后瘫坐下去，侍女们赶紧收拾。

从李海雕敬第一杯酒开始，这已经连喝第九碗了，一般人都要醉倒，但谁都没想到熊空空能当着大家的面喷出来。

李海雕赶紧谄笑着圆场道："国舅大人，这是太激动了！"

洛旭升这时突然站起道："熊醉三碗清汤，魂消万里海疆。美人飘香夜未央，闭目撩欲火，睁眼逗群芳。"

洛旭升说完看了看苗家姐妹和李欢欢。

"好一阕《临江仙》！……不，还差半阕。"

李海雕说完看向彤弓，洛旭升把酒干了之后，露出碗底向着彤弓。

这明显是既要斗酒更要斗诗！

彤弓微微一笑，慢慢站起身，在桌前连续倒了五碗酒，端起一碗酒说道："洛词蜿蜒悠扬，米酒入口醇香。重信忠义笑轻狂，低头临雅境，仰天望八荒。"

彤弓喝一碗酒，念一句词，五碗酒五句词，酒干词成！

不但对仗工整，而且曲调转变流畅，将洛旭升的婉约轻浪之风转为豪放畅达之调。

彤弓手拿酒碗，一身红衣猎猎，颇具阳刚正义之气。

李欢欢看得两眼发直，心想只有这样的男子才能合她的心意。

洛旭升没想到自己名震川西的"小东坡"竟然接连败给了两个无名之辈，顿觉脸面无存，只能不停地摇头叹道："好！好！好！"

说完连干四碗，直接趴倒在桌案上，输了文采但不能输了酒风，还算有一点文人风骨！

洛旭升倒下之后，曹安国一拍桌子，猛地站起。

曹安国一边把一大片生鱼肉塞进嘴里，一边拎起一个酒坛，边嚼边说道："自古英雄爱美人，我今天就敬两位娘子一坛酒可好？"

说完盯着苗雨烟和苗雨蝶。

"你也配？"苗雨魂冷哼一声。

"你说什么？"曹安国吼声震天。

"曹统领息怒！"

李海雕急忙站起来说道："不知两位娘子是否出阁，曹统领尚是单身，如能成就一番姻缘，倒也是一件可喜可贺的事！"

没想到在这个当口，李海雕还当起了月老，众人一时不知如何是好，只听李麟儿大喊一声："人家已有婚约，别再惦记啦！"

"哦！"

李海雕发出一声轻哼，继续问道："只是不知哪家男儿如此幸运？"

这个问题谁都不好回答，只有李麟儿借着酒劲儿喊道："当然是我二哥和我五哥！"

众人再看座次，知道说的应该是彤弓和那孤鹰。

彤弓倒是好说，毕竟两人心里已知彼意，只是那孤鹰知道苗雨蝶的婚约之人应是苗大牛，但此时也不好反驳，便随口说了句："麟儿莫要胡说！"

那孤鹰酒后还能这样说，明显是对此心有芥蒂，苗雨蝶直直地看向那孤鹰，眼睛里嵌着一汪泪水。

"既然是胡说，那就让她陪我喝！"曹安国用手一指，不知廉耻地看向苗雨蝶。

"好！我陪你喝！"苗雨蝶说着眼泪就落了下来。

"不可！"苗雨魂大喊一声。

"我陪你！"那孤鹰说罢，拎起一个酒坛。

"你要喝就喝我这坛！"曹安国说着将酒坛掷向那孤鹰。

那孤鹰见状左手一把抓住酒坛，不想酒坛力道过大，遂转身卸力，同时将右手的酒坛松手飞出，趁机大喊一声："来而不往非礼也！"

曹安国立即用双手接住酒坛，不想那孤鹰的力道足胜自己数倍，接到酒坛后直直向后退去，直撞到后面的廊柱才停下。

那孤鹰单手接酒的同时还能掷出一坛，曹安国双手接酒还险些跌倒，实力高低，一招立判！

就在曹安国站立未稳之际，那孤鹰已举起酒坛，引颈豪饮，紫衣长发，飘逸若仙，看得众人如痴如醉。

特别是李欢欢，平生从未见过如此英俊的男子。

想到这里，李欢欢情不自禁地站了起来，发自内心地拍手叫好："孤鹰哥哥好酒量！"

这一声"哥哥"嗲得众人汗毛倒竖，实在是太过肉麻。

那孤鹰闻声差点喷出来，强忍着才勉强喝完，却见李欢欢端着酒杯趋步走来，继续对着自己嗲声说道："哥哥，能否再吃我这一杯？"

"我替他喝！"没等那孤鹰和李欢欢反应过来，苗雨蝶已上前抢过李欢欢的酒杯。

顷刻饮罢！

苗雨蝶带着挑衅性的眼神，把酒杯又递还给李欢欢。

李欢欢气得前胸起伏明显加速。

"不要脸！"

李欢欢骂了一句后转身回座，没有接下酒杯。

"你才不要脸！哼！"

只听"哐"的一声，苗雨蝶将酒杯掷于地上，摔得粉碎。

"你！"李欢欢狠狠地瞪了苗雨蝶一眼。

这个时候，女人在酒桌上吃醋吵架，男人实在是不好插嘴。

李海雕见气氛有些尴尬，遂击掌两声，众舞伎上场表演，李麟儿借兴吹起了长箫，箫声婉转悠扬。李欢欢正在气头上，被这箫声吸引，遂痴痴地看向李麟儿，心想这少年虽然稚嫩，却散发着一股至纯之气，也不由得心生向往。

"好，好！兄弟你这箫吹得真好！"

熊空空酒劲儿稍缓，抬头举着酒碗道："兄弟咱俩再喝一杯！"

李麟儿放下长箫，只见一道白影闪过，他已坐在了熊空空的旁边，两人碰杯畅饮。

苗雨魂和裴大名酒碗相撞，互相耳语，不知在说些什么。

李欢欢直勾勾地盯着那孤鹰。

苗雨蝶恨恨地瞪着李欢欢。

李海雕酒意微醺，转头对着杨傲道："不知先生下步有何打算？"

杨傲拱手道："感谢知镇盛情款待，我等受人之托，急需找一处坚城安顿百姓，以躲避蒙古铁蹄，之后回归自然，纯正心体足矣！"

"先生大才，自当匡扶社稷、拯救苍生，何以要回归自然？"李海雕不解地问道。

"回归自然只是一个志向，不代表不去历经尘世的淬炼，只是这志向要立得坚定，不能有片刻动摇，一处蒙蔽！"杨傲说完举杯一饮而尽。

李海雕也仰头陪饮，放下酒杯继续道："先生说话真是深奥莫测，实在是有些听不明白。"

"知镇醉心于金钱的获取、肉体的享受，自然找不到心的本体，焉能听懂？你若听得懂，岂不人人都已成佛！"杨傲声音越说越小，以至低头抵案说不出话。

李海雕沉默良久，他实在想不明白这些人到底在追求什么，不求名、不求利、不求权、不求欢，那人生到底还有什么可追求的？

他实在是想不明白，这世间竟还有这样一些痴人！

"咣！"

一声巨响打断了李海雕的沉思。

众舞伎纷纷跑了下去。

原来李欢欢忍不住过去给那孤鹰敬酒，曹安国醋意大发，跑过去一拳打向那孤鹰，拳头尚未展开，就被那孤鹰一脚踹飞，身体重重地砸在桌案上。

"打得好！打……"李麟儿话未说完就被熊空空一碗酒灌了回去。

"快把曹统领扶回去！"李海雕起身大喊一声。

曹安国爬起来后破口大骂，但也知道自己不是对手，被人搀扶着骂骂咧咧地走了。

"我这几位兄弟都……喝多了，李兄……多包涵，我自罚一杯！"彤弓说完仰头而尽。

李海雕起身微笑道："众位都是人中豪杰，让诸位见笑了，今日非常尽兴，既然天色已晚，请众位兄弟到客房休息！"

李海雕说完，彤弓等人也都站起互相告辞。

李海雕看着彤弓等人踉跄离去的背影，眼睛里透出一股阴狠和狡黠。

第十八章 乱花渐欲苦乐楼

李府的夜晚，灯火通明、歌声渺渺，侍女舞伎鱼贯出入，真是一个历练人性的好道场。

此时李府的陪客都各自回去了，只有熊空空一直跟着李麟儿回到客房，可李麟儿刚进客房，就被熊空空强行拉了出来。

原来熊府也在锦鱼坊且紧邻李府，两府中间还有一个相通的小门儿，熊空空早就派了轿子等候在门前，二人上轿不出一刻钟的工夫就到了熊府。

李麟儿从轿子里走出来，这是一个特别清雅别致的小院，院里有一栋挂着红灯笼的四层梯角塔楼，每个红灯笼上都写着字。

李麟儿醉眼蒙眬地看得如醉如痴。

只见楼的地基有八个角，分别放着"乾、坤、巽、震、坎、离、艮、兑"八个红灯笼。

第一层有七个角，分别挂着"喜、怒、忧、惧、爱、憎、欲"七个红灯笼。

第二层有六个角，分别挂着"色、形、仪、声、触、相"六个红灯笼。

第三层有五个角，分别挂着"金、木、水、火、土"五个红灯笼。

第四层有四个角，分别挂着"酒、色、财、气"四个红灯笼。

门匾上挂着"苦、乐、楼"三个红灯笼。

两边门柱子上分别挂着"天、地"两个红灯笼。

楼顶上矗立着一个巨大的"空"字红灯笼。

李麟儿看得迷糊，熊空空搂着李麟儿的肩膀说道："这地基上的八个灯笼代表'八卦'，第一层的七个灯笼代表'七情'，第二层是'六欲'，第三层是'五行'，第四层是'四墙'，门上是现实所在，两边是天地不分，而这一切皆是楼顶上的一场空！"

熊空空说得头头是道，李麟儿却听得不明不白，张着大嘴痴痴地看了半天。

"走，带你去看看这天地之道场，苦乐之所在！"熊空空说着就拽着李麟儿进了"苦乐楼"。

进楼之后，李麟儿顿时酒醒了大半，真不知道自己是一步登天还是尚在人间。

只见楼层是一副巨大的星空图，标明了十二个星座，下面对应的是一个巨大的十二边形温泉池，标明了十二地支，里面热气腾腾，漂满了红色花瓣。

这时熊空空拍了一下李麟儿，拉着李麟儿就上了二楼。

楼上有一个巨大的平床贯穿全层，床上有厚厚的铺垫，铺垫之间摆有小案香茶。

熊空空拉着李麟儿在床上坐下，立即有两个长发披肩的侍女上来帮其脱靴弃履。

李麟儿哪里经受过这些，浑身燥热无比，羞愧难当。

"噌"的一下，李麟儿突然跳了起来，这着实吓了熊空空一跳。

李麟儿站在床上，心跳加速，虚汗直冒，颤抖地说道："我、我出去凉快一会儿！你、你在这儿享受吧！"

"你是真没见过世面啊！让你醒醒酒，你看你那怂样儿！"熊空空说着也坐了起来。

"走吧，我陪你上三楼！"

两人说罢蹒跚着上了三楼，只见各类美食香飘满堂，有"无春""无夏""无秋""无冬""无我"五个房间。

熊空空带着李麟儿进了"无我"房间。

房间中央一张大圆桌，桌上一只烤羊焦里透黄，烤羊四周摆着不下六十道宴。

熊空空拉着李麟儿坐下，立即有一众锦服侍女上来倒酒侍候，并有一众舞姬进来操琴弄舞。

李麟儿喝了一口，立即说道："嗯，好酒好酒！"

"你还挺识货，这可是宫里的美酒，家姐特意捎来的！"

熊空空说完自饮了一口，露出陶醉的表情，然后指着桌上的菜肴道："你再尝尝这几道菜，保你没吃过，这可都是宫里的独创！"

李麟儿听后尝了一口，果然感觉味道非比寻常，这时只听熊空空一一介绍道：

"这道菜是金沙飞鲫，需用十年出头的足斤鲫鱼整鱼过油，然后用炭火炙烤，外焦里嫩，鱼身上不做任何刀工，就是要把金沙江的味道封在鱼肉里，鱼皮的炭香和鱼肉的原味完美结合，口感绝佳！"

"再看这道，这是乳柳烤肉，须采拾戈壁滩上生长满三年的红柳枝，穿上羔羊的后腿肉，并用雪桃木烤制而成，高温让红柳的木香、羔羊的肉香和雪桃的果香完美结合，散发出一种悠远而原始的醇香，吃一口便会终

生难忘！"

"这是手抓羔排，需用六个月大尚未断奶的羔羊，清水焖煮，而后撒上椒麻海盐，用手撕抓，大块入口，其鲜无比啊！"

李麟儿听得头皮发炸，筷子停在空中喃喃自语道："这美食来得是否残忍了些？把自己的快乐建立在别人的痛苦之上，实在让人无法入口了！"

"没有苦哪有乐，阴阳相随，苦乐相伴，有佛就有魔，若都成佛，无魔可度，成佛何用？若都成魔，无佛来度，魔亦难久。"

李麟儿没想到，熊空空居然还有自己的一套理论。

李麟儿看着熊空空，放下筷子说道："那空空兄是立志要成魔了？"

"哈哈！何为魔？何为佛？"熊空空摇头笑道。

李麟儿一时也回答不上来。

这时熊空空指着对面的墙上说道："你看那首词写得如何？"

李麟儿抬头看见墙上挂着一副字画，原来是一首《鹧鸪天》：

> 红尘走过一身轻，
>
> 江山万里任我行。
>
> 诗酒纵横增义气，
>
> 琴箫笑傲有豪情。
>
> 千古梦，一夕明。
>
> 何惧无我误前程。
>
> 轻狂桀骜堪称道，
>
> 好坏何须后人评。

李麟儿看完摇头笑道："诗酒笑傲，轻狂桀骜！还不许别人评价好坏！空空兄当真是要做这无我的魔头？"

"哼哼，你不懂我。"熊空空说着拿起一杯酒一口干下。

此时琴音缓缓而起，熊空空起身唱道："一生飘零飘似絮，逍遥无我，寂寞好无趣。脚下乱世乱几许，哪有君子身如玉？多少苦儿生怨语，狂歌痛饮，同奏苦乐曲。欲把天下收眼底，放下丹青，何处觅知己？"

熊空空唱得披头散发，极尽狂态。

李麟儿看着熊空空的表演，突然抓起一碗酒灌了下去，然后自言自语道："空空兄这知己，我李麟儿是当不得了！"

这时熊空空唱罢坐回酒桌，看着李麟儿道："功名利禄，终究是一场空，这天下的大道究竟在哪里，你可知道？"

"在心里！忠义无门，唯有心门！心门一开，便可侵吞寰宇！无我！即是无限！"

李麟儿把古雪大师曾说过的话复述了一遍。

熊空空好像没听懂，似问非问地说："无我即是无限？无限大，还是无限小？"

李麟儿痴痴地看着酒杯道："身似浮尘，何须人知晓；心似宇宙，何须知晓谁？人身至小小至极，人心之大大至极，极一而已！无限小就是无限大，无限大便是无限小！"

"这、这个是谁说的？"熊空空一脸茫然。

"我师父！能听懂吗？"李麟儿转头看向熊空空，将杯中酒一饮而尽。

"你师父是高人哪！我和你师父能成知己！"熊空空一脸正经地说道。

"你？哈哈哈哈！"

李麟儿摇头笑道："你是地上之魔，我师父是天地之灵，你俩的道根本不是一个道儿！"

"不管哪条道儿，走到极致，终点都在一处，对不对？"熊空空举杯一饮而尽，空杯亮向李麟儿。

李麟儿竟一时无语了，不得不承认，熊空空的悟性确实远超常人。

"对，你说得对！你就像这空杯，不能醉人，只能自醉。"李麟儿无奈地笑道。

熊空空又把酒杯倒满后看着李麟儿道："你却像这满杯，只能醉人，不能自醉！"

熊空空说完一饮而尽，将酒杯使劲敲在桌子上，大声说道："人生得意须尽欢，莫留金樽空对月！"

"尽了！尽了！够欢了！不喝了！"李麟儿说完站起来就往外走。

熊空空立即跟着跑出来，边跑边说："没尽呢！没尽呢！欢乐怎么能有尽头呢？"

这时李麟儿已走到楼梯口，侧身指着楼上道："生命都有尽头，你这楼还能没有尽头，那我再上一层看看！"

熊空空却一把拉住李麟儿，一脸坏笑地说道："这四楼的东西你接受不了，还是不去为好！"

"什么东西我接受不了？"李麟儿硬撑着胆子问道。

熊空空看着李麟儿想了想后说道："你太小，上面的东西会吓到你，还是不去为好。"

熊空空说完没等李麟儿回话，就硬拽着李麟儿向楼下走去。

到了一楼，熊空空立即"扑通"一声跳进了温泉池。

李麟儿这时真的看傻了！

"下来啊！"

熊空空在池中大喊，一挥手就走过来两个侍女，要强把李麟儿拽进温泉池。

　　李麟儿吓得瞬间化作一道白影儿，消失在楼外。

　　"跑什么啊？"熊空空大喊一声，无奈地从池子里爬出来，刚出楼门就看见院中树下躺着一个人，他定睛一看，正是李麟儿！

　　竟撞晕在此！

第十九章　一夜夫妻有几人

缘分这个东西，只要是到了，总会给你机会去抓住，抓不住就是没到。

当天夜里，彤弓被侍女引领回客房后，苗雨烟不放心彤弓，也跟着来到了彤弓的卧室，用热水打湿毛巾，敷在彤弓的额头上，又倒了一杯蜂蜜水给彤弓饮下。

彤弓喝完后，酒劲儿稍缓，意识也逐渐清晰起来。

苗雨烟发过的誓，彤弓心里非常清楚，这层窗户纸迟早都要捅破。

彤弓躺在床上，醉眼蒙眬地看着苗雨烟，良久才说道："我等立志忠义，乱世之中断难束手，一程凄苦已然注定，又如何能护你周全，不如……"

彤弓话未说完，苗雨烟便用手捂住了彤弓的嘴，示意彤弓不要再说下去。

苗雨烟的眼泪含在眼圈，低声细语道："自蒙军犯境以来，寨毁人亡，血染宗祠，亲人罹难，几经生死，我早已视彤大哥为最亲的人了，只要能跟着你，什么苦我都能承受。"

彤弓知道苗雨烟的意思，即便喝醉也能听明白。

苗雨烟的手从彤弓的嘴上慢慢挪开，彤弓长叹一声，颇为无奈地说道："唉！苦自情生，若不动情就可避免人间之至苦，我自死生有命，蒙难之时若连累你，我又怎能瞑目于地下？"

"不不不！你不会死的！要死我也要和你一起死，死了就没有痛苦了，我不怕，呜呜……"苗雨烟说着竟趴在彤弓身上哭了起来。

苗雨烟这一哭确实让彤弓难以承受，彤弓即便能抵抗住苗雨烟的美貌和纯真，也无法抵挡住苗雨烟的娇羞和柔弱。

彤弓慢慢地把手抚在苗雨烟的肩头，想安慰又不知道该说些什么，只感到心里一阵酸楚，同时也感到一阵湿热，是苗雨烟的热泪流过胸膛。

苗雨烟此时想到自己险遭蒙古黑风军蹂躏，孙伍子侮辱，又险让李海雕掳走。

一遭遭、一幕幕，生命是如此无助与脆弱，尊严是如此低廉与轻薄，哭得更加厉害了。

彤弓感受着苗雨烟抽喘的气息、滚烫的热泪、颤抖的身躯，一颗冰冷

的心逐渐融化，于是紧紧地搂住了苗雨烟。

苗雨烟从来没有像此刻这样在一个男人炽热的胸膛里肆意宣泄自己的情感，从来没有像此刻这样如此安全地被一个男人紧紧抱住，她娇弱的身躯也慢慢地融化在无比豪阔的胸襟里。

……

杨傲尚未到客房，就吐得不成样子，裴大名硬是把他扛进了房间。收拾安顿一番后，裴大名看杨傲十分难受，又接连呕吐了三次才勉强睡着，却又不时惊坐而起。

裴大名担心杨傲的身体，未敢离开，竟坐在杨傲的床边陪了他整整一夜。

苗雨蝶担心那孤鹰，一直跟在那孤鹰后面，不想那孤鹰到了客房后却一个响哨，骑着自己的马跑了出去，头也不回地把苗雨蝶扔在了原处。

苗雨蝶看着那孤鹰远去的背影，泪如雨下，却没发出一点声音，因为越是伤心的眼泪越是无声。

苗雨蝶一边流泪一边凄苦无助地走回了自己的房间。

而这一切，苗雨魂都看在眼里，因为他一直跟在苗雨蝶的身后，但却不知该如何安慰她。

苗雨魂也不知道自己能做些什么，他的心里最为难受，他恨这个无情的世界，更恨无能的自己。

他挥起一拳猛然捶向房前的大树，惊起一片飞鸦。

"嘎嘎！"鸦鸣甚哀，犹同其心。

"给我拿一坛酒来！"苗雨魂大喊一声，引路的侍女吓得赶紧去取酒。

苗雨魂坐在树下，借着月色，涕泪畅饮。

"哥哥好酒量啊！"这时李欢欢竟不知何时来到此处。

"花间一壶酒，独酌无相亲。举杯邀明月，对影成三人。"李欢欢的嗲声在这寂寥的夜空读起李白的诗，好听得犹如天籁。

李欢欢本来是想跟着那孤鹰，施以魅惑，以成好事，不想那孤鹰却骑马离去，正在失意时看到苗雨魂在此独饮，遂过来搭讪，以窥其心事。

苗雨魂抬头看着正在吟诗的李欢欢，纤腰细肩、黑发银簪、音甜貌美，光彩照人，恰如那月中的仙子落入人间。

诗意映衬着苗雨魂此刻的心境，遂不由得接口道："月既不解饮，影徒随我身。暂伴月将影，行乐须及春。"

苗雨魂边说边摇摇晃晃地站起来指月吼道："我歌月徘徊，我舞影零乱。醒时相交欢，醉后各分散。永结无情游，相期邀云汉。"

"咯咯咯……"李欢欢抿嘴而笑。

"醒时相交欢，醉后各分散。怎么不是'醉时相交欢，醒后各分散'呢？咯咯咯……"

李欢欢此时的笑声，任何一个男人听了都会欲火焚身，情不自禁。

苗雨魂因为心情极度失落，反倒没有勾起什么反应。

李欢欢见苗雨魂没有搭话，反而又坐在树下，拿起酒碗一饮而尽。

她忙为其倒酒，又嗲声嗲气地说道："哥哥似有心事？这般喝酒岂不要伤了身子！"

苗雨魂冷然一笑道："伤身总比伤心好。"

"身子都坏了，心又怎么能高兴起来呢？人生岂不少了许多快活！"李欢欢说着坐到了苗雨魂的对面。

"若能了却烦心事，纵是舍命又如何？"苗雨魂一边喝酒一边摇头叹道。

"哦？"李欢欢睁大眼睛直直地看着苗雨魂。

"哥哥不妨说说，什么事能比生命还重要？"

"族人惨遭屠戮，阿爹无辜身死，亲人流落无依，阿妹许嫁人妻……"苗雨魂哽咽道。

"若能免除其一，但愿九死而已矣！"苗雨魂说完端起酒碗又是一口干完。

李欢欢又帮其倒满，假装长叹一声道："唉！哥哥竟有如此遭遇，真真是'同是天涯沦落人，相逢何必曾相识'！这世上又有谁能主宰自己的命运呢？呜呜……"

"你怎么哭了？你也有伤心事？"苗雨魂有些同病相怜地问道。

"哥哥是为亲人族人而愁，我却是为我自己而哭！"李欢欢说着也倒了一碗酒，喝了一大口继续说道，"此去不到百里便是金沙帮的安家寨码头，码头的大头领安开疆贪图我的美貌，欲强行娶我去做压寨夫人，我誓死不从，安开疆便放言要踏平渔门镇，我又怎能让全镇数万百姓为我而死，早晚还得从了那恶霸，能在这里待一日便是一日的快活，我一个弱女子又能做些什么呢……呜呜呜……"

李欢欢说着又哭了起来。

李欢欢的遭遇竟与苗雨蝶如此的相似，苗雨魂听着心里更加难受，又挥起一拳砸向树干，大声吼道："这天下的道义怎么都交给一个弱女子去抗！要我等男儿何用？"

李欢欢一把抓住苗雨魂的手，十分关心地道："哥哥切莫因我动气，为何如此不爱惜自己？"说着扯下了自己的裙子束带，为苗玉魂包扎血流不止的手。

她的手纤小而细嫩，又颇懂撩人的手法，摸得苗雨魂心里暖流阵阵，一股一股由着手心灌满了全身。

这种感觉苗雨魂从来没有体会，不由得心如撞鹿，"幸福"得不知所措。

"疼吗？"李欢欢包扎完突然抬头看向苗雨魂，一双如水的大眼睛，在苗雨魂的眼前只那么一眨，苗雨魂连魂带魄就都被吸走了。

苗雨魂被李欢欢的迷魂术迷得险些扑抱过去，但随即又清醒过来，赶忙收回手道："不！不疼！"

李欢欢见状起身望月，裙摆飘飘，悠悠地唱道："浔阳江头夜送客，枫叶荻花秋瑟瑟……醉不成欢惨将别，别时茫茫江浸月……其间旦暮闻何物？杜鹃啼血猿哀鸣。春江花朝秋月夜，往往取酒还独倾。"

李欢欢抓住了苗雨魂的伤心事，一曲白居易的《琵琶行》唱得苗雨魂肝肠寸断，泪痕斑斑。

李欢欢唱一句，苗雨魂干一杯，不知不觉，两大坛酒已喝完，苗雨魂也醉得了无知觉。

李欢欢看着倒在地上的苗雨魂，露出了一丝狞笑，她扶起苗雨魂走进客房，一夜未曾出来……

第二十章　痛心疾首那孤鹰

很多事情看似意外，实则都有预兆，只是事中人从来没有觉察到罢了。

曹安国在李海雕的宴会上被那孤鹰多次戏耍，又挨了一脚，恨得咬牙切齿。

他骂骂咧咧从宴会厅出来之后就点齐兵马，派人分三路五门，埋伏在客房的周围，伺机擒杀那孤鹰。

同时还有一个重要的目的，就是想趁机抓住苗家姐妹，在大家都喝醉无暇顾及的情况下，满足自己的采花之欲，并报宴会之耻。

虽然曹安国打仗不行，但对年轻貌美的女子却是无比上心。

那孤鹰心知苗雨蝶已许诺嫁给苗大牛，在这个事实没有任何改变之前，实在不想和苗雨蝶再单独接触，既不想损了苗雨蝶的清白之身，也不想坏了自己的忠义之名。

但二人都深知彼此的心意，这让那孤鹰醉酒之后更加心烦意乱，故而单骑奔出，肆意驰骋，对即将到来的危险毫无防备！

那孤鹰纵马刚出院门，一道拦马索将马绊倒，那孤鹰猝不及防，从马上直直地摔了出去，一张大网从天而降，将他牢牢地缚住。

曹安国的部下一拥而上，醉酒摔蒙的那孤鹰被罩在网下，哪里还有还手的机会，瞬间就被紧紧地捆绑起来。

曹安国的府宅在李府对面的金鱼坊，仅有一路之隔，那孤鹰很快就被绑到了曹府。

曹安国见到那孤鹰后破口大骂："你不是说我不会打仗吗？你不是说我度量小吗？你不是说我不是你的对手吗？啊？现在你还不是我手里的一只蚂蚁！"

那孤鹰用红得发绿的眼睛盯着曹安国，脸上带着一种十分不屑的笑，那是一种嘲讽的笑、鄙视的笑、能杀人的笑。

曹安国被那孤鹰看得发毛，突然暴跳如雷，一把扯下那孤鹰的紫色腰带。

"去！拿着这个去找那个小娘子！"

曹安国一脸狰狞地将腰带甩给旁边的女婢。

这回轮到曹安国发笑，笑得那孤鹰有些发毛，因为他已经预判到可能

要发生的事。

曹安国这样的人，什么事都能干得出来！

想到这里，那孤鹰开始拼命地挣扎，虽然被紧紧绑缚，还被四五个人强行按压着，但那孤鹰骨子里海啸般的力量彻底爆发，几人强行按压也按压不住，眼看就要将整个李府掀翻。

曹安国吓得赶紧让人点起迷香，那孤鹰挣扎之中吸了几口迷香后，意识逐渐模糊，挣扎也慢慢停止。

……

曹安国在宴会上早看出苗雨蝶对那孤鹰的心意，遂灵机一动，想出个一箭双雕的主意。

即用那孤鹰引诱苗雨蝶前来，再用那孤鹰威胁苗雨蝶就范，最后将两个人神不知鬼不觉地弄死，毁尸灭迹！然后让人谎说看见二人夜里私奔而去，计划简直是天衣无缝！

在渔门镇这块自己的地盘上，计划绝无泄漏的可能，即便别人怀疑，没有证据，也拿他无可奈何。

即便有证据，他也不怕，因为这样的事他已做过无数次。

苗雨蝶跑回客房后想到自己的悲苦遭遇更加伤心，所爱之人近在眼前不能触碰，却要委身嫁给一个自己厌恶的人，她的痛苦无人倾诉。

一个女子的承诺真的有那么重要吗？为什么没有人站出来给自己做主呢？想到这里苗雨蝶泪流不止。

过了一会儿，她听到隔壁客房的院落里隐约有人吟唱《琵琶行》。

"弦弦掩抑声声思，似诉平生不得志。低眉信手续续弹，说尽心中无限事……夜深忽梦少年事，梦啼妆泪红阑干……"

苗雨蝶越听越伤心，竟号啕大哭起来，她恨不得此刻就冲破誓言的束缚，立即扑到那孤鹰的怀里。

这时突然有人急急敲门，苗雨蝶恍惚以为是那孤鹰，匆忙擦干眼泪跑去开门，却见一个婢女拿着一条紫色束带。

"束带的主人让我带你去找他！"

苗雨蝶听闻此言，激动得心差点飞将出来，哪里还能有什么怀疑。

当兴高采烈的苗雨蝶看到曹安国的时候，心里突然有了一种不祥的预感，而这种预感立刻就变成了现实。

苗雨蝶转身欲走，却被曹安国一把抓住手腕。

"放开我！你这个混蛋！"苗雨蝶拼命挣扎着大喊，并一脚踢向曹安国的下体。

曹安国身子一斜，躲过苗雨蝶的断裆脚，顺势一拽，把苗雨蝶拉到怀里，一双三角小眼儿射出两道凶光。

苗雨蝶一拳打在曹安国的小眼儿上，曹安国大叫一声，凶相毕露，将她的另一只手抓住，而后紧紧地熊抱在怀里。

苗雨蝶在身高八尺的曹安国手里哪里还有什么还手之力，拼命挣扎挣脱不开，只能狠狠地向曹安国的胳膊上咬去。

曹安国疼得大叫一声，松开苗雨蝶，随即又一把抓住她的头发，防止她再行撕咬，同时用力猛拽，将苗雨蝶硬生生拉到床边。

苗雨蝶仍拼命挣扎不止，曹安国坐到床沿儿上用力一拉，又将她紧紧抱在怀里，然后一张大嘴慢慢靠近她的耳朵，淫邪地道："小娘子，不要动！你看那是谁？"

这时苗雨蝶扭头看到了倒在地上的那孤鹰。

此时的苗雨蝶精神彻底崩溃，歇斯底里地大喊："孤鹰哥哥、孤鹰哥哥……"

无论苗雨蝶怎么呼喊，那孤鹰都一动不动，她的眼泪止不住流下来，这种绝望真的是无法言说。

躺在地上的那孤鹰似乎听到了苗雨蝶的呼喊，他以为是幻觉，其实不是！

以那孤鹰的功力，在这种迷药的药量下虽不能马上醒来，但却能恍惚听见周边发生的一切！

曹安国的大嘴紧紧地贴着苗雨蝶的耳朵，不断地喷着白色的唾沫星子："嘿嘿！小娘子！想救他吗？想救他就要乖乖听我的话哦！"

曹安国一边说一边从兜里掏出一粒药丸，继续喷着白色的唾沫星子说道："他已中剧毒，没有解药就会死，这是唯一的解药！"

曹安国说着把药丸放在了苗雨蝶的手里，苗雨蝶哪里知道，她手里拿着的，才是一粒真正的毒药！

苗雨蝶的眼睛睁得大大的，她看到了那孤鹰的"解药"，也看到了自己的绝望，她紧紧地攥着药丸，彻底瘫软下去……

突然，一声凄厉的鹰唳划破长天！

第二十一章 粉身碎骨难救主

渔门镇的夜晚看似无比寂静，可每个房间里都在上演着不同的故事。

黑暗，笼罩着一切！

狼鹰无比焦躁地盘旋在渔门镇的上空！

一声凄厉的鹰唳划破长天！

小冀从梦中突然惊醒，这是从来没有听到过的鹰唳，不知狼鹰的声音为何如此凄厉。

他衣服都没来得及穿，就跑出房门，狼鹰凄鸣一声振翅高飞。

小冀知道，必是那孤鹰有难！

他来不及叫醒别人，慌忙翻上战马，飞一般地冲出营寨。

狼鹰盘旋在曹府的上空，声声鹰唳更加凄厉。

小冀从未见过狼鹰如此不安，他不敢想象发生了什么，他只知道如果那孤鹰有事，他必血洗渔门镇！

忠义对小冀而言只为一人，他不忠于天、不忠于地、不忠于道，只忠于那孤鹰！

小冀此刻顾不得一切，拍马疾驰，以马撞门，马倒人飞！

一套动作行云流水，小冀顺势攀上府门，飞身而下，不问缘由，见人就杀！

曹安国起身穿好衣服，满足而阴险地对苗雨蝶说："快把解药给他吃了吧！"

苗雨蝶疯了一般跑去解开那孤鹰的绑绳，曹安国看着蹲在地上解绑的苗雨蝶，慢慢抽出了佩刀，恶狠狠地砍了下去！

突然，"咣"的一声巨响！

吓得曹安国凌空收手，他不知道府门外发生了什么，拎着佩刀就冲了出去。

曹安国从未见过此等场景，更未见过此等之人，一个近乎赤身的男子，赤手空拳面对十多个家丁，不避枪棒，肉身硬抗，触到之人非死即伤，瞪着一双血红大眼，直直地冲他而来。

曹安国吓得直哆嗦，眼前的这个人确实让他感到了恐惧，他不敢对战，跑向厢房，因为他知道府里还驻扎着五十府兵，战力远非家丁所能比拟。

小冀冲进房间，看见苗雨蝶正要给那孤鹰喂药，小冀飞一般跑过去俯身把脉，又抢下药丸一闻。

突然一掌扇向苗雨蝶，厉声喝道："这是毒药！你敢害我哥哥！"

苗雨蝶嘴角出血，惊恐地看着小冀，疯狂地摇头。

她哪里知道这竟是一粒毒药！她又哪里知道这世上的人心之毒！

那孤鹰意识逐渐清醒，嘴唇微动，小冀附耳倾听。

"带、她、走！"那孤鹰发出了明确的指示。

小冀背上那孤鹰，拉起苗雨蝶，快速向屋外跑去。

这时曹安国已带着五十府兵堵在门口，见小冀出来，为首一将一枪刺来。小冀单手抓枪，不想此枪力道过大，抓牢之时，枪头已微进左肋，疼得小冀大喝一声，一脚将人踢飞，夺枪横扫，众人立即后退。

小冀两眼猩红，随手拽掉苗雨蝶的衣带，将那孤鹰绑在身上，对苗雨蝶说了一声："跟紧我！"说完便冲入战阵，五十府兵一拥而上，小冀挥枪相迎，枪枪致命，枪到人倒，惨叫连连。

小冀之勇，虽万人莫能敌！

这些府兵哪里知道，他们面对的是真正的背嵬之后、幽骑之王、九品地义卫——小冀！

小冀一口气杀到府门，回头傲视，剩余府兵瑟瑟不敢前，曹安国大喊一声："决不能让他们跑了！给我上！"

众府兵又一哄而上，小冀此时已近力竭，身上伤口不下十处，浑身流血不止。

苗雨蝶见状立即打开府门，小冀的战马撞得口鼻流血，但仍在原处等候，见到小冀，竟下跪待骑。

小冀全力抵挡再次冲杀而来的府兵，给苗雨蝶留出解开那孤鹰，扶其上马的时间。

曹安国知道，如果让那孤鹰逃走，自己也绝难有活命的机会。

所以便不顾一切地冲过去挥刀劈砍，力道之大，竟将小冀的长枪拦腰斩断。

曹安国横刀斩断小冀的长枪之后，回刀突出一刺，小冀所持的半截枪杆劈挡不住，曹安国的刀直入左腹。

小冀大喊一声，赤手抓住刀锋，右手回枪将枪杆直直捅入曹安国右眼，曹安国杀猪似的惨叫一声，踉跄后退。

小冀顺势拔出左肋之刀，回头看看手忙脚乱的苗雨蝶，又看看前面准备再次冲杀过来的府兵。

小冀心里知道，此刻苗雨蝶要顺利把那孤鹰扶到马上，还需要点时

间，他回脚勾门慢慢关上了府门，然后背靠府门，露出了决然赴死的笑容。

这是一场以命对命之战！因为小冀失血过多，已然力竭！

小冀气喘吁吁，其实已无抵抗之能力，但此刻也无人再敢上前！

突然，一支弩箭劈空射来，正中小冀眉心，仓促应战的府兵终于想到去取箭弩。

小冀带着狞笑慢慢向下滑去，滑下的过程中回刀刺向自己，大喊一声道："只有我杀人，没有人杀我！"

小冀说完半跪而死！

与此同时，小冀的战马驮着那孤鹰和苗雨蝶回到了营寨。苗雨蝶把那孤鹰扶进自己的房间，给他灌入一杯热水，那孤鹰的意识渐渐清醒。

"小冀呢？"那孤鹰显然记得发生过什么。

苗雨蝶见那孤鹰醒来，刚才的生死一线如在梦中，她猛扑到那孤鹰身上号啕大哭，她的意志和精神已经彻底崩溃。

那孤鹰意识到小冀肯定没有跟着回来，再看看苗雨蝶凌乱的头发和装束，想到刚才发生的一幕，痛心疾首，满腔的怒气冲裂血管，眼中慢慢流出血来。

那孤鹰推开苗雨蝶，此刻天色已经转明，那孤鹰的酒力和药力已然消退大半。

"在这儿等我，哪里都不要去！"那孤鹰说完起身走回自己的房间，他现在要做的只有一件事，就是披甲杀贼！

苗大牛当天晚上看见彤弓等人跟着李海雕去赴宴，心中就十分不快，但毕竟平安来到渔门镇，自己没出什么力，还差点把到手的娘子卖掉，所以也不好意思说些什么。但这一宿也没怎么睡好，他决定早上起来就和苗雨蝶把婚事说清楚，为避免夜长梦多，无论如何也要在渔门镇把婚事办了。

苗大牛辗转反侧焦躁地等着天亮，天色稍稍转亮就坐起身，直直地盯着苗雨蝶的房门。这一看可不得了，他竟然看见那孤鹰从苗雨蝶的房里走了出来。

这还了得！

此刻天还没有大亮，那孤鹰显然是在苗雨蝶的房间过的夜啊！

苗大牛热血喷涌，不敢想象发生了什么，他立即跑了出去，冲进了苗雨蝶的房间。

此时那孤鹰刚刚出去，苗雨蝶正精神恍惚地趴在床上，门还未来得及上锁。

苗雨蝶惊叫一声坐起，苗大牛一看苗雨蝶这凌乱的妆容，立即明白发生了什么，遂破口大骂并扑了过去。

苗雨蝶刚刚惨遭蹂躏，不想又扑过来一个臭男人，竟不顾一切地奋力抵抗。

苗大牛突然大叫了一声，原来苗雨蝶一脚踹在苗大牛的裤裆上，苗大牛疼得火冒三丈，再一次猛扑过来。

那孤鹰回到自己的房中，拿起冷月蟠龙戟，正准备去血洗曹府，突然听到苗雨蝶的房中传来一声男子的大叫。

那孤鹰立即火冒三丈，难道曹安国又跟了过来，来不及多想就冲了过去，一脚将门踹开。

"哐当"一声，苗大牛吓得立即停手，哆哆嗦嗦地看着拿着冷月蟠龙戟的那孤鹰。

那孤鹰此时的心情已经难以用语言来形容，苗雨蝶刚刚因为救自己而被曹安国迫害，苗大牛又来了！

那孤鹰出离愤怒了，回手一戟劈插下去。

"不要！"苗雨蝶大喊一声挡在了那孤鹰的身前。

"你在这里杀了他，什么都说不清了……"苗雨蝶声泪俱下地看着那孤鹰。

苗雨蝶这是在为那孤鹰的名声着想，反正自己的心已经死了，断然不会再嫁给苗大牛，当然更不能再嫁给那孤鹰。

天下已经没有人能救得了她，又何必再去连累那孤鹰呢？

趁着那孤鹰犹豫的空当儿，苗大牛慌忙跑了出去，出门之后立即与一个黑衣人撞在了一起。

两个人都吓了一跳，黑衣人没想到能突然跑出来一个人，苗大牛没想到这个时候还能有一个黑衣人。

那孤鹰看苗大牛跑了，也立即转身出门，正好看到苗大牛和黑衣人站在一起惊恐不安地对视，那孤鹰知道一定是曹安国派来补刀的杀手，遂一戟劈杀过去。

令那孤鹰万万没有想到的是，那黑衣人竟抓住劈杀过来的戟尖，顺势一拽，那孤鹰身子也跟了过去，而后黑衣人反手一掌，那孤鹰躲闪不及，中掌后退，手中的冷月蟠龙戟竟被黑衣人夺了过去。

能在一招之内从那孤鹰手中夺戟的人，这个世界上恐怕还没有，即便那孤鹰的功力才恢复五成，也没有人能够如此轻易地做到，但此刻就眼睁睁地发生了！

苗大牛也看傻了，但让他更傻的是，黑衣人夺戟之后竟顺手将戟刺进

了苗大牛的肚腹。

那孤鹰暴跳而起，尚未抓住戟柄，黑衣人就回手扔下一个弹丸，一声脆响，一股青烟！

那孤鹰抓住戟柄时，黑衣人却已然不见。

那孤鹰看见自己手中的戟确已刺进了苗大牛的肚腹，苗大牛满眼惊恐。当然不是惊恐那孤鹰杀了他，而是惊恐黑衣人这一套行云流水，借刀杀人的动作。

那孤鹰也十分惊骇，这渔门镇竟还有此等高手！

黑衣人扔下弹丸的一声脆响，惊醒了营寨内的好多人，大家都纷纷出来查看，苗雨蝶也跑了出来。所有人看到的画面都是一样，那孤鹰在苗雨蝶的门前杀了苗大牛。

此刻的情景，那孤鹰纵有百口也莫之能辩，就连苗雨蝶都认为是那孤鹰杀了苗大牛。

她立即瘫坐在地上，那孤鹰为了她，杀了苗大牛实在是不值得，她在替那孤鹰惋惜，也在为自己难过，是她害了那孤鹰！

苗雨蝶坐在地上痛苦到了极点，但转念一想，那孤鹰能为了自己杀苗大牛，那孤鹰应该是爱自己的。想到这点她的痛苦少了一点，但这一点幸福实在是来得太晚了。

因为她已无法再嫁给那孤鹰，这让她更痛苦，她认为这一切都是自己的错，自己唯有一死才能拯救那孤鹰。瘫坐在地上的苗雨蝶忽而痛苦忽而快乐，脸上露出了奇怪的笑容。

这时苗无力扑到地上大哭起来："我的儿啊！你死得好冤啊！"

苗大牛死得的确冤，但再冤也没有那孤鹰冤！

人越聚越多，众人纷纷指指点点："太过分了！绝不能让他跑了！"

"杀人偿命！你还我哥命来！"苗二牛见人多了，气势也上来了。

那孤鹰带领的幽骑起来后也被这一幕震惊了，但他们不管真相，不问真假，不谈对错，他们只听命于那孤鹰。

众幽骑见状纷纷披甲上马，执刀围在苗寨人周围，只要那孤鹰一个手势，他们就会大开杀戒，随时解救那孤鹰。

苗寨的人看到幽骑的架势，更加义愤填膺，也纷纷回去拿武器，双方立刻形成了武装对峙的局面，一场火并即将爆发。

第二十二章　百口莫辩刀兵起

有时误会一旦产生，跳进黄河也洗不清！矛盾冲突一旦上升到群体对峙，再想止戈平息就非常困难了。

李麟儿惊慌失措地从苦乐楼里跑出来，还没记起自己昨天晚上干过什么，就被眼前这场莫名其妙的对峙震惊了！

看到苗雨蝶瘫坐在地上的样子，李麟儿基本可以判定是苗大牛干了不该干的混事，被那孤鹰发现杀了。

但奇怪的是那孤鹰和苗雨蝶却被苗寨的人骂个不停，而两人却基本未做解释。

那孤鹰的双眼血红，双方的怒火越烧越旺，一场大战几乎不可避免。

李麟儿将心提到了嗓子眼儿，一旦开战，必将万劫不复！

这个时候苗雨魂在哪里？只有他能居中调停啊！

李麟儿想到这里，又飞一般跑回李府。

李麟儿疯狂拍打苗雨魂的客房门，苗雨魂忽地惊坐而起，却看到旁边躺着的李欢欢。

苗雨魂感到头皮都要炸了，他实在想不起昨晚到底发生了什么，而此刻又是谁在敲门。

苗雨魂来不及细想，慌忙起身穿衣。

"谁呀？"苗雨魂边穿边问。

"四哥不好了，营寨出大事了！两边要打起来了！"李麟儿焦急地嚷道。

听到营寨出事，苗雨魂更加慌乱，因为他不知道到底出了何事，但从李麟儿紧张的声音判断，一定是大事！

苗雨魂手忙脚乱地边穿衣服边跑去开门，一着急反倒忘了躺在床上的李欢欢。

苗雨魂一开门，李麟儿就冲了进来，床上的李欢欢一声尖叫，李麟儿看到了李欢欢。

"这是什么情况啊？"李麟儿喊了一声慌忙退出房门，心脏怦怦跳个不停。

苗雨魂回头看了一眼床上的李欢欢，他也不知道是什么情况，想问却来不及问了，也赶紧跑了出去。

"我去叫大哥二哥，你快回去！"李麟儿说着就跑去敲彤弓的房门。

彤弓和苗雨烟正抱在一起熟睡，突然听见密如雨点般的敲门声。

彤弓惊起，下意识地感到一定是出了什么大事，赶忙叫苗雨烟起来穿衣服。

"二哥！快点开门，你干吗呢？营寨出大事了！"李麟儿边敲边喊。

彤弓听到营寨出事，顿时有些慌乱，赶紧跑过去开门。

李麟儿在房门打开的瞬间，看见了同是衣衫不整的苗雨烟，苗雨烟看见李麟儿也愣在了当场。

"这都是什么情况啊！"李麟儿喊了一声后立即转过头去，心脏又怦怦地跳个不停。

杨傲听到声音后从隔壁的客房走出来，杨傲醉酒之后头疼难受，一般都会起得很早，尚未吟诗感慨，就看到惊慌失措的李麟儿。

"出什么事了？"杨傲急切地问道。

"五哥杀了苗大牛，苗寨的人围住了五哥，双方准备火并啦！"李麟儿一气说完。

"什么？快走！"杨傲知道此事非同小可，一旦处理不好，无辜杀人，自己又与强盗何异啊！

彤弓听后也觉得脑袋"轰"的一下，这可是捅了天的娄子啊！衣衫不整地尾随着李麟儿和杨傲跑了出去。

裴大名和苗雨烟随后也急匆匆地向东门营寨跑去。

彤弓边跑边整理衣服，边整理衣服边想，难道是那孤鹰酒后失控，为了儿女私情杀了苗大牛？

这不可能啊！那孤鹰不可能做出这样的事，可李麟儿说得头头是道，不可能撒谎啊！

这到底是怎么回事？

一切都要到了现场才能知道，可有些事到了现场也不可能知道。

几人急匆匆地赶到营寨，正看见苗寨的人和那孤鹰的幽骑分列在苗雨蝶房间的两边，苗大牛已然断气，苗雨蝶瘫坐在地上表情木然。

苗雨魂站在两队人马中间大喊："先把刀放下！先把刀放下！有话好好说！"

"怎么回事？"杨傲跑过去急切地问道。

那孤鹰手持冷月蟠龙戟坐在马上，目光坚定地说道："我必须得走！"

"不能让他走！"

"对！不能放走他！"

"杀了他，一命还一命！"

……

苗寨的人喊声此起彼伏，所有幽骑都已拔出腰刀一动不动，似乎已做好了冲击的准备，只等那孤鹰一声令下。

此刻这里就像一个巨大的火药桶，只要有一句话说不好，就足以引燃这场致命的冲突。

"孤、孤鹰！你先让幽骑把刀放下！"杨傲看到这个架势也的确有些慌了。

那孤鹰看了一眼杨傲，沉默片刻后突然戟尖朝下，只听"嚓"的一声，所有幽骑同时收刀。

杨傲的话，那孤鹰还是要听的。

杨傲见幽骑收刀，咽了一口唾沫，稳了稳心神后说道："孤鹰，你先和我说说，这到底是怎么回事？"

那孤鹰双眼滴血，望向苍穹，此刻小冀不知是死是活，苗雨蝶痛苦的叫声还在耳边回荡，他恨不能立即冲出去，去血洗曹府，去诛杀曹安国，去报这血海深仇！

可此刻他却走不了，他能说什么呢？说自己被曹安国陷害，说苗雨蝶被玷污，说小冀被砍死……

这些话苗寨的人都不会听，他们只想让自己承认杀了苗大牛，可苗大牛确实不是他杀的。

杨傲见那孤鹰闭口不答，转而看向苗雨蝶。

"雨蝶妹妹，你快说说这到底是怎么回事？"杨傲显然已十分焦躁。

苗雨蝶神情木然，她又能说什么呢？说那孤鹰杀了苗大牛，可她并没有亲眼看见啊，即便看见，她也不会去指认他心爱的孤鹰哥哥啊！

还能说什么呢？说自己被玷污，可除了她自己没有人知道啊，她甚至认为那孤鹰也不知道，因为那孤鹰那时还处于昏迷的状态。

对一个像苗雨蝶这样的女人来说，即便去死，她也要给自己保留一丝尊严和体面，她不能说，她什么也不能说。

杨傲急得眉头紧皱，跺着脚喊道："你们怎么都不说话啊？这到底是怎么回事？"

杨傲的声音明显提高了一度，苗雨蝶吓得一抬头，却看见苗雨烟跑了过来。苗雨蝶见到姐姐，瞬间崩溃，起身抱住苗雨烟号啕大哭。

姐妹连心，苗雨烟知道苗雨蝶一定是受了莫大的委屈，因为她从来没见过自己活泼可爱的妹妹像此刻这样狼狈不堪，这样肝肠寸断，这样悲痛欲绝！

"你先别哭了！这到底是怎么回事啊？"杨傲声音虽然不大，但急切的

意味更加明显。

"人不是我杀的！"那孤鹰为了给苗雨蝶解围，终于开口说话了。

"不是你杀的？那是谁杀的？"杨傲转而看向那孤鹰。

"我不知道，一个黑衣人！"那孤鹰冷冷地道。

"黑衣人？可杀人用的怎么是你的戟？"杨傲显然认为那孤鹰还有话瞒他。

"被他夺去的！"那孤鹰问一句说一句，似乎多一句话都不想说。

"你是说有一个黑衣人，在你手中夺戟，又在你面前杀人，又在你眼下轻松跑掉，而且杀的恰好是苗大牛，还恰好在苗雨蝶的门前？"杨傲替那孤鹰把话连起来说了一遍。

即便杨傲无比相信那孤鹰，但这样匪夷所思的话说出来，还是让人难以置信，至少杨傲觉得那孤鹰还有事瞒着他。

这样的误会一旦产生，真是百口莫辩，包括歃血结义的兄弟也无法理解。

"杀人者或许另有其人！"

彤弓突然一喊，大家纷纷转头看向彤弓。

却见彤弓正在俯身查看苗大牛的伤口和现场痕迹。

彤弓指着地上一个烧灼的痕迹说道："这应该是烟雾弹的痕迹，有人使用烟雾弹，趁乱抢夺孤鹰的戟，杀人后逃走，这种东西不是孤鹰的，凶手一定另有其人！"

杨傲似乎恍然大悟，微微点头。

可苗寨的人却不干了，这明显是要为那孤鹰开脱罪责啊！

"胡说！就是他杀的！"

"一定是大牛看到了什么，被灭口了。"

……

苗寨的人越骂越难听，苗雨蝶越哭越绝望，那孤鹰的戟尖微微抬起，抬到一定角度时，只听"仓啷啷"一片脆响，幽骑同时拔出砍刀，对准了苗寨的人。

那孤鹰绝不允许有人再侮辱苗雨蝶，无论什么人。

杨傲非常了解那孤鹰，但此刻的那孤鹰他却觉得十分陌生，这让他感到无比惊慌，他觉得现场即将失控，在弄明白事情的来龙去脉之前，他绝对不能让彼此刀兵相向。

想到此处，杨傲立即拦在那孤鹰的马前，死死地盯着那孤鹰慢慢摇头，示意那孤鹰千万不要轻举妄动。

但那孤鹰眼中的杀意却丝毫没有减少。

"你知不知道自己在干什么？"杨傲咬着牙小声地说道。

"我只知道我必须离开这里！"那孤鹰语气坚定，绝不是说说而已。

"在事情说清楚之前，你觉得你能走得了吗？"杨傲盯着那孤鹰依然小声但却有些生气地说道。

"就算把所有人都杀了，我也要走！"那孤鹰说完已准备拍马冲击。

"你疯啦！"杨傲从来没见过那孤鹰如此决绝的样子。

但杨傲此刻也清楚地意识到，自己今天绝不可能再拦住那孤鹰了。

这时彤弓走过来抓住那孤鹰的马缰道："孤鹰，黑衣人是谁？长得什么样儿？为什么要杀苗大牛？苗大牛为什么出现在这里？你为何也持戟出现在这里？"

"你们现在都跑来问我？昨晚你们都在干什么！"那孤鹰大喊一声，此刻他的委屈和痛苦、愤怒和无奈，普天之下，无人能够理解。

他没有歇斯底里地咆哮，定力已经远超常人了。

彤弓和杨傲对视一眼，两人同时意识到，昨晚那孤鹰一定遭遇了什么可怕的事情。

可昨晚都在干什么？杨傲在呕吐，裴大名在看护，彤弓和苗雨魂在温柔乡，李麟儿在苦乐楼，没有人知道那孤鹰遭遇的一切！

彤弓和杨傲无法回答，所有人都无法回答，苗雨烟低下了头，这一宿实在太过疯狂，人人都各有心事，谁都无法说出来。

"孤鹰！昨晚到底发生了什么事？你先和我们说说可以吗？"杨傲已经有了不祥的预感。

"小冀死了，我要去给他报仇！"那孤鹰的眼睛里再次燃起冲天杀意。

彤弓和杨傲听后都为之一震，只有他们两个知道小冀对那孤鹰的意义。

小冀死了，相当于那孤鹰半条命就没了。

而在这天下，能在那孤鹰身边神不知鬼不觉击杀小冀的人，根本就不存在！难道又是黑衣人？

彤弓和杨傲对视一眼，明显是二人的心中都没有答案。

"小冀是怎么死的？"彤弓和杨傲看着那孤鹰齐声问道。

那孤鹰没有回答，但充血的眼睛却越来越红，这是走火入魔的前兆，当年他的父亲那云珠也是此等症状，忧愤难抑，吐血而亡。

杨傲和彤弓几乎异口同声地喊道："孤鹰！"

那孤鹰死死地盯着渔门镇方向，声嘶力竭地大喊："列阵出击！"

第二十三章　不虞之隙难冰释

突然，一声凄厉的鹰唳划破长天！

所有幽骑一起挥刀勒马，准备冲锋！

苗寨的人也一齐抽刀，虽人人都面带恐惧，但谁都没有后退。

那孤鹰挥戈拍马，杨傲却死死抓住马头，颤声说道："孤鹰，你听我说，先冷静下来，咱们从长计议，千万不能轻举妄动啊！"

"孤鹰，君子报仇，十年不晚，谁杀了小冀，我一定替你杀了他！现在敌情不明，黑衣人是谁都不知道，我们就自相残杀，岂不是中了敌人的离间之计！"

彤弓也死死抓着马头，看着那孤鹰急切地说。

那孤鹰依然无动于衷，似乎心意已定，断难更改！

"孤鹰！我们相信你，也能理解你此刻的心情，到底是谁在栽赃嫁祸，我们一定要弄清楚，此刻一旦失控，必将万劫不复啊！"杨傲十分焦急地说道。

正在这时，东门处杀气腾腾，人马攒动，众人一齐看将过去，竟见李海雕带着曹安国和渔门镇上的所有兵马齐齐列阵于东门，曹安国的右眼还戴着一个眼罩。

那孤鹰手中的冷月蟠龙戟微微颤抖，没有杨傲、彤弓两人的劝说，怕是早已举戟跃出，舞动饮血了。

这时，却听见李海雕率先扯着嗓子喊道："彤弓兄弟，我李海雕视你们为盖世英豪，锣鼓相迎，美食相送，不想你们竟做出如此鸡鸣狗盗的丑事！纵是我有心饶过你们，我渔门镇的数万百姓也断难答应！"

李海雕恶人先告状，翻脸比翻书还快。

李海雕喊完，彤弓有些莫名其妙地回道："知镇此言何意？死的是我们的人，况且杀人者另有其人！知镇不分青红皂白，带兵犯寨，血口喷人，意欲何为？"

彤弓显然不知道李海雕所指何事，还以为他说的是苗大牛之事。

李海雕也听得糊里糊涂，显然他也不知道彤弓这边发生了什么事，两个人所说的话显然没有合上拍。

李海雕不知道，小冀死后，曹安国等人一哄而上，将小冀剁成了肉酱，而后报告李海雕曹府遭到洗劫，死伤数十人，自己的眼睛也被刺瞎，凶手作案后逃进了东门营寨。

李海雕知道这渔门镇还没有能将曹安国伤成这样的人，一定是彤弓他们，所以便立即点齐兵马前来讨要公道。

李海雕等人到的时候看到所有人都已披甲执刀，以为正在进行防御准备，这场景正好印证了曹安国所说的话。

于是李海雕才说了前面的话，此刻见彤弓装糊涂，遂开门见山地道："彤弓兄弟真会开玩笑，你的人昨夜进曹府偷盗，被发现后打死打伤数十人，还将曹将军的眼睛刺瞎。杀人者逃回这营寨，现在人证物证俱在，怎么就成了死的是你们的人？我们曹府几十条人命就不是命？"

彤弓这时有些明白了，但进府偷盗的事小冀和那孤鹰是绝对不会做的，如果李海雕所言非虚，那么偷盗之人必定另有其人。

此刻曹安国和所带家丁确实都带着伤，那么入府偷盗伤人之事定是发生过。

想到这里，彤弓似乎恍然大悟，遂开口问道："进府偷盗杀人的可是一个黑衣人？"

彤弓此刻已经可以肯定，入曹府盗窃杀人和进寨杀苗大牛的必定是同一个人，就是那孤鹰所说的黑衣人。

所以彤弓才有此问，以验证自己的推测。

"夜间偷盗，当然是黑衣覆面，彤弓兄弟是想赖账？"李海雕其实啥都不知道，就顺着彤弓的话往下说。

彤弓大义凛然地说道："我等一生光明磊落，从未赖过账，这黑衣人确实不是我们的人，他不但杀了你们的人，还进营寨杀了我们的人，现在尸身尚在此处，我们理应合力追查凶手下落，不该彼此猜忌才对！"

彤弓想极力确保黑衣人的存在，这样可以证明那孤鹰的清白，苗寨的人在双方的对话中也开始相信黑衣人的存在，对峙的气氛有所缓和。

曹安国见彤弓搬出一个莫名其妙的黑衣人，虽然他根本不相信有什么黑衣人，但这个黑衣人却也正好替自己挡了刀，倍感奇怪之余又是意外之喜，遂和李海雕说道："我看这彤弓不像是在撒谎，进我府杀人的应该就是这个黑衣人！"

李海雕见曹安国都如此说，遂说道："看来此事确有误会，但另一事又该如何解……"

"你这个贼驴！"那孤鹰没等李海雕说完，直接骂上了。

这等脏话从那孤鹰的嘴里说出，实在是极不协调，连彤弓和杨傲都愣在了当场。

同样愣在当场的还有李海雕，他话未说完，怎么就挨了一顿骂，而且

似乎错在自己，真是百思不得其解。

"曹安国你个老贼！你暗算于我，又加害小冀，我正要去取你狗命，你竟敢来此胡言乱语！"那孤鹰见到曹安国已愤怒到了极点。

李海雕这回听得明白，原来骂的不是他，是曹安国！

李海雕疑惑地看向曹安国，曹安国早有准备，立即扯开洪钟巨嗓喊道："你这俊脸无赖！你自己终于说漏了嘴，哪有什么黑衣人，分明是你让小冀假扮的，杀了我府的人，又回来杀自己的人，就是为了证明自己的清白。你有什么不可告人的目的？赶快把小冀交出来！"

曹安国的话可不得了，本来苗寨的人已经相信黑衣人杀了苗大牛，听曹安国这么一说，似乎是那孤鹰自导自演的一出戏，目的就是杀死苗大牛，毁掉婚约，霸占苗雨蝶。

苗寨的人又开始骚动起来，彤弓和杨傲也有些疑惑了，因为曹安国说的确实也符合逻辑。只是彤弓和杨傲可以百分之百确定，那孤鹰绝对不会做出这样的事，所以黑衣人一定存在！

但除了那孤鹰看见了黑衣人，似乎没有第二个人看见，这让那孤鹰实在无法洗脱嫌疑，自证清白。

此时的那孤鹰，恨不能立即把曹安国撕成碎片！

他心里知道，曹安国敢来此颠倒黑白，小冀一定已被毁尸灭迹，黑衣人应该也是曹安国派来嫁祸他的，真是好毒的毒计！

"交出小冀！"

"交出杀人凶手！"

"交出小冀！"

"交出杀人凶手！"

……

苗二牛带头呼喊，苗寨的人也纷纷喊了起来。

苗雨魂看向那孤鹰，显然他也开始犹疑。

刚才有利于那孤鹰的局面又开始失控。

"他在撒谎！"

突然，一声歇斯底里的尖叫刺破了所有人的耳膜，也暂时止住了人群的骚动。

苗雨蝶这一嗓子喊得确实有些突然，大家都纷纷看向苗雨蝶。

"你这个奸贼！是你杀了小冀！你一定会遭报应的！你个天杀的贼驴！"

苗雨蝶见到曹安国，早已气得不能自己，内心的痛苦足以毁天灭地。

但她除了斥骂也没有什么别的办法，她总不能说被曹安国强暴了吧！

这里没有人会相信她，只会相信曹安国！

这就是现实！

谁也难以改变的、残酷的、无情的，让人窒息的现实。

第二十四章　金谷堕楼证清白

人有的时候就是这样，当你内心认定了某件事情将会发生，你就会特别期待赶紧发生。

有所期待之后就会一点一点地产生这样的谣言，这种谣言恰好是你内心期待的结果，人们就会信以为真，甚至还会有些不可道说的兴奋。

这个时候即便谣言被证明是假的，人们也不会接受这个结果，而坚定地认为谣言是真的。

苗寨的人就是这样，苗大牛在左所海子的时候就认为苗雨蝶和那孤鹰肯定有下流的勾当，不自觉地也会表达出这样的声音，苗寨的人口口相传、私下议论，慢慢地大家已经确凿无疑地认为苗雨蝶和那孤鹰早就在一起了。

这个时候发现苗大牛被杀，无论怎么解释，无论有无黑衣人，都会坚定地认为是苗雨蝶和那孤鹰通奸，苗大牛发现后被灭口。

因为这个结果正是他们私下议论和内心所想的情节，这种结果的果然发生，多少让苗寨的人都有些兴奋。

世道如此！世事如此！

没有人会相信那孤鹰和苗雨蝶的话，他们无论如何也证明不了自己的清白。

苗雨蝶也深知这一点，所以她在斥骂曹安国后又瘫软下来，因为同族人已然坚定地认为她所有的解释都是表演。

此刻苗雨蝶越悲伤、越狼狈、越歇斯底里，围观的人们就越是兴奋，越是要继续加把劲儿，让当事人更加悲伤、更加狼狈、更加痛苦，以期催生出更多精彩的情节。

"你伙同他人到我府盗取财宝，企图私奔，被发现后竟杀了自己的族人，还在此信口开河、大言不惭，真是无耻之极！"

曹安国趁苗雨蝶意志崩溃的时候又添了一把火。

曹安国的反击是十分有力的，因为他说的每句话都是苗寨人的心中所想，苗寨人在情感上已纷纷倒向曹安国。

可让人难过的是，苗寨人相信的曹安国才是这个世上最无耻的人，他们所抛弃的苗雨蝶却是多次挽救他们生命的最可怜的人。

苗雨蝶，一个坚定的好人，一个倔强的弱者。

那孤鹰，一个忠义的君子，一个坦荡的男儿。

曹安国，一个下流的淫魔，一个无耻的小人。

真相不只一面，但却永远也没法看清。

这个时候苗雨蝶多么希望能出现一个狄仁杰，一个包青天，一个旷世的英雄，挽救她于水火之中。

可这个世界上没有左右一切的英雄，没有救苦救难的神灵，有的只是一个个普通的凡人。

"一命还一命，我还你们！"苗雨蝶说着突然抽出腰刀，狠狠地刺向了自己的小腹。

"雨蝶！"那孤鹰大喊一声，飞身下马！

苗雨烟和苗雨魂也大喊一声扑了过去。

"孤鹰哥哥，替我报仇！"苗雨蝶满眼泪滴，一身血红。

那孤鹰抱住苗雨蝶，再次流出血泪，无比心痛地说："雨蝶，不要走，我要带你去云游四海。"

"来、来不及了，能……死在……你怀里，我已经……很知足了！"苗雨蝶也流出了血泪。

"不！不会的，你不会死的！我一定能救你！"那孤鹰哭着用手捂住苗雨蝶流血的腹部。

"孤、孤鹰哥哥，昨天晚上……我已经死了，救……不活了！"

"我知道！我知道！"那孤鹰摇头哭道。

苗雨蝶的眼神突然有些慌乱，她不知道那孤鹰说的知道是知道什么，看那孤鹰痛苦的样子好像确实已经知道。

这让苗雨蝶临死前的最后一丝尊严也没有了，她不敢想象昨晚事发之时，旁边躺着的竟是一个清醒的那孤鹰！

这怎么能让人接受得了呢！这绝不可接受！这真是让人死不瞑目啊！

苗雨蝶突然瞪大了眼睛，瞬间停止了呼吸。

眼神中是满是痛苦，满是屈辱，满是羞愧，满是愤恨，满是绝望！

天地变色，阴风四起！

那孤鹰咆哮一声！离地飞起，长发飘飘，衣带飘飘，如画般俊朗的脸上溅起两道血泪，一柄冷月蟠龙戟饮风呼啸，直奔曹安国而来。

此等杀气，苗寨的人早已急速避让，曹安国惊惧万分，慌忙大喊道："拦住他！"

喊完立即调转马头，准备逃离。

两名骑兵听令策马前出，但尚未来得及举刀，项上人头就已被飞戟

斩下。

此刻一个如仙如魔的紫衣呼啸而来，后面跟着一队嗜血的幽骑，就是当时李海雕眼中看到的画面。

那孤鹰的速度实在太快，曹安国掉头不及，就看见一柄如山大戟从天而降，劈空砸向自己的脑袋，曹安国大惊之下只能双手举刀硬抗。

却听一声脆响，紧接着一声闷哼，戟落刀断，冷月蟠龙戟片刻未停，将坐在马上的曹安国连同坐骑一同结果！

这时渔门镇的数百兵马才反应过来，齐齐抽刀，都哆哆嗦嗦地护在身前，准备自卫，哪里还有人敢上前一战。

那孤鹰长戟指天，哈哈大笑道：

手握万里长刀，

奋起一挥斩魔妖。

管他天道，

管他地道，

管他万物生灵道！

……

我来也！

长刀一出鲜血飘。

我去也！

天下男儿早没了。

江湖笑傲，

知音杳杳，

立地成魔也挺好！

笑声停下，蟠龙戟徐徐落下。这时杨傲和彤弓已赶到跟前，大喊一声："孤鹰！"

杨傲知道，那孤鹰手中的龙戟一旦落下，就是"杀无赦"的指令，幽骑尽出，渔门镇纵有十万兵马，也难逃一死。

那孤鹰眼睛猩红，已近成魔，和当年彤弓走火入魔大开杀戒时的样子十分相似。

此刻除了彤弓和杨傲，天下怕是已没人能够阻止他。

彤弓和杨傲站在马前直直地看着那孤鹰，谁都没有说话，但复杂的眼神所代表的含义彼此都非常明白。

那孤鹰的眼神是想让彤弓和杨傲闪开，但彤弓和杨傲的眼神却告诉那孤鹰，即便是死在他面前，他们也绝不会闪开。

因为彤弓和杨傲知道，一旦他们闪开，整个渔门镇都将被血洗，这里面有太多无辜的人，杀戒一开，再难回头。

彤弓闭关思过二十年，就是例证。

但无论如何成魔，那孤鹰都不可能对彤弓和杨傲动手，在他俩的面前，他眼中的猩红慢慢消退，手中的龙戟没有落下，因为那孤鹰的心已经死了。

那孤鹰冷冷地看着彤弓和杨傲没再说话，沉默片刻后转身离去，他抱起苗雨蝶的尸身，纵马向东方驰去，幽骑尽退。

彤弓和杨傲在后面大喊："孤鹰！"

李麟儿也跟着大喊："五哥！"喊完眼泪止不住流下来。

苗雨魂和裴大名没有阻拦，看着那孤鹰的背影，眼泪止不住流下来。

那孤鹰没有回头，眼泪止不住流下来。

彤弓和杨傲没有再喊，眼泪止不住流下来。

……

第二十五章　堕入术中几人活

乌云密布，狂风乍起，那孤鹰带着幽骑走后，晚秋中的渔门镇似乎立即进入了寒冬。

不知是冤气太重，还是杀戮太多！

彤弓和杨傲成功阻止了那孤鹰，渔门镇避免了一场灭镇浩劫，李海雕无比震惊，半天都没有回过神来。

"李知镇，我自己的兄弟我最懂！曹安国一定是干了什么伤天害理的事，嫁祸孤鹰，才有今日之变！"彤弓目光坚定地看着李海雕。

李海雕似乎也深信不疑，回头喊道："谁是曹府的府兵？"

这时队伍中一个脸部带伤的步枪兵俯身跪下："小人是曹府侍卫长刘能战！"

"昨晚曹府到底发生了何事？如实招来！"李海雕声色俱厉地说道。

"报告知镇大人，昨晚我等奉曹统领之命，在知镇府门外伏击那孤鹰，侮辱痛打致其昏迷后，曹统领以那孤鹰为诱饵，钓出小娘子，又以那孤鹰性命相威胁，将小娘子玷污……"

彤弓和杨傲等人听到此处，眼睛已变血红，苗雨魂和苗雨烟更是惊愤交加，兄妹二人昨晚自是快活，不想苗雨蝶竟遭此地狱之劫。

刘能战稍停一下继续说道："原计划将他们杀掉后毁尸灭迹，再栽赃他们盗取钱物私奔。不想举刀杀人之时，突然冲进来一个恶魔，见人就杀，曹府上下十多家丁及五十府兵被屠杀殆尽，幸存者不足十人，曹统领右眼也被刺瞎。这个恶魔救走了那孤鹰和小娘子后抽剑自杀，我们上去将他剁成肉泥，扔进了卧龙河，今早过来栽赃那孤鹰通奸盗窃，以免其报复，不想这恶贼却如此狠辣……"

"你才是恶贼！"彤弓大怒，一杖击头，刘能战立时倒地而亡。

刘能战，其实一点也不能战！

"杀小冀者，今日必死！"

彤弓大喊一声，队伍中的七八个府兵闻声大惊，掉头就跑，可如何跑得过彤弓。彤弓降龙杖脱手飞出，一杖毙命一人。

接着又有一道白影接过降龙杖，杖中又抽出一道白光，白影白光交互之下，七八个府兵站立而亡，目露惊惧，一个白衣少年手持降龙刀负手而立。

李麟儿回头之时，杖刀合体。

"杀小冀者，今日必死！"说完七八个府兵齐齐倒下。

这个结果确实太出人意料了，苗雨蝶死了，那孤鹰走了，苗寨人的内心期待被反转了。

虽然杀死苗大牛的黑衣人不知是谁，但苗寨的人也都觉得苗雨蝶实在是太冤了，每个人都参与这一结果的助推，从某种意义上来说，都是凶手！

李海雕知道曹安国仗着他老子是抗金名将，一直以来都自以为是、独断专行，但这次做得确实有些过分，让双方损失实在太大，不符合自己一直秉持的奸商交易的原则。但彤弓等人在渔门镇肆意杀人，让自己的面子也实在过不去。

想到这里，李海雕昂首抱拳道："彤弓兄弟！曹安国背着我做出这种不义之事，我自有失察之过，但人死仇报也算了结了。可还有一事，你的人昨晚玷污了我的女儿欢欢，这个账又该怎么算呢？"

李海雕一语惊人，众人又如遭雷劈一般。

彤弓脸色铁青，怒气冲冲地道："这种事知镇也能说得出口？如此栽赃，意欲何为？何不明说！"

彤弓显然不相信李海雕的话，因为他知道自己这几个兄弟断不会做出这种不义之事，结拜的时候也发过誓言，绝不会背信弃义。

"栽赃？哈！你不妨先问问你那位苗雨魂兄弟！"李海雕说完众人都一齐看向苗雨魂。

苗雨魂立时有些错乱不及，他只记得昨晚天仙般的李欢欢陪她喝酒吟诗，早晨看见李欢欢躺在自己的床上，中间发生过什么自己确实不记得了，这让他如何解释才好。

苗雨魂冷汗直冒，他还没有从苗雨蝶自杀的伤痛中缓过神来，又陷入新的慌乱不安之中。

"雨魂，可有此事？"杨傲走到苗雨魂近前，直视逼问。

"我……没做过，我……不记得了。"

苗雨魂不知道该怎么说，是没做过，还是做了又忘了，苗雨魂根本说不清楚。

"到底是没做还是忘了？"杨傲紧接着问道。

苗雨魂一时语塞。

"苗雨魂，你酒后乱性，把欢欢当成了那月中的嫦娥。欢欢被你强行玷污，可怜欢欢已有婚约，明日金沙帮安家寨的大当家安开疆就要来迎娶欢欢，此刻竟出了这等丑事，安开疆如何能放过我渔门镇，此事又该如何

收场？"

李海雕有备而来，句句皆带刀锋！

"一人做事一人当，安开疆欺男霸女，欢欢本来就不该嫁给他！"苗雨魂这样说，其实就是承认了。

李麟儿看到过李欢欢在苗雨魂房间，自然知道这事并非空穴来风，但看李欢欢的样子，若说是两相情愿还差不多，说苗雨魂强暴她则好像有些讲不通。

彤弓和杨傲实在想不到还能发生这种事，凝眉不语，似有所忧。

李欢欢在晚宴时的样子彤弓和杨傲是看见的，连他二人都有些把持不住，何况醉酒后的苗雨魂，但以李欢欢的本领，酒后到底是谁强暴了谁，恐怕还真是无法断定，这多半又是一场早已设计好的阴谋。

苗寨的人因为苗雨蝶的冤死，刚刚对苗家兄妹有点愧疚之情，听到苗雨魂竟做出这种事，又都议论纷纷、嗤之以鼻。

苗家兄妹此刻的压力可想而知。

"如果是两相情愿，也许还能成就一番好事！"杨傲说此话时，没有看向苗雨魂，也没有看向李海雕，明显是有些心虚。

"哼，两相情愿？杨先生可真会占小女便宜！如果我说是两相情愿，你以为安开疆能放过我们父女吗？这渔门镇怕是也难保全了！"

李海雕冷笑一声继续说道："事到如今，只有苗雨魂承认此事，才能换回欢欢一命。至于你们挡不挡得住安开疆，我就只能替你们祈祷了。若挡得住，欢欢和苗雨魂就是两相情愿；若挡不住，你们就是暴徒！"

李海雕说完转身带兵离去。

"李海雕是想借用我们的力量挡住安开疆？"彤弓看着李海雕的背影喃喃自语道。

"恐怕没这么简单！"杨傲随口接道。

"难道他还另有所图？"彤弓似乎也感到了一点点危险。

"唉！"杨傲回头看了一眼苗寨的人，摇头叹息。

杨傲心里知道，那孤鹰的幽骑已经走了，现在能用的力量只有苗寨的人，但苗寨的人肯定不会为了苗雨魂去打仗。

安开疆一到，能帮助苗雨魂的也许只有这几个结义的兄弟了。

"雨魂，昨晚咱俩在宴会上喝酒的时候，你还说过这个李欢欢千万不能招惹，怎么你又……咳！"裴大名垂头叹道。

"昨晚……昨晚我见雨蝶伤心，做哥哥的什么也做不了，就多喝了几杯。后来李欢欢来了，说的也都是伤心事，就越喝越难受，直至喝得不省人事。至于后来发生了什么，我真的记不起来了，只知道、只知道早上起来的时候李欢欢睡在旁边。"苗雨魂十分愧悔自责。

"看李海雕的架势，昨晚的事没那么简单，没有雨魂，也会有别人，李海雕想借刀杀人，只是不知是借我们的刀杀金沙帮，还是借金沙帮的刀杀我们，也不知这后续还有什么阴谋诡计。"裴大名忧心忡忡地道。

"收拾行囊，准备走吧。不管前方是明是暗，也比困在这蛊中要好。"杨傲说完，众人纷纷点头。

杨傲等人不知道，李海雕精于算计，早在彤弓等人来之前，为了和金沙帮搞好关系，甚至结成联盟，以便更好地控制金沙江水路商道，多次带着金银财宝去贿赂安家寨大当家安开疆。

不想安开疆有自己的帮规道义，绝不做买卖人口、偷渡难民的生意，为此拒李海雕于千里之外，连正常的生意都不与其合作，也不接受其财物，这让李海雕非常头疼。

万般无奈之下，李海雕派出了李欢欢。李欢欢看准安开疆在码头出现的时机，故意让一群泼皮无赖调戏她，她知道安开疆行侠仗义，一定会出手相救，成功导演了一出英雄救美的好戏。

李欢欢本来就一副柔弱的样子，落水之后佯装病倒，在安家寨一住就是半个多月。李欢欢使出看家本领，时时处处都是让人倍感怜惜之态，让安开疆着实有些招架不住。

但安开疆脑袋就是一根筋，无论李欢欢如何勾引，安开疆都没有越过雷池，这让李欢欢非常焦急，无奈向安开疆袒露心思，说了一些"小女子无以为报，只能以身相许"之类的话。

安开疆得知李欢欢的心思，十分高兴，但死板的安开疆非要光明正大地迎娶李欢欢，在此之前绝不动李欢欢，可他哪里知道，李欢欢早已计划好一切。

安开疆送李欢欢回渔门镇时，得知她的父亲竟然是李海雕，本想婚事作罢，但无奈李欢欢日夜啜泣打动了他，安开疆只能抛弃前嫌，送来巨额彩礼，择日迎娶李欢欢。

但李欢欢知道，洞房之夜就是暴露之时，安开疆如果知道这父女俩处心积虑地算计他，以金沙帮有仇必报的作风，怕是要血洗渔门镇。

李海雕为此也十分头疼，眼看婚期将近，李海雕越发焦虑，一定要找一只替罪羊。这时彤弓等人送上门来，还带了千数女眷，这在李海雕眼中都是生意，都是财富，所以一心想占为己有，彤弓等人自然成了李海雕棋盘上的棋子。

只要李欢欢与彤弓兄弟中的任何一个人有了关系，李海雕就可以向安

开疆控诉：从大理境内来了一伙流寇，杀了渔门镇的马步军统领，霸占了自己的女儿李欢欢，还抢夺了包括彩礼在内的大量财物。

安开疆听后必然大怒，和彤弓等人火并，一旦开战，不管输赢，李海雕都是稳赚不赔。

如果安开疆赢了，李欢欢自然不用再嫁了，彩礼想必安开疆也不会要求退，彤弓等人留下的众女眷也就归自己支配了，以后还能以受害者的身份继续和安开疆做生意，这是个大圆满的结局。

如果安开疆输了，李欢欢自然也不用嫁了，彩礼也不用还了，但金沙帮绝不会善罢甘休，必然复仇于彤弓；彤弓等人若不逃走，李海雕就和金沙帮合击彤弓，则彤弓等人必死，这些女眷还是自己的囊中之物，还可以借此结交金沙帮，以后金沙水道任驰骋。

如果彤弓等人逃走，李海雕就以带着女眷不方便为由，许诺帮彤弓等人照顾，再出卖彤弓等人的行踪；不管彤弓等人能否躲过金沙帮的复仇，今生都不可能再踏进金沙帮的势力范围，这些女眷一样可以变卖为奴，这简直是个更圆满的结局。

所以，无论安开疆和彤弓谁胜谁负，自从与李欢欢扯上关系那一刻起，就注定了这些正人君子必败的命运，也注定了李海雕这等奸诈小人必胜的结局。

第二十六章　反掖之寇谁之过

烽火狼烟，遍及九州，不知这乱世何时休。

国破家败，流离失所，都道这百姓难苟活。

自蒙古十二路大军同时对三国宣战，发兵南下以来，势如破竹，此时已扫平汉中，突破剑阁，四川全境完全暴露在蒙古铁蹄之下，陕北和川南的难民纷纷向川北和川东逃命。

难民、逃兵混杂在一起，强抢、劫杀，水旱两路遍地狼藉，人间地狱已难分辨。

张钰奉命调兵北上抗击蒙古大军，命副将南永忠留守，负责川北防务。南永忠武功高强，实力不在张钰之下，但为人狭隘自私，骄奢淫逸，张钰因看重他的能力才留用。

张钰走时，川南难民已少量涌入，南永忠私自带兵抢劫难民财物，再用抢来的金银购买年轻貌美的女子充入自己的府宅。

张钰知道后，本想杀了南永忠，但南永忠在军中已有众多同流合污者，闹大恐生变故，眼下又是用人之际，遂在众多部将的求情下，重重处罚了南永忠，饶了他一命，命他留守后方。

南永忠被罚留守不得重用，心情郁闷，张钰走后，日日饮酒作乐，夜夜歌舞喧嚣。

但却越喝越无聊，越来越空虚。

一日，他把军中所有死刑犯押到练兵场，南永忠手拿一把混元霸王枪，运转起来虎虎生风，士兵纷纷叫好。

南永忠突然大喊一声："军中粮尽，留尔何用！"

一名死囚的头颅应声落地。

"泰山压顶！"又一个犯人倒地而亡！

南永忠用死囚练功，看得众士兵毛骨悚然，吓得众犯人胆裂魂飞。

突然，一名死囚大声喊道："将军武功盖世，不振翅万里图大名，反在此手握天刀斩蝼蚁，岂不枉乎！"

南永忠血枪顶喉，戛然而止，死囚瑟瑟发抖。

"你可是那苗寨一战的叛徒？"南永忠说着把枪又向前顶进了一分。

"小人晋国宝，乃蒙古大汗麾下宿骑卫，将军是想在此诛杀一个叛徒，然后坐等屠城，还是想借长生天之力，成为这四川的都元帅？"

晋国宝看南永忠似乎略有所动，继续说道："蒙古大军现已踏平万国，收服九州，此等弹丸之地瞬息可破，以将军之能，若能听我一言，荣华富贵唾手可得，何苦逆势而行，置父母妻儿于水火之中！"

南永忠听后收起混元霸王枪，当夜与晋国宝促膝长谈，从没想法到狼狈相遇，一拍即合，随即把酒言欢。

"今后我们将在何处登高，晋兄心中可有丘壑？"南永忠看向晋国宝说。

"守住此门，待河水泛滥，便可直入腹地，将军只需坐等时机！"晋国宝说。

"哈哈！晋兄果然是旷世奇才！可否再详说一二？"南永忠大笑道。

"大蒙同时向南宋、大理、吐蕃三国宣战，十二条战线齐头并进，因黑风军覆没于大理，所以蒙军主力必然直捣大理腹地，如此就必须要渡过金沙江。我等只需占领渔门镇，待蒙古大军来时帮其渡河，必可立下不朽之奇功！"

南永忠哈哈大笑道："好！好！"

南永忠带兵有自己的一套方法，手下的兵都对他言听计从，因为这些兵知道，每次跟着南永忠出去都能有吃有喝，自然对他拼死效忠。

早上起来，南永忠召集手下兵将说道："大厦将倾，朽木难支，如不早做打算，必是枉死之下场，英雄豪杰当顺势而为，干出一番事业。我已决定叛宋投蒙，尔等愿意追随于我的，自当有福同享，不愿追随我的，也可自行离去。"

南永忠说完看向众兵将，众兵将议论片刻后异口同声地说道："我等愿誓死追随将军！"

此时唯有偏将步长安低头不语。

南永忠哈哈大笑道："好！即日起，脱下宋朝军服，竖起蒙古苏鲁锭，犒赏三军，七日后兵发渔门镇！"

南永忠，终难永忠！真枉费了他爹给他起名时的一番苦心，而他爹显然也忽略了自己的姓氏。

众人散去后，步长安对自己的几个亲信说："我等曾经笃信忠义门规，今日怎能背信弃义、数典忘祖，做出遗臭万年的悖逆之事。"

众人纷纷点头，步长安接着说道："张钰将军刚走，南永忠就公然叛变，此等贼子我等今日必除之！"

当晚，步长安带着八名亲信翻入南永忠的府宅，趁南永忠正在床上睡觉时，突然杀了进去。

南永忠正睡着，突然听到动静，睁眼看见几个人影向床头杀来，情急之下竟抓起身旁的士兵向外推去。

步长安等人突然看见有一人飞出，吓了一跳，下意识地砍了下去，掉到地上才发现，原来砍的是一个无名小兵，众人都不由得惊愕万分，心情复杂。

趁着这个空当儿，南永忠从床上蹿起，向旁边一滚，拿起自己的混元霸王枪，退到墙角。

众人一惊，赶紧扑了上去。

谁知南永忠枪法甚是了得，与众人对战，竟丝毫没有落到下风，一枪就横扫两人，接连两刺，又倒下两人。

这时门外传来府兵跑步的声音，步长安知道已难取胜，遂喊了一声"撤！"

余下几人立即从窗户跳出，可进来容易出去难，想逃走又谈何容易。在南永忠和府兵的夹击下，只有步长安在大家的拼死保护下翻过院墙，骑上马一刻不停地向北方逃去。

步长安不停换马疾驰，连续跑了三天三夜，终于追上了张钰的大军。

"南永忠已反，将军宜速归平叛！"步长安见到张钰后，刚说一句话就累晕过去。

步长安醒来时，看见张钰坐在床头，短短几个时辰，头发已然全白。

"将军！"步长安看见张钰的白发惊讶地喊道。

"我带骑兵先走，步兵就交给你了！"张钰回身握住步长安的手说道。

"好！南永忠四日后要去攻打渔门镇，将军可直奔渔门镇方向，定可在半路截杀之！"步长安迫不及待地说道。

张钰站起走向书案，望向窗外说道："是去成都府！"

步长安闻言满面惊讶，急忙问道："那南永忠怎么办？"

"以后再说吧！"张钰说完，一拳重重地砸向书案。

"可将军的家眷……"步长安话未说完，就看见张钰递过来一张加急军报，步长安看后脸色苍白。

军报中说到蒙古东路四支大军已会师扬州，随时会渡江攻打临安。

中路四支大军已围攻襄阳，进逼鄂州。

西路四支大军已出剑阁，一路正在围攻成都府，一路向重庆府杀去。

临安告急！

襄阳告急！

成都告急！

重庆告急！

军令如山，张钰受命速带轻骑驰援成都！

此刻的张钰心里明白，若带轻骑回杀南永忠，必能掐灭其叛乱势头，但成都危在旦夕，不救，数十万军民恐命丧黄泉。

若驰援成都，放任南永忠不管，以南永忠的为人，自己全部家眷必遭不测。

面对这样的选择，张钰却无能为力，只能一时白头愁更愁，哽咽吞泪泪更流。

第二十七章　弃家报国千古恨

　　面对艰难的抉择，无论多么强大的人，都有无能为力的时候，因为鱼与熊掌不能兼得，但又无法取舍。

　　所以高祖也有烹爹日，霸王亦有别姬时。

　　张钰的妻子王青儿是四川制置使王岸之女，将门之后，虽已年过三十，但天姿卓绝，保养精心，丰腴之美远胜邻家粉黛，一身成熟韵味更是无与伦比。

　　张钰能担任这宋朝的边军守将，自己有勇有谋自不必说，岳父王岸的一臂助力也不可或缺。

　　端平三年，王岸在宋蒙之战中壮烈殉国，临终前将女儿托付给张钰，可眼下王青儿劫难临头，张钰却只能眼睁睁地看着悲剧发生。

　　因为他要去救成都府的数十万人！

　　步长安放下加急军报，泪流满面，他终于明白张钰为何会在几个时辰内头发全白。

　　读懂英雄，并不是要读懂他外在的武功与豪情，而是读懂他内心的孤独与无助，读懂他喉管呛下去的泪水与悲情。

　　此刻张钰负手立在案前，目光坚毅，背影伟岸。

　　这时突然一个士兵跑进来施礼道："报告将军，五千轻骑已集结完毕，分发三日口粮，其余辎重全部移交步军，随时可以出发！"

　　张钰拿起头盔，回头对步长安说："按战斗队形行军，每个时辰派出一个哨骑卫，若得知成都失陷，不可再救，就近寻找坚城驻守，不可让步军暴露在蒙古骑兵之下。"

　　张钰说完走出军帐，飞身上马。

　　步长安拄着拐杖走出军帐，看着启程北上的大军，泪流满面，声嘶力竭地大喊一声："将军保重！"

　　说完面北而跪，身后数万将士齐齐跪下，齐声喊道："将军保重！"

　　张钰一头白发，征衣猎猎，义无反顾，逐渐消失在北去的狼烟之中。

　　南永忠知道，步长安逃走后一定会去向张钰报信，派人追杀未成，一连几日坐立不安，这日哨探回来报告，未见张钰大军有回杀迹象。

　　南永忠心中甚喜，心想一定是前方军情紧急，张钰无暇后顾，这一去

也必定是凶多吉少。

南永忠对张钰的妻子王青儿垂涎已久，苦于是张钰之妻不敢下手。如今尽在掌握，南永忠迫不及待地来到张钰家中，尚不知情的王青儿热情出来会客。

王青儿雍容华贵的着装让南永忠充满了窥探的欲望，白皙丰满的身体让南永忠隔空都感到了醉人的弹性。

南永忠囫囵咽了一口唾沫说道："嫂、嫂嫂！刚刚得到前方军报，张钰将军已经壮烈殉国了！"

南永忠说完假装揉了揉眼睛。

"啊！"王青儿简直不敢相信自己的耳朵，随后颓然坐在椅子上，双目黯然失色。

"嫂嫂！张钰将军殉国时留有遗言，不知……"

"南将军请说！"王青儿紧张地坐了起来。

南永忠支支吾吾地道："张、张将军说、说……"

"说什么了？你快说啊！"

"张将军说要把嫂嫂托付给我照顾！"南永忠终于不要脸地说了出来。

"那就有劳南将军费心了！"王青儿显然没听明白南永忠的意思。

南永忠听后大喜，忙抬头问道："那嫂嫂何时搬到我府上歇息？"

"南将军此话何意？"王青儿眉头紧蹙，似有一丝怒意。

"张将军新殁，嫂嫂现已是孤寡之身，我若经常往来府上，难免有辱嫂嫂名节，与其这般，不若光明正大接嫂嫂入主我府，仍为正室，您看如何？"此时南永忠的羞耻之心已荡然无存。

"你！你说什么？你这个无耻的小人！"王青儿立即站起身指着南永忠瑟瑟发抖。

"嫂嫂息怒。实是张将军临终遗言不敢违背，下官若不亲身照顾，又怎能解得了嫂嫂这空虚之苦。"南永忠越说越无耻下流。

"你给我滚出去！滚！"王青儿气得怒目圆睁，嘴角微颤。

南永忠一动不动，坐在椅子上露出淫笑，看得王青儿心里发毛。

"嫂嫂不知，如今这军营驻地已尽归我掌握，嫂嫂若是从了我，荣华富贵更胜从前，若是不从，也莫怪下官无礼了！"

"你敢！"王青儿说着拿起一把剪刀，抵在自己的脖子上，随后又咬牙切齿地说道，"我宁可死也不会让你这奸人得逞！"

"哈哈哈哈……"南永忠哈哈大笑。

"嫂嫂若是死了，这全家老少一十八口谁来照顾啊？张将军的两个公子如此可爱，嫂嫂带他们到地下见了张将军该如何言说啊？"南永忠眼中露出了一丝杀气。

王青儿闻言面如死灰，瞬间瘫软下来，两个儿子是她的心头肉，南永忠绝不是威胁，她已经感到了冷冷的杀意。

王青儿知道，此刻全家老小的性命尽在南永忠之手，这让她该如何自保，如何抵抗？

她一个弱女子又能有什么办法，要么为名节而死，全家殉葬，要么屈辱忍受，苟活全家。

无论哪种选择，都让她觉得无比痛苦和绝望！

南永忠看王青儿瘫软下来，彻底露出了本来面目，他走到王青儿身边，慢慢地把她手中的剪刀拿下来。

王青儿想保住全家性命，此刻怕也只能任由眼前这个奸人随欲支配了。

南永忠见王青儿没有反抗，更加大胆起来，竟一把抱起她，向内室走去。

王青儿面如死灰、呆若木鸡，此刻只要能保住孩子，她已没有任何要求。

从某种意义上来说，她的灵魂已被抽走，只剩下一具毫无感觉的躯壳。

张钰将军带着五千轻骑，白天在密林中休息，晚上不停地急行军，只为了拯救成都府那数十万无辜的生灵。众将士不知将军为何一夜白发，只有他自己知道此刻的家中正发生什么⋯⋯

晋国宝多次劝说南永忠发兵渔门镇也无济于事，只好劝了又劝，天天来劝。

"将军既已举事，宜速进军，以免夜长梦多啊！"晋国宝心急如焚地说道。

"进军之事你可自去安排，只是这王青儿一定要带上，我已离不开这妇人！"南永忠一说到王青儿就有点口干舌燥，赶紧抿了一口茶。

"张钰的家眷决不能再留，一定要斩草除根，以绝后患！"晋国宝语气坚定，不容置疑。

南永忠却有些为难地说："我已答应那妇人，要保她一家安全，晋兄何必纠结于这几口老小。"

"成大事者，不可有丝毫牵绊，将军如此儿女情长，这是要自毁前程啊！"晋国宝说着有些激动。

南永忠表现出为难的模样，犹豫不决。

晋国宝心生一计，就不再劝南永忠。

是夜，晋国宝来到了王府，王青儿正在给两个儿子喂雪桃，看见晋国宝进来赶紧让两个孩子去厢房玩耍。

王青儿薄施粉黛、富贵雍容，让晋国宝这种人都连连吞咽口水。

晋国宝进门之后没有一丝君子的伪装，他已不屑于伪装了，也实在是伪装不下去了，因为他实在是太坏了，这才是真正的小人！

晋国宝恶狠狠地走上前去，伸手抬起了王青儿的下巴，王青儿见状极度惊恐。

美人就是美人，惊恐时的目光也犹如清潭一般清亮，晋国宝看着王青儿迷人的眼睛，有那么一刻，他也动了恻隐之心，实在不忍心对天仙一般的王青儿下手。不过恶人之恶，就恶在立即能用兽性压盖住与生俱来的那一抹良知。

突然，晋国宝抱住王青儿的头，一手抓着她的头发，一手抽出腰中的佩刀，对着王青儿的肚子狠狠地刺入。

几刀之后，王青儿的身子瘫软，慢慢倒地。

晋国宝松开王青儿，提刀走向厢房，王青儿倒地的瞬间从门帘和地面之间的缝隙看见了儿子凌乱的步伐。

紧接着她和同样倒在血泊中的孩子四目相对，同样的姿势，同样借着门帘离地的一抹缝隙，同样的无能为力，同样的定格于此！

王青儿的眼中不知是痛苦还是悔恨，不知是绝望还是心碎，不知是憎恨还是诅咒……

但这些都不重要了，当她最后一滴眼泪夺眶而出时，死不瞑目！

张钰于当夜赶到成都城下，大军攻城已经停止，但蒙军的投石器还在向城内投射。

张钰将五千轻骑分成五队，每个时辰杀出一队，他带第一队杀出，直奔蒙古的投石大军，打得蒙古军措手不及。

张钰把满腔的愤怒和愁苦化作毁灭的力量，挥起如山巨矛，横冲直撞，直杀得蒙古军人仰马翻，接连击毁数个投石器。待蒙古骑兵发动反击时，张钰已带着队伍冲进成都城内。

蒙古军队稍一松懈，又有一队骑兵横空杀出，偷袭之后迅速冲进成都城内。

整整一个晚上，蒙古大军心惊胆战，损失惨重，不知道来了多少援军，只知道至少有五队骑兵，每队骑兵都十分强悍。

蒙古主将兀良合台见宋朝援兵已至，蒙军投石器又大部被毁，快速攻取成都的计划已很难实现，遂围而不攻，双方陷入僵持。

成都，暂时保住了！

第二十八章　棋逢对手有阴招

　　人世间的很多痛苦就在于选择与失去是同时的，所以选择本身并不重要，重要的是能否忠于自己的选择。

　　只有忠于自己的选择才能减轻失去的痛苦，否则就会深陷自责当中，无法自拔。

　　但坚定不移地忠于自己的选择又谈何容易！在诸多选项择其一的时候，能够不顾盼其他选项，得与失都欣然接受，并且不在内心里反复衡量，不在已经选择的路上把心思花在猜想另一条路的风景上！

　　好人张钰做不到！

　　坏人南永忠也做不到！

　　南永忠听说晋国宝杀了张钰全家一十八口，气得暴跳如雷，但也不好说什么，毕竟曾经授权给晋国宝自行处置，不想居然是这么个结果。

　　南永忠悔不当初，对王青儿念念不忘，依礼厚葬。

　　"将军已无后顾之忧，宜速发兵渔门镇！"晋国宝杀完王青儿一家后，日日苦劝南永忠。

　　"不急！我还要等一个人！"

　　"还要等谁？"晋国宝不解地问。

　　"来了你就知道了。"

　　"渔门镇富甲一方，周边都是'四不管'之地，武装割据自立为王的，个个都对渔门镇虎视眈眈，如今不趁乱取之，待落入别人之手就再难夺回了！"晋国宝十分焦急。

　　南永忠摆了摆手没说话，下了逐客令。

　　晋国宝走出主帅营帐，来到侍卫幕僚的营帐喝起了闷酒。

　　南永忠带兵有方，颇懂阵法，为了预防张钰突然回杀，营垒构筑得也颇为坚固，明哨、暗哨、潜伏哨一个不少，近卫、远卫、流动卫一个不缺。

　　突然，一个黑影掠过，营门哨兵只看到一道黑影，黑影就已穿过大门，站在了门内的广场中间。

　　暗哨近卫齐发，潜哨远卫急奔，尚未形成合围，七八个近卫已经倒下，一把黑刀顶在远卫长的脖子上。

　　"帅帐在哪？"黑衣人冷冷地发问，口气似乎不允许犹豫，更不允许

辩解。

"在、在、在前方五十步处侍卫营帐的后面。"远卫长刚说完，黑影已然不见。

说话间，黑衣人已站在了侍卫营帐和帅帐中间。

"什么人？"一个侍卫立即拔出腰刀。

黑衣人没有回答，也没有回头，只是冷冷地站在那里。

晋国宝和侍卫们听到喊声后也纷纷跑了出去。

"噌！噌！噌！"侍卫们纷纷拔出腰刀。

却见一道飘忽不定的黑影紧随而至，侍卫们尚未反应过来，手中的腰刀就纷纷落地。

晋国宝看到这个场景，立即怔在当场，他不知道发生了什么事，更不知道是什么人无声无息杀到了帅帐。

这时又一批远卫和流卫赶到，晋国宝大喊一声："抓住他！"

"慢着！"南永忠听到声音后赶了出来，黑衣人已不动声色地站在帅帐前。

"阿伯，就凭这些侍卫如何能护你周全？"黑衣人轻蔑地看着侍卫说道。

"哈哈！贤侄，就等你来，我才敢发兵啊！"南永忠说着双手抱住了黑衣人的肩膀。

帅帐内，南永忠兴高采烈地介绍道："这就是我要等的人，我的侄儿南有德，他从小在东瀛伊贺家族学习忍术，得到了忍者之神的称号，有他保护，我性命无忧矣！"

"少侠武功快如鬼魅，原来是东瀛武学，将军有侄如此，何愁大事不成啊！"晋国宝急忙上前谄媚。

南有德轻蔑地看了一眼晋国宝。

南永忠却举杯哈哈大笑道："事不宜迟！明日发兵渔门镇！"

南永忠所部亲兵仅有二百多，加上张钰留下的一些老弱病残将满两千，叛宋投蒙之后招兵买马，搜罗难民，这支乌合之众竟然已有上万的规模，次日一早，便浩浩荡荡地向渔门镇杀去。

尚有三天脚程的时候，南永忠让南有德先去渔门镇探听虚实。南有德如鬼魅般把渔门镇六坊两门二十四巷游荡个遍，地形地理、兵力配备、防御设施都摸得一清二楚。

但侦察到东门外的时候却让他吃惊不小，这里竟驻扎有一支军队！南有德悄悄溜进东门营寨，循声摸去，突然从寨房里冲出一人，因为实在太快，也实在太过意外，竟险些将自己撞倒。

南有德惊慌未定之时，又冲出一人，竟手持重戟劈头就砍，南有德情急之下夺戟杀人，又担心暴露身份，遂隐身遁走。

南有德不知道，他这一趟侦察，可是害惨了那孤鹰。

南有德跑回叛军大营后，立即向南永忠汇报。

"阿伯，晋国宝那小子所言非虚，渔门镇果然非常富庶，宜速夺之！我们可以借此资源招兵买马，征编附近武装，足可称霸一方！"

"防御如何？"南永忠端坐在军帐之中。

"武装兵力不足千人，全镇百姓足有数万，东西有两门可入，南北两边是层层的梯田和巍峨的高山，难以行兵布阵，必须先攻占西门，但攻击面跨度太小，还是仰攻，于我不利，好在我方兵力占优，可昼夜不停轮流进攻。"

南有德喝口水继续说道："不过东门外有一处营寨，驻扎有一支军队，不知底细，我与其中一人交过手，功力应该不在我之下，我若不是因为有忍术护体，怕是很难脱身。"

"命令大军不分前后中军，各队自行极速前进，先到先攻，无须请令，此门必须突袭方能得手！"南永忠说完便起身披甲。

行兵打仗、排兵布阵，南永忠显然要高出南有德一个身位，一句话就说到了要害。

渔门镇处在半山之上，东西两门宽不足丈，兵力再多也难以驱使，确实是一夫当关万夫莫开。

所以李海雕才能凭借着不足千人的队伍于乱世之中割据渔门镇。

南永忠只有突袭，才有胜算。

但渔门镇方圆百里之内都布满了李海雕的眼线，周边的风吹草动尽在李海雕的掌握之中，要想成功突袭也绝非易事。

李海雕带兵从彤弓处回来后，就得到探报，说有一支过万的叛军正急速向渔门镇开来。

李海雕立时惊出一身冷汗，眼看算计彤弓的妙棋即将收官，怎么突然杀出一支叛军呢？

难不成整个四川都已经沦陷了？若果真如此，大宋军队实在是太不堪一击了！李海雕心里盘算起来。

"兵来将挡，水来土掩！立即召集全镇大小户长、员外、兵马统领到府中议事！"李海雕吩咐完，便向李欢欢的闺房走去。

李欢欢正在对镜梳妆，被李海雕从背后一把抱住，李海雕赖声赖气地对着李欢欢的耳朵说道："我的大宝贝儿！你可立大功啦！"

李欢欢被李海雕抱得舒服，咯咯发笑道："那爹爹想怎么赏我呀？"

李海雕说道："我马上要开会议事，你立即把家中所有金银细软全部装箱上车，随时准备东迁。"

李欢欢脸色陡然一变道："出什么大事了？"

"有一支过万的叛军正在赶来，虚实不明，需要早做打算。"李海雕说着松开李欢欢向屋外走去，独留她怔在房中。

渔门镇的大小户长、员外、兵马统领急匆匆地赶到李府后，李海雕开始部署迎战事宜。

"诸位，我渔门镇正面临着从未有过的危机和挑战，需要大家齐心协力，共渡难关，有钱出钱，有力出力！"

众人面面相觑，大家都知道李海雕颇能算计，却不知道他能使出什么手段。

"曹安国统领已经殉职，即日起，副统领鲁精光升任兵马大统领，其余兵将均各升一级！"

所有武将听后都面露喜色。

"曹安国大统领死时曾留有遗言，要将家中财宝尽皆捐出，以资军用！"

李海雕说到此处假装悲痛了一下，而后继续说道："曹安国大统领真是我渔门镇的楷模啊！"

"鲁大统领！"

"属下在！"鲁精光闻言立时站起。

"会后你亲自带人去接管曹府，府中财富全部分给即将上阵的将士！"

鲁精光听后眼冒金光，兴奋异常，这其实就是去抄家啊！鲁精光用近乎崇拜的目光望着李海雕继续听吩咐。

"曹大统领已做出了表率，我李海雕也自愿捐出白银五千两资军，在座的各位都说个数吧！"

这回众人都听明白了，这是让大家捐钱抗战啊！

曹府的财富已经分给了众将士，再捐资恐怕就是李海雕要搜刮独吞了。

但此刻所有武将都虎视眈眈，对李海雕言听计从，众大户已是待宰的羔羊，不捐也得捐了。

"我出三百两！"一个大户抢先说道。

"捐资最少的大户家里要出一名男丁上战场！"李海雕立即补充了一句。

"啊！我说错了，我出八百两！"

"我出八百零一两！"

"我出八百零一两！"

"我出八百零一两！"

……

众人报完数后，李海雕厉声说道："叛军所到之处寸草不生，我渔门镇数万百姓已危在旦夕，大家还在算计手中的钱粮，当真是要钱不要命啊！现在我宣布修改捐资规则，一是不能重复，二是相差不能低于一百两，重新报捐！"

"啊，我出八百五十两！"

"我出九百五十两！"

"我出一千零五十两！"

"我出一千一百五十两！"

……

众人报完数后，李海雕又尖声说道："这样报价好像对第一个不够公平，现在修改规则，报价最少的可以重新第二轮再报！现在开始！"李海雕说完看向第一个报价的大户郭千金。

"啊……我出二千五百五十两！"

"好，这回出九百五十两的是最低报价了，是否需要再报？"李海雕又看向第二个报价的大户徐万财。

"啊……那我出二千六百五十两！"

"哐"一声巨响，第三个报价的大户张阴一拳砸向桌案："你这是在抢钱啊！我不捐了，我要上战场！"

李海雕冷笑一声看向张阴道："张员外要上战场？那真是我渔门镇军中之福啊！但你破坏了游戏规则，还是要付出代价！"

"鲁大统领！"

"在！"

"立刻将张员外带去军中履职，斩于阵前，将其首级悬挂于西门，下书'誓死抗战'以激励全体将士！"

"李海雕！你不得好死！"张阴听后破口大骂。

"你自己说你要上战场啊，干什么就是我说了算，我想了又想，好像除了你的人头尚能一用，实在想不出你在军中还能效力何处。"

"你……"张阴气得立时吐出一口鲜血。

"嗯，终于肯吐血了！张员外果然是我渔门镇的楷模呀！鲁大统领听令！斩首张阴并抄没其家财充军，张员外自己主动'吐血'了！"

"是！给我带走！"鲁精光说完带人将已经气得倒地半死的张阴抬离议事厅，斩首抄家。

众大户看到这个场景均惶恐不安，实在没有料到李海雕竟会对全镇富户公然洗劫，不给自己留下任何退路。

"从此刻开始，大家要勠力同心，要活一起活，要死一起死！所有坊门全部关闭，人人都要持刀以待，准备巷战！"李海雕说完起身奔赴西门。

李海雕赶到时，张阴的头已经挂在西门上，李海雕用张阴的血亲自写下了"誓死抗战"四个字。然后对着西门守卫喊道："关闭西门，起筑门前隥！"

原来李海雕早有防备，东西两门百米外的道路早已挖断，里面用方石填满，敌人来犯时，起出方石，路上就多了一道陷阱，起出的方石还可以筑起一道门前隥。

这样前有壕沟，后有石墙，再后有关闭的高大西门，敌人的骑兵断难突破，即便突破后各坊还有坊门分割，足以进行巷战。

南有德带领的骑兵当天夜里就赶到了渔门镇，但他立功心切，未加探查就急攻西门，不想却掉进了陷阱。

"不好！"南有德大叫一声，在跌落的瞬间飞身跳出。

但后面的骑兵在夜里不知就里，勒不住马，纷纷掉进壕沟，人马互相踩踏死伤无数，直将壕沟填满。

南有德气得暴跳如雷，为了挽回尊严，又立即带着剩下的骑兵，踩着自己战友的尸体，继续进攻。

不想却又遇到了一堵坚固的石墙，渔门镇的士兵站在西门上居高临下发射箭矢，南有德的骑兵惨叫不已，被迫撤退。

两个回合下来，南有德的骑兵死伤大半，他知道突袭已无可能，排兵布阵也绝不是他的长项，遂无奈地后退半里扎营，等待伯父南永忠的到来。

第二天早上，李海雕站在西门之上，看见远处飘忽而来的蒙古苏鲁锭，着实有些恐惧。

但看到眼前填满壕沟的骑兵尸首后，又壮着胆子大声喊道："昨夜参与守门的士兵每人赏银二十两！今日，杀一人赏十两！"

李海雕说完把一箱箱白花花的银子搬到了西门，众将士看得眼睛发红，士气大振！

李海雕见状又顺势说道："只要能打退敌军，挺过这一关，东门外还有一千多苗寨女眷，每人赏赐一个！"

众人听后纷纷叫好，齐声高呼："为银子而战！为女人而战！为银子而战！为女人而战！……"

南永忠赶到西门外，见渔门镇早有准备、防御森严，南有德又打草惊蛇在先，突袭已绝无可能，同时对方以逸待劳，强攻更难取胜，自己的队伍天时、地利、人和均不占优，士气顿时泄去了大半。

南永忠无奈召集众将说道："渔门镇居高临下，又有石墙阻隔，若强行仰攻损失未免过大，如沿路扎营，从长计议，又恐粮草不济，军心不稳，敌人若在夜间俯冲偷袭，我军也难以抵挡，所以必须要速战速决！"

"愿听将军安排！"众将士齐声说道。

"晋国宝听令！"

"在！"

"你带领骑兵堵住西门，用你的三寸不烂之舌和他们谈判，若能招降，你立头功！驻守西门的兵力如有调动，你立即组织强攻，如无调动，只许谈判，不许进攻！"

"属下明白！"

"南有德听令！"

"在！"

"你挑选五十个善于攀爬的战士，从南面的山峰爬上去，趁着夜色从山峰垂崖而下，进镇放火，奔东门而出。"

"属下明白！"

"樊仁听令！"

"在！"

"你带领大队步兵沿北面梯田向上攀爬佯攻，掩护我带亲卫部队从梯田绕到东门向镇内进攻。"

"属下明白！"

"休整编队，喂马造饭，巳时开始进攻！"南永忠宣布完命令后，独自骑马来到西门外查看地形。

一场大胜仗已然成竹在胸！

第二十九章　无辜送命安开疆

大军临城，渔门镇的百姓都处在惊恐不安之中。

"嘎！嘎！"一群乌鸦徘徊在渔门镇的上空，似乎早已闻到了即将到来的满地血腥气。

乌鸦叫得人心烦意乱。

"给我打下来！"李海雕指着天上的乌鸦大声喊道。

西门守卫纷纷张弓向天空射去，南永忠骑马查看地形时，正好看到西门守卫在集体射乌鸦。

南永忠轻蔑一笑，立即张弓射箭。

"嗖"的一声，一箭双鸦，从天而降。

西门守卫纷纷向射箭之人看去，只见一人一骑站在西门外。

李海雕站在西门上看着南永忠，见南永忠虽穿着蒙军行头，但根本不是蒙古人，遂大声喊道："我当是哪支胡虏犯我边镇，原来是一只屈膝叛变的狗！"

"哈哈哈哈！在这乱世之中宁做一只恶狗，也不做你这样的肥肉！"南永忠无耻地大笑道。

"哼！可惜我这块肥肉你吃不到，因为你是狗，你只配吃屎！"李海雕打仗不行，骂仗还没输过。

"一只待宰的羔羊，空图口舌之快又有何用？"南永忠冷哼一声，轻蔑一笑。

李海雕见南永忠还挺能沉住气，遂继续骂道："你看看你脚下的这些尸体，对付你们这些恶狗，既要扒皮剥骨，还要屎尿溺身，让你们永世不得翻身！"

南永忠听到此话后眼睛有些泛红，杀机逐渐外露，道："我本想和你做一笔交易，饶你一条狗命！可你不讲武德，自累己身，破门之日，我绝不留活口，你好自为之！"

"哈哈哈哈！说你是条恶狗，你还真把自己当恶狗了。在我眼里，你只是一只丧门之犬，还敢在此大言不惭、猖猖狂吠，真是无耻之极！"李海雕越骂越觉得过瘾。

"嗖"南永忠一箭射来，西门守卫立即竖盾遮挡，并纷纷射箭还击。

南永忠边挡边向后退去，偷袭不成，还被臭骂一顿，只能狼狈地回到大营。

李海雕看着南永忠离去的背影，吐了一口唾沫，而后立即骑马奔向东门。

早在头一天晚上，李海雕已经派人给安开疆送去书信，信中写道：

> 安大当家敬启
>
> 自上次离别，小女欢欢日夜翘首，盼君早归。现婚约已到，本该天成良缘，却不想突遭横祸，纵老脸粗厚亦无颜详述。
>
> 天下纷乱，时已久矣。昨大理境内涌来一批流寇，小镇偏隅，残喘苟活，自是好生招待。不想虎狼难填饿腹，暴徒从来无安，小女惨遭蹂躏，钱财被掳无数。
>
> 此奇耻大辱，天地共愤，况老汉一人乎！是以当夜举兵，誓与同归！无奈本镇兵马孱弱，大统领曹安国被一刀断头，所属府兵全军覆没，满镇腥血，已然成河。
>
> 天不佑我我无妨，地不保民民愈刚。全镇百姓勠力齐心，同仇敌忾，关闭两门六坊，下至顽童，上至老叟，人人持刀护巷，枕戈待旦。
>
> 谁知才将流寇合力驱逐到东门之外，西门外又杀来一支叛宋降蒙的乱军，声势浩大，日夜攻打，小镇已危如累卵，存亡恐在旦夕。
>
> 生死事小，失节事大，老汉与小女已抱必死之心，无奈毁弃婚约，安大当家千万不可前来犯险。
>
> 老汉泣血，今生所欠，来生再报！
>
> 此致。
>
> 渔门镇知镇李海雕

李海雕知道安开疆的为人，接到此信必会兴兵来救。如能一举荡平彤弓等人，再帮自己挡住这支叛军，这全镇大户捐献的数万银两和彤弓留下的一千多女眷就全归自己掌握了，这笔买卖做得着实不亏。

安开疆当晚接到书信，怒发冲冠，未婚妻被凌辱糟蹋，此仇如何能咽得下！

遂将此事报知帮主，请求出兵支援，但因情势紧急，安开疆未待帮主回示，就收拢二百帮众，起早奔赴渔门镇。

彤弓等人见李海雕走后坊门全关，全镇老少人人持械巡巷，以为是要防备金沙帮的责难，直到第二天早上李海雕驱马前来，才知道已经大兵压境。

"如今乱兵犯镇，我等的账可今后再算，此事与百姓无关，你们所带

女眷可以进镇躲避兵锋。"李海雕说得颇有诚意。

彤弓和杨傲对视了一下，说："我们多留一日在此，只是为了等安开疆前来，和他解释毁除婚约这事是因我们而起，与渔门镇和你们父女无关，待此事有一个交代，我们便会离开，此时进镇已无大必要。"

李海雕抱拳刚要说话，就听见鼓声大作，南永忠发动了进攻，几千步兵涌进梯田，分成十多路向上攀爬，还有一路向东门横插而来。

"关上东门！"李海雕大喊一声奔回镇内。

南永忠带着二百亲兵想从梯田爬上大路，进攻东门，却看到彤弓等人站在路边持刀拒敌。

此时苗寨的几百男丁都在营寨内守门自保，只有追随苗雨魂的几十名亲族男子赶到路边阻击。

"怎么是你？"

南永忠早就料到会有阻击，但没有想到会是一个熟悉的面孔，因为南永忠对彤弓击杀木李花印象深刻，不想在这里遇见，自是十分吃惊。

"你不是张钰将军的副将吗？怎么穿上了蒙军的衣服？"彤弓也记得张钰有一个使用混元霸王枪的勇猛副将。

"我就是奉张钰将军之命，来夺取这渔门镇，以拒蒙兵啊！"南永忠说着收起霸王枪向彤弓爬过来，以示毫无敌意。

彤弓正在疑惑之际，杨傲突然大喊一声："逆贼！"

南永忠心虚之下猛然一惊，一枪向彤弓刺来，彤弓一杖挡开，杨傲抽出青罡剑刺向南永忠，却不想南永忠的枪已被彤弓挡开，杨傲一剑刺空，用力过猛，身子失控，脚下一滑，竟栽了下去。

本来大家在路上居高临下，还能抵挡一阵子，杨傲栽下去之后，立即被众多叛兵包围。彤弓怕杨傲吃亏，也飞身跃入梯田，李麟儿也冲了进去，彤弓、杨傲和李麟儿背对背围成一圈，南永忠的亲兵一时也难以奈何。

这时南永忠爬上了大路，却看见一队足有二百人的人马从东边杀来，正是金沙帮的安开疆到了。

安开疆赶到渔门镇东门，见大门紧闭，门旁营寨内的"流寇"正在组织防御。安开疆从来不把这些人放在眼里，遂指门大喊："是谁强奸了李欢欢？我自取他首级，与其他人无关！"

苗无力站在寨门前用手一指："你要找的人在那边，我们都是无家可归的难民。"

安开疆看到寨内多是女眷，心想定是这一伙流寇掳掠来的民女，再看路北的梯田里，两队人马正在厮杀。

安开疆纵马冲向梯田边，对着厮杀正酣的两队人马胡乱大喊："谁是强奸李欢欢的暴徒，给我站出来！"

众人虽在厮杀之中无暇顾及，但还是被突然而至的这队人马所惊扰，更被安开疆这一嗓子所震惊。

大家正在打仗，谁有工夫回答他的问题，且还是如此问题，要问也应是问两方因何交战，都是什么人，此时问这个问题一定是脑子有病。

但让所有人都没想到的是，居然还有比安开疆脑子更有病的人，只听苗雨魂大喊一声："是我！……不、不是我！我没强……"

苗雨魂话未说完，安开疆一把虎头大刀就砍了过去，金沙帮的帮众也跟着冲杀过去，苗雨魂这几十人如何抵挡得住，都纷纷跳进梯田。

可梯田里还有横向攻来的叛军，裴大名大喊一声："去河边！"

于是众人纷纷沿着梯田向下往河边退去。

安开疆冲进梯田，发现整个梯田里到处都是叛军，正在全线攻打渔门镇，他的脑子从来都是一根筋，进攻渔门镇的就是自己的敌人。

安开疆正在和苗雨魂交战，又大喊一声："攻打叛军！"

金沙帮的帮众正在向下追击裴大名带领的苗寨士兵，听到安开疆的指令都蒙了，因为身边都是叛军，但大当家的下令了，也不再多想，回刀就砍向叛军。

南永忠的亲兵看到两伙人打起来，正高兴着要趁乱冲上大路，进攻东门，不想还没笑出来，这伙人就又持刀向自己砍来，变化之快，实在反应不过来，三伙人只能胡乱地厮杀在一起。

金沙帮帮众的加入，让彤弓等人的力量立时超过了南永忠，彤弓和杨傲也冲出包围进行反杀。这时彤弓看见苗雨魂在安开疆的大刀下节节后退，恐难久持，立即飞身过去加入战斗。

叛军步将樊仁带领的步军主要任务是虚张声势，配合南永忠偷袭东门，现在看见东边人马混战正酣，樊仁知道南永忠一定是遇到了埋伏，遂带着最近的两路步兵急急地向东边横杀过来。

安开疆的虎头大刀力道惊人，刀刀火星四溅，苗雨魂一心想要解释，所以未尽全力，被安开疆打得喘不过气来。安开疆见苗玉魂已然力竭，便使出看家本领——横劈釜岳。

只见安开疆运足力量横扫一刀，苗雨魂硬挡之后连退三步，尚未站稳，力道更大的第二刀已经横劈过来。苗雨魂挺身硬挡，人剑皆飞，落地之时，安开疆的刀又从天而降，这一刀无论如何也挡不过去了，苗雨魂情急之下掷出了散手蝴蝶镖。

但安开疆即便中镖，苗雨魂的这一刀也断难躲过。正在这时，彤弓飞

身一杖从下而上横挡过去，力道之大，刀杖相碰发出铿锵巨响，安开疆连人带刀皆被震飞在地，恰好也躲过了苗雨魂的蝴蝶镖。

彤弓和安开疆的握刀之手都微微有些发麻，彤弓大声喊道："安大当家，这里实有误会！"

"暴徒流寇，赶紧闭嘴！"安开疆话未说完又举刀劈来，彤弓两人混战在一起。

"我们不是流寇，绝不会做出烧杀淫掠之事！"彤弓一边应战一边说道。

"还敢胡说！那边营寨还关着上千女眷呢！"安开疆越战越勇，不听解释。

这时三队人马已完全混战在一起，苗寨的人在东门外看得真切，都在坐山观虎斗，无人去救。

李海雕和熊空空站在渔门镇的制高点苦乐楼上也看得真切，微笑着作壁上观，无人去救。

随着樊仁所部的加入，南永忠一方的力量又反超过来，但南永忠的步兵都是乌合之众，真正有战斗力的就是他的二百亲兵。在这种层层叠叠的梯田里作战，人多也不见得全用得上，所以一时还难分胜负。

"这里必有误会！"彤弓挡住安开疆的刀后大声说道。

"误会是留给活人的，死了就没有了！"安开疆说着又一刀劈来。

彤弓心想，安开疆真是个死脑筋，不先制服他怕是什么也听不进去。

想到这里，彤弓的降龙杖一分为二，一杖将安开疆的虎头刀斜着挡开，同时降龙刀也斜劈过去。

安开疆没想到彤弓还有这一手，身子一斜躲过降龙刀，但拿刀的手却无法躲过，只听惨叫一声，安开疆口吐鲜血，怒目圆睁。

惨叫的同时，安开疆的大刀落地，一杆混元霸王枪从后心穿透过来，彤弓立即扶住安开疆。

"大当家！"彤弓喊了一声，安开疆的眼睛里满是疑惑和不甘，努力回头想看一眼，回到一半时南永忠拔出霸王枪。安开疆闷哼一声停止转头，终究没有看到杀自己的人，死不瞑目。

但正如他自己所说，误会被死人带走就没有了误会，误会留给活人却让误会更加深重……

南永忠之所以背后偷袭，因为他知道安开疆才是这伙队伍的头目，杀死了安开疆，这伙队伍自然瓦解。所以在安开疆和彤弓缠斗的时候，南永忠一直在暗中寻找机会，终于在安开疆手腕中刀的时候，从背后一枪刺死了他。

140

南永忠没想到的是，在他拔出霸王枪的同时，一个白影飞速地向他杀来。南永忠大吃一惊，这样的速度只有自己的侄子南有德才能做到，但还来不及细想，一只精钢长箫已抵近他的胸口。

南永忠一枪刺向白影，李麟儿侧身躲过来枪，手中长箫却发生了偏移，力道也下减了不少，只打在了南永忠的肩膀上。

南永忠大叫一声，瞬间使出看家枪法——万枪穿心！

只见枪头幻化成一团枪影，如雨点般向李麟儿刺去。

这时彤弓放下死去的安开疆，一杖劈去，穿心枪法立时化解。南永忠惊怒不已，二人正要厮杀，金沙帮的帮众齐齐地向这边杀来，二人只能迎战金沙帮帮众。

金沙帮帮众发现安开疆战死了，大喊报仇，队伍不但没有瓦解，攻势反而更加凌厉，这着实超出了南永忠的预料。

彤弓不想与金沙帮开战，只能边挡边退，杨傲等人也随着彤弓后退，一直退到卧龙河边。

前有报仇的帮众，后有滚滚东去的卧龙河，彤弓等人别无选择，要么大开杀戒，要么跳河躲避。

时已近冬，河水冰冷刺骨，彤弓毫不犹豫地跳进了卧龙河，众人也纷纷跳河游向对岸，跟随苗雨魂的几十亲族，过河之后仅剩十八人。

在金沙帮帮众的眼里，是南永忠和彤弓一起杀死了安开疆，南永忠和彤弓都是他们的仇人，现在彤弓一伙人已游到卧龙河对岸，他们只能向南永忠展开报复。

两伙人在梯田上拼命厮杀，虽然南永忠人数占优，但金沙帮帮众个个都是身经百战的亡命之徒，两伙人杀得天昏地暗，难分胜负。

直杀到傍晚时分，双方都已力竭，才各自退去，金沙帮仅剩二十余人。

他们背起安开疆的尸体，带伤爬回大路，骑马向东离去，背影萧瑟孤凉……

第三十章　在后黄雀熊空空

彤弓等人游到卧龙河对岸后一直向下游走去，在一个水流较缓处重新游了回来。找到大路时天色已黑，彤弓等人吃了几口干粮，又向渔门镇东门疾奔而来。

此时李海雕和熊空空正在苦乐楼上饮酒作乐。李海雕对自己的算计颇为满意，自己没费一兵一卒，就让三伙人杀得天昏地暗，各自损兵折将，还让自己白看了个热闹。

可他不知道，此刻忍者南有德正带着五十精兵从女神山垂崖而下，正对着李府的后花园而来。

夜幕降临，南有德带兵来到李府的后花园，这种奢华着实让他吃了一惊，盘算着等占领了渔门镇，这个后花园就可据为己有，现在烧了实在可惜。

南有德正在犹豫之际，李府的一个家丁突然大喊一声："什么人？"

南有德没给这个家丁喊出第二声的机会，他鬼魅般飞杀过去，一剑封喉，附近的几名侍女顿时惊叫一片，惊慌奔逃。

南有德见已经暴露，带领五十精兵向府门冲去，见人就杀，见房就烧，一时人仰马翻，火光冲天，天堂般的李府变成火海。

李海雕在苦乐楼上看见火光，大吃一惊，不知发生了何事，急忙带着侍卫向自己家赶去。

"知镇先走，我立即召集人马前去支援！"熊空空说着也向楼下跑去。

李海雕边跑边回头抱拳道："仰仗兄弟了！"

李海雕这句话绝对是发自内心的，可惜熊空空不会被他的真诚所感动，因为相比李海雕而言，熊空空才是这个世界上真正的奸人！

他只会落井下石、釜底抽薪、趁乱打劫，而且还有自己的一套理论，这样的人，永远也不会变好，只会越变越坏。

熊空空来自宫中，见多识广，在渔门镇靠着苦乐楼结交了不少江湖朋友，身边的侍卫也都是大内高手，如果熊空空全力以赴帮助李海雕，南有德的五十精兵怕是有去无回。

但熊空空早已和李欢欢串通好，渔门镇如果能守住，二人就合力害死李海雕，独吞李府和战前敛来的财产；如果渔门镇失守，二人就趁乱带着所有财宝逃离渔门镇。

正所谓"螳螂捕蝉，黄雀在后"！李海雕虽精于算计，但这辈子也只能做捕蝉的螳螂，熊空空阴到了极致，他才是那只毁天灭地的在后黄雀。

李欢欢无论如何选择，都只能是男人手中的一枚棋子，她最多可以选择谁是自己的执棋人，但却永远也不能改变自己是棋子的命运；在那个混乱的时代，一个女子能做到这一点，已是登峰造极。

在熊空空的密谋下，李欢欢早已备好车马等候在熊府，熊空空下楼之后，便和李欢欢带着装满银子的车队向东门逃去。

西门守军见李府燃起大火，不知出了什么事，鲁精光邀功心切，立即带着大部人马回援李府。

晋国宝见西门守军有了异动，立即大喊："东门已被攻破！渔门镇已经失守了！"

此时西门守军群龙无首，听到晋国宝的喊话都惊骇不已，摸不清什么情况，也不知该如何是好。

"渔门镇已经失守了！你们赶快投降吧！投降了银子就都是你们的了！"晋国宝继续鼓噪不已。

西门守军听到银子，都看向放在西门边装银子的箱子，内心开始动摇。

晋国宝见西门守军六神无主，感到时机已到，遂命令大军开始攻门。

西门守军现在满眼都是银子，又听说渔门镇已经失守，哪里还有抵抗的意志。

眼见大军袭来，未放一箭就开门投降，晋国宝率大军直入渔门镇。

但各个坊门已经关闭，每坊每巷的人都在自行防御，晋国宝只能从镇中大路通过，这时两边各坊守卫的箭镞纷纷射来，人马瞬时死伤无数。

晋国宝如逐个巷子攻打下去，人马死伤恐怕更是难以计数；如果直接向东门穿行而去，黑夜里难避箭镞，大军无疑成了两边各坊各巷守卫的活靶子。

晋国宝见死伤太重，不敢贸然前进，只能又退回西门，并放火烧门，以示呼应。

李海雕带着侍卫和府兵赶回李府，围攻南有德的五十精兵，但南有德并不恋战，边打边跑边放火。李海雕见是小股袭扰，命令全力追杀，同时寻找李欢欢，他哪里知道，李欢欢早就和他最好的兄弟熊空空跑了。

熊空空的车队赶到东门，东门守军没有李海雕的命令拒不开门，这时李欢欢从车里走出，大喊一声："给我开门！"

东门守将烈后武也曾与李欢欢有交集，见是她，忙开门献媚。

熊空空的车队一出，东门守军已斗志全无。

苗雨烟白天看见彤弓等人和叛军的惨烈厮杀，一直心惊肉跳，眼见天黑也没有回来，认为凶多吉少，内心惴惴不安，遂跑到寨门外焦急地翘首以盼。

苗雨烟没有盼到彤弓，却看见了熊空空的车队从东门鱼贯而出，熊空空自然也看到了日思夜想的苗雨烟。

"渔门镇已经失守，小娘子快快上车！"熊空空见到苗雨烟后急忙探头说道。

苗雨烟十分不屑地瞟了一眼熊空空，她心里早已打定主意，彤弓若死，自己也决不苟活；彤弓若活着，无论多久她都要等下去，岂能和这种浪荡之徒走。

熊空空见苗雨烟神色冷峻，短时间内断难做通思想工作，遂一个手势，两名亲卫飞身而下，直奔苗雨烟而来。苗雨烟见势头不对，立即抽出腰中短剑。

两个亲卫顿时一怔，没有到如此绝色的美人儿，竟有如此的血性和气场。

他们哪里知道，苗雨烟是宫内暗影、南征将军、天义堂堂主苗不禄的女儿，岂能是一般弱不禁风的女子可比。

但两名亲卫也是大内高手，又怎能将苗雨烟放在眼里，遂没有拔刀就冲了过去。

苗雨烟早已做了必死的准备，所以剑剑都用尽全身力，招招都砍向致命处，甚至尽是些同归于尽的招法。

这让两名亲卫一时还无可奈何，既不能打伤苗雨烟，又不能被苗雨烟砍到，如此想擒住她就难了。

但苗雨烟毕竟是一介女流，在两名大内高手的夹攻下，虽然看似未落下风，实则处处都已被动。

三人缠斗在一起，一时难分胜负，熊空空急得直跺脚，一挥手又派出两名亲卫，场面立时变成四个大内高手围攻一个女子。

苗雨烟即便有盖世武功，怕是也无可奈何了。

突然，苗雨烟"啊"的一声尖叫，后颈中掌，晕倒在地。

四名亲卫十分麻利地将苗雨烟抱进了车里。

这一切苗寨的人都看在眼里，却没有任何反应。

既不呼喊，也不施救，眼睁睁地看着曾经救过他们多次的苗雨烟被别人强行掳走。

而这一过程持续了很长时间，从两名亲卫到四名亲卫，苗雨烟一人独自苦战，竟没能打动苗寨的任何一人。

这一刻，人心已死，徒叹奈何！

彤弓等人走上大路没多久，就看见一队车马向东驶来，双方抽刀相对，却看到带头的竟然是熊空空。

"熊大人这是要去往何处？"彤弓收刀后说道。

熊空空没有理会彤弓，而是面向李麟儿喊道："麟儿兄弟！快跟我走吧！渔门镇怕是守不住了，此刻回去又能何为呢？"

熊空空此刻说的倒是他的心里话，他是真想结交李麟儿这个单纯的兄弟。

"你走吧！大哥二哥他们去哪儿我就去哪儿！"李麟儿说得也算直接，拒绝得也够简明。

这时所有人都看向彤弓和杨傲，不知他们会如何决定。

苗雨烟和苗寨的人还在渔门镇外，彤弓无论如何也不能抛下他们，遂张口问道："熊大人从东门而出，可看见苗寨的人现在怎么样了？"

熊空空心里咯噔一下，此刻苗雨烟就在车上，遂有些慌张地说道："苗寨？啊！你说的是东门外营寨内的人吧，天色已晚，我们又走得匆忙，没有注意啊！"

"也就是说，东门外尚无异样！"杨傲直视着熊空空问道。

杨傲的眼神十分凌厉，看得熊空空有些发毛，熊空空不敢直视杨傲，结结巴巴地说道："我、我们走时尚无异动，但、但是西门已经失守，李府也被偷袭，东门、东门已无意义！"

杨傲面带忧色地看了一眼彤弓道："走！"

一行人急速向东门奔去。

熊空空看着这二十多人离去的背影摇头轻叹，区区这点力量，这般前去送死又有什么意义呢？

但熊空空不会对这些人的死感到惋惜，他惋惜的只有李麟儿，遂对着李麟儿的背影大声喊道："麟儿兄弟，熊乃假人，空空似道！我的真名是贾似道，如若有缘，临安府见！"

熊空空做回贾似道，他造的孽才正式开始。

李麟儿听到熊空空的呼喊，竟有些感动，这一刻，就感情而言，熊空空是真诚的。

只不过道不同，不相为谋！

李麟儿心里十分清楚，熊空空的这个兄弟今生是做不成了，遂头也没回地向前跑去。

此时苗雨烟在车中醒来，但两方人马已经错开。

命运总是开这样的玩笑，就差那么一点点，就可以与心爱的人相拥厮守。

可也就差这么一点点，竟与心爱的人擦肩而过，还没有来得及告别，就已永别！

此刻，恐惧无用！

挣扎无用！

呼喊无用！

眼泪，更无用！

永别，就是永别了！

第三十一章　神焦鬼烂全族灭

大火，有时候昭示着希望，有时候预示着死亡！

李府火光冲天，西门火光冲天！

南永忠正在打扫战场，见到镇内火起，知道南有德的偷袭已经成功，遂带着人马从梯田上到大路，杀向东门。

东门守军和苗寨的人本可以互为犄角，如能互相配合，共同防守，想要夺取东门也绝非易事。

但苗寨的人已习惯了当看客，东门守军在看着熊空空逃走的那一刻，也已心灰意冷，毫无斗志。

南永忠毫无阻碍地来到东门外，一个手势，漫天飞矢便从天而降射向东门，东门守军在烈后武的带领下，全部躲到门后，一箭不发。

南永忠没料到会是这种情形，不免有些吃惊，心中估计东门处恐怕会有埋伏，遂又看向旁边的营寨，营寨内的人也在看他，也是一箭不发。

这种打法让南永忠着实有些发蒙！因为他实在看不懂，这些人到底都在想什么？

但南永忠没有犹豫，他知道要想顺利攻下东门，旁边营寨内的守军必须解决，否则侧面遭袭，大军必败。

南永忠再细看这营寨，里面皆是木板茅草房，李海雕这么多年简易维修，只是做过往客商车队休息之用，没有考虑军事价值，起初修建时的石墙泥瓦早就没有了。

南永忠是用兵高手，又心狠手辣，一看这营寨的部署就知道，里面都是些不懂兵法的乌合之众，居然把大军圈在众多易燃物的中间！

南永忠心中暗笑，立即命令弓箭手死死封锁住寨门，再令人向营寨内射入火箭。

火攻开始！

寨内立即火起，并迅速蔓延，加之秋末初冬物燥天干，火势一瞬间就发展成滔天火海。

此时最有能力拯救苗寨人的东门守军，在烈后武的带领下龟缩一团，瑟瑟发抖，竟然一箭不发！

苗无力看着寨内的冲天大火，再看着族人在眼前被活活烧死，只能老泪纵横、跪祈苍天。

祈祷如果有用，还要英雄作甚？苍天如果有情，世间怎么还有冤魂？

苗无力这辈子一事无成，他始终在羡慕比他能干的人，嫉妒比他有才的人，痛恨比他有权力的人，同时也在嘲笑着这些人！

自苗寨遭劫以来，他一直作壁上观，一直在背后使绊子，一直在煽动分裂。

此刻，苗寨在他的带领下，终于走向了覆灭。

他可能还在怨恨彤弓、怨恨那孤鹰、怨恨苗雨烟，他永远不承认，如果能够听从彤弓等人的指挥，他这支几百男丁、上千女眷的苗寨根脉，也不至于以这等惨烈的方式覆没于他乡火海。

此刻，李府火光冲天，西门火光冲天，东门更是火光冲天！

大火，正在无情地燃烧，没人可以浴火重生，一切都将化为灰烬！

此刻李海雕正带着侍卫、府兵和家丁追杀南有德，一直追杀到府门前，南有德打不开府门被李海雕紧紧包围住。

李府的府门如同各坊的坊门，里外都有锁，需要内外同时开锁才能开门，这是李海雕自己的独特设计，既能防止外面的人进来，也能防止里面的人出去。

南有德哪里知道这些算计，推不开府门以为是进了李海雕的瓮中。以南有德的身手倒是能逃出去，但他带的这些死士恐怕就要被李海雕关门打狗了。

此时，鲁精光回援李府的西门守军也已赶到府门外，鲁精光见府中多处火起，忙命人打开府门。

南有德正在左右为难，准备和李海雕拼死一搏之际，突然，府门打开了！

南有德喜出望外，连忙带着手下死士向府门外奔出，却正好和奔突而至的鲁精光撞个正着。

南有德以疾如闪电的速度在鲁精光的马脖子上抹了一刀，战马疼痛长嘶，踉跄倒下，鲁精光跌落马下，南有德趁机一刻不停奔向东门。

南有德带的都是百里挑一的死士，冲出府门后立即分成三组，一组把守府门，阻击李海雕的追杀，一组杀向鲁精光，打乱西门守军的阵形，一组跟随南有德逃往东门。

虽然部署得当，但无奈每组死士已不足十人，实在无力改写战局，顷刻之间就被李海雕和鲁精光的部下夹击消灭。

但这个迟滞的时间，足以掩护南有德带的一组死士成功逃往东门。

烈后武正带着东门守军冷眼旁观南永忠火攻苗寨，懦弱无能地未发一箭，这时又见镇内有人向东门奔来。

烈后武借着火光看到，前面是几个急速奔跑的黑衣人，后面是追杀而来的李府府兵和西门守军。

烈后武对着领头的黑衣人大喊一声："什么人！"

"杀你的人！"烈后武话音未落，南有德已到身前，说话之时手起刀落，一刀封喉。

烈后武站立而亡，眼神中充满无限惊恐，不知是惊恐自己的无能，还是惊恐对手的迅捷。

此刻两军交战已成水火之势，夜间偷袭基本确定无疑，这种情况下，一不放箭还击进攻之敌，二不持刀拒止来袭之人，还有工夫和闲心询问来者何人！

烈后武真是愚蠢至极，贻笑千古！

烈后武，本该先文后武，他父亲给他起名字的时候就已经告诉他，不要先去军中效力，可偏偏曹安国就喜欢这种无能屈膝之辈、逢迎谄媚之徒，渔门镇焉有不亡之理。

这时满天飞矢从天而降，南永忠杀完苗寨之人，开始向东门进攻。南永忠看得明白，这么好的犄角攻防之势，东门守军都不会利用，守将必是一个酒囊饭袋，遂再无顾忌，下令全面进攻，飞矢过后，大军直扑东门。

南永忠和南有德里应外合，东门守军惊慌失措，四散奔逃，东门随即失守。

南永忠的大军冲进渔门镇后，正好与追杀而来的李海雕的府兵和西门守军正面遭遇。

双方在东门下展开激战，李海雕见对方人多势众，立即指挥两坊坊民开坊门出来助战。东门两边青鱼坊和黑鱼坊居住的主要是渔民和农民，打起仗来非常勇猛，基本都是不要命的，所以一时间双方势均力敌、难分胜负。

晋国宝看见东门也燃起冲天大火，心想必是南永忠已经得手东门，正在犹豫是否从西门再次发起进攻之际，又听见东门响起震天杀声，他立即决定，从西门驰援东门，夹击渔门镇守军。

晋国宝带领一队轻骑，两边盾牌护卫，直向东门杀去。西门两边鲤鱼坊和鲇鱼坊居住的主要是商贾和手工业者，不同于东门两坊擅长近战肉搏的渔民和农民，他们擅长使用弓弩器具进行防守，这也恰好给晋国宝以最大杀伤。

晋国宝的轻骑穿过鲤鱼坊和鲇鱼坊后损失惨重，到了中间的金鱼坊和锦鱼坊却没有遇到太多的攻击，因为这两坊都是自卫的府兵，各府官员商贾人人寻求自保，没有统一的指挥和调度，攻击自然难成规模。

李海雕刚刚稳住东门局面，却发现又有一队轻骑从西门杀来，兵锋直指自己的腹背，立时激出一头冷汗。

　　李海雕仰天长叹，终是无力回天了！

第三十二章　出奇制胜为时晚

呐喊、厮杀、惨叫，冲天大火，渔门镇的夜晚如同炼狱。

彤弓等人远远地看到这个场景后心知不好，苗寨的人和苗雨烟怕是已经凶多吉少。

想到此处，彤弓等人飞一般地赶到近前，此刻东门营寨内的大火还在燃烧，东门下双方的大军仍在拼命厮杀。

火光冲天，杀声震天！

李海雕即将腹背受敌，无力回天！

彤弓等人此时犹如神兵天降，发疯一般杀入南永忠军中，虽然只有二十三人，但个个勇猛无敌，横扫千军。

南永忠激战正酣，胜利在望，却不想突然从背后杀入一支人挡杀人、神挡杀神的队伍。黑夜里难知虚实，误以为有数百人攻入，人马大惊，阵形也开始混乱。

南永忠和南有德为了稳住自己的队伍，急忙亲自回头阻击攻入的人马。

李麟儿在激战之中看见一道鬼魅般的黑影急速杀来，直取彤弓，大惊之下也立即化作一道白影，迎头撞了上去，黑白两道光影瞬间缠斗在一起，在忽明忽暗的火光映照下更加波诡云谲。

一阵兵器相撞的脆响之后，缠斗的黑白两道光影分开。

"你也是忍者？"南有德疑惑又吃惊地看着李麟儿。

"忍着？我忍不了！"李麟儿说着又杀将过去。

"你就是陷害我五哥的黑衣狗！我整死你！"李麟儿和南有德交手之后，已经断定杀害苗大牛，陷害那孤鹰的黑衣人就是眼前的这个人，因为只有这个人的速度能在那孤鹰的眼下杀人和逃走。

但李麟儿的话却让南有德十分困惑，无奈之下只能被动应战，在李麟儿不要命的攻击之下，南有德感到了从未有过的死亡威胁。

对方不是忍者，何以有如此快的身手。南有德心中正在疑惑时，却被李麟儿抓到空当，一箫击中左肋，南有德尖叫一声，扔下一个弹丸。

青烟过后，人影俱无。

此时南永忠也与彤弓杀到一起，南永忠看清是彤弓之后，自知不敌，此刻军心又开始动摇，只能边战边撤，大军也随即溃败。

彤弓和渔门镇的坊民武装趁势掩杀，南永忠的叛军死伤惨重，丢盔弃甲，横尸一路。

南永忠和南有德狼狈逃出战场，属下叛军溃散奔逃，再也无力组织进攻。

南永忠逃到西门外，持枪站在火光之下，看着一溃千里的战场，一脸杀气地指天大喊道："此仇不报！誓不为人！"

李海雕在绝望之际，突然发现进攻的敌军开始慌乱，随即溃败后撤，也不知是哪里来的援军，只道是天佑渔门镇。

这让李海雕立即有力量迎战西门来犯之敌，晋国宝带领的轻骑刚接触渔门镇守军，门外的大军就开始撤退。

晋国宝心中惊惧不已，不知门外大军发生了什么事，但夹击之势已无，再攻下去怕是难以脱身。

想到这里，晋国宝掉头就往回跑。所带轻骑见晋国宝逃，也没了战意，纷纷掉头回撤，李海雕趁势掩杀，一路杀到西门。

晋国宝这队数百人的轻骑，战场上本是一支能够改写战局的强大突击力量，但在晋国宝这个酒囊饭袋的指挥下，从西门跑到东门，又从东门跑回西门，来回未放一箭，未出一刀，被坊民武装当成活靶子，狠狠地射了一个来回，杀了一个痛快，一圈下来折损大半，战力全无。

一夜激战，渔门镇损失惨重，但也算全线获得惨胜。

第二天一早，双方打扫战场，救治伤员，加派哨骑，再无战事。

但彤弓等人心里清楚，叛军南永忠吃了如此大亏，绝不会善罢甘休，待其收拢人员重新编队之后，一定会亲自带队再战渔门镇。

东门营寨的大火整整烧了一夜，人马俱已成为焦炭，没有了声音和气息，其状之惨，实在是难以描述。

谁能想到，苗寨的人躲过了高禾的大火，却没有躲过南永忠的大火。

这难道是命中注定？还是当年苗不禄火烧独龙族的报应？抑或是曾经的誓言太过狠毒？

无人知道！

无人知道这一切到底因何发生，但事实已定，也已无法改写。

苗雨魂看着东门大火灭族的惨状，跪在地上几次哭晕过去，醒来又继续哭。

"对不起，阿爹！苗寨全族俱已惨死，都是我没有照顾好他们啊！"

苗雨魂的痛苦无人能够体会，苗不禄苦心经营二十年的苗寨，亲族子弟在与蒙古黑风军一战中死伤殆尽，全寨老幼在苗寨宗祠被集体屠戮，剩下这一旁支和女眷又被大火活活烧死，自己的两个妹妹也都命丧其中，这样的痛苦难以解脱，只能饱受煎熬。

彤弓等人挖了一个巨大的坑冢，将这些尸骨统一埋葬。彤弓一直在寻找苗雨烟的尸体，只有彤弓知道，他和苗雨烟在一起的那一晚，他把自己随身佩戴的一个用红宝石雕成的弓箭配饰送给了苗雨烟。这个配饰苗雨烟必定时时带在身上，找到了彤弓的配饰，也就找到了苗雨烟。

可无论如何翻找，始终没有找到这个红宝石雕成的弓箭配饰，这让彤弓既失望又有了希望，失望是没有找到苗雨烟，希望是难道苗雨烟不在这里，她还活着？这怎么可能？

这个疑问此刻只能埋在心里，无人诉说，无处诉说，也无法诉说。

能做的只有什么也不说，因为一旦说话，就会崩溃！

所以只能憋着，把话憋住，把眼泪憋住，把所有痛苦都憋住，把所有情感都一起憋在心里，直憋得让人透不过气来。

彤弓憋得实在太难受了，他也想像苗雨魂那样大哭一场，自责一番。

苗不禄死的时候，曾亲口托付族人子弟于自己，可现在除了苗雨魂，俱已惨死，而苗雨魂此刻也与死人无异。

彤弓能说什么呢，能和死去的苗不禄说什么呢，他什么也说不出来，他只能憋着，憋得心肺快要停止收合，憋得口鼻即将停止呼吸。

彤弓脸上肌肉扭曲变形，眼睛鼓胀充血通红，随时可能会一口鲜血喷涌而出，那将是致命的。

彤弓的痛苦不亚于苗雨魂，其实此刻所有人的痛苦都无以复加，痛苦已无大小之分，因为都已到达极限。

杨傲在冢前立碑刻字，一切收拾停当后，站立坟前看着一地的废墟焦土，摇头叹息道："渔城透骨寒，初冬胜九天。风起心落雪，悲戚满腹间……"

彤弓听见杨傲所吟之诗，俱是自己心中之痛，遂仰天长叹，看着满目疮痍的渔门镇，举目吞泪。

第三十三章　血战到底肝肠断

战争的残酷就在于，它是以夺取对方的生命为目的，也以付出自己的生命为代价。

你要想活着，就要杀死对方，对方活着，自己就得死！

生命在这样的交易中变得一文不值，这实在让人感到难过。

昨夜一战，彤弓等人拯救了整个渔门镇，这一点看得最清楚的是青鱼坊和黑鱼坊的坊民武装，这些淳朴的百姓已将彤弓等人视为天神。

通过实战也证明，这些坊民武装的战斗力远远超过曹安国统领的正规军队，特别是以曹安国为首的大小统领基本都是酒囊饭袋、骄奢淫逸、卑躬屈膝之徒。

这样的队伍，平时高头马大、列队整齐，让李海雕感到很有面子，可一旦遇有战事，一触即溃、望风投降，真真是一群废物。

而两坊坊民通过昨夜一战，推举了一名作战最为勇猛的坊民作为头领，大家士气高昂，一大早便集结在东门外，纷纷表示要誓死守卫渔门镇。

坊民头领名叫宋大权，膀大腰圆，一身虎气，方脸阔耳、浓眉大眼，生得一副忠厚之相，平时仗义疏财，在坊间名声甚好。

宋大权带领坊民帮助彤弓等人埋葬好苗寨焦骨，整齐列阵，拱手抱拳道："我乃梁山好汉宋江之后宋大权。现代表两坊坊民感谢各位义士昨夜出手相救，使我渔门镇生灵免遭涂炭，再生救命之恩，没齿难忘！"

"叛军走狗，无节无义，人人得而诛之，何须言谢！"彤弓看着宋大权抱拳道。

"义士说得好！人人得而诛之！请各位义士带领我们与叛军决一死战！"宋大权说得斩钉截铁。

彤弓看着这一众坊民，都是草履布衣，与李海雕的奢华形成鲜明对比，心中有些不忍，道："你们都有家有口，战事一开，生死不明，我等与叛军有血海深仇，自当决死一战，你等莫要强求！"

"我不杀敌，敌就要杀我！为了活命，请义士带领我们与叛军一战！"

宋大权说着竟激动起来，突然振臂高呼："誓死一战！"

"誓死一战！"

"誓死一战！"

……

两坊坊民都振臂齐声高呼。

这时杨傲看向彤弓道："叛军现集结在西门，休整补充之后势必再次进攻，西门已经烧毁，门隘尽失，无险可守，与其坐以待毙，不如主动出击，渔门镇居高临下，占据天时地利，出敌不意，或可胜之！"

"南永忠是用兵高手，现在天已大亮，要出其不意已无可能，若能虚实结合，以攻为守，或可一战！"

杨傲点了点头，同意彤弓所言。

"我们愿听各位义士指挥，请带我们与叛军决一死战！"宋大权再次振臂高呼。

彤弓和杨傲对视一眼道："好！兵贵神速，去西门！"

说完便带着上千坊民向西门开去。

走到锦鱼坊的时候，彤弓等人看见李海雕正坐在李府的废墟上大哭，不知道是哭自己的家业尽毁，还是哭李欢欢对自己的背叛，抑或是哭机关算尽却人财两空。

李府的府兵和侍卫等站在身后，金鱼坊和锦鱼坊的大户也带着府兵围住李府，像是兴师问罪，都在质问所捐银两为何不翼而飞。

大兵压境，随时屠城，生死关头这些人居然还在关心自己的银子！彤弓无奈地摇了摇头。

鲤鱼坊和鲶鱼坊的坊民武装也集结在李府周围，都在等着李海雕带领大家去抗战迎敌。

李海雕显然已经崩溃，渔门镇群龙无首，官绅商贾各怀鬼胎，只有青鱼坊和黑鱼坊的农民、渔民最有抗战的决心。

彤弓知道，当务之急是要把大家团结起来，否则全镇百姓必遭涂炭，想到这里，彤弓大喊一声："知镇大人，全镇数万百姓还在危殆之中，此刻不是痛哭悔恨、追责指责的时候，请带领大家抗战杀敌。"

李海雕听闻此言抬头看向彤弓，瞪大的眼睛中满含歉意、悔意、谢意和愧意，转而又黯淡下去，号啕大哭不止。

"知镇都不打了，还打什么打，投降吧！"郭千金说完就要带队离去。

"对，打也是白白送死，先保住命再说。"徐万财紧跟着附和道，众人议论纷纷，准备散去。

彤弓见状立即离地飞起，站上李府门前的一匹马的脊背，大声喊道："各位乡坊！叛军无义，甘为走狗，杀我同胞，毁我祖陵，国恨家仇不共戴天，今叛军仍啸聚门庭，大丈夫不求一死，徒留尺躯何用耳？"

众人闻言立时寂静，正在犹疑之时，西门扬起狼尘，南永忠的骑兵发

起了进攻。

众人开始惊慌失措，纷纷持械上马，但却不知是战还是逃。

"大家不要慌，弓箭手移位路中，准备射击，步兵殿后，准备接应，骑兵分列两翼，保护弓箭手！"彤弓说完骑马奔向路边列阵就位。

鲤鱼坊和鲶鱼坊的坊民武装主要是弓箭手，听到彤弓指挥都跑向路中准备射击。

宋大权带着青鱼坊和黑鱼坊的坊民武装在后方压阵，锦鱼坊和金鱼坊的各府骑兵和李府侍卫见状也都纷纷跟随彤弓列阵两翼。

一场大战即将爆发！

南永忠见渔门镇的坊民列阵齐整，遂叫停骑兵，没敢冒进，双方短时间内形成对峙。

彤弓见南永忠的骑兵不再前进，心中大喜，向队伍做了一个手势，示意队伍按队形缓缓前进，双方逐渐接近。

南永忠的骑兵如果加速冲来，弓箭手最多只能开弓两次就会被快速冲来的骑兵碾压，渔门镇的骑兵数量很少，难以挡住这样的冲击，队形一散，此战必败。

但南永忠人老多疑，没敢贸然冲击，这就给了彤弓缓慢接近的机会，待双方的距离达到弓箭手射程的时候，彤弓下达了射击的命令。

这时南永忠终于看清了彤弓的意图，但为时已晚，此刻如果后撤，彤弓的骑兵必定追杀，弓箭手齐射，损失将难以估算。

所以，南永忠别无选择，只能再次冲击，但对方已经发箭，骑兵速度还没有起来，漫天飞矢接连而至，骑兵纷纷中箭倒下，只能凭着数量优势继续冲击。

骑兵快要接近时，宋大权带领步兵掷出了标枪，远处弓箭，近处标枪，南永忠的骑兵立即人仰马翻。这时彤弓带领骑兵从两翼包杀，宋大权带领步兵对无法再次启动冲击的骑兵进行掩埋式攻击。

彤弓想起苗雨烟和被活活烧死的苗寨人，满腔怒火化作滚滚杀意，左冲右突无人能挡，憋在心里、压在胸口的一口恶气也得以散出。

苗雨魂所带蝴蝶镖全部散尽，中镖骑兵十分惊骇，遇之避之，避之杀之，苗雨魂早已抱必死之心，在这战阵之中亡命突杀，颇为惨烈。

李麟儿和裴大名一快一慢，并排击杀配合得十分默契，给后面的骑兵硬生生杀出一条血路。

杨傲在仓促之中没有抢到马匹，只能跟着宋大权的步军一起奔逐追杀，宋大权之勇与杨傲之智形成了很好的互补。

在彤弓等人的带动下，坊民武装士气大振，如排山倒海一般瞬间将叛军击出西门。

南永忠的骑兵损失惨重，慌乱奔逃；南有德带领步兵和弓箭手用门前隘的条石筑起了一道防御墙，止住了彤弓等人的追杀，掩护残兵退回营垒。

南永忠做梦也没有想到，仅仅一夜之隔，渔门镇守军的战斗力竟然飙升数倍，自己也被彤弓砍中一刀，腹下汩汩流血。

南永忠挂枪站立，包扎伤口，满眼无奈和失望，看着南有德恨恨地说道："渔门镇是攻不下了，点兵回撤吧，这一刀之仇我早晚要报！"

南有德听令后立即清点兵马，让伤兵在前，步兵在中，骑兵断后，一万多人已折损八九，残军徐徐向西溃退，叔侄二人和晋国宝的如意算盘就此泡汤。

彤弓等人大胜归来，渔门镇百姓夹道欢迎，送衣送食送银两，彤弓等人只拿了一些干粮充饥。

这时却看见李海雕披头散发地跑到大路上，手中拿着一只从废墟中抠出的银碗，手舞足蹈地哭喊道："没了，没了，全没了！"

然后歪头看看银碗，眼睛向上一挑，尖声尖气地叫道："咦？这是银子！"

盯着银碗看了一会儿后又重新哭喊："没了，没了，全没了！"

然后再歪头看看银碗，眼睛向上一挑，尖声尖气地叫道："咦？这是银子！"

然后再盯着银碗看一会儿，再重新哭喊："没了，没了，全没了！"

然后再歪头看看银碗，眼睛向上一挑，尖声尖气地叫道："咦？这是银子！"

……

李海雕彻底疯了！

其实他从见财忘义的那一刻起就已经疯了，从他财物尽毁的那一刻起就已经疯了，从他机关算尽的那一刻起就已经疯了。

他没有等到胜利的这一刻，因为这样的胜利不在他的世界里，他的世界早已经崩塌了。

从此以后，渔门镇的大路上多了一个拿着银碗的老人，不停地重复着："没了，没了，全没了！……咦？这是银子！"

宋大权苦苦挽留彤弓等人。

杨傲拍拍宋大权的肩膀说道："人各有使命，我们在渔门镇的使命已经结束了，而你的使命才刚刚开始。"

杨傲说完，上马离去。

彤弓等人走后，众人推举宋大权为渔门镇知镇，宋大权带领各坊坊民重修防务，恢复秩序，并组建起一支经过大战洗礼的护镇守军。

彤弓等人骑马向东，路过东门苗寨孤冢的时候，几人下马祭拜。

苗雨蝶在这里自杀，那孤鹰从这里出走，苗寨的人在这里惨死。

彤弓等人默祭许久才上马离去，背影萧瑟，肝肠寸断。

第三十四章　同道攻杀自有度

这一年初冬的川南格外寒冷，一片片残叶在风中离散，一簇簇枯草在路边垂头，整个大地没有灵动的生气，只有暮霭来临前的无助和叹息。

大地萧瑟、万物肃寂，让彤弓等人的心情也更加沉重和复杂。

"驾！"彤弓大力拍马向前奔去，也许只有这样纵情狂奔才能搅动这片沉寂无声的大地，才能让翻江倒海的心绪得以平静。

傍晚时分，彤弓等人到达安家寨码头，江边有一处十分明显的客栈酒楼。彤弓等人走进客栈，叫小二随便上了几道特色小菜，分别是水煮牛肉、冬笋老鹅、酱焖杂鱼和油泼黄鳝。

酒菜上来之后，彤弓等人借酒消愁，一句话没说就连干了三碗，其间只是互相碰了一下碗边儿。

李麟儿喝到兴起，大声召唤店家拿酒，却被杨傲拦下，道："不要再喝了！安家寨是金沙帮的地盘，安开疆就死在渔门镇，我们要时刻保持清醒，明天早上务必离开这里。"

"明天早上我们去哪？不行就回云龙寺吧，五哥可能已经回去了。"李麟儿提到那孤鹰，让大家的心情更加沉重。

"关了二十年，出来就不能再回去了！孤鹰不知现在何处，但他肯定不会再回去了。"彤弓说完又倒了一碗酒。

"该来总会来，北上莫徘徊。我们就沿江北上，到战事最激烈、百姓最凄苦的地方去看看，不把这人世间的悲欢离合都尝尽了，又如何能悟透这其中的道理。"杨傲说完抿了一口酒。

"血祭开始，血祭结束！大哥还记得和我说过的这句话吗？我现在好像明白了这其中的意思，只是不知道我在哪里结束。"苗雨魂说完盯着杨傲等待答案。

"天地无常，我又怎么能够知晓？"

杨傲说完看向苗雨魂继续道："事不临头，猜之不透，得悟之时，却已结束。所以，人有常悔，事无常安，众生皆苦而已！"

"大哥说话一向难懂，好像什么都说了，又好像什么也没说，我们若无力改变什么，又何必去那艰险之处走这一遭呢？"苗雨魂摇头苦笑，眼神茫然。

"我们的价值就是唤醒沉睡的良知，虽然现在还没有做好，但还是要

159

确立这种目标和担当，这才能让生命充满意义和价值。这个价值不再是自己的荣光，而是人心回归的力量，这个力量不止将改变一个人、两个人，而是一个民族、一个时代！我们有此担当便再无艰险，再无仇怨，再无得失之忧患……"杨傲认真阐释着自己的理想和信念。

"你现在还信吗？"彤弓打断了杨傲的阐述。

"我信！而且我觉得你能将这个价值放大！"杨傲目光如炬，盯着彤弓。

"我？呵呵！如果忠义门不解散，或许还可以。可现在，我再次感到了艰险，感到了仇怨，感到了得失，更感到了无助。一个个亲人和百姓在我们面前惨死，我们改变了什么？我们能改变什么？我们的力量和价值在哪里？无非是自欺欺人罢了！"

彤弓说完一饮而尽。

"没有我们，渔门镇的数万百姓早已惨遭杀戮；没有我们，渔门镇的人心又怎能回归？像宋大权这样的坊民又怎能当得了知镇？这些改变如能放大，就足以改变一个时代。当今的大宋朝，不就是一个放大版的渔门镇吗？我们的努力不是要推翻它，而是通过改变人心来改变它，这就是当年北逐师父解散忠义门的原因，他不想用忠义门的力量推翻朝廷，而是要用忠义的精神改变这个时代。"

杨傲说完就趴倒在桌子上。

裴大名见状起身去扶杨傲，准备回客房休息。

"不用扶他，他一会儿还能起来！"彤弓说着又给大家倒了一碗酒。

"大哥喝酒和他说话一样，摸不到底儿。"李麟儿笑着看向裴大名和苗雨魂。

二人摇头不语，举碗相碰。

"独饮浊酒，斟酌几许情仇，倾生一醉，笑忘生死方休！"

众人正喝着，杨傲突然起来喊一嗓子，喊完干了一碗酒又倒了下去。

"没事！一会儿还能醒过来，一般都是三个回合。"

彤弓说着举起酒碗。

几人又喝了一会儿，杨傲突然又抬起头，盯着彤弓说道："孤鹰咱仨从小一起长大，你豪放，我内敛，孤鹰居中，我看似离佛最近，实则最远，你看似离魔最近，其实离佛更近，成佛只在一瞬之间！"

说完又倒了下去。

彤弓呆呆地看了杨傲半晌道："满嘴胡话，扶他回去吧，不能起来了！"

"他说的不是胡话，他的信念确实能够影响我们的存在，或许也能影响其他人的存在，也许我们现在的这个世界就是这些伟大的灵魂共同作用的结果，我们没能参与其中，说明我们的信念还不够强大。总有一天，我们也能成为创造这个世界的伟大念力中的一部分。"李麟儿目光明亮，似乎已变成另外一个人。

"你没喝多吧？"彤弓不敢相信地看着李麟儿。

"我本不在，焉能喝多？"李麟儿端着酒碗摇摇晃晃地说道。

"什么不在？你喝多了！"裴大名端着酒碗指着李麟儿说道。

"你不知道！有些人一直存在，但你却看不见！有些人本就不存在，但你却能看见！我就是那个不存在的人！哈哈哈哈！"李麟儿说完化作一道白影，坐在了通往二楼的楼梯上。

"说的什么胡话？他喝多了，肯定是喝多了！"裴大名莫名其妙地说道。

"都别喝了，扶他们回去吧！"彤弓说完拉起杨傲。

客栈看着不大，里面却别有洞天，店家带着几人在二楼七拐八拐，经过一个窄窄的长廊后豁然开朗，一排排宽大的客房陈列眼前。

"今天不能撞树上吧？"彤弓进客房的时看了一眼李麟儿。

"不能不能！这里没树，再说今天也没喝多！"李麟儿说着把手中的长箫转得飞快。

"晚上机灵点，你速度快，有什么风吹草动保护好大哥。"彤弓故意压低声音道。

"明白！"李麟儿给了彤弓一个放心的眼神，扶着杨傲进了客房。

彤弓的担心不无道理，这里是金沙帮的地盘，安家寨大当家安开疆虽然是南永忠所杀，但在金沙帮的眼里，应该是被彤弓和南永忠合力击杀。

金沙帮的帮规是有恩必偿、有仇必报，所以自己此行无异于羊入虎口。彤弓故意在客栈做出喝多的样子，因为他断定金沙帮如要寻仇，今夜偷袭是最好的机会，他猜想李麟儿也应该是装的。

但，其实不是！

彤弓一夜保持警惕，但他担心的事并没有发生，整夜出奇的平静，只感觉客栈在风中有些摇曳。

窗外泛白时，彤弓从床上爬起来，明显感到整个客房都在移动。彤弓心想大事不妙，旋即冲出客房，眼前的景象却让他惊呆了。

整个客房已在江中，自己正在一艘快速行进的三层大船上，原来昨晚在客栈二楼七拐八拐就是为了引他们到船上，那个窄窄的长廊就是连接客栈和大船的长桥。

这样的操作究竟是何用意？彤弓一时摸不着头脑，这时他看到杨傲已

然站在船头，估计是刚刚吐完，一脸疲惫。

彤弓向船头走过去，就听到杨傲在迎风感叹：

> 夜沉梦微酣，
> 树静雪轻旋。
> 远山异乡客，
> 临江各悲欢。
> 天地同覆载，
> 叶落根脉缠。
> 迎风闻冷气，
> 何惧此中寒。

彤弓走到杨傲旁边，金沙江两岸的风景和杨傲的诗也让他有感而发，遂张口附和道：

> 荒原藏硕鼠，
> 冷空大雕盘。
> 余晖非落日，
> 彤云暂时瞒。
> 此刻预挽弓，
> 一消万敌烦。
> 我知兄弟心，
> 风起必回还！

杨傲转头看向彤弓："想孤鹰了？"

"我总觉得他会回来的，昨晚梦见他了。"彤弓说完看向远方，滚滚江水奔腾不息。

"看来我们已经上了金沙帮的船了！"

杨傲笑了笑，慢悠悠地说道："本来也是要北上，正好顺路，就算是我们欠金沙帮的一个人情吧！"

"这个人情怕是不好还吧？"彤弓面带疑虑地说。

"既然要走水路，就越不过金沙帮，这个人情迟早要还！让他们自己找一个可以一笔还清的地方也好，免得麻烦！"

杨傲显然已经猜到了对方的意图。

"一笔还清？难不成要将我们沉船江中？"彤弓摇头苦笑道。

"昨夜没有偷袭，今日自不会沉船，估计是想让我们死个明白。"

杨傲仰天叹息一声继续道："唉！也许这就是金沙帮的行事风格吧！"

"那我倒挺喜欢这个风格，光明正大总比偷偷摸摸要好，既然已经上了贼船，我们就等着贼来吧！"

彤弓刚说完就看见李麟儿抓着一个船夫走了过来。

"大哥、二哥，这条船上都是金沙帮的人，我已经摸了一个遍，抓了一个小厮，嘴硬得很！"船夫鼻青脸肿，显然是刚被李麟儿打过。

"松开他！"彤弓看着船夫说道。

李麟儿闻言拔出堵在船夫嘴里的棉布，向前一推，船夫跟跟跄跄地站到了彤弓的面前。

彤弓立即拱手抱拳道："我这兄弟年少鲁莽，多有得罪！"

"无妨，很快我就会加倍还给他！"船夫一脸的不屑和自信。

"昨夜我等已是贵帮囊中之物，为何不趁夜取之？"彤弓有意引出金沙帮的真实意图。

"趁夜取之？哼！真是可笑，我金沙帮做事一向光明磊落，有恩必偿，有仇必报，要取尔等性命何须趁夜！"船夫说完一脸的蔑视。

彤弓微微一笑转身面向江面说道："我与贵帮安大当家有一面之缘，只可惜误会未解，便已喋血，徒留无限遗憾！"

"哼哼！尔等淫贼，竟能说出如此无耻之言，夺妻之恨，灭寨之仇，现在可以报了！"船夫说着指向前方。

彤弓等人转头看去，只见前方江面上出现两艘一样的大船，似乎已经在此恭候多时。

随着船体慢慢靠近，两艘大船逐渐将彤弓等人所在的船夹在了中间。

只见两船船首各站一人，皆身披斗篷，显然是各船首领。

待彤弓等人的船驶入中间，左船船首之人率先发话道："在下金沙帮李家寨大当家李聪阳，安大当家是被红衣人所杀，应该就是你吧？"

彤弓看向李聪阳，李聪阳个子不高，身材敦实，手拿一柄铁锤，眼睛很小却射出两道凌厉的杀气。

"安大当家豪气干云，我与他交手纯属误会，他是被叛军南永忠暗中偷袭所杀，并非死于我手。"

彤弓诚意满满地看向李聪阳。

"哼！我平生最恨你这种巧舌如簧的无耻小人，还是少说废话，准备受死吧！"李聪阳说完飞身而起，一跃跨过两船，一锤砸向彤弓。

李聪阳短小粗胖，不想身手却如此敏捷，三层船头空间不大，现已站了四人，彤弓没有回旋的余地，只能举杖扛住李聪阳的这一锤。

"咣！"

一声巨响，彤弓昨夜不曾睡好，身体尚未恢复到满血状态，这一锤带着李聪阳的身体重量，实在承接不住。彤弓两手发麻，不由自主地向后退去，直接从三层船头翻了下去。

"彤弓！"杨傲"噌"地拔出了青罡剑。

"二哥！"李麟儿飞身跳了下去。

"鼠辈不堪一击！"李聪阳举着大锤威风凛凛，可马上就满眼惊惧，他看见一缕红衣飘摇而上。

彤弓翻身跌落之后踩在了二层的船舷上，触舷之时已经发力，跌落和腾起的转换只在一瞬之间，腾起之后抓着三层的船舷翻身而上，借着翻身而上的势能，将全身力量灌注在杖头，凌空向李聪阳砸去。

这一套动作行云流水，特别是最后的一砸，几乎是以其人之道还治其人之身，李聪阳甚为吃惊，所能用的招数和彤弓一样，唯有举锤硬挡。

"咣！"

一声巨响，李聪阳实在承接不住这千钧之力，双腿一软，跌倒在地，撞碎了三层的护舷，一口鲜血喷涌而出。

这一击，站在旁边的船员小厮也是吃惊不小，赶紧跑过去扶起李聪阳，向下层走去。

彤弓的这一漂亮反击，右船船首之人看得十分真切。

"好身手！"右船船首之人说完就飞身而起，落在了彤弓所在大船三层客房的房顶上。

只见这人肤白面美，黑色斗篷猎猎作响，手拿武器与李麟儿十分似，竟是一支纯钢长笛。

"在下吴家寨大当家吴冰，前来讨教！"吴冰说完飞身而下。

"我来！"李麟儿话到人到，从二层飞身而上，直奔吴冰杀去，二人一箫一笛，飞身缠斗，脚下所站均是船舷护栏、房脊帆头，无一平地，可见二人轻功何等了得。

吴冰频频移位，李麟儿次次扑空又如影随形。吴冰从未见过如此敏捷之人，心中大惊，几个回合下来，仗着自己的绝世轻功，虽没有吃亏，但已知无法取胜，再打下去恐颜面难保，遂飞身返回右船。

"跑什么？打呀！"李麟儿对着吴冰大喊一声。

吴冰站在船头，抱笛闭目，黑色斗篷猎猎作响，一言不发。

这时前方又出现四艘大船，两两并行将彤弓所在大船夹在中间，李聪阳和吴冰的两船向后面退去。

"如此身手，不济世救民，却霸人妻、占人财、灭人寨，不知出自哪个邪门？是时候清理了！"

说话之人坐在和彤弓等人并排行驶的左船船首，头戴一个斗笠，手拿一根钓竿，正在江中垂钓。

"事有误会，我们也是被人陷害，休要再血口喷人！"苗雨魂和裴大名听到打斗声早都聚在了三层船首。听到"霸人妻"的话，苗雨魂就气不打一处来，思前想后，这肯定是一个大大的圈套，一个永远也解释不清的圈套。

"误会？哈哈哈哈！"垂钓之人说着站起身来，此人足有两米之高，戴着斗笠看不清面容，但转头看过来的眼神却甚是凌厉，一看便知是内功奇高之人。

"在下孙家寨大当家孙鹏程，初次见面未备薄礼，这条专吃死尸的恶鲶，送你了！"

孙鹏程说完抽起钓竿，将一条足有一米长的巨大黑鲶甩砸过来。

苗雨魂抽出幽兰剑横劈过去，将黑鲶一劈两半，不想黑鲶肚中却甩出一股腥臭的黑汤，苗雨魂大吃一惊，却已无法躲避。

李麟儿闪电般抓起刚刚李聪阳丢在地上的斗篷罩到苗雨魂的头上，虽然避过一劫，但也溅了一身腥臭。众人尚在惊魂未定之时，孙鹏程将钓钩上的半条黑鲶又甩砸过来。

彤弓等人齐齐飞身而下，跳到了一层的甲板上，与孙鹏程平视而立，孙鹏程的鱼钩再次飞来，苗雨魂用幽兰剑缠住鱼线，拦腰斩断。

但孙鹏程的鱼竿就是他的武器，可长可短，雨点般向彤弓等人砸来，彤弓等人的武器触不到孙鹏程，如果不飞身过去，只能是被动挨打的份儿，虽能抵挡，但却十分狼狈。

正在孙鹏程得意之时，苗雨魂无奈掷出了散手蝴蝶镖。孙鹏程在猝不及防之下，摘下斗笠作为护盾，两船的巨大间隔给了他反应时间，如是近身肉搏，恐已中镖倒下。

孙鹏程用斗笠打飞蝴蝶镖后慢慢戴上，收回钓竿，又用斗篷护住身体，显然是已经受伤了，只是不想让人看见。

孙鹏程一个手势，所在大船向后退去，前船开始与彤弓等人并行。

原来这些人并不想集体围攻，而是一对一的比拼，并且认赌服输，绝不以死相搏，这等胸怀和境界让彤弓等人看了也不得不暗暗佩服。

其实彤弓等人和金沙帮帮众都是重信忠义的同道中人，只是受了李海雕的挑拨，才互相攻伐，但交手之后彼此都有惺惺相惜之感，所以便网开一面，点到为止。

但冤家易结不易解！这一场被李海雕精心设计的仇怨总要有一个了结。

第三十五章　一战诛心胡靖扬

人在江湖，有时候就要以战止战、以杀止杀，跪地求饶、仰人鼻息并不是强者的生存之道。

狭路相逢，毅然拔刀，也是对彼此的尊重。

孙鹏程的大船退去之后，从右边居中并行的大船中走出一人，但见这人腰中插着一长一短两把雌雄刀，华衣束体，黑发触肩，身披一件红色斗篷，更显英姿飒爽，一张眉清目秀的脸庞上凝着一丝男儿气，但却是个女人！

"在下金沙帮胡家寨大当家胡靖扬！一群淫贼中居然还有你这种道貌岸然的货！"

胡靖扬指着杨傲十分鄙夷地说道。

杨傲手拿拂尘，身背青罡，一袭青衣，确有些仙风道骨，怎么看都不像个淫贼。

但金沙帮早已确认无疑是彤弓等人强占了安开疆的未婚妻李欢欢，并夺取了重金彩礼，又杀了安开疆，是一伙十恶不赦的淫贼。

女人对淫贼自然比男人还要痛恨几分，尤其是看见道貌岸然的淫贼更是恨上加恨，此时胡靖扬看见杨傲，自然将杀气全都放在了杨傲身上。

杨傲之冤真是比苗雨魂还冤不止百倍，苗雨魂虽然也觉得冤枉，但李欢欢睡在自己的床上，说自己什么也没做，怕是连自己都不会相信。但杨傲确实啥也没干，可此刻能解释得清吗？

恐怕永远也解释不清，特别是面对误会极深的女人，绝无一丝解释清楚的可能。

"我等一生信奉忠义，既未淫也非贼，你一个女子，说话不要太难听。"杨傲不信邪，非要解释几句。

"臭男人！脸皮可真厚！你就是个淫贼！"胡靖扬认准了杨傲是淫贼，越解释就越加剧她的愤怒。

"我淫谁了？"杨傲这是一句噎人的话。

"你……你……你就个淫贼！"胡靖扬气得柳眉倒竖，回话稍微乱了点儿分寸。

"难道是你？"杨傲此时说出这样的话，彤弓等人听了都差点吐出一口血来，因为他们从来没见过杨傲和女人吵架，也从来没见过杨傲会如此不顾身份。

这时胡靖扬却满脸绯红，竟不知该说什么好。

"赶紧退去吧，我大哥骂赢了！哈哈哈！"李麟儿以为这一局金沙帮是派个女的来骂仗，骂出胜负自然和其他大船一样自动退去，遂对着胡靖扬大声喊了这么一句。

"淫贼！"不想胡靖扬听后竟大喊一声，抽出长刀一跃而起，跨船飞来，直劈杨傲。

胡靖扬从开口说话开始，句句不离"淫贼"二字，可见胡靖扬对淫贼的深恶痛绝，加之被杨傲几句确实有失风度的话刺激，刀刀使出全力，招招都要致命。

杨傲不想和女人动手，只能被迫应战，只守不攻，节节败退，好在一层的甲板空间足够大，给了他腾挪回旋的余地。

所以胡靖扬根本奈何不了杨傲，反而是自己竭力进攻，体力快速消耗。

可胡靖扬越是奈何不了杨傲，越是心急；越是心急，越是猛烈进攻；越是猛烈进攻，越是加速力竭。

胡靖扬见招招都被破解，运足力量使出了看家本领——凤凰展翅！

只见胡靖扬的长刀在空中舞出一个漩涡扑向杨傲。杨傲不慌不忙，青罡剑反向旋转插入。

只听"咣"的一声，胡靖扬的长刀脱手，扎在了甲板上。

胡靖扬飞起一个反向连环脚，杨傲双掌迎击，虽未尽全力，但胡靖扬已然力竭，这样的力道相撞，足以将胡靖扬弹飞。

胡靖扬大叫一声，就要跌入激浪滔滔的金沙江中。

杨傲闪电移步，左手握住船舷，在胡靖扬即将入江的刹那，伸出右手抓住了胡靖扬的手腕。

此时杨傲如果松手，胡靖扬必将粉身碎骨。

胡靖扬也深知这一点，杨傲能出手救她，实在超出她的意料。但超出所有人意料的是，胡靖扬不但不知恩图报，反而抽出腰中的短刀，刺向了杨傲。

对胡靖扬来讲，生命固然重要，但尊严更加重要。

自己被一个淫贼的手抓着，她无论如何也接受不了，宁可一死，也不能受此侮辱。

但杨傲毕竟有救人之举，此时反杀他也属恩怨不分，所以胡靖扬没有刺向杨傲的心脏，而是刺向了他的左肩。

面对胡靖扬的这一刀，杨傲本可以松手，让胡靖扬坠入江中，自己便

可躲过。但杨傲却没有这样做，他眼睁睁地看着胡靖扬将短刀扎入了自己的左肩，右手还牢牢地抓着胡靖扬。

"大哥！"

李麟儿在船舷边看到这一幕后大喊一声，举箫劈向胡靖扬。

"麟儿！"

杨傲出声喝止！

李麟儿闻声十分不解地看着杨傲，杨傲看着他摇了摇头，用眼神告诉李麟儿断不可这样做。

李麟儿急得直跺脚，胡靖扬也看到了这一幕，她是希望李麟儿劈向自己的，这样便可速死。

但杨傲却制止了李麟儿，胡靖扬恨恨地看着杨傲，杨傲直直地盯着胡靖扬，两人的斗争在意念中继续进行。

但胡靖扬紧盯着杨傲的同时，却慢慢地拔出了扎在杨傲左肩的短刀，杨傲强忍剧痛还是死死地抓着胡靖扬。

有些心虚的胡靖扬，居然再一次将短刀扎进了杨傲的左肩，这一次彤弓等人都看在眼里，但他们知道杨傲是想用自己的方式解决，所以大家都提着一颗紧张到极点的心，没有出手。

这是一种默契，也是一种尊重，尊重杨傲的选择。

义之所在，身虽死，无憾悔！

所以杨傲如果选择为义而死，大家也断不会干预。

何况杨傲知道自己在做什么，他不想用力量打败这个人，而是要用信念改变这个人的想法。

所以这一刀扎下去，胡靖扬明显感到杨傲将自己的手腕握得更紧了。

胡靖扬和杨傲四目相对，双方从彼此的眼神中都读到了比语言更多的东西。

胡靖扬实在不敢相信，眼前的这个"淫贼"何以会如此接招。

胡靖扬不信邪，她再一次慢慢拔出了扎在杨傲左肩上的短刀，杨傲用坚定的眼神告诉胡靖扬，他的信念决不会改变。

鲜血汩汩而出，随风一路飘洒，已染征衣。

巨浪滔滔而过，带有一丝血红，瞬间而没。

"松手！你这淫贼！"胡靖扬终于说话了。

两人在意念之中较量，谁最先说话谁就败了，胡靖扬已明显感到心虚，眼前的这个人真是淫贼吗？

这个问号在她的心里无限放大。

"我……可以松手，可你是否知道自己因何而死？"

杨傲声音不大，明显已经十分虚弱，但抓握胡靖扬的手还是如铁箍一般。

"我为尊严而死！"胡靖扬斩钉截铁地说。

"这双手救过无数人的命，唯独没有害过人，不想今日，你却因此手受辱。"杨傲知道胡靖扬的心思，故有此说。

"那你还不松开？"胡靖扬语带恳求。

"这原本就是一场误会，何不给彼此一个解释的机会，无辜在此枉死，魂将何处安息？"杨傲心意真诚，所有人都能感受得到。

胡靖扬看着杨傲，杨傲的眼睛有如一汪深潭，清澈而深邃，平静而坚定。

这时杨傲已失血过多，又强忍剧痛，额头虚汗渗出，一粒汗珠突然滑落，直接掉在了胡靖扬的鼻尖上。

胡靖扬显然吃惊不小，一个"淫贼"的汗珠掉在了自己的脸上，这可怎么得了？胡靖扬的眼神快速变换，十分复杂。

一粒汗珠，打破了平静。

一粒汗珠，也突破了僵局。

胡靖扬终于再一次举起了短刀，毫不犹豫地刺了过去。

……

彤弓闭上了眼睛。

李麟儿举起了精钢长箫。

裴大名拔刀。

苗雨魂手握蝴蝶镖。

只听"咔"的一声！

胡靖扬的短刀刺进了木制船体，胡靖扬借刀之力向上一纵，脚蹬船帮飞身跃上了甲板。

杨傲力竭，轰然倒下。

彤弓等人赶紧扶起杨傲，抬进客房，苗雨魂立即为其敷上祖传金疮药。

胡靖扬解下自己的红色斗篷，系在了船头，然后走进客房。

男人的汗珠里蕴含着一个男人独有的雄性气息，虽然男人闻起来难以接受，但被荷尔蒙相配的异性闻起来却难以抗拒。

杨傲的一粒汗珠就触发了胡靖扬的荷尔蒙开关，让她感到了从未有过的独特感受，她心跳加速，眼前的男人突然也有了无限魅力。

由仇恨到崇拜，就在一瞬之间，也许这就是女人！胡靖扬已被杨傲征服。

此刻胡大当家的斗篷系于船首，金沙帮无人再敢阻拦。

胡靖扬走进客房时，苗雨魂正在为杨傲敷金疮药，胡靖扬从怀里掏出一段白绫，走向杨傲。

李麟儿看见胡靖扬进来，腾地站起来道："你还来！"

"人是我刺伤的，自然该由我来包扎！"胡靖扬说完没有理会李麟儿，径自为杨傲包扎起来。

李麟儿眼睛瞪得大大的，有点看傻了，他是真看不懂到底发生了什么。

裴大名拉起李麟儿走出了客房。

"女人的事儿，你不懂！"

李麟儿摸摸脑袋，似乎懂了。

……

前方两船看见胡靖扬的斗篷已挂船首，以为该船已被征服，但实际上被征服的却是胡靖扬。

六艘大船围着彤弓等人的大船，劈波斩浪，扬帆远去。

胡靖扬坐在杨傲的床边守候，杨傲醒来看见她并不惊讶。

反倒是胡靖扬不好意思地低头娇羞道："你醒啦？"声音甚是温柔。

"胡大当家亲自为'淫贼'包扎，这让'淫贼'情何以堪啊？"

杨傲在胡靖扬身边，话风巨变，身体虚弱也不忘挑逗一番。

看来任何道貌岸然的人都有一颗闷骚的心，杨傲也不例外。

彤弓等人在客房外闲谈，突然听见客房里胡靖扬的笑声，知道杨傲已经醒了。

但都不知道杨傲说了什么，还是干了什么，能把胡靖扬逗笑成这般。

"真想不到，大哥对女人还有这等手段！"裴大名摇头笑了笑。

"你这个大哥，天文地理、奇门八卦、文武男女、琴棋书画，没有他不懂的！"

彤弓说完笑了一下，似有下言，却没再开口，而是抬头看向远方。

两岸落木萧萧，前方波浪滚滚。

第三十六章　命悬一线醋意生

人生的精彩不仅仅在于奋斗目标的实现，很多时候还在于有一些意料之外的惊喜。

彤弓实在没有想到，和金沙帮的恩怨，竟然是以一种"和亲"的方式化解。

但有些事也不能高兴得太早。

经过一夜一天的航行，傍晚时分，七艘大船靠岸宜宾码头，各船头领和船员相继下船，在码头聚集。

胡靖扬也下船来到码头，因杨傲有伤，船上又能吃能住，所以彤弓等人并未下船，也不想到码头上和金沙帮的人再起冲突。

各船头领见胡靖扬一人下船，并未押带一众贼子，都有些诧异。李聪阳、吴冰、孙鹏程这几个和彤弓等人交过手的心里都明白，以胡靖扬的武功不可能战胜这伙贼人。

这时人群开始骚动，所有船员帮众立即分列两边，中间让出一条通道，一个高大英俊的男子走了出来。

只见该男子身披黑面红里貂绒镶边的加厚披风，腰间插着一柄幽黑长剑，器宇轩昂，威风凛凛。

后面跟着的两人也都披着黑色斗篷，应该也是各寨大当家的级别，而走出的这个人明显又高了一个级别，此等气场彤弓等人站在船首也能感受到巨大的压力，难道这就是神秘莫测的金沙帮帮主。

各船头领见到此人都纷纷抱拳施礼，异口同声地说道："拜见南护！"

金沙帮全线十八寨，以宜宾港为中心，划为南北两段，此人正是南段守护楚鸿飞，分管南段九寨。

"贼人何在？"楚鸿飞看着站在船首的彤弓等人，向胡靖扬明知故问。

"他们不是贼人！"胡靖扬声音不大，但所有人都听得十分真切。

这个答案显然也大大出乎楚鸿飞的意料。

楚鸿飞歪头看向胡靖扬，胡靖扬不敢和他对视，却又不知该如何解释，低头不语。

胡靖扬的这个动作已经出卖了自己，她没有征服这伙贼人，被征服的恰恰是她自己。

以楚鸿飞的精明，瞬间已了然一切。

171

长期以来，楚鸿飞对胡靖扬一直偏爱有加，一路提拔到胡家寨大当家的位置，在金沙帮南段九寨中，胡靖扬的地位仅次于楚鸿飞。

此刻，胡靖扬的心已经走了，楚鸿飞的心却彻底凉了。

"这伙贼人究竟有何本事，杀了安开疆大当家，连伤我南段九寨两位大当家，还让胡大当家鬼迷了心窍？"

楚鸿飞故意看向胡靖扬说道。

胡靖扬始终低头不语。

吴冰抱笛闭目。

孙鹏程头戴斗笠，披风紧裹。

李聪阳愤愤不平但心有余悸。

楚鸿飞抬头看向站在三层船头的彤弓，二人四目相会的刹那，决战已经开始。楚鸿飞轻蔑一笑，而后脚下生风，斗篷迎风鼓胀。

几个箭步，楚鸿飞便跃上一层甲板，又踩着两层之间的廊柱空中倒挂而走，一个翻身腾跃，站在了三层的船舷之上。

尚未出手的封家寨大当家封临江、凌家寨大当家凌昊、刘家寨大当家刘青峰、周家寨大当家周盘伟也跟着楚鸿飞，一一飞站上了三层的船舷。

"在下金沙帮南段守护楚鸿飞，特来讨教！"楚鸿飞说完没等彤弓回话，就已拔剑动手。

对此刻的楚鸿飞来讲，能报个名号，已经是对彤弓等人的无限尊重了。

楚鸿飞的剑法甚是凌厉，拔剑的同时已经是一个杀招了，剑尖出鞘之后从下而上，飞速向彤弓扫去。

彤弓降龙杖顺势劈挡，谁知楚鸿飞借力转身，回剑之时已刺向彤弓的后心，这样精妙莫测的剑法让彤弓也惊出一身冷汗。

彤弓下意识转身回挡，同时拔出降龙刀砍向楚鸿飞。楚鸿飞对这一招杖刀分离也吃惊不小，急忙移步后撤。

躲过降龙刀后，楚鸿飞弯腰躬身，右腿向后蹬向船舷，借力出剑，在空中形成人剑合一之势，直刺彤弓心脏。

这一招力道和速度都十分了得。

三层甲板空间十分有限，彤弓没有后撤的余地，如果选择左右躲闪，除非有李麟儿的速度，否则也必然中剑。

这一点彤弓和楚鸿飞心里都十分清楚，所以这一剑几乎可以决定胜负。

可面对这一剑，彤弓并未慌张，这让现场所有人都大出预料。

只见彤弓稳稳地看准刺来之剑，将降龙杖立于身前，向下用力，杖尖立进甲板一寸有余，这时所有人都明白了彤弓的用意。

彤弓是想以杖为盾，挡住楚鸿飞的这一剑，但盾之所以为盾，是因为盾有一个较大的防御面，以杖当盾，绝无可能！

因为杖的防御面仅仅是一根立柱而已，这如何能防得住来袭之剑。

但让所有人都大吃一惊的是，楚鸿飞的剑不偏不倚，正好刺在了降龙杖上。

彤弓的位置选择如有半厘偏差，此刻已一剑穿心。

彤弓的这个自信让楚鸿飞大为惊讶，普天之下，恐怕除了金沙帮帮主，无人能够做到，但眼前的这个人却做到了。

更让楚鸿飞吃惊的是，他的剑没能刺中彤弓，但彤弓的降龙刀却已凌空向他劈来。

此刻楚鸿飞的剑已刺出，身体重心与地平行，降龙刀刹那而至，楚鸿飞身体回撤已无可能，命丧此刀几成定局。

就在这命悬一线之际，楚鸿飞借着剑刺降龙杖的反力，身体凌空向右快速旋转，竟也在分毫之间躲过这一刀，但刀锋已然将左臂划伤。

能做到这一点，已是奇迹！换作旁人，这一刀下去，整个人早已被一劈两半。

楚鸿飞大叫一声，不知是疼痛所致还是愤怒所致，旋转落地的同时，身上的加厚斗篷突然离身，如天大网一般，向彤弓迎面罩来。

这一招也出乎彤弓的意料，这样绵软厚实的斗篷，再快的刀也无法在无依托的情况下将其砍碎。

而且一旦出刀砍向斗篷，身体前方必现漏洞，给楚鸿飞一剑穿心的机会，彤弓无奈只能向后翻身，从三层甲板翻下一层甲板。

可怕的楚鸿飞，早就料到彤弓只有后翻这一招可用，斗篷离身的同时，纵身一跃，凌空向下劈去。

彤弓翻身和楚鸿飞起跳几乎是在同一瞬间，但彤弓是翻身躲避，楚鸿飞是起跳攻击，双方在空中的势能强弱已十分清楚。

彤弓翻身落下的同时，已经感到一道凌厉的剑气向自己扑来，他知道，这股剑气在他落地的同时就会劈到自己的头顶，自己没有运力相挡的时间差。

这个道理楚鸿飞也十分清楚，躲是绝无可能了，只有落地之时举杖硬扛，但落地时身体尚未站稳，硬扛从天而下的重剑，必定如彤弓劈向李聪阳一样，震碎甲板，口吐鲜血，一击必杀。

楚鸿飞露出了得意的笑容。

但让所有人都想不到的是，彤弓落地之时竟然使出了双龙吸水，以杖

口对剑尖，再一次精准得不差分毫。

杖口和剑尖咬死之后彤弓的身体飞速向下旋转，直至坐到甲板上，与此同时降龙杖带着楚鸿飞的黑色幽灵剑也在不断旋转，化解楚鸿飞从天而降、一击必杀的剑力。

当彤弓坐到甲板之时，楚鸿飞向下击杀的力量已被完全化解，此时彤弓的降龙刀再次刺向楚鸿飞，楚鸿飞此刻身体凌空，刹那之间无法借力旋转跳出。

这一刀普天之下根本无人能够躲过。

即便楚鸿飞有通天之能，也不可能躲过，何况这个世上没人有通天之能。

千钧一发之际，楚鸿飞赤手抓住降龙刀，这确实是此刻唯一的办法。

空手握利刃，虽无异于自残，但总好过身体中刀。

就在楚鸿飞空手握住降龙刀的同时，彤弓向后倒下，双脚向上对着楚鸿飞的胸口踹去。此时楚鸿飞一手握剑陷于杖口，一手握刀自残保命，胸口毫无遮挡，总不至于用牙去咬，所以这一脚无论如何也无法化解了。

没有奇迹发生，楚鸿飞只能眼睁睁地看着这一脚踹来，毫无办法。

只听一声闷响，楚鸿飞身体飞出，撞在船舷，一口鲜血喷涌而出。

所有人都知道，这一回合，楚鸿飞彻底败了。

第三十七章　蹈节死义又如何

有的人能够接受死亡，但却不能接受失败，因为他把面子和尊严看得比生命还重要。

有的人兵败会自杀、丢官会自杀、失财会自杀，就是因为接受不了失败。

楚鸿飞也是一样，失败是一件难以接受的事情，特别是大庭广众、光天化日之下的失败，无论如何也无法接受。

楚鸿飞的嘴角在流血，左臂和左手也在流血，但他丝毫感觉不到疼痛，因为丢掉面子所带来的疼痛足以覆盖身体上所有的疼痛。

他的眼中射出两道了愤怒无比的火焰，想要把彤弓和这艘大船全部烧掉。

楚鸿飞下达了进攻的命令，站在三层船舷上的凌家寨大当家凌昊率先出手，一支飞弩劈空向彤弓射来，凌昊是用弩高手，擅长远距离攻击和暗杀。

苗雨魂以为凌昊暗中偷袭，遂向凌昊掷出散手蝴蝶镖对等反击。

飞弩射向彤弓，蝴蝶镖飞向凌昊。

彤弓顺势在甲板上一滚，躲过了飞弩。

封家寨大当家封临江立即挡在了凌昊的面前，三支蝴蝶镖全部打在封临江的身上。封临江擅长防御，身穿软猬甲，因此敢以身挡镖，否则凌昊早已丧命。

刘家寨大当家刘青峰见苗雨魂出手，立即飞身过去，袖中甩出一支长鞭，直奔苗雨魂的脖子勒去，这样的距离和速度，苗雨魂很难躲过。

就在鞭子即将勒住苗雨魂脖子的时候，一支精钢长箫将鞭子缠住，李麟儿用鬼魅一般的速度出手反击刘青峰。

周家寨大当家周盘伟见有一道白影袭来，果断出刀砍了过去，裴大名早有准备，迎刀砍向周盘伟。

楚鸿飞下令攻击之后，金沙帮和彤弓等人一对一决战的默契和君子约定被打破了，所有人在混乱之中同时出手，厮杀成一团。

但三层甲板空间太小，几人打着打着纷纷跃到一层，彤弓和楚鸿飞也重新加入了混战。

凌昊一直躲在封临江的背后偷发暗弩，封临江的防守密不透风，连李

麟儿的速度也攻不进去，裴大名和苗雨魂都已中箭。

刘青峰的鞭子十分烦人，让裴大名和苗雨魂有劲儿使不出，只能被动应付。

周盘伟和楚鸿飞二人一剑一刀围攻彤弓，李麟儿看准时机，一道白影飞向楚鸿飞，楚鸿飞大吃一惊，使出剑刃风暴防守。

天下武功，唯快不破！

李麟儿虽难以战胜楚鸿飞和周盘伟，但要拖住二人则是绰绰有余。

彤弓趁势脱离和楚鸿飞、周盘伟的缠斗，用尽全力使出双龙出海，刺向封临江。

李麟儿知道，自己速度再快，也难以突破封临江铁桶一般的防守，突破不了封临江的防守，就无法击杀躲在他身后放暗箭的凌昊，在这个小小的甲板上混战，自然被动吃亏。

要突破封临江的防守，最有效的办法也是最简单的办法，那就是没有招式的物理撞击。

最有力量能完成这一击的只有彤弓，所以李麟儿和彤弓无比默契地换位缠斗，彤弓用尽全力使出双龙出海，封临江全力挡住了彤弓的降龙刀，但却无法挡住降龙杖，因为这个直刺的力道实在是太大了。

"哐"的一声。

彤弓降龙杖的杖头直接击打在封临江的胸口，虽有软猬甲护身，但这个力道却难以化解，封临江大叫一声，飞身跌落船下。

凌昊见状也飞身入江，抓住封临江向岸边游去。

没有了凌昊的暗箭，裴大名看清了刘青峰的鞭道，一手抓住鞭梢，苗雨魂再次掷出了散手蝴蝶镖，但不是掷向刘青峰，而是掷向正在使用剑刃风暴防守的楚鸿飞。

周盘伟一刀砍掉一支蝴蝶镖，楚鸿飞情急之下真的用嘴咬住一镖，但还有一镖无法躲过，刺中了楚鸿飞的左肩。楚鸿飞中镖之时，防守出现空当，李麟儿长箫一击。

楚鸿飞大叫一声，和封临江一样站立不住，翻身跌入江中。

刘青峰收回鞭子，一头扎入江中，将楚鸿飞救出上岸。

周盘伟自知不敌，收刀入鞘，依然站在船头看向彤弓等人。

彤弓等人也收刀入鞘，对周盘伟抱拳拱手道："多有得罪！"

周盘伟微微一笑，飞身跃上船舷护栏，又借力跳到岸边码头。

楚鸿飞一向注重自己的形象，这次在上千帮众的面前被打成了落汤鸡，这个羞辱比杀了自己都难受。

楚鸿飞上到岸边，还不忘换身锦袍，整理一下发型，面向帮众大喊一上百弓箭手闻令点燃火箭，在岸边码头整齐列阵，对准了彤弓等人的大船。

"你干吗！你不是要火烧战船吧？"胡靖扬着实被楚鸿飞的举动震惊了。

"宁可烧毁战船，也不能放过这伙贼人！"

刚才的一仗让楚鸿飞颜面尽失，此刻的确是有些愤怒了。

彤弓等人站在船头，三面是冰冷刺骨的滚滚江水，一面是上千金沙帮帮众。

莫说是上千帮众，仅楚鸿飞和几位大当家齐攻而上，彤弓等人怕是也难以应付。

此刻或已成绝境。

上百弓箭手点火齐至，彤弓等人飞身跃上三层甲板，一来可以有效躲避弓箭攻击，二来杨傲还在三层客房，兄弟们要死也是要死在一起的。

彤弓等人进客房将杨傲扶出来，这时有两艘大船已行驶到背对码头的侧面，将彤弓等人的船团团围住，船上均站满了弓箭手。

楚鸿飞这是怕彤弓等人跳船逃走，在这样的包围之下，要么跳江自杀，要么跳上码头拼死一搏，要么在船上等着活活烧死，除此之外，别无他法。

"你们照顾好大哥，待我去杀出一条血路！"彤弓说完就要跳上码头以死相拼。

杨傲却一把拉住彤弓道："死者无辜，静待天意！"

说完静坐在三层的甲板上。

"放箭！"楚鸿飞下达了攻击命令。

一拨火箭向彤弓的大船飞来，跟随火箭飞来的还有大当家胡靖扬。

胡靖扬跃上三层甲板，看看杨傲，又回头看向楚鸿飞喊道："南护连我一起杀了吧！"

此时弓箭手已重新搭箭，静等楚鸿飞的命令，此刻只要一个手势，第二拨火箭就会劈空射来，大船将变成一片火海。

胡靖扬的这个举动实在出乎楚鸿飞的意料，楚鸿飞虽然想到了火烧战船一定会引起胡靖扬的不满，但却没有想到她居然要给这伙贼人殉葬。

那这伙贼人还是贼人吗？

楚鸿飞心里清楚，刚才的一仗如果彤弓等人想大开杀戒，自己和四位大当家恐怕要有去无回。

也许这是盗亦有道，或是收买人心的套路。

就在楚鸿飞犹豫不决是否要继续放箭的时候，胡靖扬坐在了杨傲的旁边，两人并排闭目而坐，明显已无畏惧，从容等待死亡的降临。

杀一个从容赴死的人，杀人者就失去了权威。

本来杀人是为了解恨，现在却成了成全。

某种程度上来讲也失去了杀人的快乐和意义。

这让楚鸿飞十分不快，安开疆大当家的未婚妻被辱、彩礼被占、人寨被屠，胡靖扬大当家彻底叛变，自己和其余几位大当家也均是对方手下败将，这让金沙帮南段九寨颜面尽失，建帮以来也从未有过如此败绩。

作为南段守护，如果不杀了这伙贼人，扳回这一局，真不知今后该如何面见帮主和天下帮众。这伙贼人不死，自己就得死，他已无脸苟活于世。

金沙帮以忠义立帮，楚鸿飞作为南段守护，心中自然也要守此义节，为尊严而死，应该不在话下。

所以，彤弓等人不死，楚鸿飞就只能让属下提着自己的人头去见帮主。

这一点，楚鸿飞绝对能想到做到。

这是楚鸿飞的道义，也是楚鸿飞的悲哀。

一个人的格局大了，恩怨就小了；一个人的格局小了，恩怨就大了。

这与是否秉持忠义之道无关，只与格局有关。

楚鸿飞此刻正是陷入这样的恩怨情仇之中。

大船上火光点点，楚鸿飞盯着胡靖扬犹豫不决。

突然，胡靖扬的手和杨傲的手握在了一起，两人明显已准备决然赴死。楚鸿飞看到了这细微的一幕，尚有所期的心彻底碎了，也彻底绝望了。

"我成全你们！"楚鸿飞说完果断地做出了放箭的手势。

第二拨火箭劈空而至，大船瞬间变成一片火海。

彤弓等人均席地而坐，静待死亡。

突然，一声鹰唳划破长天！

第三十八章　虎口余生天几重

大火将金沙江江面映得通红，船上的人毫无惧色，船下的人也毫无快意。

一声鹰唳震破九天。

彤弓腾地站起，举目望天。

众人均瞪大双目，抬头看天。

但天色已晚，什么也看不到。

此时彤弓和杨傲内心的激动无人能知。

如果是那孤鹰回来了，他们一定会跳上码头与敌一战，兄弟们死在一起，再无遗憾了。

如果不是那孤鹰，临死前能看到狼鹰，给远方的兄弟报个信儿，也算欣慰了。

他们多么希望是那孤鹰回来了，又多么不希望是那孤鹰。

他们多么希望兄弟们能死在一起，又多么希望能有一个兄弟活下去。

声音渐渐远去，却有十艘大船破浪而来，为首的巨舰上插着一个冲天大纛，上写"金沙帮"三字，两边插着"重信""忠义"两个牙牌，大纛下面有一个巨大的虎皮太师椅，上面端坐一人。

但见此人面带红光，一张脸棱角分明如同刀削，白眉如剑，目光如炬，黑白相间的头发整齐地向后倒梳，一只隼从天而降，站在背后。

整个人如同一头雄狮傲视天下。

此时码头上的上千帮众齐声呐喊："参见帮主！"

彤弓循声看去，金沙帮帮主霍地站了起来，死死地盯着彤弓。

彤弓站在船头，手拿降龙杖，杖头泛着红光，火光映照，红衣猎猎！

金沙帮帮主突然腾空而起，空中快速滑步跳上火船，而后抓着彤弓的手一跃而下，刹那间已站在码头之上。

速度之快，就连彤弓都没有还手的机会，足见此人功力之深厚。李麟儿怕彤弓受辱，也跟着跳上码头，裴大名、苗雨魂和胡靖扬也扶起杨傲跳了下去，兄弟们要死也是要死在一起的。

金沙帮帮主站在码头上，却一直抓着彤弓的手不放，彤弓倒也没有惧意，两人互相凝视片刻，都觉得似曾相识。

但二人都没有说话，金沙帮帮主低头看了一眼降龙杖，又用手摸了一

下杖头，复又看向彤弓说道："你是彤弓？"

彤弓闻言心头一震，再仔细看向金沙帮帮主，只觉鼻子一酸，用力握住金沙帮帮主的手说道："范师叔？"

金沙帮帮主倏地松开彤弓，后退一步，附身跪拜道："忠义门左尊范天重，拜见少门主！"

后面上千帮众见状也齐齐跪下高呼道："拜见少门主！"

江面上十几艘大船上的人也齐齐跪下高呼道："拜见少门主！"

彤弓眼泪夺眶而出，跨步扶起范天重道："师叔，忠义门早已不在，切莫如此称呼，侄儿受不起！"

杨傲此时走上前来，眼含泪光，喊了一声"范师叔！"

范天重用手扶着杨傲的肩头，端详好久才道："你是杨傲侄儿！"

两人四目相对，不知该说什么好。

这时彤弓指着李麟儿道："这是古雪大师的关门弟子李麟儿。"

"大师可好？"范天重十分关心地问道。

李麟儿点了点头。

"这是无疆师兄的后人苗雨魂。"

"哦，无疆师侄可好？"范天重说完仔细端详着苗雨魂。

"家父和全族已尽遭屠戮，苗寨仅剩孩儿一人。"

苗雨魂说完热泪盈眶，范天重上去握了握苗雨魂的手，一言未发。

"这是大理鸣音寨主将裴大名，也是我的结拜兄弟！"

范天重点头致意后又转头看向彤弓，有些疑惑地问道："孤鹰呢？"

彤弓不知该如何回答。

范天重又转头看向杨傲，杨傲一时也不知该从何处说起。

那孤鹰的父亲那云珠和范天重是结拜兄弟，范天重视那孤鹰如同己出，甚至还要厚爱三分。

此刻范天重见杨傲和彤弓都闭口不答，范天重料想到那孤鹰可能已遭不测，但那孤鹰从小就受到那云珠和自己的亲自教导，武功不足以盖世，也应该鲜有对手。

范天重不敢相信自己心中所想，必须要亲耳听到答案，遂看向杨傲再次问道："孤鹰何在？"

"孤鹰遭奸人陷害，致使兄弟和心爱之人无辜惨死，孤鹰痛心疾首，茫然出走，至今不知去向。"

杨傲说完，满眼通红，显然说到此事也十分痛苦。

范天重长舒一口气，仰天闭目，久含之泪终于顺颊而下。

一个从未屈服过任何困难、任何艰险、任何命运的硬汉，在听到那孤鹰还活着的消息时，却流下了复杂的眼泪。

范天重大喝一声，突然双手运力，两耳生风，步伐快速变换，继而双掌击向江面，又迅速回拉，竟形成一条水柱，随着功力的运用，水柱逐渐旋转成势，水头直扑燃烧的大船。

众人看呆了，范天重竟然用内力将江水吸出，这应该是早已失传的武林绝学。范天重既用此法为大船灭火，也发泄了此刻内心复杂的情感。

范天重运完功，恢复平静，楚鸿飞赶紧上前俯身跪拜道："属下办事不力，请帮主责罚！"

"整个天下都是一场误会，圣人的心体亦难探明，何况你一小儿乎！"

范天重看着滚滚江面平静地说，楚鸿飞听得明白，范天重这句话的意思就是不再追究此事，但自己在范天重的眼里，终究还是一个没长大的小儿。

范天重现已七十有六，在金沙帮中威望甚高，心胸自是了得，并且是当今世上仅存的一代大宗师。

楚鸿飞退下后，范天重带着彤弓等人上了自己的巨舰，并亲自为杨傲疗伤，而后彤弓和范天重详细说了下山之后的一系列遭遇，范天重听得连连叹息，一夜无眠。

第二天早上，范天重命属下准备了荤、素、汤三类二十七种口味的宜宾燃面，彤弓等人吃饱后体力有所恢复。苗雨魂和裴大名所受都只是皮外伤，歇息几日后，自然也已无大碍。

船上的几天，胡靖扬始终形影不离地照顾杨傲，二人感情迅速升温。杨傲的房间里时不时传出胡靖扬开心的笑声，他的伤势也在不知不觉中得以快速痊愈。

半月转逝，范天重和杨傲、彤弓等人站在船头，滔滔白浪裹挟的冷气更加凛冽。

此刻，杨傲和彤弓已有去意，范天重看出彤弓和杨傲似有心事，遂转身对他们说道："二位贤侄，不知今后有何打算？"

"下山之后，一路逐北，去完成父亲的心愿。"彤弓语气坚决，似乎主意已定。

"逐鹿中原心向北，风波断头犹不悔。"

范天重说完看着彤弓和杨傲道："你们当真还要去？"

"该来总会来，北上莫徘徊。会猎三江口，屠龙钓鱼台。"

杨傲望着金沙江继续说道："师父留下这首诗，当初不知是何意，现在好像明白了一些，顺江北上，应是此意。"

"既然主意已定，又有师命，就莫再犹疑，老夫也陪你们走一遭，从

181

今以后，金沙帮两段十八寨上万帮众，皆任尔等驱驰！"范天重说罢即令升起行军大纛。

船队浩浩荡荡离岸北去，南段守护楚鸿飞在岸边送行，胡家寨大当家胡靖扬率本寨大船随同北去。

江中白浪翻腾，两岸峻岭连绵，水花雾气连成一片，大船穿梭其中，如在画中行走。

彤弓等人站在船头，看得如痴如醉。

杨傲见胡靖扬站在身边，不知是有感而发，还是故意卖弄，随口吟道："雪雾绕青山，苍松缀崖巅。渔家三五处，遥见有炊烟。一路穿云过，我高天愈蓝。"

未等说完，胡靖扬就跳起来喊道："好诗，好诗呀！"

彤弓看杨傲一本正经，故意戏谑道："舟行波浪宽，胡妹跳得欢。谁知葫芦里，安否藏大川？"

彤弓笑着看向杨傲，杨傲听得明白，彤弓是在笑他故意在胡靖扬面前卖弄，自己内心明明纯净如水，却总被彤弓说是取笑，杨傲摇摇头，实在不知道该如何解释。因为细想之下，自己确实还有那么一点点要表现的意思，如果胡靖扬不在身边，估计不会有兴致去作诗。

杨傲这么一想，自己还真是无聊得不行，但得出这种内心不够纯粹的结果，却让他非常自责，这说明自己的修为还差得很远很远……

人很多时候就是这样，自己明明想得很明白，看得很清楚，可一旦在具体的事情上去检验、去磨砺、去求证，总还是有不够纯粹的地方，这会让追求完美的人感到非常难受。

但是没办法，境界未到，再怎么努力，终究还是枉费力气。

众人看到杨傲一脸严肃，心中暗暗偷笑，嘴上却不好再说。胡靖扬瞪了彤弓一眼，气氛有些尴尬。

"知道我帮为什么叫金沙帮吗？"范天重的一句话打破了此刻的平静。

"因为在金沙江上！"李麟儿快速作答。

范天重点头笑笑。

苗雨魂看范天重点头，疑惑地问道："答案不会这么简单吧？"

"答案简单，不代表含义简单。"杨傲慢悠悠地说道。

范天重微微一笑道："金沙江在发源之时就气势磅礴、恣意纵横，相拥类聚成一条咆哮的白龙，遇石移石、见山削山，在这片大地上无所顾忌、所向披靡，硬生生在人迹罕至的崇山峻岭中撕出一道道令人叹为观止的缺口。

"没人能缚住这条白龙，即便在无数次的撞击中把自己幻化成一朵朵晶莹的水花，它还会重新汇聚，奔涌如初。

"最难能可贵的是经过这一切，它的水质依然纯净，纵使遭遇千难万险而粉身碎骨，纵使终将身首异处而魂归大海，也依然故我，不改其志。

"这种精神就是金沙帮所要倡导的，也是当年忠义门所要倡导的，更是我们这个民族最为缺少的，我们的使命，就是要放大这种精神。"

范天重说完众人都陷入了深思，遥望江水，品味人生，各有所悟。

第三十九章　勇往直前敢亮剑

人生需要有一段平静的时光来加深生命的意义，就像每天都需要睡眠来修复身体内部的损伤一样。

特别是在喧嚣过后，需要反思来沉淀，只有这样，才能在生活中感受到真实生命的存在。

四季更迭，人生无序，当有几个重要的时刻作为回忆的坐标，无论将来蒙上多少岁月的尘灰，也一如沙中沉金，闪闪发光。

金沙江上这一天一夜的航行，对彤弓等人弥足珍贵，高山白浪，日月星辰，真正疗伤的法器就蕴藏在这大自然之中。

第二天未时左右，鹰隼突然惊叫而起，范天重忽地站起，远眺前方。

"重庆府到了！"

范天重说完，彤弓等人也来到甲板，没过多久，就看见船队前方出现了大批蒙古战船，船上旌旗蔽日，正在围攻重庆府。

这时范天重看向彤弓说道："金沙帮尚未与蒙古开战，双方互不设防，现在金沙帮任你驱驰，是否开战？你来决定吧！"

"北逐胡虏乃家师平生所愿，岂能忘却；同族百姓正在遭敌攻杀，安能袖手！"彤弓说完拔出了降龙刀。

"升起大宋军旗！"

彤弓说完，范天重下达了易帜命令。

十一艘大船同时升起了大宋军旗！

这让围攻重庆府的蒙古大军十分惊诧，区区十艘大船竟敢进攻蒙古舰队？

正在城头备战的大宋军民也十分惊诧，金沙帮何以要阵前易帜，自寻死路？

这时彤弓飞身跃上大船船顶，举杖喊道："今日我等与北贼相遇，虽寡不敌众，但大丈夫立世，唯一'义'字而已，为义而战，虽死犹荣，何惧哉！"

"为义而战！"

"为义而战！"

"为义而战！"

……

各个大船上帮众齐声振臂高呼。

"听我命令！中三船以三角队形进攻敌军旗舰，左三船以一字队形进攻敌军左翼，右三船以点状阵形佯攻敌军右翼，配合中三船围攻敌军旗舰，后两船殿后助攻，随时支援。"

金沙帮号令森严，彤弓说完，十一艘大船立即调整队形，按照彤弓的指令向蒙古战船杀去。

指挥这场重庆包围战的蒙军将领乃是成吉思汗之孙、托雷之子、漠南汉地大总领忽必烈。

忽必烈用兵如神，麾下皆是百战之兵，纵横驰骋从无败绩。

但此时忽必烈的水军基本都是汉人，旗舰指挥使为蒙军大将也速带儿。

也速带儿早接到报告，说有一支金沙帮的船队北上而来，他虽然借用金沙帮的朝天门码头遭拒，但与金沙帮未起冲突，因此也未加防备。

不想此刻金沙帮的战船一瞬间全部挂上了大宋军旗，直奔自己的旗舰杀来。

也速带儿乃是百战之将，临阵毫不慌张，见状立即挥动战旗，左右两翼船队掉头不动，旗舰后撤，中军船队前出迎战。

蒙军有五牙战舰、飞虎战舰、海鹘战船以及海鳅、双车、飞翼等大小战船数百艘，彤弓这边只有三层楼船十一艘，实力之悬殊实在是难以一战。

两军船队尚未接触，漫天飞矢就从蒙古战船上呼啸而来，金沙帮帮众训练有素，纷纷举盾护卫，放箭反击。

范天重运起内力，将掉落箭镞全部吸入手中，回手一掷，蒙军战船上中箭者惨叫连连，此等功力世上绝无仅有，彤弓看了也大吃一惊。

战场瞬息万变，很快彤弓的中军三船就被蒙古战船团团围住，两军船员开始互登战船，短兵相接，杀声震天。

蒙军左右两边的飞翼战船整齐列阵，固若金汤，金沙帮左右两翼的三艘楼船根本无法突破，居中穿插也难以进行。因为蒙古中军的海鹘战船前出后，左右两翼的飞翼战船迅速填补了空白，蒙军旗舰稳居后方，利用五牙巨舰的高度优势俯瞰整个战场，旗舰舰旗不断挥动，金沙帮的战船稍有突破，就有蒙古战船来填补空白，迅速完成合围。

在也速带儿的眼中，这已经是一场毫无悬念的猎杀之战了。

彤弓也知道，在这种情况下，想攻击到蒙军旗舰已无可能，但攻击不到蒙军旗舰，就打乱不了蒙军的队形，冲破不了蒙军的围杀，迟早会全军覆没。

这时，范天重大喝一声，飞身跳上旁边的一艘双层海鹘战船，赤手空拳，拳拳生风，船上蒙军触之者死，纷纷避让，都惊为天人。

范天重迅速清理完二层甲板上的蒙军后，一掌劈断舰旗，而后双掌向下击打甲板。

只听"轰"的一声巨响，二层船板破碎翻飞，一层的桨手全部暴露无遗。

范天重掌上运力，两袖充风，吸起一排排箭镞，双掌一挥，箭镞便雨点般向舱内桨手飞去，随着一声声惨叫，桨手纷纷中箭倒地，战船立即失去动力，同时也意味着失去战力。

船上剩余的蒙军纷纷跳水逃生，不敢与范天重正面对战，因为确实没有出手的机会，这一切站在五牙巨舰上的也速带儿看得十分清楚。

也速带儿长吁一口气，自言自语地道："南人有猛将如此，断难取之了！"

也速带儿指挥周边的战船保持距离，防止范天重再跳到其他船上复制这种一人灭一船的疯狂模式。

同时指挥右翼轻捷快速的飞虎战舰向范天重所在的海鹘战船围攻过去，四面施放火箭，企图通过火烧战舰来把范天重烧死。

也速带儿的心计范天重焉能不知，但范天重之勇，也速带儿却无从知道。

就在战船火起之时，范天重突然飞身而下，跳入江中。

此时江中落水挣扎者不计其数，范天重竟踩着挣扎者的脑袋在水面上踏头而行，两袖鼓胀，披风猎猎。

范天重迎着簌簌而来的箭镞一跃而上飞虎战舰，赤手空拳与船上的近百蒙军短兵相接，船上蒙军纷纷惨叫落水，范天重却始终未退半寸。

但也速带儿深知一将功成万骨枯的道理。

就在船上蒙军还在和范天重短兵缠斗之时，也速带儿竟指挥其他飞虎战舰向该舰施放火箭，企图将范天重和自己麾下的将士一并烧死。

这种同归于尽的战法，范天重却是没有料到。船上的蒙军见火箭飞来，知道自己必死无疑，但他们并没有怪罪自己的主帅，而是不要命地向范天重冲杀。

范天重在陷入重围之际，船上的大火已冲天而起，此刻即便能冲杀出去，怕也会在江中被乱箭射死。

再猛的人也有陷入绝境的时候。

这时彤弓也看到了范天重所处的绝境，遂立即指挥后面尚未加入战阵的两艘楼船向范天重所在的火船进击，一船攻击掩护，一船靠近火船试图让范天重跳到金沙帮的楼船上来。

金沙帮的楼船虽大，但冲击力和敏捷性均不如蒙军战舰，江面上作战，很难占到便宜，加之力量悬殊，惨败几乎已成定局。

彤弓虽勇，也难在水上施展分毫。

范天重再猛，也难在此时力挽狂澜。

……

战船火起，江面泛红。

不知是火光映照，还是鲜血漂染。

范天重年过七旬，是当今天下仅存的一代大宗师，在战船甲板这种狭小的空间作战，纵是有万人围攻，也难奈他何，但此刻他的敌人却是大江孤船上的冲天大火。

随着火势的蔓延，战船上的蒙军也不再缠斗，纷纷冲出大火跳入江中，烧死溺死者不计其数。

范天重一生作战无数，每次作战都不顾生死，招招只攻不守，狂暴无比，这样的脾气和功力尤其让对手胆寒，但此刻的对手却是无情的大火。

范天重毕竟不是神，功力再高也是人，是人就有力竭气衰的时候。

此时浓烟大火中的范天重已然接近极限，脚下几十具尸体横陈陪葬，一人独灭两艘战船，即便烈火焚身也足够壮烈，不枉英雄一生了。

彤弓一边奋力击杀围攻的蒙军水兵，一边时刻注意着被围攻的范天重，此刻船上已无生气，火烧木船噼啪作响，浓烟滚滚不见活人。

"范师叔！"

一条白色水龙突然冲天而起！

范天重使出最后一丝力气，吸出一条水柱，冲撞在船上，在大火中浇撞出一条短暂的逃生通道，他凌空而起，飞向来救援的楼船。

周围蒙古战船上的水兵见到此状，均惊得目瞪口呆，但蒙军不信邪，他们不信此人杀不死，范天重凌空飞起后，万千飞矢也向他劈空射来。

以范天重的功力，背后有飞矢射来，他了如指掌，平时这种偷袭根本伤不到他，但此刻他的内力已经耗尽，一跃也是拼尽了最后一丝气力。

面对飞来的箭矢，他无法躲避，无法回头，也无法阻挡。

范天重只有眼睁睁地等着背后的箭镞刺入自己的身体。

"呲！呲！呲！"

当范天重站在楼船甲板上时，背后已然中了三箭，杨傲冲过去扶住范天重，胡靖扬飞身挡在前面，劈挡不断飞来的箭镞，楼船一边反击一边后退。

彤弓在另一艘船上看到这一切，知道再战已无可能，为避免全军覆

没，遂立即挥旗后撤。

也速带儿见彤弓败走，刚要挥令火攻，突然风起，刚才燃烧的两艘战船徐徐向蒙古船阵撞来。

火船一旦撞到船阵，火借风势，整个船队将不复存在。也速带儿大惊之下，急令两艘飞翼战船出阵，以船撞船，飞翼战船没有风帆，全部采用人力，方向和速度比较好控制。

两艘飞翼战船直直冲向火船，撞到火船之后飞翼战船也开始起火，两艘飞翼战船冒着大火硬生生将火船推向江边，远离船阵，随后两艘飞翼战船也陷入火海，船上水兵纷纷跳入冰冷刺骨的江水中逃生。

在这种情况下，蒙军想用火攻已不可能，火攻别人也将自焚，特别是金沙帮的高大楼船一旦起火，若是不顾一切地冲向蒙古船阵，定是同归于尽的下场。

想到这里，也速带儿急令海鳅、双车战船全速尽出，这两种战船速度极快，很快就将金沙帮的楼船全部围住。

这时飞虎战舰和海鹘战船也全力围攻过来，彤弓等人的大船已被团团包围，逃走的可能几乎已经没有。

在这种情况下，撤退只能加速败亡，因此彤弓再次挥动令旗，重新列阵，以求殊死一搏。但已无济于事，蒙古水军开始登船，和蒙军短兵相接下彤弓等所有人命葬大江都只是时间问题。

金沙帮所有人心里都十分清楚，此时停止撤退列阵搏杀，会是一种什么结局。

胡靖扬转头看向杨傲，拼命将眼中的热泪吞咽回去，她并不是怕死，只是在有生之年没有机会嫁给他，这实在是天大的遗憾。

杨傲完全能够读懂胡靖扬的心思，但此刻除了背靠背掩护击杀，还能做些什么呢？

"今天能和你死在一起，此生再无遗憾！"杨傲豪情万丈地说道。

胡靖扬听后浑身一颤，知道死亡必然要来临的时候突然释然了，平静地接受死亡，忘我地攻击搏杀，能和心爱的人死在一起，让她充满了无穷的力量，两人护佑在范天重的周围，直杀得血流成河。

范天重端坐在三层楼船的太师椅上，自己拔出背后的箭镞，点穴止血，目光依然炯炯如炬！

这时，一艘飞虎战舰从侧面飞速撞上彤弓所在的大船，飞虎战舰的舰首直插进楼船半米有余，楼船的底层开始进水，底层桨手拼命逃出，被等在上面的蒙古兵——屠杀。

彤弓的大船失去动力，船体开始倾斜，船上帮众纷纷掉进水中。蒙古

水兵站在船上，疯狂地向水中挣扎的帮众射击，惨叫伴着呐喊。

场面，惨不忍睹。

生命，一文不值。

彤弓仰天长啸，他终究还是算错了！

一人之力，无法回天！

第四十章　力挽狂澜秦高飞

大厦将倾、油灯将灭，没有人能够力挽狂澜。

彤弓仓促出战，并非思虑不周，但也终究是一场冒险，更是一场豪赌！

但彤弓也没有办法，因为他知道重庆府在蒙古大军的水陆两路夹击之下必难久持，来时正赶上蒙古水军攻城，城中数十万百姓命悬一线，他不可能见死不救。

出手已是必然！

但这种以卵击石、肉包打狗式的送死之战真的有意义吗？

毫无意义，却也有无上的意义！

如果是逞匹夫之勇，白白送死，确实毫无意义。

但彤弓知道，此战定能激励重庆守军出城迎战，因为开战前金沙帮已经升起了大宋军旗，重庆守军在城头上看得清清楚楚，不可能见死不救，更不可能浪费这绝好的战机。

重庆守军此刻如能出城夹攻，蒙古水军必将大败，重庆之围也可迎刃而解。

但是，彤弓没有等到重庆守军，此刻大船即将倾覆，令他痛苦的不是即将丧命于此，而是大宋军民为何如此麻木、如此懦弱、如此怯战！

此刻，重庆制置使吕文德，副制置使吕文焕两兄弟正在城头观战。

"真乃勇士也！让我出城一战吧！"吕文焕目光如炬，拳头紧握。

"勇也是匹夫之勇！区区十艘楼船就敢进攻整个蒙古舰队，徒逞村夫流寇之能，焉知兵法之精髓！"吕文德尖声细语，大战之时还在大秀口舌。

"他们挂的是我大宋军旗，我们总不能见死不救吧？让我带舰队出战，从后背直捣蒙军旗舰，或可全胜啊！"吕文焕心急如焚地说道。

"蒙古主将也速带儿颇懂兵法，我等只需背靠坚城等待援军，怎可轻言一战获胜？"吕文德慢捋胡须，显然对自己的判断十分自信。

"援军？我朝边境已全线告急，哪里还有援军？此刻援军就在城下，此时不战，更待何时啊！"吕文焕说完近乎乞求地看着吕文德。

吕文德盯着江面，既没赞成，也没反对，一言不发。

此刻，彤弓所在的大船终于倾覆，彤弓等人效仿范天重，跳到蒙军的一艘飞虎战舰上孤独拼杀。

飞虎战舰空间狭小，在这样的空间短兵相接，一拨一拨的蒙古水军蜂拥而上，彤弓根本没有喘息的机会，即便武功再高，也会很快力竭。

更何况周围舰只还不断有冷箭射来，裴大名腿部中箭倒在船上，仍然力战不退。

苗雨魂的散手蝴蝶镖全部打完，手中幽兰剑簌簌滴血，李麟儿守在裴大名身边，一边击杀一边防备四周不断袭来的冷箭。

彤弓一人挡在众人面前，蒙古水兵一批批地冲杀而上，又一批批地倒在彤弓的脚下。

但蒙古兵的人海战术慢慢奏效，彤弓等人连续击杀，体力逐渐耗尽。

这时彤弓心里已然十分清楚，他所期待的重庆守军是不会再来了，他看了一眼大船上陷入苦战的杨傲，又回头看了看几个歃血结拜的兄弟。

突然大喊一声："孤鹰！我们兄弟几个先走一步了！"

裴大名、苗雨魂和李麟儿等人听到后异口同声地说："不求同年同月同日生，但求同年同月同日死！"

喊声震天，慑破敌胆！

杨傲听到兄弟们的喊声，也奋力高呼："不求同年同月同日生，但求同年同月同日死！"

胡靖扬以为杨傲是对她说的，也大声回应："不求同年同月同日生，但求同年同月同日死！"

金沙帮帮众听到胡靖扬的喊声后，都以为是对自己说的，也都齐声高呼："不求同年同月同日生，但求同年同月同日死！"

这十一艘楼船的数千帮众，此刻能战的已不到十之二三，但受此激励，体力耗尽之时又爆发出难以置信的力量，人人挥刀砍杀，均以必死之心忘我冲击。

这时，范天重突然站起，身后的鹰隼振翅高飞。

一声鹰唳划破长天！

彤弓抬头看天，落目之时看见一队楼船正从蒙古舰队的后方驶来，舰首站着一个白衣男子，远观长发飘飘，貌美如花，白色披风猎猎如雪，迎风飞舞。

一杆冷月蟠龙戟握在手上！

"孤鹰！"彤弓眼泪夺眶而出！

但见白衣男子的楼船突然加速，直奔蒙古水军主将也速带儿的五牙旗舰而去。

保护五牙旗舰的飞翼战船迅速围拢过来，阻断了楼船的去路，白衣男

子从楼船上一跃跳到了飞翼战船的顶层甲板，持戟横扫，所向披靡。

从船首到船尾，一路飞奔，杀到船尾以戟顶地，纵身一跃，一手抓住五牙旗舰的三层楼檐，一手借力将戟尖向上抡起，重戟扫过，旗舰四层护栏齐齐斩断，五六个蒙古水兵惊呼而下。

白衣男子又以戟牙勾住四层楼檐，身体凌空而上，直接站在了五层甲板，白衣长发不扎不束，随风舞动。

这一套动作行云流水，分秒未停，即便是一代宗师范天重也难有此等灵动的身法。

也速带儿愣在当场，他实在不敢相信此人是如何站到面前的，虽难以置信但必须相信，因为白衣男子在所有人都惊呆之时，大戟一挥斩断了五牙旗舰上的蒙古苏鲁锭。

蒙古苏鲁锭象征着战神，象征着成吉思汗，象征着长生天，象征着至高无上的力量。

斩断旗舰上的苏鲁锭，如同斩首整个舰队，激起的愤怒足以毁天，带来的绝望也足以灭地。

旗舰上的蒙古士兵疯了一样地扑向白衣男子。

白衣男子一戟扫过，便毁伤大半，之后不顾众多蒙兵的围攻，凌空跃起劈天一击，直奔也速带儿的脑袋砸去。也速带儿万分惊恐之下，挥刀格挡闪避。

重戟落地之后又迅速斜劈，能使出如此招式必须有无比惊人的膂力才行。

也速带儿慌忙之下难以反击，能躲过这一劈已经十分不易，不想重戟斜劈过后又当空横扫，也速带儿惊恐感到自己的头颅落地应在刹那。

经过白衣男子重砸、斜劈、横扫三招后，还能活着的人，在这个世上还没有，因为经历过的人都死了。

也速带儿见这一扫已无法躲过，遂把战刀紧贴左臂和肩膀，人刀合一成为一个肉盾，硬生生地抗下了这一戟。

只听一声闷哼和脆响，也速带儿应声而飞，吐血倒地，尚未起身，已重戟顶喉。

"金沙帮无意开战，令你的人停手吧！"白衣男子终于开口说话。

也速带儿慢慢抬起头说道："偷袭失败便想讲和？哼！猪狗不如的南人！"

此刻也速带儿的眼睛里喷射出仇恨和蔑视的火焰。

白衣男子见状，目光中也露出了冰冷的杀意："此刻你已在刀下，尔命我随时可取，何言偷袭失败？你的船队虽大，但已在我两队楼船的夹击之中，死战之下谁更想讲和？"

也速带儿环顾江面，他也知道对面之人所言非虚，心中盘算：这伙地方武装的战斗力实在惊人，如若拼死一战，自己虽胜券在握，但损失也会十分巨大，况且重庆守军未动分毫，此时折损过大，势必影响下步攻城。

想到这里，也速带儿也冷冷地说道："说说你的条件。"

"立即停战，让出一条生路，让我方楼船通过，今后两不相犯，贵军不得进攻朝天门码头。"白衣男子说完收回冷月蟠龙戟。

"不杀我？"也速带儿略带怀疑地问道。

"一人不杀！说到做到！"白衣男子斩钉截铁地说。

"哈哈哈哈！好！"也速带儿说完起身挥动令旗，蒙古舰队立即停止攻击，旗舰两边的飞翼战船让出了一条通路。

彤弓等人浑身是伤，相互搀扶着来到了杨傲和范天重的船上，彤弓挥舞令旗，十一艘楼船已经沉没三艘，剩余八艘徐徐朝着蒙古旗舰这边的通路开来。

彤弓等人的船最后一个通过，白衣男子从旗舰上飞身而下，见到范天重立即俯首叩拜道："属下救援来迟，请帮主恕罪！"

范天重过去扶起白衣男子，这时彤弓才看清，眼前之人浓眉大眼，与那孤鹰有些神似，但并非那孤鹰，心里多少有些失望，经此一役，内心更加想念那孤鹰。

"这是金沙帮北段守护秦高飞，也是我的关门弟子。"

范天重对着彤弓说完，又转向秦高飞道："这位就是我多次提起的彤弓师侄，忠义门的少门主！"

"属下参见少门主！"秦高飞立即俯身叩拜。

彤弓扶起秦高飞，仔细端详着道："你太像我的一位兄弟了！"

这时杨傲等人才意识到，秦高飞确实神似那孤鹰。

"他何止是像！他是……"范天重话到嘴边又咽下，但众人都听得明白，秦高飞的身份绝不一般，定是与那孤鹰有些关联。

"不敢高飞越，空盘待苍龙。"杨傲似有所指地说道。

彤弓等人也觉得秦高飞一定有些故事，刚要开口追问，却突然听到一声进击号响。

众人循声望去，蒙古舰队已重新列阵，向着彤弓等人急速杀来。

也速带儿食言了！

第四十一章　挥戈反日灭敌军

此时的江面。

一边是十几艘陆续撤退、毫无防备的楼船。

一边是数百艘重新列阵、挥戈进攻的战舰。

速度极快的海鳅战船，顺着飞翼战船让出的通路迅速绕到前方，飞翼战船全部掉头齐齐压上来，飞虎战舰、海鹘战船以及双车战船也均以战斗队形冲杀而来。

这是一个大决战的布局！也速带儿是准备以全舰队之力围杀金沙帮的两队楼船。

"言而无信的小人！"秦高飞怒目圆睁。

范天重青筋暴起，两袖生风，但却顷刻倒下。彤弓等人大惊，立即过去扶起范天重，却看见范天重的背部又渗出鲜血。

虽然范天重已用内力压制住了伤口，但此时急火攻心，带伤运力，气血奔涌，冲破穴道，伤口重开，性命已危在旦夕。

苗雨魂为范天重敷上金疮药后，秦高飞跳上另一艘楼船，指挥自己所率的十艘楼船横向列阵，挡住蒙古战船的进攻通道，掩护范天重和其余伤船向朝天门码头撤退。

但水上作战不同于陆地，所有目标都在浮动之中，很难构筑起一道坚不可摧的铜墙铁壁，况且秦高飞只有十艘楼船，而蒙古战舰多达数百，实力悬殊。

此刻海鳅战船快速突进，已经完成了对所有楼船的逐个合围；飞翼战船属于蒙古旗舰的宿卫船队，上面多数都为蒙古人，战斗力远超飞虎战舰和海鹘战船上的汉人。

秦高飞刚刚完成列阵，飞翼战船就冲阵而来，艘艘都是同归于尽的架势，直接撞击，而后塔板而上，进行短兵肉搏，因为这是蒙古兵的强项。

这样猛烈的攻势是秦高飞没有想到的，好在北段九寨的九位大当家全部在位，每人一船，面对蒙古兵的第一波亡命攻势没有立即溃败，都在全力支撑。

彤弓率领的八艘伤船也全部被海鳅战船围住，冷箭从四面八方射来，中箭落水者惨叫连连。随着飞翼战船的全线突破，飞虎战舰、海鹘战船和双车战船也全部加入围杀。

彤弓将范天重扶到楼船客房里，起身看着江面上各自为战、难以久持的楼船，再看看已经倒下的范天重，仰天长叹。

因为此刻他已知道，金沙帮今日必将全军覆没。

这时彤弓慢慢从怀里掏出了一条红色丝带，上面写着"忠义门"三个字，他将丝带系在头上，这是当年忠义门的标志。

天义堂堂主苗无疆及门徒头上绑的是蓝色丝带，地义堂堂主那云珠及门徒头上绑的是紫色丝带，道义堂堂主彤弓及门徒头上绑的是红色丝带，人义堂堂主杨傲及门徒头上绑的是青色丝带，堂口之外的门人头上绑的均为黑色丝带。

彤弓无意恢复忠义门，但这种精神此刻需要一种仪式的彰显。

他代表的不是一个组织，而是一种精神！

就在金沙帮船队即将全军覆没之际，头扎忠义门丝带的彤弓突然从客房中一跃而出，翻身飞到三层船顶之上，丹田运力大喝一声："我乃忠义门少门主彤弓！"

说完一跃而起撕掉了船上所挂的大宋军旗，重新挂上了金沙帮的大纛。

彤弓怒目俯视整个江面，红衣如血，猎猎作响，头上的红丝带尤其鲜艳刺眼。

这一声大喝威震敌胆，杨傲眼神复杂地看向彤弓，慢慢从怀里掏出了一条青色丝带，绑在头上，瞬间全身都充满了无穷的力量。

各船见状纷纷摘掉大宋军旗，重新挂上金沙帮的大纛。

金沙帮帮众纷纷从怀里掏出一条黑色丝带，系在头上，此刻所有人的战斗力都已接近巅峰，因为他们已准备决然赴死。

站在城头的宋军副统帅吕文焕看到这一幕后，眼睛开始湿润，一直站在他身后观战的重庆兵马大统领王坚，慢慢从怀中掏出一条黑色丝带，上写"忠义门"三个字，系在了头上。

宋军统帅吕文德看到王坚的这一举动，十分诧异，遂惊问道："你要干什么？"

"大丈夫在世，唯尽忠义而已！岂能为私心苟利而失大道，真吾辈之耻也！"王坚说完拔刀下城。

吕文德没有阻拦，也没有说话。

吕文焕见吕文德没有阻拦，也拱手告辞，和王坚一起下城而去。

吕文焕和王坚从城墙下来之后，登上大宋水师旗舰，王坚声嘶力竭地大喊一声："打开水门，出城迎战！"

吕文焕也举刀呐喊，眼泪滚滚而下。

城门大开，大宋水师百舰齐发，劈波斩浪，杀声震天！

蒙古主将也速带儿在五牙旗舰上看得清楚，一百多艘战舰遮天蔽日，黑压压地向蒙军战阵冲来。

狭路相逢勇者胜！

偌大的江面，数百艘战船混战在一起，没有什么战法可用，唯有勇者能够胜出！

也速带儿也深知这个道理，遂立即挥动令旗，令围攻的海鳅和飞翼战舰快速撤回，重新列阵，以期和大宋水师决一死战。

但是，已经来不及了，蒙军战船和金沙帮打得难解难分，瞬间回撤已不可能。

大宋水师的海鳅战船也速度极快，迅速将这些围杀的蒙军战船反包围。

大宋水师的战船借着高速冲击的动能，直接撞击相对静止的蒙古战舰，犹如疾风卷草、烈火袭地，伴着一声声巨响，喊杀声、惨叫声不绝于耳。

这一刻，彤弓终于等到了，大宋水师终于出手了！

在彤弓等人即将全军覆没之际，在金沙帮帮众全部以必死之心决战之际，大宋水师的参战让整个战场的局势逆转了。

大宋水师以极快的速度席卷过来，彤弓逐渐看清，大宋水师旗舰上执旗统帅的头上也系着一条黑丝带。

彤弓尚在惊疑之际，大宋水师旗舰已赶到近前。王坚看到彤弓，立即拜道："忠义门九品忠义卫王坚，参见少门主！"

大宋水师旗舰上的数千将士随后齐齐拱手大喊道："参见少门主！"

整个大宋水师的上万将士也都在船上齐齐高喊："参见少门主！"

秦高飞回看后方，已经是大宋水师的天下，蒙古战舰已悉数沉没。

自己统帅的十艘楼船已沉没四艘，五位大当家也已经身亡。

此刻，彤弓挥舞令旗，金沙帮帮众疯了一般地向蒙古舰队杀去，大宋水师也疯了一般地向蒙古舰队杀去。

胡靖扬背起一面战鼓，飞身到楼船之上，亲自擂起了进击鼓，鼓助军威，大宋水师立成排山倒海之势。

蒙古水师自成军以来，从未遇到过这种抵抗，也从未遇到过这种对手。

也速带儿不敢相信自己的眼睛却又不得不相信，此刻如果撤退，尚有喘息之机，但蒙古大军遇敌从未撤退过，无论多寡，只有进击、进击，不停地进击……

也速带儿抬头看向天空，大喊一声："长生天！请保佑你的孩子吧！"

说完挥旗下达了进击的命令。

蒙军舰船尽出！

金沙帮楼船尽出！

大宋水师尽出！

三方在战斗力都已达峰值的情况下全力进击，一场惨烈的血战就此开始和结束。

双方的怒火震裂了苍天，响彻了大地！

船头对船头，刀兵对刀兵，互相劈砍，互相射杀，倒下、爬起，再倒下……

后面的上来、上来，再上来，前面的落水、落水，再落水……

这样的消耗难分胜负，这样的对攻无法拆解，谁都不能后退，也无法向前推进。

城头上的宋军看得毛骨悚然，吕文德也狠狠地攥紧了拳头。

难解难分之际，彤弓突然大喝一声，从楼船上飞身而下，直接跳到飞翼战船的蒙古兵中，犹如一把从天而降的风暴之锤，在蒙军中发出了雷霆一击。

蒙古兵惊惧万分，尚未反应过来已纷纷中刀落水，船上的蒙古苏鲁锭也被斩落。

李麟儿鬼魅一般的身影一路穿插攻杀，直接杀到了远在后方的蒙古战船，船上的宋朝降兵不堪一击。

秦高飞也跳上了蒙古战船，冷月蟠龙戟使用了天神之怒，沉船毁舰有如摧枯拉朽一般。

随着一个个蒙古苏鲁锭被斩落，蒙军舰队的阵型开始混乱。

吕文焕趁蒙军大乱，指挥宋军摆出天门阵法，旗舰直插、尾舰围杀，整个舰队幻化成一柄巨剑，在江面上横扫而过。

蒙舰上的宋朝降兵纷纷弃刀投降，奋战不退的蒙古兵也开始惊惶失措。

人的意志一旦崩溃，再强的舰队也会立即粉碎。

此刻，蒙古舰队没有等来想要的决战，等来的却是从未有过的全军溃败。

一切都结束了，这个结局谁都不曾想到，不论是宋军，还是蒙军。

也速带儿见大势已去，遂跪在舰首脱下主将帅袍，双手举刀拜向苏鲁锭。

"伟大的长生天，请原谅你的孩子吧！"

说完挥刀自刎，一代战将就此陨落。

……

197

第四十二章　反攻倒算大疫起

落日的余晖映红了半面天空，无尽的鲜血染红了滚滚江水。

但是没有人关注这些，所有活着的人都沉浸在巨大的喜悦当中，因为这是宋蒙交战以来，从未有过的大胜利，其所带来的余波和影响足以改写战局。

城头上的宋朝士兵欢呼雀跃，吕文德紧攥的拳头逐渐松开，紧锁的眉头也开始舒展。

此刻吕文德的内心激动无比，他双手扶住城墙，眼睛微微湿润，大喊一声："拿笔来！"

吕文德迫不及待在城头上挥笔疾书：

吾皇万岁！

　　数月以来，北虏南纵，水陆夹攻，重庆数十万百姓处于水火。臣奉命御边，忘死九战，抗贼数月未有半日安寝，昼夜枕戈，苦思破贼之计，以报皇上天恩。

　　天有所感，地有所应，今贼虏千艘战舰抵城叩关，辱我大宋天威，臣亲率敢死队，头系"杀敌报国"黑丝带，以一敌百，浴血奋战，使我大宋军民倍受鼓舞，百船齐发，一举荡平贼寇，击毁敌舰数百，俘获无数。

　　天威彰显，日月昭昭，此战全赖陛下圣心仁德，臣不敢贪天之功，特此报捷！

　　重庆制置使吕文德跪拜。

吕文德一口气写完，对自己的文采非常满意，却没有丝毫羞耻之心。

王坚和吕文焕拼死一战，付出巨大代价换来的惨烈胜利和不世之功，被袖手旁观的吕文德一封捷报全部夺占。

"千里加急！速送临安！"

吕文德吩咐完属下之后立即下城，登上自己的指挥舰，出城接收战果。

吕文德身披红色斗篷，昂首挺胸站在船首，不断指挥船上亲卫继续击杀水中挣扎的蒙军士兵，威风凛凛宛如无敌将军。

"住手！"彤弓大声喝住吕文德船上的亲卫士兵。

吕文德斜眼看向彤弓未加理会。

彤弓见状抱拳说道："他们都曾是大宋子民，今已落水投降，不可再开杀戮！"

"彤门主勇武过人，不想却是妇人之心！"

吕文德在城墙上看到了彤弓对整个战局的贡献，但说起话来还是阴阳怪气。

彤弓无意与这样的人争辩，只大喊了一声："赶快救人！"

经此一战，彤弓在众士兵的心中已极具威信，听到彤弓的指令后纷纷救人，无论是宋军还是蒙军，都一一救起。

吕文德碰了一鼻子灰，不想就此威风扫地、颜面无存，遂大声喊道："天佑大宋，方有此胜，我已奏请圣上，重赏各位有功将士。"

正在为伤兵包扎伤口的吕文焕听到此言，抬头看了一眼吕文德，虽有蔑视之意，却未再理会。

吕文德看到了吕文焕的表情，心中甚是不快，遂拂袖而去，出场时的威风荡然无存。

吕文焕和王坚一一慰劳受伤将士，并看望范天重，询问了金沙帮的伤亡情况。

此战金沙帮伤亡惨重，北段九寨九位大当家全部战死，二十一艘楼船倾覆九艘，其余均遭重创。

帮主范天重重伤，彤弓等人也全部负伤，裴大名腿部伤势严重，战力全失。

吕文焕打扫完战场，数千降兵一部分感化归顺，一部分释放还乡。

为防蒙军报复，吕文焕邀请彤弓等人进城休整疗伤。

入城之时，百姓夹道欢迎，纷纷齐声高呼道："天佑大宋！天佑大宋！"

彤弓摘下头上的红色丝带，放入怀中，不断向百姓拱手示意。

众人看到后也默默摘下，王坚将丝带放入怀中后，对彤弓说道："如今天下大乱，门主何不趁此恢复忠义门，报效朝廷，护佑百姓，成就一番功名。"

"若为功名，就失去了忠义之道，每个人的心中都有重信忠义的精神，但却被功名利禄所蒙蔽，我们要做的，就是要重拾心中那份忠义的信仰，进而去挽救每个人的心，而不是去挽救一个朝廷，更不是去成立一个组织。"

彤弓停顿片刻继续说道："所以，今后也不要再叫我门主。"

王坚听得似懂非懂，却也不好在此场合深入探讨，但他心里知道，挽救一个人的心谈何容易，同僚吕文德的心他都挽救不了，何况是世风日下的整个大宋。

蒙古水师全军覆没的消息很快震动天下。

蒙古中路军统帅忽必烈恼羞成怒，立即带兵围攻重庆府。

几天之后，江中尸体开始腐烂，一场大瘟疫传播开来。

吕文德指挥士兵清理尸体，很多士兵都被臭气熏得呕吐不止，有的甚至直接倒地不起。

城中居民大骇，家中一人发病，余者皆跑，结果发病者死于家中无人管，跑出者又将瘟疫四处传播，以至发病者越来越多，疫情失控。

彤弓和王坚等人带兵将腐尸清理后集中焚烧，又引江水冲灌洗刷，城中恶臭逐渐消散，但又有病死者在自家腐烂，城中每个角落都有无人清理的病死者，全城笼罩在无比恐怖的死亡气息当中。

范天重身受重伤，又遇上瘟疫蔓延，一直高烧不退，昏迷不醒，生命体征逐渐减弱。

这日，彤弓正在指挥清理焚烧尸体，李麟儿却突然飞奔来报："范师叔恐命不久矣，只怕在须臾之间！"

彤弓听后一句话也没说，只留下了一个狂奔而去的背影。

彤弓一口气跑到范天重的床前，紧紧抓着范天重的手。

这时范天重慢慢睁开眼睛，看到彤弓后眼睛突然明亮起来，也许这就是人们所说的回光返照。

"我已七十有六，还有几天就是新年了，我怕是过不去了。"范天重意识逐渐清晰。

彤弓连连摇头，眼泪簌簌而下。

"我原名本为范君道，立志走君子之道，无奈逢此乱世，只能逆天重生，所以改名范天重。走完这一生才知道，无论何时何世，都要走君子之道，否则此心难安，死不瞑目。"

范天重说着看向秦高飞，手指微微动了一下，彤弓顺势看向秦高飞，秦高飞这几天日夜陪护，正跪在床前低头流泪。

彤弓将范天重的手放在秦高飞手里，秦高飞抬头看着范天重，哭着喊了一声："师父！"

这时范天重的眼角有两滴眼泪渗出，颤巍巍地说道："一直没告诉你你的身世，总觉得时机还没到，现在看来，再不说就来不及了。"

秦高飞泪流不止，拼命摇头道："不说也罢，不说也罢，以后有机会的！"

范天重的眼泪不断渗出，越来越虚弱地说道："我与你父亲是结拜兄弟，乃父才华横溢、风流倜傥，自是天下少有的奇男子。他执掌忠义门地义堂，天下九州万帮，十之八九尊乃父为宗主，举手号令天下，已是真正的地下人皇！"

彤弓不敢相信地看着范天重，惊讶地问道："那云珠叔叔！他是孤鹰的兄弟？"

范天重看着秦高飞接着说道："那孤鹰，是你同父异母的哥哥，你的母亲秦况怡，曾是大理国第一美女，誓不入大理段氏皇宫，为天下士子英豪所倾慕，我和乃父也在其列，但况怡却独独钟情于你父亲，为此我终生未娶。"

"师父，恩胜我父！"秦高飞低头紧紧握住范天重的手。

范天重的头微微晃动，眼睛睁得极大，显然是有些激动："我是你的杀父仇人！"

彤弓突地惊出一身冷汗！

"师叔勿要乱说，云珠叔叔是忧愤而死，北逐门主早有定论，怪不得他人。"

范天重眼神慢慢游动，看向彤弓道："当年北逐门主解散忠义门，唯一放心不下的就是那云珠，他掌管天下帮会，又一向风流，我行我素，如若不服，迟早生乱。"

范天重说完浑身开始抖动，显然受到了极大刺激。

"我受北逐门主暗令，若有异动，处决那云珠！"

说到此处，范天重眼珠转到秦高飞这边接着说道："乃父那云珠听到解散忠义门时十分不解，指天成魔，我用天云掌将那云珠击伤，云珠不相信我会对他出手，他说他不想死在自己结义大哥的手上，遂闭气自绝而亡。"

范天重艰难地呼出一口气，继续道："当时况怡刚刚生下你，误以为我是为了她而杀云珠，遂伏在云珠身上自刎而亡，以明忠义。你原名本为那孤玄，我将你改名为秦高飞，是想带着你远走高飞。"

说到这里，范天重的表情极其痛苦。

"呜……他们两个都是我杀的！我心难安，死不瞑目啊！"

范天重老泪纵横，浑身剧烈抖动。

秦高飞没有想到眼前这个把自己抚养长大的恩师，竟然是杀害自己父母的仇人，这实在让人难以接受，他不知该怎么办，瞬间泪目，颓然崩溃。

彤弓也惊讶到了极点，他不敢相信北逐门主竟然会下达这样的命令，有负忠义之名。

"忠义……无门！"范天重瞪大眼睛，喊出最后一句话，面目狰狞地停止了呼吸。

一代宗师落幕，天下再无大宗师！

第四十三章　回天之力吕不来

草木萧萧，百鸟戚戚。

隆冬的重庆府瘟疫肆虐，人人自危，城中除了备战，几乎所有活动都已停滞。

金沙帮帮主新丧，也只能草草火葬，帮众集体身穿黑衣，以黑布罩面为范天重送行，并飞鸽通传天下帮会。

城外，忽必烈的大军将重庆府围成铁桶一般，无论士兵还是平民，无论老幼还是妇孺，出城者必射杀，欲将瘟疫牢牢锁在城内，防止蔓延到城外。

此时已近年关，宋理宗为保佑大宋平安度过蒙军南犯之劫，改年号为宝祐元年。

这个春节，外有强敌围城，内有瘟疫肆虐，城中百姓人人自危，既无烟火气，也无爆竹声。

这样的新年，不知是百年一遇，还是千年一遇。

彤弓和秦高飞因与范天重密切接触，也染上疫病，高烧不退，杨傲和李麟儿也浑身无力，裴大名本就有伤，早已昏迷不醒，只有苗雨魂尚未出现症状。

此时疫情已经在城内全面暴发，如果不尽早配出药方，全城沦陷只是时间问题。

吕文德忧心忡忡，刚刚向朝廷奏捷，恐怕就要面临全城覆没的危险，但没有药方干着急也没有用，只能命吕文焕带领士兵整日驻扎在城墙之上，不停变换防旗，用以迷惑蒙军。

但假象终究是假象，瞒得了一时，瞒不了一世。

不断有染疾士兵在执勤时直接从城墙上掉下去，蒙军已窥知宋军实情。

大年初一，集结誓师，准备攻城！

吕文焕和王坚站在城墙上看到蒙古数万大军在城下披甲持戈、肖然不动，知道蒙军已准备攻城，遂下令大军登城，全面戒备，城上士兵皆知此战必死，都有一种大限将至的肃寂。

千人无声，万马齐喑。

黑云压城，北风呼号。

死亡的气息再一次笼罩了这片土地！

蒙古大军誓要报金沙江水战之仇，一旦破城，必将纵兵烧杀，片甲不留！

宋军和城中百姓人人战栗不安，都恐惧而无助地等待着死亡的降临。

大战来临前的这种安静，实在让人害怕，哪怕是一片残叶飞舞而下，都让人觉得心惊肉跳。

这时，突然有一人一骑向城门走来！

"哒哒哒……"蹄声虽然不紧不慢，却瞬间打破了此刻城上城下的寂静。

两军阵前，众目睽睽。

这个人不慌不忙地走来！

城上的宋军和城下的蒙军都知道，这个时候敢旁若无人地走到两军阵前，要么是有通天之能的神人，要么就是头脑不健全的傻子。

但即便是有通天之能的神人，也是找死。

即便是头脑不健全的傻子，也绝难苟活。

吕文焕和王坚也从未见过此人，都甚为惊讶。

城上城下两军数万将士都将目光齐齐地投向此人，但见此人面白如雪，长眉入鬓，白须如流苏，骑着一头黑色毛驴，身着葛麻鹤氅，头戴布制远游冠，身背竹制背篓，里面插着一面旗子，上面写着一个"医"字。

老人已到两军阵前，蹄声却依旧不紧不慢。

蒙军主帅忽必烈发出一个手势，一队蒙古铁卫立即从阵前飞奔而出，将骑驴老人团团围住。

"来者何人？"为首的蒙古铁卫长赤脱儿开口喝道。

骑驴老人面目平静，没有说话，只是用手指了一下背后之旗。

"医！医什么？"赤脱儿疑惑地问道，还以为来人姓医。

"上医医国，我只医人。"骑驴老人一边走一边平静地说道。

赤脱儿乃是粗野莽夫，最烦别人咬文嚼字，听老人说话如此费劲，突然发怒："大汗有令，任何人不得进出此城！"

"我若不来，没人可以驱使；我若想来，也没人能够阻挡。"

骑驴老人看了一眼赤脱儿，面目依然平静如水，不卑不亢地继续向前走。

"你找死！"赤脱儿"嚯"地抽出了腰刀。

"你有病！"

老人在赤脱儿面前停下，突然对着赤脱儿说道。

赤脱儿和身边近卫闻此言都吃了一惊，尚未明白什么意思，又听老人

接着说道："你得吃药！"

这时老人抬头看了一眼赤脱儿，赤脱儿看到老人目光炯炯，丝毫没有一丝恐惧，更加惊讶。

但随即又反应过来："你才有病！"说完一刀砍了下去。

说时迟那时快，只见老人随手一挥，袖口散出一股白烟，赤脱儿的刀刚好悬在老人头上时，却突然停下。

赤脱儿似乎是中了毒，因为身体已然不受控制，一动也不能动了。

老人既然精通医术，对毒药自然也了如指掌。

"我说你得吃药吧！"老人说完骑驴向城门走去。

这时其他铁卫才反应过来，纷纷抽刀向老人追砍过去，但刚到老人身边，又都齐齐地从马上栽倒下去，掉在地上一动也不能动。

他们的毒似乎刚刚发作。

这一切蒙军主帅忽必烈都看在眼里，心中也不免大为惊诧，难道这个老人会巫术？

忽必烈却不信这些，立即命令弓弩手射击，令旗一挥，漫天飞矢遮天蔽日般向老人射来。

面对漫天飞矢，老人头也不回，只伸出宽大的袖子在空中旋转飞舞，箭矢便纷纷掉落，无一射到老人。

这让忽必烈和蒙古大军更为惊讶，这已经不是巫术，而是真正的武林绝学了。

见此情景，蒙古前军两名将校心中不服，未及忽必烈下令，便自行离阵追杀而来，吕文焕见状立即在城上大喊："打开城门！"

城门依令徐徐开启，但两名蒙古将校的铁骑也已奔突而至。

王坚正准备搭弓射箭，却见老人随手一挥，刚刚抓到手中的一把箭矢离手而去，在两名蒙古将校的马前一字排开，两名蒙古将校大惊之下勒住战马，战马双双长嘶。

"我只救人，不杀人！"老人边说边摆手示意两名将校回去，之后骑着毛驴一刻未停地向城中走去。

两名将校愣在当场，进退两难。

"今日城中有高人相助，不可强攻！"忽必烈说完一挥手，蒙古大军撤退。

这时吕文焕慌忙从城墙上跑下来，面对老人拱手道："在下重庆副制置使吕文焕，不知阁下高姓大名，竟能以一人之力慑退蒙军，请受晚辈一拜！"

"吕不来，都是本家！"老人说着继续向前走去。

吕文焕立即紧跟过去，激动万分地说道："莫非您就是江湖上传说的不忠不来、不义不来、不孝不来、不善不来的神医吕不来！"

吕不来没有回答，应该就是默认了。

吕文焕眼睛放光，无比兴奋地说道："神医来了，我们重庆的百姓有救了！神医来了，我们重庆的百姓有救了！"

吕文焕边走边说，说着说着竟流出了眼泪。

吕文焕带着吕不来一路来到重庆府衙，吕文德早已接到报告候在府门前。

吕文德见到吕不来后俯身叩拜道："在下重庆制置使吕文德，拜见神医！"

吕不来回礼后说道："带我去见府中病得最重的人。"

吕文德听后起身却有些茫然，因为他根本不知道病得最重的人是谁，他关心的只是皇上的圣旨何日能够到达。

这时吕文焕赶紧说道："裴大名将军最重，已昏迷数日。"

吕不来二话不说，立即进府为裴大名把脉听诊，路过彤弓的房间时，他突然停了一下，随后又向前走去，众人并没有察觉到什么不对。

当看到裴大名腿上的伤口时，吕不来疑惑地问道："谁为其医治过，上了何药？"

苗雨魂闻言近前说道："上了我家祖传的金疮药。"

"哦，可否一看？"吕不来似乎很感兴趣。

苗雨魂从怀中掏出一块带字的羊皮道："这是配方！"

"配方怎可轻易示人？"吕不来转头未看。

"因这配方，全寨惨遭屠戮，仅我一人苟活至今，尚不知能否度过此劫，今日遇到神医，是这配方和我之幸，恳请神医将配方拿去，去救治更多的人。"

苗雨魂言辞恳切，诚意满满。

吕不来言语不多，却行事果决，他能感受到苗雨魂的诚意，遂转头看了一眼，而后说道："我已记下，收回去吧。"

吕不来诊断完，给裴大名喂进了一粒丹药，然后又说道："此药丸有清瘟降火之用，醒不醒得来，就看他的造化了。"

说完起身，径直走向彤弓的房间。

彤弓躺在床上高烧不退，床边放着降龙杖，吕不来进房间后没有看向彤弓，而是紧盯着降龙杖。

吕不来刚才路过的时候就已经看到了，此刻走近又拿起降龙杖看了一眼道："果然是北逐门主的降龙杖！你是何人？"

彤弓见状吃力地坐起道："我是彤弓，北逐门主的后人。"

"啊！"吕不来听后低声惊叫，立即俯身叩拜道："忠义门右尊吕不来，参见少门主！"

"您是神医吕不来！"彤弓立即起身去扶。

"玉龙居偏地，不来不知名。"杨傲看着吕不来随口吟道。

"古雪大师的诗？"吕不来慢慢起身看向杨傲。

"是。晚辈杨傲，拜见师叔！"

"杨傲！人义堂堂主！你们三人行中还有一个那孤鹰，便是你吧？"吕不来说话间转头看向李麟儿。

"孤鹰不在，这是古雪大师的弟子李麟儿！"杨傲见吕不来认错人，赶紧解释道。

"晚辈李麟儿，拜见师叔！"

"李麟儿，苍龙之子，亦是苍龙！"

吕不来说完，众人都奇怪地看向吕不来，吕不来却换个话题继续说道："忠义门中除了门主和左尊范天重，没人见过我，可我对这天下发生之事却略有耳闻。金沙江水战，我知道实际是忠义门所为，今日老夫前来，就是要帮助你们消除这瘟疫，顺便看一看那狂躁的范天重。"

彤弓听后低头沉默半晌道："师叔此来甚是及时，这瘟疫再发展下去，重庆必成一座死城，师叔之力足可回天！只是，范师叔他……"

彤弓说到此处，没有继续说下去。

吕不来没有追问，而是淡淡地说了一句："我来晚了？老东西啊！一身硬骨头，竟如此不禁折腾。"

彤弓知道吕不来越是说得轻巧，越是难过至极。

"是我没有照顾好范师叔，没有他，我们……"

"天意如此，无须自责！"吕不来打断了彤弓的话，并示意他躺下。

吕不来话不多说，为彤弓把脉后又立即去看望其他病人和城中百姓，晚上彻夜在房中配制药方。

第二天早上，吕不来将药方交给吕文焕。

只见上面写着："黄芪二两、麦冬一两、苍术八钱、防风六钱、藿香一两、荆芥一两、甘草六钱、桑叶一两、金银花二两、芦根一两、陈皮一两，早晚温服，每日一剂，五至七天可痊愈。"

吕文焕拿到药方后如获至宝、欣喜异常，立即跪拜道："神医大德，天佑大宋！"

"快去办事吧！派人在城中支几口大锅，按此方子十倍数量下药，一次可救千人。另派人逐户排查发病百姓，设置军帐，将发病之人集中在一起救治，尽量不要与未发病的百姓接触，凡接触者都要服此药。发病人所触之物均用烈酒擦洗，消灭疫毒。你还要组建一支敢死队，专门负责掩埋焚烧尸体，接触尸体时做好面部和手部防护，尽量确保发肤没有暴露之处。”

“好，我马上去办！”吕文焕说完飞奔而去。

吕不来交代完之后来到裴大名的房间，他昨夜又将苗家的金疮药进行了改良，研制出一种白色粉末和一种白色液体，白色粉末敷在伤口处，白色液体擦拭皮肤青肿的部位。

吕不来处理完裴大名的伤口后对苗雨魂说道：“这个药方我略做改良，你给起个名字吧！”

“我不会起名字啊。”苗雨魂闻言有些受宠若惊。

“一个名字而已，随便说说，没有成法。”吕不来说得随和，却让人很难拒绝。

“啊！白色的药，那就叫‘云南白药’吧！”苗雨魂有些开玩笑地说。

“云南白药！嗯，好名字，将来必能发扬光大！”吕不来说完便走向彤弓的房间。

“少门主，药方已经配好，我要走了。”吕不来看着彤弓有些疲惫地说道。

“忠义门早已解散，师叔不要再如此称呼晚辈！”

彤弓说着挣扎着坐起来：“师叔为何如此急着走，我还有很多事想要向您请教。”

吕不来起身扶住彤弓道：“该来的时候我自然会来，该走的时候我也自然会走。”

彤弓知道吕不来早已是江湖传说，去留自然不是自己能够揣度的，但还是有些不舍地说道：“不知何时再能相见？”

“天道长存，时时可见。”吕不来说完起身，走了两步后又回头说道，“欲知你的身世，可去江西德安。”

彤弓刚要追问，吕不来已走出房间，只留下了一脸疑惑不解的彤弓。

吕不来走出府衙，就见路口已经支起大锅，一个身着葛麻的郎中正在指挥，但见此人个头不高，圆脸白肤、慈眉善目，很有医者仪容。

吕不来不由自主地走过去嗅了一下，自言自语道：“下料足斤，火候匀称，不易、不易！”

这时郎中发现了吕不来，立即跑到吕不来面前，俯身叩首道：“在下寒运峰，曾供职御医堂，现在此做随军郎中，神医一夜成方，救万民于水火，请受运峰一拜！”

"成方于我，救人却是你！"吕不来说完即走。

"神医请留步，晚辈还有一事相求！"寒运峰低头俯首，显然是觉得自己有些唐突。

"但说无妨！"吕不来停下脚步道。

"我在此筹建了一个医馆，所有医者闲暇之余均可来此为百姓义诊，积德行善，不负所学之术，能否请神医为此馆赐个名字。"

寒运峰谦虚而诚恳地说道。

"天下同仁，共聚一堂，何不就叫同仁堂！"吕不来说完飘然离去。

寒运峰不断点头自言自语："医者仁心，同仁共聚，好名字！"

第四十四章　冤家路窄一死解

城外，蒙古大营。

蒙军主帅忽必烈正在帐中议事，突然一名哨骑卫狂奔来报："昨天骑驴老人正是江湖传说中的神医吕不来，此刻已经出城东去！"

忽必烈听后霍地站起，目光炯炯地说道："此人对我军有大用，速派哈里赤前去追赶，务必给我活着带回来！"

哨骑卫应声而去。

哈里赤接到命令后，立即带领二十名近卫骑兵飞奔而去。

吕不来骑的是慢慢行走的毛驴，哈里赤骑的是疾驰的蒙古马，速度悬殊，理应顷刻而至。

可哈里赤却足足追了一个时辰，才看到悠哉行走于道的吕不来，哈里赤立即命令骑兵将吕不来围住。

"汗王有令，请先生回营一叙！"

吕不来微微一笑道："他乐于杀人，我乐于救人，道本不同，又有何叙？"

"少说废话，汗王要叙，你就得叙！"哈里赤也是个粗野莽夫。

吕不来听后哈哈大笑："将军莫非是想带一个死人回去，若如此，倒可一叙！"

哈里赤稍一愣神，而后拔出腰刀，瞪着眼珠子大声喊道："你不能死！死人如何能叙？"

"哈哈哈！将军拔刀，竟是不想让我死？那我若一心想死，将军定会杀了我，是吗？"

吕不来谈笑之中颇为轻松，毫无惧意。

"对！你不能死！你要敢死，我就杀了你！"哈里赤有点被吕不来绕蒙了。

"哈哈哈哈！将军不让我死，却要威胁杀我，杀我岂不是刚好帮我，将军回去该如何向汗王交代呢？"

哈里赤想了一会儿，突然醒悟道："你在戏耍本将军！"说完"嚓"的一声收回腰刀，"给我绑起来！"

这时吕不来突然白眉倒竖，目射金光，两袖张开，平地生风，堵在前面的几匹蒙古马立即振鬃长嘶，退向两边，让出了一条通路。

吕不来不慌不忙地走了出去，哈里赤大为惊惧，再看吕不来，刹那间已走出十步之远。

一队蒙古铁卫愣在当场，不知所措。

哈里赤刚要下令追击，却看见吕不来伸出手向后摆了摆，示意不要再追了。

"回去吧！告诉你们汗王，乾坤有序，天地轮回，今日强时莫杀人，后世子孙少断魂。"

话音回转间，吕不来已消失在远山深处。

哈里赤怔了好半天，没有再下令追击，因为他已完全被吕不来的气场震慑住了。

哈里赤只能无比沮丧和惶恐地回去复命。

忽必烈听完哈里赤的奏报，沉思片刻后说道："神医吕不来，不忠不来、不义不来、不孝不来、不善不来，一生云游四海，人不知其踪，我又怎么能困住他呢？"

哈里赤听后突然跪地，惶恐不安地说道："神医已走，城中无援，请汗王允我为阵前先锋，攻克此城，戴罪立功！"

忽必烈起身扶起哈里赤道："我已探知，金沙江水战并非宋军之力，而是忠义门所为，明日你城下叫阵，探探这忠义门究竟是何来头。"

哈里赤闻言深感受宠若惊，再次俯身叩拜道："明日属下一定砸碎此门！"

忽必烈听后一愣，无奈地看着哈里赤，随即又说道："破门之日，你就是先锋元帅！"

哈里赤听后虎躯一震："属下一定不辱使命！"说完躬身退去。

第二天早上，哈里赤带着大军来到重庆城下，手持蒙古苏鲁锭，单骑走出，虎目傲视，威风八面。

吕不来的药方颇为有效，彤弓等人的烧已经退去，但仍觉浑身无力，听到蒙古大军前来攻城的消息，勉强起身，拄杖来到城墙之上。

只见哈里赤在城下叫骂道："我乃汗王阵前先锋哈里赤，特来砸你们的忠义门，不要做缩头乌龟，赶快把门交出来，否则大军袭城，一个不留！"

吕文德看向吕文焕，吕文焕看向彤弓，彤弓也是一脸茫然，不知道哈里赤在说什么。

只有苗雨魂的眼睛血红，对着哈里赤大声喊道："你就是哈里赤？"

哈里赤抬头看向苗雨魂，感到城上之人似乎在哪见过，遂昂首说道："爷爷就是哈里赤，你又如何？"

苗雨魂牙关紧咬，一字一顿地道："地域黑煞近身右卫哈里赤，可就是你！"

哈里赤听后心里一惊，再看苗雨魂，突然想起了苗寨，城上之人正是苗寨的少寨主。

这让哈里赤想起了苗家祠堂的那场大屠杀，同时也想起了木李花的惨死。

哈里赤曾在苗寨棋盘河畔断指为誓，一定要再次血染这片土地。

"哼！我以为是谁呢？原来是大理苗寨的狗崽子！你不在寨里等着我去宰杀，反倒提前来这里送死！"

哈里赤一脸蔑视、杀气腾腾。

"苗家祠堂的八百口老小你可还记得？"苗雨魂盯着哈里赤咬牙切齿地问道。

"我不记得那些猪狗，我只记得我要为木李花将军和大蒙古黑风军报仇！"

哈里赤想到木李花死时的场景，也怒火上涌，满眼血红。

苗雨魂确认此刻城下的哈里赤便是杀害全族老小的大仇人，面部肌肉剧烈抖动，条条青筋爆出，声嘶力竭地大喊一声："备马来！"说完便向城下跑去。

杨傲一把抓住苗雨魂，紧张地说道："四弟，千万不可冲动！"

这时却听见哈里赤在城下大声叫骂："狗崽子，赶快出来受死！什么苗寨，什么义门，都是我刀下的猪狗，哈哈哈！"

苗雨魂看着杨傲，眼中盈满泪水，推开杨傲的手道："苗寨的仇，还是由我去做个了结吧！此仇不报，终难为人啊！"

其实在渔门镇大火之后，苗雨魂就已经死了，之所以还能坚持到现在，就是为了报仇。

报仇，已经是他活着的唯一目的和支撑！

这时彤弓艰难地走过来，抓住苗雨魂的手说道："让我去吧！"

苗雨魂眼含热泪看向彤弓，眼神中既有不舍又有诀别。二人对视片刻，苗雨魂托付道："苗寨老小的仇，我来！雨烟的仇，交给你了！"

彤弓没有再说话，而是紧紧地抱住了苗雨魂，他心里知道，他们兄弟几人疫病尚未痊愈，体力还未恢复，此刻能出城一战的恐怕也只有苗雨魂了。

而且苗寨老小的仇，也只能是苗雨魂亲自去了结。

苗雨魂伸手抱住彤弓，眼中满含的热泪决堤而下。

哭着哭着，苗雨魂的眼神开始变得坚毅，他推开彤弓，头也不回地向城下走去。

李麟儿没有说话，眼中却噙满了泪水。

第四十五章　洗雪遄负苗雨魂

两军阵前。

一个怒火焚地，要报木李花将军被杀之仇。

一个血仇滔天，要报苗寨八百口老小之恨。

两人眼睛血红，都恨不能将对方生生吞下，这种深仇大恨让两人尚未交战，四周就已经杀气弥漫，遍地寒意了。

上万蒙军，寂静无声。

彤弓等人站在城墙之上，也屏气凝神，心中激荡不安，不知是什么滋味。

苗雨魂手持方盾，纵马疾驰而去。

哈里赤抓起圆盾，迎头冲击而来。

两人即将接触之时，苗雨魂抽出幽兰剑，哈里赤拔出圆月弯刀，二人没有暴喝，只有声声马蹄和剑刀劈空的长啸。

"哐"的一声巨响，两人刀剑相交，三军震骇！

这一击二人都没有任何招法，就是使出全身力气朝对方身上猛砍，一心要将对方劈成两半。

仇恨到这个程度，瞬间爆发出的力量不知比平时要多出几百倍。

一战之后，二人都觉虎口发麻，如若平时，这样一个回合下来，定要评估一下对方战力，稍做调整再行进攻。

但在这种仇恨之下，只要看见对方还活着，就会不顾一切地再次冲上去。

两人都迅速勒马回头，拼命互砍，什么招法在狂暴的力量和愤怒的速度面前都一文不值。

刀对剑，剑对刀，圆盾对方盾，又一回合拼命互砍下来，二人的眼睛都已是猩红。

苗雨魂大喊一声，从马上站起，将浑身之力和身体冲砸之重全部灌注到幽兰剑上，向哈里赤猛砍过去。

这一剑，力重千钧！只能闪躲，不能硬抗！

哈里赤若要闪躲，只能翻身落马，因为纵马闪避已经来不及了。

但哈里赤根本没把苗雨魂放在眼里，岂能选择翻身落马的狼狈之相，暴喝一声后双手持盾硬抗。

只听"铿"的一声巨响，火花四溅，哈里赤连人带盾从马上震飞，战马长嘶一声，跪倒在地。

苗雨魂踩着跪地之马，借力一跃而起，又是一击重剑，向哈里赤砍去。

此时苗雨魂的脑海里出现了无数族人被屠的画面，仇恨的怒火再次爆燃，只想立即将哈里赤碎尸万段。

哈里赤倒在地上，尚未有半刻喘息，苗雨魂就又凌空劈来，这次他没有挺身硬抗，而是向旁边翻滚而去，并顺势站起身来，又以最快的速度反击。

苗雨魂一剑劈空，转身之时看见哈里赤已一刀砍来，这样的反击速度让城头上观看的彤弓等人都着实吃了一惊。

苗雨魂下意识举盾抵挡，不想哈里赤的力量远胜他，接了这一刀，他连退三步，尚未站稳，力道更大的第二刀又砍了过来。

此刻在哈里赤的心里也只有一个信念，就是立即将眼前的这个南人碎尸万段！

哈里赤持续不停地举刀硬砍，苗雨魂在这样的连续攻击之下，只能被动举盾硬抗，不断后退，不断跟跄。

城上的所有人都看得清楚，哈里赤再砍下去，苗雨魂就有倒下的危险，一旦倒下，就再难起来。

彤弓等人无一不为苗雨魂捏了一把汗，连吕文德都眉头紧锁，看得心惊肉跳。

在这样快如闪电的连续打击之下，苗雨魂根本就没有出招的机会，要么硬抗，要么中刀，除此之外，别无他法。

倒下！也许只是时间问题。

"铿、铿、铿……"

一声接一声的巨响，有如一把把尖刀不断地刺入彤弓等人的心脏。

此刻眼睁睁地看着自己的兄弟被砍，眼睁睁地看着恶魔般的哈里赤一刀刀挥劈，自己却无能为力，这种痛苦实在难以形容。

"铿！"火花四溅。

苗雨魂跟跄后退五步，身体向后跌倒。

哈里赤一个箭步，凌空飞起，用尽全身力气发起最后一击。

这个画面就如同一块巨大的黑色石块，快速砸向一只瑟瑟发抖的鸡崽儿，不是粉身碎骨，而是撞成肉泥，化为粉尘。

杨傲闭上了眼睛。

李麟儿把手中的精钢长箫转得飞快。

胡靖扬转过身去，不忍再看。

王坚面无表情，一动不动。

吕文焕攥紧了拳头。

……

所有人都在等待着哈里赤以石击卵、卵碎人亡这一刻的发生，然而这一声巨响却没有听到。

因为苗雨魂在倒下的瞬间，用尽全身力气，将手中的方盾旋转掷出，射向空中扑来的哈里赤。

苗雨魂借助旋转掷盾的回力，身体也旋转倒下，并从下而上挥出一剑。

这一盾掷得出乎所有人意料，包括哈里赤。

这一剑角度之刁钻，对一个从空中扑下的人来说，绝无躲过的可能。

彤弓屏住了呼吸，真希望这一剑能了结哈里赤，因为这样的生命搏击他实在看不下去了。

但是，希望往往变成失望！哈里赤能位居地狱黑煞近身右卫，绝非庸才。

面对飞来之盾，哈里赤大吃一惊，顺势以盾挡盾，只听"锵"的一声，方盾侧飞而过，哈利赤的身体在空中旋转而下。

这时哈里赤却恍惚看见一剑从脚下挥来，倏地惊出一身冷汗，此时已无招可用，只能下意识将手中圆盾抛出，身体斜向翻滚落地。

苗雨魂一剑将圆盾劈飞，顺势站起，对面的哈里赤也从地上爬起，两人四目相对，都恨不得将对方撕成碎片。

这种恨意双方都能深切地感受到，两军数万将士也能深切感受到。

因为两人一刻未停，又以最快的速度冲杀在一起，从一人一刀一盾一马，到现在只剩下一刀一剑。

哈里赤的力量远胜苗雨魂，但招法却稍逊几分，苗雨魂不善使盾，现在两人都已失盾，只剩刀剑，实力的天平又重归平衡。

两人都恨怒交加，只攻不守，刀剑相交的铿锵声，划破皮肉的噗噗声，愤怒至极的嘶吼声，声声摄人心魄地交织在一起。

两人刀光剑影，直杀得天昏地暗，风起尘扬。

所有人都看得心惊肉跳、热血翻腾。

在这种亡命暴怒状态之下，两人持续混乱攻击了数百回合，渐渐地都有些体力不支。

仇恨，是此刻支持他们继续战斗的唯一力量！

无边的仇恨就是无穷的力量！

两人都不顾一切地想杀死对方，这里面没有正义，也没有邪恶，只有无边的仇恨！

仇恨，会让一个人变得无比可怕。

复仇，就是此刻二人唯一的追求！

战斗仍然在继续，始终不分胜负，两人都伤痕累累，继续亡命攻杀，直至力竭倒下。

苗雨魂以剑拄地，气喘吁吁，眼睛盯着哈里赤，射出了一道要吞噬一切的血光。

哈里赤对眼前这个他从未放在眼里的南人也有了一丝忌惮，身上的血"滴答滴答"滴下，这种伤痛让哈里赤更加兴奋，因为他天生就是一头嗜血的猛兽。

此刻，哈里赤再一次不顾一切地猛扑过去，这一刀看似扑砍，实际是刺出，这是他的致命绝招——邪恶之刺！

苗雨魂已经力竭，这一招变化无常，实在难以躲过，胜负也许就在这一刀！

"嗖！"三道镖影飞过。

危急之际，苗雨魂也使出了自己的看家本领——散手蝴蝶镖！

哈里赤本以为可以一刀决胜负，没有想到苗雨魂还有这一招，情急之下一刀砍飞两镖，却还有一镖射中左肩。

哈里赤大叫一声，苗雨魂跟着一剑刺来。

你死我亡的关键时刻，苗雨魂的这一剑也是自己的独创——散手蝴蝶镖之疾风剑影。

此刻哈里赤已经中镖，紧跟的这一剑足以穿透哈里赤的心脏，纵是神仙也难活命了。

正在这时，只听"嗖"的一声，一支羽箭突然呼啸而至。

彤弓等人大呼"不好！"

羽箭射中了苗雨魂拿剑的右臂，他手中幽兰剑应声而落，落地时离哈里赤的心脏只差毫厘。

关键时刻，蒙古大军竟暗箭伤人！

这时众人立即看向射箭之人，居然是宋朝降将，涪州安抚使阳仁义。

此人名带仁义，所作所为却不仁不义，居然在两人决斗时施放冷箭。

此种行为，实为当时天下人所耻，但阳仁义就是这种无耻之人。

更为无耻的是，苗雨魂的幽兰剑刚落地，哈里赤的圆月弯刀就刺了过来，直插苗雨魂的胸口。

苗雨魂左手一把抓住刀尖，但如何能抓得住，刀尖已经刺入身体。

彤弓等人在城墙上惊恐万分，愤怒无比，却爱莫能助。

苗雨魂口中流出鲜血，看着哈里赤恨恨地说道："卑鄙小人，竟用

暗箭！"

哈里赤怒目圆睁："是你先用的！"

"我用的是我的武器，而你是别人……"苗雨魂说话间勉强抬起中箭的右手，慢慢地按向哈里赤的脖子。

哈里赤面部突然痉挛，表情惊恐异常，原来苗雨魂的手中还攥着一只蝴蝶镖，正在慢慢地刺进哈里赤的风池穴。

此时哈里赤双手握刀，正用力将刀刺进苗雨魂的身体；苗雨魂左手攥着哈里赤的刀刃延缓刺入，右手慢慢地将蝴蝶镖深深刺进哈里赤的脖子里。

苗雨魂口中的鲜血汩汩流出，哈里赤脸上突然有了一丝笑容，因为他知道，此刀苗雨魂必死无疑，他终于杀死了眼前这个仇人。

他脑海里出现了木李花死时的画面，出现了他砍下手指发誓报仇的画面，此刻大仇得报，他焉能不笑。

哈里赤含笑的嘴角也流出了鲜血，苗雨魂流血的嘴角微微上扬，因为他知道蝴蝶镖插进风池穴，刺中动脉窦，哈里赤必死无疑。

他脑海里出现了家祠满地尸体的画面，出现了苗不禄自刎而死的画面，如今终于手刃仇人，没有什么比这更让人高兴的了。

哈里赤的刀终于刺穿了苗雨魂的身体，彤弓看见圆月弯刀从苗雨魂后背刺出的那一刻，心如刀绞，眼泪簌簌而下。

杨傲闭上了眼睛，眼泪簌簌而下。

李麟儿手中的精钢长箫慢慢停止了转动，眼泪簌簌而下。

胡靖扬再次转过身去，眼泪簌簌而下。

秦高飞一掌击向城墙，浑身颤抖不止。

王坚面无表情，神色冷峻，依然一动不动。

吕文焕拳头紧攥，眼中热泪翻滚。

吕文德的眼睛也微微湿润。

城墙上的数千宋军都默默垂泪。

蒙古上万大军岿然不动，任凭北风呼号。

哈里赤和苗雨魂站在两军中间，面带笑容，同时死去！

哈里赤的刀刺穿了苗雨魂的身体，苗雨魂的镖刺进了哈里赤的死穴；哈里赤抓着自己的刀，苗雨魂抓着哈里赤的脖子，这对血海深仇的大敌，死后尸体互相支撑，如雕塑一般凝固在两军阵前。

任北风呼号，尘土飞扬。

任天地苍茫，万物萧萧。

逝者已去，只剩下长亭古道，枯木衰草和一群无情的生灵。

……

第四十六章　千里奔袭出奇兵

一个人在复仇的路上，无论有多少迷茫和未知，有多少煎熬和等待，有多少挣扎和守望，在大仇得报的那一刻，生命都将迎来超脱凡胎意义上的重生。

苗雨魂可以长眠了，也可以重生了，因为他早就死了！

此刻蒙军主将忽必烈骑着白色战马从军阵中昂首走出，眼睛如鹰狼一般犀利四顾。

忽必烈走到大军阵前，阳仁义立即上前谄媚邀功。

"哈里赤将军与敌首同归于尽，虽未全胜，也不算丢人！"

"可你却丢了蒙古帝国所有勇士的脸！"忽必烈说完突然一刀劈向阳仁义。

阳仁义像死狗一样从马上滑落。

这时忽必烈抬头看向城墙上的彤弓等人，彤弓等人也在看着忽必烈。

忽必烈见彤弓等人个个正气凛凛、气度不凡，心想这重庆府怕是攻不下了。

想到这里，忽必烈指着哈里赤和苗雨魂大声说道："此二人皆是勇士，拜二位勇士所赐，今年罢兵，明年我再来城下饮马！"

忽必烈说完两军将士上前欲将二人分开，可两人身体僵硬，抓攥在一起怎么也分不开。

仇恨的力量竟是如此可怕。

杨傲见状在城墙上说道："一夜魂往来，遍地老少鸣。血祭开始，血祭结束。放手吧！"

杨傲说完，两人轰然倒地，互相分开。

两军将士非常惊讶，各自上去将尸体领回，蒙古大军也随之退去。

当夜，忽必烈带领所部撤离重庆，南下直奔大理而去。

同时飞鸽传书围攻成都的兀良合台："暂停攻击南宋城池，从西路南下，千里奔袭，直插大理！"

兀良合台接到书信后不敢怠慢，立即带大军连夜南下，直奔大理国而去。

成都守将刘整和援军张钰立即传书吕文德，成都解围。

步长安见蒙古骑兵南下，带领步军退避乐山。

蒙古骑兵进兵神速，昼夜驰骋，不足五日，忽必烈的大军就已抵达金沙江边。

宋朝叛将南永忠早已等候在此。自渔门镇一战后，南永忠的残兵败将如过街老鼠，人人喊打，又不断被渔门镇知镇宋大权和大理髳贫军将领高通两相夹击，惶惶如丧家之犬。

南永忠凭借着自己和侄子南有德的绝世武功，依险据守，等待蒙军的到来，但先前准备的渡河船只均已被渔门镇宋大权带兵烧毁，只能带人赶制竹筏。

忽必烈千里奔袭，目的就是要出其不意，大军若耽搁在此，必将前功尽弃。

面对无船可用的困境，忽必烈大发雷霆，手持马鞭指着南永忠怒喝："不管用什么办法，明日必须过河，否则就拿尔等的头颅祭河！"

南永忠急得如热锅上的蚂蚁，一筹莫展，这时晋国宝献计说："蒙军每人都带有一个革囊，是行军装水之用，可将囊中之水倒掉，吹气入水即可浮乘，大军乘革囊渡河，一日可成！"

南永忠听后大喜，立即禀报忽必烈。忽必烈随即下令蒙古大军以革囊为船，浩浩荡荡渡江而去，兵锋直指大理。

大理髳贫军守将高通一直在监视叛将南永忠，得知蒙古大军已经开始渡河的消息后，大为惊诧，一边带兵在岸边列阵待战，一边紧急向上峰报告。

高通本打算趁蒙军半渡而击之，火烧战船，再列水而战，不想蒙军却是革囊凫渡而来。

高通只有两千兵马，面对浩浩荡荡的蒙军，攻击面难以覆盖，很快就被两翼渡过河的蒙军反向包围。高通力战不退，全军覆没。

忽必烈立即遣宗王抄合、也只烈进攻丽江城，自己却带兵奔赴苗寨。

因为木李花是托雷的安答，与自己有叔父之名分，木李花喋血的地方，他一定要亲自去祭奠！

第四十七章　重气徇名求一死

高通全军覆没后，蒙古前锋大将宗王抄合、也只烈马不停蹄，直接向丽江城杀去。

此刻，丽江城的守将是上将军高禾！

高禾因为孙伍子在左所海子被苗雨魂所杀，被其父孙烈陷害，贬为丽江守将，不给粮草，不拨军丁，只能收拢忠义门徒，昼夜苦练，等待蒙古大军的到来。

当高禾收到高通的急报后，便立即带领所属五千义军开赴边境，同时上报大理朝廷，请求增兵御敌。

孙烈收到高禾的报告后，不但不增兵支援，反而和宰相高泰祥密谋造反，将一部分大理守军调往押赤城。

高禾带领义军行走到玉龙雪山就与蒙古大军相遇了，这让他十分惊讶。

因为这说明高通拒河列阵，竟然连蒙古大军一日都没能挡住，这样的战力实在让人恐惧。

但两军遭遇，高禾来不及细想，更来不及恐惧便已交战。高禾身先士卒，独骑冲锋，正面迎击蒙古骑兵前锋。

蒙古前锋大将宗王抄合、也只烈，是忽必烈手下的骁勇战将，从无败绩。

但见高禾头系蓝色丝带，身披蓝色披风，持枪纵马，独自离阵，呼啸而去。

狭路相逢勇者胜，高禾深知这个道理。

蒙古大军刚刚击败高通的鬃贫军，早已不把大理守军放在眼里，且遭遇战本就是蒙古大军的优势。蒙古勇士遇战则喜，个个纵马扬刀，嘶叫狂喊，骄气十足。

一方是一言不发、愤怒冲锋的大理义军。

一方是鼓噪喧天、挥刀狂舞的蒙古骑兵。

轰然相遇，翻江倒海。

高禾能与那孤鹰缠斗上百回合，马上功夫已是绝对上乘，冲阵之后一路狂杀，所向披靡，后面的义军士气大振，亡命冲杀，个个以一当十，勇猛无敌。

一战之后，蒙古骑兵的喊声戛然停止，脸上的骄横之气瞬间全无，千军万马避让蓝袍，高禾之勇已是天下少有。

九品天义卫，绝非浪得虚名。

宗王抄合、也只烈大惊，联手围战高禾，以图稳住蒙军阵脚，三人在万军之中冲杀鏖战，直杀得天昏地暗。

这场遭遇战，从下午申时一直杀到酉时天色大暗敌我难以分辨，喊杀声才渐渐止停。

高禾收拢义军，死伤不下两千，折损将近一半，可见此战的惨烈。

为防止蒙军偷袭，高禾连夜带兵上山，在半山腰的一处树林里背树扎营，林中小道筑起营垒，蒙军来袭时可依树射击，节节抵御。

第二天天刚亮，蒙古大军便向山上发起了冲锋，高禾居高临下，扼守上山咽喉。地势陡峭，骑兵很难平稳站立。蒙古骑兵只能从林中道路向上冲击，高禾的义军早已切断道路，依树射击。蒙古骑兵无法拓展进攻正面，只能小队人马仰攻而上，一波波冲击，一波波倒下，始终无法前进一步。

直杀到傍晚时分，忽必烈带领大军赶到了。

忽必烈认真查看地形地貌和风力风向，立即派出两队敢死队，从树林两边攀爬而上，对高禾的据点形成包抄。

同时令人收集枯草树枝和马粪，用火点燃后形成大量浓烟，风向正好将浓烟吹向树林。

借着浓烟的掩护，忽必烈命南永忠和南有德带着自己的宋朝降兵率先发动冲击。

高禾一直在观察忽必烈的排兵布阵，知道对方必定是要借助浓烟进行强攻。

浓烟一起，南永忠和南有德开始冲锋，两边的敢死队也开始向树林冲击。

高禾命大军立即后撤，将早已布置好的倒木施放下去，滚木从山上翻滚而下，忽必烈施放的浓烟正好帮助高禾掩护。

南永忠和南有德听见滚木声音后大叫不好，但为时已晚，看清滚木之时已经人仰马翻。

南永忠在马上连续挑飞十二根滚木后，战马体力不支，人马倒地，被滚木冲压而死。

南有德化作一道黑影左蹦右跳，奈何哪里还有落脚的地方，跳来跳去也跳不出去，当看到南永忠倒地之后，他大叫一声，随后也被滚木撞飞，吐血而亡。

南部叛军，无一幸免，全部葬身在滚木之下。

这一对贼叔侄，一个永忠却永远不忠，一个有德却从来无德，拍完蒙军马屁后居然未立尺寸之功，就在马粪的浓烟中稀里糊涂地死去，枉费了一身绝世的武功。

这就是他们的选择，听信小人晋国宝的唆使，本可名垂青史，却注定要遗臭万年。

滚木之后，高禾立即派骑兵向树林冲击，对攀爬而上的蒙古敢死队进行攻杀，这就形成了骑兵对战登山兵的阵势，任凭蒙古敢死队再不怕死也不是骑兵的对手，瞬间如砍瓜般被肃清。

但滚木雷石只有一个波次，可蒙古骑兵却有无数个波次。南永忠的宋朝降兵全军覆没后，忽必烈命自己最精锐的亲卫铁骑发起冲击，亲卫部队装备精良，人人身披战甲、手持圆盾，一般箭矢难以杀伤。

此刻滚木已经用尽，面对蒙古铁骑，高禾能用的只有横刀立马。

高禾知道此时天色将黑，自己占尽地利，只要能顶住这波攻杀，蒙古大军今日定不敢再次进攻。

所以，这一战，关乎今日成败。

高禾一人持枪昂首站在路中间，一动不动地看着蒙古骑兵逐渐逼近，即将短兵相接之时，一道拦马索突然从路上横空弹出，两边树林中顿时飞矢漫天。

蒙古铁骑的铠甲虽厚，战马两侧的防护却十分薄弱。

随着前排战马的倒下，后排骑兵也成了无法移动的靶子，战马中箭长嘶，骑兵倒地惨叫。

这时，高禾大喝一声，纵马而下，伏兵尽出，杀声四起。

高禾对蒙古骑兵发动了反攻，倒地的骑兵还未起来，后面的骑兵见冲击受阻，纷纷从两边冲进树林，在林中与高禾的义军进行了惨烈的厮杀。

夜幕已经降临，林中更是黑暗，蒙古骑兵的集中攻势受阻，只能分散作战，乱杀一气，整个树林充斥着刀枪剑戟、挥劈喊杀的混乱。

忽必烈的亲卫骑兵力战不退，两军一直杀到天色彻底大黑，高禾才鸣金收兵，退守到树林之外。

忽必烈不顾将士疲劳，命令蒙古骑兵点燃火把，继续成队地向山上进攻。

这样的打法确实超出了高禾的想象，阵型尚未调整，死伤尚未清点，蒙古骑兵又蜂拥而至。

蒙古大军尚有数万，高禾所部早已不足三千，忽必烈打的又是消耗战，高禾孤立无援，全军覆没已无悬念。

但高禾又岂是怕死之人，哪怕战到最后一个人，也绝不会放弃和投降。

高禾将义军分为三队，一队后撤，一队埋伏，一队抵挡。

抵挡一阵再后撤，后撤之后再埋伏，埋伏之后再抵挡，如此循环往复，只为给蒙军造成更大的损失。

就这样激战一夜，天亮之时，蒙军力竭，高禾力竭，高禾三队人马合成一队也已不足五百人。

高禾坐地喘息，一身蓝袍已被鲜血染成紫色。

可刚一坐下，蒙古骑兵又出现在视线之内，前排主将骑着白色战马，身后竖着一排蒙古苏鲁锭。

此人正是蒙古漠南汉地大总领忽必烈。

高禾回头一看，五百义军已无一人能够站起，人马都已极度疲惫，而在义军身后，一座寺庙不知何时矗立在眼前，庙门上三个大字十分醒目——云龙寺。

第四十八章 绝处逢生天意定

巍巍玉龙雪山在晨曦的照耀下金光四射，就像一尊大佛从天而降。

云龙寺后便是北逐山庄，忠义门的圣地，这些忠义门徒能死在这里，也算圆满了。

高禾想到这里，艰难地站了起来，身后的五百义军也都互相搀扶着艰难地站了起来。

忽必烈慢慢地向高禾走近，此时只要一声令下，铁骑席卷，高禾等人便会立即命丧黄泉。

这对此时的忽必烈来说，真是比捻死一只蚂蚁还要简单。

但忽必烈却在距高禾十步之处停下，用犀利的眼神看着满身是血的高禾道："你们南人有句话叫'识时务者为俊杰'，今日将军已走投无路，与其枉死在这边陲之地，不如止戈北拜，仍不失为上将军！"

"哈哈哈哈！忠义之军，焉能投降？真是可笑之极！"高禾大义凛然，丝毫没有惧死之心。

"将军一心赴死，我倒是可以成全，但以将军之功，死在这等偏僻之地，岂不过于轻薄？"

忽必烈之所以这样说，是因为他认为南人看重身后之名，要死也要死得轰轰烈烈，高禾一身战功，却枉死在这里无人知晓，心里应该有些不甘。

不想高禾却轻蔑地看向忽必烈道："青山处处埋忠骨，为忠义而死，其重大于泰山，何有轻薄之说？这等道理，尔等怎能知之？"

忽必烈闻言顿感受辱，大喊一声："杀！"

蒙古骑兵拔出战刀，一拥而上……

"阿弥陀佛！"

一个声音突然在天空响起，声音不大，但所有人都听得真真切切。

声落之时，云龙寺的大门徐徐打开，一个小沙弥走了出来。

"佛门净地，勿动刀兵！"

忽必烈和蒙古骑兵一时都怔在当场，但很快就反应过来，忽必烈大声说道："休要管这红尘之事！"

小沙弥双手合十，眼睛微闭道："红尘道场，苍生皆是摆渡客，岂能见死不救？"

小沙弥声音不大，但所有人依然都听得清清楚楚。

"哈哈哈哈！出家人好大的口气，我倒想看看你如何摆渡这些必死之人！"忽必烈说完下达了进攻的命令。

蒙古骑兵举刀纵马，扬尘而来。

高禾和五百义军互相搀扶，即便是死也要保持着站立的姿势。

小沙弥的眼睛突然睁开，伸手做出摩顶状。

蒙古骑兵的战马奔突之中猝然急停，全部垂头面向小沙弥，万马低头垂首，任凭骑兵如何拍打，全部一动不动。

忽必烈大惊，自己坐下的白色战马也垂首不动，这等场景此生还从未见过，甚至从未听过。

虽然已纵横天下多年，但天下仍有世外高人。

忽必烈想到这里，立即下马道："上师神通，我等这就离去！"

"施主留步，师父有请！"小沙弥说完转身走回寺庙。

忽必烈愣了一下，似乎没有听明白，犹豫片刻后才径直向云龙寺走去。

亲卫腾巴特立即上前阻拦，数名贴身亲卫也齐齐跪在忽必烈身前。

"汗王不可亲身犯险，小心南人有诈！"腾巴特担忧地说道。

忽必烈看看高禾的义军，又看看云龙寺敞开的大门，做了一个让开的手势。

腾巴特没有让开，而是立即跪在地上，大声喊道："汗王不可犯险！"

忽必烈绕过腾巴特，毅然决然地向云龙寺走去，腾巴特和数名亲卫跪地齐声呼喊"汗王"。

忽必烈停下脚步，没有回头，而是解下了身上的佩刀，随手扔给腾巴特，一个人走进了寺庙。

小沙弥见忽必烈进到寺中，一言不发地在前方带路，穿过三道宝殿，经过一片树林，打开一扇充满年代感的朱漆木门后，小沙弥合掌施礼，用手指了指门后的道路，示意送客。

忽必烈不明就里，疑惑地问道："不知上师何意？"

"师父在路的尽头等你！"小沙弥依然合掌道。

忽必烈将信将疑地向前走去，约莫一刻钟，浮云四起，飘忽四周。

浮云背后是一座偌大的府宅，府宅后面山峦起伏，像孔雀的尾翎，五彩斑斓地延展下来，使这府宅像极了孔雀的头，痴痴地盼着远方的来客。

忽必烈走近之后看到府门上有"北逐山庄"四个大字，再看楹联，左边是"举目望天下皆虚幻万物便是我"，右边是"合掌听心声知我在我便是万物"。

忽必烈若有所悟，自言自语道："万物归我，终化虚无。"

此时大门慢慢打开，门内却空无一人，忽必烈甚是惊诧，稍停片刻后还是昂首而入。

绕过巨大的祥兽屏风，正厅门上又是一副楹联，左边是"张臂揽日月入胸怀自然归于我"，右边是"闭目化微尘遁虚空我归于自然"。

忽必烈复又自言自语道："万物一体，本就虚无。"

此时房门又慢慢打开，门内还是空无一人，忽必烈仰头看到岳飞将军的塑像，昂首傲然道："将军若晚生百年，当与我会猎于此，便可见我蒙古铁骑之雄风。"

忽必烈说完慢慢踱向内堂，又见一尊塑像，他看了半晌，不知道塑像是何人。

忽必烈看向塑像脚下的题诗，口中出声念道："红尘都是戴罪客，净土皆是致良知。放下过往绝欲念，洞开心门度愚痴。"

忽必烈念罢冷笑一声道："哼，天下众生，非罪即痴，如何度化得了！"

"杀人为魔，障蔽正道，何以为后世造业？"

一个声音飘忽而至，忽必烈大吃一惊，内堂门随之打开。

只见内中庭院有一块巨大的降龙石，降龙石前有一个大香炉，香炉前端坐一人。

但见此人一袭白袍，白发白眉白须微光闪闪，无风自舞，童颜鹤发，容光奕奕，气质凛然出尘，虽端坐在地，却让人不自觉地生出仰视之心。

忽必烈内心惊叹，好一位仙风道骨的世外高人！

"不知仙人在此，请恕弟子冒犯。"忽必烈面向白袍老人右手抚胸弯腰施礼道。

这时却听"嗖"的一声，一个禅垫不知从何处突然飞到忽必烈的脚下，他大吃一惊，抬头看向白袍老人，老人却纹丝未动。

忽必烈看着老人，似知其意，慢慢地盘坐在禅垫之上。

"仙人邀我，不知何意？"忽必烈内心傲慢，但态度却十分虔诚。

"止杀修善，德御凡尘。"白袍老人悠悠回道。

"止杀修善，我将在何处牧马？德御凡尘，又如何能统领四方万民？"

"用武力取天下，赢得一时，输了万世。"白袍老人说话时始终一动不动。

忽必烈刚要反驳，一队蒙古亲卫押着云龙寺的小沙弥突然冲了进来。

原来腾巴特见忽必烈久久不出，担心遇到不测，遂带着一队亲卫冲进寺庙，抓住小沙弥一路寻到这里。

这时只见白袍老人的眼睛突然睁大，眼珠乌亮，目光所及之处让人不寒而栗。

腾巴特刚要拔刀，老人拂尘广袖无风自起，腾巴特和一队蒙古亲卫不知被何力所逼，纷纷后退到内堂之外，手中腰刀却无论如何也拔不出来。

众人大惊失色！

这时小沙弥合掌施礼道："弟子拜见古雪大师！"

第四十九章　妙言论道拜上师

这个世界本就由多维空间组成，不同维度的时间交织在一起，自然就有了许多神秘之处和神秘之人。

凡人只能在自己看得到的空间驰骋，看不到的空间又何止万千。

忽必烈回头看着惊慌失措的腾巴特和一众亲卫，挥手示意全部退下，又转身看向古雪大师，古雪大师的眼睛慢慢闭上，端坐在地一动不动。

"大师何以操控这世间之物？为何这世间竟不知有古雪之名？"忽必烈疑惑地问道。

从几道大门的无力自开，到自己坐着的禅垫无力自飞，再到亲卫无力自退、拔刀不出，忽必烈觉得眼前之人定能操控身外之物，自己走遍天下却从未听闻此人，所以十分惊讶，故有此问。

"身似浮尘，何须人知晓；心似宇宙，何须知晓谁？人身之小，小至极；人心之大，大至极。极一而已，何来身外之物？"

古雪大师说完，忽必烈惊出一身冷汗。

"身外之物"明明是自己心中所想，口中说的却是"世间之物"，难不成眼前之人竟能读懂别人的心思？这简直不可思议。

古雪大师虽然没有睁开眼睛，但却似乎看出了忽必烈内心的惶惑。

只见古雪大师拂尘微动，继续说道："举目望天下皆虚幻——万物便是我，所以我本可操控万物；合掌听心声知我在——我便是万物，所以我操控的还是我。"

忽必烈听出这是进门的楹联，遂将进门时的一句灵感说出："万物归我，终化虚无。"

"参透虚无，方知有我无我。"

"如何参透？"忽必烈问道。

"闭目静心，听我一言。"

古雪大师说完，忽必烈慢慢闭上眼睛，静心聆听。

这时古雪大师继续说道："人有五官，物有五行，能否感受到身下之物？"

忽必烈点点头。

"能否感受到身体发肤各部之所在？"古雪大师继续问道。

忽必烈稍有迟疑后点点头。

"这是第一重境界——体知境。身体健全之人都能感受得到。"

古雪大师停顿一下继续说道："人有五脏，物有五色，能否感受到周边已见物体之颜色？"

忽必烈想想后点点头。

"能否感受到周边未见物体之颜色？"

忽必烈立即摇摇头。

"能否感受到心之跳动？"

忽必烈点点头。

"能够感受到肝之代谢？"

忽必烈摇摇头。

"能感受到已见物体之颜色，体内跳动之脏器，这是第二重境界——感知境。身心健康的人均能感受得到。若能感受到周边未见物体之颜色，体内微动之脏器，就达到了第三重境界——悟知境。不修行的人是感受不到的。"

"达到第三重境界，便可移动身外之物？"忽必烈疑惑地问道。

"若是看成身外之物，便只能用外力，内在的意念却毫无用处。只有去除我执，有我即是无我，万物是我，我亦是万物，才能物随意动。"

"如何修行，才能参透虚无，做到有我无我？"忽必烈十分好奇地追问。

古雪大师沉默片刻后说道："世间万物皆是微尘，因缘凝聚，而成五色五行。但缘力起于人心，心门一开，宇宙无限恒生；心门一关，万物沉寂不存。"

"参悟之道，全在人心？"忽必烈似有所悟地问道。

"一切都由心开始！你可静气听心，感受心之跳动，如能试着将意念灌注在一滴血液之上，随着脉搏的跳动游走于周身，在微细之末进入微观世界，念力将无处不在。这就到了第四重境界——觉知境。"

忽必烈慢慢闭上眼睛体会，却听古雪大师继续说道："进入微观世界之后，再随脉动重回心门，怦然化为无穷，身体边界随之模糊，万物虚渺以至无穷无尽，我有我无全在一念之间。这就到了第五重境界——意知境。此时如能凝聚念力，意念便可脱壳游离进入另一个空间，在念力空间看尘世，凡尘万物便皆可操控了。这是第六重境界——灵知境。"

古雪大师讲述过程中，忽必烈一直闭目冥想，依照古雪大师的点化，体会静心聆听之妙，过了足有半个时辰，忽必烈才慢慢睁开眼睛。

看到古雪大师之后，忽必烈突然拜伏在地道："弟子戎马一生，内心从未有过今天这般平静的体验，大师所言之妙，冲破三界，撼动魂魄，弟子微茫，愿受佛戒！"

古雪大师又悠悠说道："张臂揽日月入胸怀——自然归于我，闭目化微尘遁虚空——我归于自然。你若得悟，何须礼拜。"

忽必烈听出这是正厅的楹联，遂将当时的一句灵感说出："万物一体，本就虚无。"

"万物有无，全在我有我无。"古雪大师说完拂尘一抖，突然消失不见。

此刻高禾的义军体力已经逐渐恢复，个个持械站立，做好了最后一战的准备。

当年岳飞的背嵬军在朱仙镇大破十万金兵，今天忽必烈想要撼动高禾的五百义军也绝非易事。

然而忽必烈出了云龙寺却一言不发上马离去。

因为忽必烈没有下达进攻的命令，蒙古大军也只好随之撤退。高禾等人本已做好了必死的准备，此刻奇迹般得以生还，竟不知该作何打算。

高禾回头看向云龙寺，他知道北逐山庄就在寺后，也许守护忠义门的圣地就是自己最后的使命，想到这里，高禾带着义军向云龙寺走去。

第五十章　势如破竹亡大理

茶马古道，千年沧桑。

雪山大江，诉说变迁。

忽必烈在丽江城与兀良合台会师，不费吹灰之力夺取丽江。

这一日，忽必烈向兀良合台及众将道："大理髳贫军主力以逸待劳，坚守大理城，此刻进攻并非上策，可先派遣说客前去招降，瓦解敌军斗志，或可一举攻之。"

这时晋国宝主动请缨前去劝降，忽必烈在丽江城整肃军队，练兵备战。一晃就是三个多月，晋国宝先后派出三拨劝降人员，皆被大理皇帝段兴智斩杀。

忽必烈大怒，在丽江城誓师南下，这时刚好收到吐蕃来信，吐蕃全境归顺蒙古，但不派兵参加南进作战，忽必烈欣然同意，蒙军士气大涨。

大理城东濒洱水，西倚苍山，北有龙首关，南拥龙尾隘，四周屏障，易守难攻，是西南少有的坚城。

大理皇帝段兴智斩杀劝降使，命宰相高泰祥亲自率重兵在咽喉要地龙首关拒敌迎战。

高泰祥早已心怀不轨，私下命孙烈分兵一部南下姚州城，准备在大理城失守后自立为王，建立高氏王国。

可他不知道，孙烈更是一个酒囊饭袋，每日饮酒作乐，毫无备战之能，致使姚州百姓民怨沸腾，无人御敌。

此刻，蒙古大军兵强马壮、士气高涨，大理守将心怀鬼胎、貌合神离。两军交战之前，胜负早定。

忽必烈将大军分为中、东、西三路，自己亲率中军，宗王抄合、也只烈率东路军，大将兀良合台率领西路军。

三路大军按时会师龙首山，一场感天动地的攻伐之战开始了。

忽必烈首先令投石器大军猛烈轰击龙首山关前隘，对敌军形成极大的心里震慑和杀伤。

高泰祥畏敌如鼠，任由蒙古大军的投石器在关前肆意轰击。左军主将荣晓亮多次建议出兵摧毁，右军主将闫冬林建议从龙尾关绕城而出，夹击蒙军，都被高泰祥一一拒绝，致使蒙古大军的投石器肆无忌惮地轰击了整整一个昼夜。

蒙古大军养精蓄锐，毫发无损，大理守军却死伤惨重，一夜未睡。

第二天破晓时分，兀良合台带领二百人的敢死队，趁着黎明前的黑暗，在投石器的掩护下，慢慢爬上了城墙。

兀良合台的敢死队登城之后如同一群饿虎，集团冲锋，势如破竹，十万大理守军竟抵挡不住。

事实证明，一只狼带领的一群羊足以打败一只羊带领的一群狼，更何况，兀良合台这只狼带领的还是一群狼。

忽必烈见城上火光突起，知道兀良合台已经偷袭成功，立即下令吹响进击号，三路蒙古大军如潮水般向龙首关猛扑过去。

高泰祥站在山顶看着排山倒海杀来的蒙古大军，再看看城内十万大理军围杀不住的二百蒙军敢死队，心知大势已去，遂带着身边亲卫不足百骑仓皇逃往姚州城。

失去主将的大理守军拒敌毫无章法，退守混乱不堪，面对三路破城而入的蒙古铁骑，如大水冲散蚁群，触之溃散千里，人人亡命奔逃，十万大军瞬间灰飞烟灭。

左军主将荣晓亮混乱中带领亲兵卫队在龙尾关列阵阻击，掩护皇帝段兴智撤退，全部壮烈殉国。

右军主将闫冬林带领两万残军保护段兴智逃往押赤城，段兴智一路大骂高泰祥无能，却早已无济于事，蒙古大军顺利占领大理都城。

忽必烈立即下令禁止妄杀，安抚百姓，稳定秩序，同时命刘时中为大理宣抚使，稳定对大理城的统治。

蒙古宗王抄合、也只烈带兵陆续攻占附近堡寨，大将兀良合台带兵继续东征押赤城，忽必烈亲自带兵夜袭姚州城，亲手斩杀了宰相高泰祥。

大理国覆没。

高禾和五百义军在云龙寺闻讯后，全部面南而跪，自杀殉国。

从这一刻起，只剩下南宋这一个孤家寡人与蒙古帝国对峙。

忽必烈奇兵远袭，千里奔突，征服吐蕃、灭亡大理，创造了军事史上的一个神话，其无可比拟的军事才能也引起了蒙哥汗的警觉。

特别是攻下大理后，忽必烈采取怀柔政策，下令止杀，招降使用南人，露出汉化倾向，这一系列动作与蒙古帝国国策极不相符，蒙哥汗震怒，密令忽必烈北还。

忽必烈带兵北还，命大将兀良合台一路东进，攻占押赤城，擒获大理国王段兴智，而后继续南下征战，扫平西南各地族寨堡，占领大理全境，并大大开拓西南边地疆域，完成了从西南包围南宋的全面部署。

同年十二月，忽必烈到达上都。忽必烈到达上都后像是变了一个人，修持内敛、面色谦恭、胸怀天下，一代千古帝王已见雏形。

忽必烈素服朝见蒙哥汗，不提自己半寸之功，只是不断哭诉自己的罪责。

蒙哥汗与忽必烈一母同胞，骨肉相连，见忽必烈如此谦卑，相拥泣下，要忽必烈不必再作表白。

兄弟言和，蒙哥汗没有惩处忽必烈，但蒙哥汗的疑忌尚未完全消除，所以继续保留忽必烈薛禅汗的封号，暂停漠南汉地大统领职务，将其软禁上都！

第五十一章　不为鞍马罢封赏

　　蒙古大军千里奔袭，后方难免空虚，机会一旦错过，就会成为历史的笑话。

　　忽必烈和兀良合台南下进攻大理后，成都守将刘整向吕文德建议带兵北上收复剑门和川北诸镇，重建四川防务。

　　刘整早年曾带十二人夜袭信阳，被大宋名将孟珙称为"赛存孝"。

　　吕文德素知刘整有勇有谋，怕其取得战功危及自己，不但不同意其带兵收复川北，反而命其回兵重庆。

　　张钰听说后大骂吕文德无能误国，自行带兵南下讨伐叛将南永忠，并打算切断蒙军退路。

　　走到乐山时，见步长安身着重孝，带兵在城外迎接，所率兵将也全部头系白绫。

　　张钰心知不妙，急忙趋前下马，步长安见到张钰后立即伏地痛哭，号啕不已。

　　张钰扶起步长安，眉头紧皱地问道："究竟发生了何事？"

　　步长安掩面泣道："我走之后，南永忠这个奸贼，他竟然、他竟然……"

　　"他竟然什么？"张钰急不可耐地问道。

　　"他竟然将嫂嫂据为己有……"步长安不忍看向张钰。

　　张钰身子微微晃动，大喊一声："我要杀了这个奸贼！"说完提枪上马。

　　步长安一把拉住张钰，继续痛哭道："已经晚了，晚了。昨日有南永忠手下的残兵来降，将军一家老小一十八口已被叛将晋国宝所杀。"

　　张钰听后在马上坐立不稳，险些跌下。

　　步长安继续说道："晋国宝杀了将军家眷后，引着南永忠进攻渔门镇，被击杀蒙古大将木李花的彤弓等人杀得大败而逃，后又不断被渔门镇和大理边军夹击，只能固守金沙江边，此刻估计已随蒙古大军南下攻打大理去了。"

　　张钰听后一言不发，立即带兵马不停蹄地赶到金沙江边，南永忠却早已不见踪影。

　　后有残兵北逃，才得知南永忠已被大理丽江城守将高禾所杀，张钰仰

天痛哭，不能手刃仇人，终究难解心头之恨，空留一生遗憾。

随后张钰带兵复归驻地，整日以泪洗面、以酒浇身，致使军心不稳、戒备松弛。

就在此时，忽必烈按蒙哥汗之命，突然带兵北还，夜袭张钰大军。张钰本来是想以逸待劳，截杀蒙古北还之军，不想却被蒙军反杀，全军大败，落荒而逃。

而在此前，因刘整和张钰同时离开成都，成都又被蒙军占领，蒙军大摇大摆走进成都府，城中居民还以为是宋朝换防的守军，待军队进城之后才发现是蒙军。

成都百姓情急之下立即用身边器物设置路障，以手中棍棒和砖瓦攻击蒙军。蒙军身披重甲，面对成都百姓的攻击哈哈大笑。

蒙军纵马攻杀，成都城再遭血洗，自宋蒙开战以来，成都已经数次易手，反复摧残，川中百姓流离失所，苦不堪言。

成都之祸，实属吕文德嫉贤妒能，百般防备刘整建功所致，却将罪责全部归咎到张钰私自带兵南下一事上。

张钰因被忽必烈的北还蒙军大败，悔恨自责，自知难辞其咎，遂没有争辩，自认其罪，被贬到合川屯垦戍守。

张钰在合川痛改前非，亲自带领川中难民凿井修城，练兵备战，连续数年，日日不息，随时准备以身殉国、一雪前耻。

蒙军撤围南下后，刘整被吕文德调回重庆，成都随即失守，吕文德又命刘整回攻成都。

刘整十分不解地质问吕文德："将军不许我兵发剑门，重整四川防务，反命我带兵回撤重庆，致使多年经营的成都变为空城，蒙军不费一兵一卒而轻取屠城。现我军刚到重庆未及短歇，又要仓促回攻成都，兵将徒劳往返于路，不知将军究竟是何算计？"

吕文德听后虽然十分不悦，但还是假作真诚地说道："成都不战而陷，实是张钰私自带兵南下之过。我已接到圣旨，即将赴任荆襄，重庆乃长江水路西南之门户，重庆失，则成都自然不存，重庆在，则蒙军无法从水路东进，如此重要之城，我能交给谁呢？只能是'赛存孝'将军您啊！现张钰已经南下，断敌北归，此刻能回攻成都的也只有将军您了，将军问我是何算计，我不知将军何意啊？"

刘整带兵打仗之能虽远胜吕文德，但论心机则远远不是吕之对手。

吕文德说完，刘整无言以对，再次领兵愤然西去，以疲惫怨愤之兵攻打守备顽固之坚城。

刘整走后，吕文德心中大悦，若刘整攻下成都，则功劳归自己，若进攻失利，战死则罢，活着回来也可重治其罪。

当夜，吕文德大宴众将，因苗雨魂刚刚入土，裴大名伤势未愈，彤弓等人本不想参加，但吕文德多次派人邀请，说有重要事情宣布，只能无奈赴宴。

吕文德面北居中而坐，左边依次是杨傲、彤弓、李麟儿、秦高飞、胡靖扬，右边依次是吕文焕、王坚、寒运峰及吕部诸将，后排还有一众文官。

众人坐定后，吕文德起身说道："宴会开始之前，烦请虎利民大总管宣读两道圣旨。"

这时从后面走出来一人，身姿摇曳一步一扭，尖嘴猴腮面带奸邪，瘦高身段弓腰驼背，身着绣鹤长蓝袍，头戴镶钻孔雀帽，一看就是来自宫中的大太监。

虎利民站定之后，奸邪的目光扫向众人，而后尖声细气地咳嗽了一声。

吕文德立即扑通跪倒在地，众人也都面南齐齐跪下，这时虎利民才打开圣旨尖声念道：

"奉天承运，皇帝诏曰：自朕继位以来，北虏连年南犯，以至百姓涂炭，江山危殆，今幸有文德将军，亲率敢死之士，孤军水战金沙江，一举平寇！

"文德将军以降龙伏虎之能，旋乾转坤之功，创与北虏交战以来最大胜绩，令我军威大振！此实乃我大宋之福，社稷之幸！

"今特命吕文德总统江陵、汉阳、归、峡、襄、郢军马事，暂置司公安，上下应援。钦此！"

听完，吕文德立即俯伏在地道："臣领旨谢恩！"

诸将面面相觑：金沙江一战甚是惨烈，全民皆知是王坚和吕文焕拼死一战，金沙帮付出无比巨大的代价换来的，怎么成了一直袖手旁观的吕文德之功？

杨傲看了彤弓一眼，两人心领神会，都没有言语，李麟儿刚要站起，却被彤弓拉住，示意李麟儿不要争辩。

这时虎利民又拿出一道圣旨，继续念道：

"奉天承运，皇帝诏曰：继金沙江水战大胜以来，前线将士奋战浴血，决战城下，迫使北虏南遁，重庆围解，此功盖天地，齐辉日月，特赏赐全军将士白银三十万两。命龙图阁大学士李曾伯宣抚四川，置司重庆，命吕文焕知鄂州，节制湘西鼎、澧、辰、沅、靖五州，命王坚知合川，置司钓

鱼城，统领三江口水陆防线全部兵马。钦此！"

虎利民宣读完毕后，吕文德带领众将士一起跪拜高呼："臣等领旨谢恩！"

随后吕文德亲自跑过去搀扶着虎利民坐到右边首席，坐定之后，吕文德才弓腰居中就座，大喊一声："起宴！"

众多侍女鱼贯而出，山珍野味、生猛海鲜、飞禽走兽应有尽有，佳肴美酒、管乐笙歌，府中气氛早已不是敌兵临城和瘟疫肆虐时候的样子了。

可城中百姓呢？艰难困苦，只怕依然如故，或是更胜从前。

此刻府中的将官有哪个能想到他们呢？恐怕没有！

起宴之后，吕文德端杯起身道："我等今日稍立尺寸之功便受无边封赏，此等浩荡皇恩，纵百死亦难报答，第一杯酒，敬皇上！敬万民！敬天下太平！"

众人纷纷起立，口中唯唯诺诺，尽是歌颂溢美之词。

虎利民摇曳站起，尖声说道："吕将军真是大儒之将，如今的大宋朝还有谁能有将军这般天大的功劳，整个长江防线百万大军已尽在将军之手，吕将军千万莫再谦虚，您是我大宋朝从未有过的国之重器啊！"

"不敢当，不敢当啊！"吕文德说着竟跑下座位，面带春风、弓腰施礼，又敬一杯。

彤弓十分不屑地看着吕文德和虎利民虚情假意碰杯，遂和杨傲耳语道："这等阿谀奉承的阉人，围绕在皇上身边，焉能不进谗言；这等卑躬谄媚的将军，统领百万边军，又怎能保境安民？"

杨傲看了彤弓一眼道："这就是我等要去改变的！"

"此等腐尸，如何改变得了？"彤弓不假思索地回道。

"先改变我们自己。我们的特定目标只有一个，就是我们自己，不要把任何人作为改变的目标，改变自己，就能改变天下。"

杨傲说时，彤弓看到吕文德正向这边看来，遂坐直身子，没再言语。

吕文德轻咳一声，场面立时安静下来，只见吕文德满杯站起道："今天我要隆重介绍几位义士。"说着用手指向了彤弓等人。

"这几位都是我大宋的功臣，在大理击杀蒙古战神木李花，渔门镇大败叛将南永忠，金沙江全歼蒙军水师，重庆城下绝杀哈里赤，迫使蒙古汗王忽必烈南遁。今年是宝祐元年，看来是天佑我大宋，能有这等忠义之士效力军中。这第二杯酒，我敬几位义士！"

吕文德说完，右边众将除了虎利民，全部站起来举杯相敬，彤弓等人也站起来一一回敬。

吕文德放下酒杯继续说道："各位义士如若随我东进效力，千总以下职位任尔等挑选。"

彤弓听后微笑着抱拳道:"感谢将军抬爱,我等无意为官,还请将军另择贤明。"

"哦?"吕文德疑惑地发出一声轻哼。

"今皇上赏赐白银三十万两,自当分给有功之臣,各位虽立头功,但这数万将士也是出生入死,我不敢偏私,但我自己这一份都分给各位,每人赏赐一千两!不知各位意下如何?"

吕文德说完颇为得意,心想这等重赏定能收买人心,只待彤弓等人俯首拜谢。

彤弓这次没有抱拳,而是毫不在乎地说道:"感谢将军的封赏,我等杀敌并非为财,这些银钱将军还是留着滋以军用、赈济百姓吧。"

"不求功名、不为利禄,看来各位是想另择贤明,这是说我吕某人不配为主了?"吕文德明显有些不悦。

"哼!一群给脸不要脸的东西!"

虎利民突然尖叫一声,说完眉角斜扫,脖子扭向一边,表示出了极度的不屑。

吕文焕和王坚等人闻言面面相觑,显然比较尴尬,又不好帮着彤弓等人反驳,但彤弓等人金沙江一战的威猛他们是看在眼里的,虎利民没有看到,就在这里血口喷人,实在是有些过分了。

吕文德也觉得有些不妥,话说得确实重了,但虎利民是宫中大总管,皇上身边的人,吕文德是万万不敢得罪的,所以也一时怔在那里,不知道该说什么好。

宴会的氛围一时有些紧张。

彤弓攥紧了拳头,杨傲抓了一下彤弓的手腕,示意彤弓不要激动,并看向李麟儿和秦高飞,示意二人也不要有过激反应。

这时杨傲站起来说道:"每个人在精神上都有自己的坚守和追求,这种坚守和追求可以战胜功名的诱惑、利益的牵绊和肉体的痛苦。在你们眼里,这样做也许很不值,也许也不会有好的下场,但在我们看来是值得的,因为在本质上我们还是做了自己想做的事,我们想要的东西和功名利禄比起来,我们觉得更高贵,所以当二者摆在眼前时,我们会毫不犹豫地选择前者,这种境界并不是每个人都能体会得到的。"

"放肆!你是说你的境界我体会不到?"虎利民尖声怒语,每个人听到这种声音都想揍他一顿,但却不得不听着。

"你只记住了我话里最没用的这一句,焉能体会得到?"杨傲说完拂袖坐下。

虎利民怒目看着杨傲，愤愤不平。

"虎总管息怒，无论如何，几位义士的侠义精神我们是看到的，金沙江一战，明知是死，也要毅然前行，激励了数万将士浴血奋战，这样的人我们会记住，这种精神也会永生！"

吕文德终于说了句人话。

"朝闻道夕可死的快乐，不是谁都能有这个慧根体会得到！"王坚斜眼看向虎总管，显然也十分反感这个阉人。

"你是什么道？"虎利民怒目看向王坚。

王坚不想理会这个阉人，也不想给自己招来祸端，遂扭头不语。

这时吕文焕双手抱拳，朗声说道："放下小我，一心为国，才能众者云集、其利断金，满腹阴谋诡计、同僚互相算计，终究会有误国家大体。"

吕文焕这句话显然是说给吕文德听的，他打心底里认为彤弓等人不追随吕文德主要是吕文德太过算计，不够真诚，所以才有此感慨。

"吕将军这话，是有所指吗？"虎利民看着吕文焕咬牙切齿地说道。

吕文焕也十分反感这个阉人，遂冷哼一声，没有答话。

吕文德见虎利民和吕文焕都有些动气，遂站起来说道："文焕说得不错，放下小我，一心为国！来！这第三杯酒，我敬在座的各位，也敬所有为国执甲和牺牲的将士们！"

吕文德不愧是官场老手，左右和稀泥，谁也不得罪，前线将士死，名利自己收。

众人闻言举杯回敬，一饮而尽。

这时，吕文德手持酒壶走下座位，来到虎利民的桌案前，亲自为虎利民满上一杯，躬身耳语道：

"这次皇上封赏，卑职知道都是虎总管在皇上面前极力美言，回朝之后难免还要上下打点一番，成都沦陷实与卑职无关，这三十万两白银，还得劳烦虎总管带回去帮忙周旋。"

虎利民听后有些抑制不住脸上的淫笑，频频点头道："吕将军客气了，这都是老奴应该做的，我大宋朝有吕将军这等人才，真是皇上之幸，大宋之幸啊！"

这一切彤弓和杨傲都看在眼里，身边诸将也都看在眼里。

两人贼眉鼠眼、暗通款曲、沆瀣一气，一个得名，一个得利，将皇上给前线将士的封赏瞬间瓜分完毕。

此刻，刘整带着疲惫无援之军还在收复成都的路上，生死未卜，视死如归。

重庆的军民刚刚经过围城之战和瘟疫虐袭，疲敝凋零，急需赈济。

这些吕文德和虎利民两人都心知肚明，但都心照不宣，继续自私自利、中饱私囊、钩心斗角、迫害异己。

下面的人也都看得清清楚楚，但都唯唯诺诺、闭口自保，只因为他们二人是此刻最有权势的人，是可以向皇上进言掌握生杀大权的人，是欺上瞒下足以决定国家命运的人。

千里江防，竟要交由这样的人去执掌。

堂堂大宋、泱泱中华，沦落至此，岂不悲乎！

第五十二章　命丧黄泉知男儿

宴会还在继续，将士仍在沉沦。

百姓愈发贫苦，江河日益破碎。

吕文德敬完虎利民后来到杨傲和彤弓的面前，也亲自为杨傲和彤弓满上了酒。

只见吕文德举杯说道："我从绍定六年开始随军效力，组建黑炭团，守真州、知福州，统军两淮、直捣汴梁，解围寿春、节制四州，此刻又将去拱卫京师。

二十年来，我一直身处对蒙作战的最前沿，大小历经百战，鲜有败绩，从一个猎户升为天下兵马大统领，朝廷说我有降龙伏虎之能，扭转乾坤之功。其实我只是懂得为官之道而已，二位是难得的将才，只是对这官场之道还不熟悉。"

彤弓一笑道："将军之能，天下有口皆知，只是将军要拯救的是朝廷，而我们要拯救的，是这天下的人心。所以不是不懂此道，而是不想踏上此道。"

"不踏上此道，如何撬动天下生资，又如何能实现你的理想？"吕文德紧接着说道。

"一个人能力的大小，与所做的事情无关，不一定都要去追求旷古绝今的成功，只要不把有限的生命局促在互谗互媚、互伤互毁中，而是释放在大地长天、远山沧海里，就足以告别平庸，平视千山。这是一道横亘在所有人面前的山梁，翻过这道荒山，眼前的一切都将不再一样。"

彤弓说完举杯一饮而尽。

吕文德直直地看着彤弓半刻才道："此刻你眼前的一切是什么样？"

彤弓尚未答话，杨傲随口说道："城中百姓丧子失老，十室九空，苦不堪言；川中百姓流离失所，无家可归，横尸遍野。"

吕文德转头看向杨傲，显然有些不快，伸着脖子对着杨傲直直地问道："你眼中的这一切，你能改变吗？"

"与其在黑暗中屈辱地隐忍，违背内心，莫不如去追求光明，即便无力改变也要坚持奋力求索，因为我们要给后人以启示。"杨傲紧盯着吕文德不卑不亢地说道。

吕文德眉头紧锁，显然是没太听明白杨傲要表达的是什么意思，遂紧接着问道："你是说我在屈辱隐忍？"

"你在努力适应！"杨傲不假思索地回道。

"适应何尝不是为了改变？"吕文德有些不服气地说道。

"本以为适应是为了改变，但后来却发现自己适应纯粹就是为了适应！"

"你说什么？"

吕文德这一嗓子声音有些大，众人从交头接耳中纷纷向这边看来。

虎利民酒意微醺，摇摇晃晃站起来，尖声细气道："吕将军何以动怒？"

"不识时务！看来是我错看二位了！"吕文德说完拂袖而走，滴酒未喝。

"几个江湖莽汉，算什么东西？将军就是太抬举他们了！"虎利民说完轻蔑地扫了彤弓等人一眼。

吕文德无奈地看了一眼虎利民，显然也有些反感这个阉人，但也不好说什么，愤愤地回到座位上。

"将军莫要动气，来点歌舞助助兴吧！"虎利民饶有兴致地说道。

吕文德看了一眼旁边的侍从，侍从击掌两声，一队浓妆艳抹、花枝招展的美女走了上来，在酒席之间跳起了花鼓舞。

众人觥筹交错、品头论足，整个酒宴溢满了靡靡之音，与处在水深火热之中的大宋子民完全是两个世界。

李麟儿和秦高飞一直在喝闷酒，因为范天重和苗雨魂离去，裴大名重伤未愈，还在病榻之上，两人心情都不是特别好。

李麟儿看着虎利民的嘴脸喉咙一紧，差点吐了出来，随口说道："呸！这阉人太恶心了！"

"你看他那张狗脸！真像一只老死狗！"秦高飞紧接着说道。

"哈哈！你说得真对，还真像一只老死狗！哈哈哈！"李麟儿说着和秦高飞大笑碰杯。

但这句话却要了命了！

此刻众人都在欣赏歌舞，谁都没有说话，所以李麟儿和秦高飞的对话就显得格外清晰，加上李麟儿大笑之后没有压住声音，很多人都听到两人在笑骂虎总管。

虎利民却不是一只死狗，而是一只真狗，耳朵灵敏得很，他清清楚楚地听到李麟儿和秦高飞在骂他。

虎利民脸色遽然铁青，大喊一声："你们两个不要脸的泼皮在说谁？"

这一嗓子来得甚是突然，众舞女吓得魂飞魄散地退去，李麟儿和秦高

飞正在对饮，也吓了一跳，转头看向铁青着脸的虎利民。

李麟儿这时已经半醉，毫无顾忌地指着虎利民大总管说："你长的是狗耳朵吗？这也能听得见？"

"哈哈哈！狗身上长的当然是狗耳朵！哈哈哈哈！"

秦高飞也已经喝醉了，听到狗耳朵，就想到了他说的老死狗，自然也憋不住笑了出来，笑着笑着又和李麟儿碰了一杯，丝毫没把虎利民放在眼里。

"放肆！"

虎利民见此情景气得暴跳如雷，他还从来没有受到过这样的侮辱，转身跑过去抽出侍卫佩带的腰刀。

吕文德见事情要闹大，赶紧跑过去拦住虎利民说道："总管大人息怒、总管大人息怒！"

随后又转身冲着李麟儿和秦高飞说道："你们两个小儿在说什么胡话，赶紧给虎总管赔个不是！"

"对不起啦啊！"秦高飞举杯仰尽，身子斜坐，极其敷衍。

虎总管怒目圆睁，脸上肌肉不停抖动："你们这两个快给爷爷磕头认错，否则我定斩不饶！"

李麟儿和秦高飞还在自顾自地饮酒，胡靖扬眼见情势即将失控，遂起身说道："虎总管息怒，他们两个喝多了说胡话呢。虎总管也可能是听错了，我就坐在他们旁边，也没见他们说什么难听的话。"

虎利民闻声看向胡靖扬，竟见是一个女子。

"你算什么东西？还敢替他们两个泼户求情！"

"我是金沙帮胡家寨大当家胡靖扬，不是你口中的什么东西，他们两个也都是重信忠义的真男儿，不是什么泼户！"胡靖扬可能是大当家当习惯了，说起话来更是半句不让，一脸正气。

虎利民最忌讳的就是别人在他面前提谁是真男儿，好像映射自己不是真男儿一样，所以他听到胡靖扬说到真男儿时，脸色更加难看。

"好个伶牙俐齿的小娘们儿！你敬本总管一杯酒，本总管要是高兴了，或可饶他们一死。"

胡靖扬听后倒没有多想，立即把酒杯倒满，双手持杯奉上道："虎总管您大人大量，勿怪小辈酒后胡言。"

虎利民看着清秀的胡靖扬，有那么一瞬间，真恨自己不是真男儿，否则定要吃了这个小娘子。

虎利民奸邪的眼神，看得胡靖扬甚是恶心，遂故意扭头将脸转向一边。虎利民面部微微扭曲，低头看了看胡靖扬双手持杯奉上的酒。

片刻后，虎利民慢慢接过酒杯，却一下将酒扬在了胡靖扬的脸上。

以胡靖扬的武功，攻击脸部的动作她是能躲过去的，只是虎利民这个动作太突然，谁都没有想到，再者就是虎利民定然也会武功。

突然，一个酒杯劈空向虎利民飞速射来。

"咔！"

虎利民一伸手，便将突然袭来的酒杯稳稳抓住，这样的功力已是绝对上乘。

他扭头看向酒杯飞来的方向，却见杨傲站在案前，眼中怒火喷射。

从来没骂过人的杨傲也终于忍不住了。

虎利民狠狠地把酒杯摔了过去，声嘶力竭地大喊一声："你们这是要造反呐！"

杨傲侧身躲过虎利民掷来的酒杯，酒杯砸在廊柱，滚落到地上，"哐当当"地响个不停。

待声音停止，气氛却让人更加窒息。虎利民的暴怒让宴会上的众将不知所措，吕文德站在虎利民身边更是惶恐不已。

只有王坚和吕文焕一直若无其事地喝着闷酒。

这时李麟儿突然笑出了声音。

"哈哈哈！老死狗、狗脸、狗耳朵，就差这个狗腿子和这群狗崽子了！哈哈哈！"

李麟儿说着用手指了指吕文德和诸将，明显是骂吕文德是虎利民的狗腿子，其他诸将都是狗崽子。

李麟儿这句话绝对是犯了众怒，给本来就即将要爆炸的空气又加了一把火。

诸将纷纷拔剑而起，宴会厅即将变成战场。

虎利民暴喝一声："找死！"

说罢一刀刺向李麟儿。

李麟儿纹丝不动，只听"嚓"的一声，刀尖在李麟儿喉咙半指之处稳稳停住。

众人循声看去，却见秦高飞用手死死地抓住了刀背，紧接着"咔嚓"一声，秦高飞竟将虎利民手中的刀生生折断。

此等掌上功力，宴会之上无人能及，众人都十分惊骇，包括虎利民也大吃一惊。

虎利民随即出手一掌击向秦高飞，秦高飞出掌相击，两掌相撞。

只听"咣"的一声，虎利民后退三步，口中微微有鲜血渗出。

秦高飞身体稍有后倾，随即稳稳地坐在桌前，但显然也受了内伤。秦

高飞的掌法出自范天重的真传，随着范天重离世，普天之下怕是已没有掌法上的对手。

这一掌能让秦高飞受伤，足见虎利民的武功之高。

虎利民此时再看这两个少年，白衣飘飘，面若桃花，看似未经世事，不想武功竟如此高深。

一招之下，虎利民已深知自己不是对手，但这口气他无论如何也咽不下去，遂伸着脖子大叫一声："来人呐！"

话音刚落，宴会厅两侧立即跑出两队身着大红束身虎纹的锦衣卫士，一看便是内卫高手。

这队内卫共有十人，都来自皇城司最精锐的殿前司，此行专门保护虎利民，同时也是替皇帝监督虎利民。

皇城司全部选自宋军禁军中的精锐，每个人的武功都不低，更何况是殿前司的高手，真要动起手来，彤弓等人也绝难占到便宜。

"给我拿下！"虎利民尖声细气地发出了明确的指令。

十名内卫同时拔刀，动作整齐划一，气势足以镇住全场。

彤弓等人也同时起身，手中酒杯全部换作武器，显然不会束手就擒。

"慢、慢、慢！"

吕文德头上汗珠直冒，此刻最清醒的就是吕文德，因为他见过彤弓等人的战力，真要打起来，虎利民能否活着回到临安绝对是一个问题。

即便在座诸将同时出手，一起攻杀彤弓等人，虽能稳操胜券，但彤弓等人毕竟是抗蒙功臣，敌兵刚退，就将这些忠义之士屠戮殆尽，无论如何也难给天下人一个合理的交代。

此刻，吕文德之难怕是无人能够理解。

因为吕文德实在是一个太过矛盾的人，他既爱将惜才，抗蒙也算卖力，大小数百战鲜有败绩；又更喜乌沙，趋炎附势，朝中大官小官皆有贿赂。

虎利民代皇上来宣读圣旨，视察兵情，自己倾尽所有，百般巴结，自然万万不能有失。

彤弓等忠义之士助己抗蒙，不要封赏，内心早已十分佩服，无论如何也要保护周全。

而此刻两方刀兵相向，大战一触即发，一旦交手，必定惊天动地，其后果无法想象。

吕文德近乎恳求地看着虎利民道："总管大人息怒，这些江湖莽夫酒后撒泼，实在是卑职管束不力，今日让总管大人受辱，实是卑职之过，卑职家中尚有十万存银，还望总管大人费心一并运回京师。"

虎利民听到十万存银，眼睛微微一亮，但仍满脸怒意地说道："早就闻听吕将军爱才如命，本总管今日算是领教了，没想到你对这些江湖莽夫竟也会如此纵容，看在吕将军的面子上，死罪可免，但活罪难逃，也该管教管教这些不长眼的东西了。"

"感谢总管大人网开一面！"吕文德说完转身看向杨傲道，"还不快给总管大人赔个不是？"

吕文德之所以看向杨傲，是因为他觉得彤弓等人更难以管束，只有杨傲看起来还比较能够识大体、顾大局，如能好好给虎利民赔个不是，虎利民一高兴，也许这个事情就有解儿了。

杨傲自然明白吕文德的意思，遂倒满一杯酒，面向吕文德和虎利民一饮而尽，然后慢悠悠地说道：

> 国境烽烟急，将军血却熄。
> 百姓难度日，豺狼锦袍披。
> 朝堂老狗吠，男儿头不低。
> 一刀护忠义，何惧群狗欺。
> 不负凌云志，热血染征衣！

杨傲这首诗哪里是赔不是，这明明是在下战书啊！

虎利民气得浑身直哆嗦，冲着吕文德尖声叫道："这、这、这也是江湖莽夫吗？这是文人呐！"

"乱民贼子，都给我抓起来！"虎利民大喊一声，殿前司的内卫齐齐拔刀围杀过去。

这时只见一道白影鬼魅一般来到虎利民的身前，一把精钢长箫直抵虎利民喉管。

"叫他们住手！"李麟儿一招制敌，控制住了虎利民，也控制住了全场的局面。

"少侠莫要冲动，有话好好说！"吕文德怕虎利民有所闪失，赶紧上前安抚。

"你让他说！"李麟儿傲气十足地道。

"哼！本总管纵横官场四十余载，不想今日却落入一个少年之手。"虎利民虽然十分不忿，但接着还是有些妥协地说道，"也罢！你放了本总管，本总管看在你们抗蒙有功的分上，也放你们离去，今天的事一笔勾销、既往不咎！"

"此话可当真？"李麟儿有些怀疑地问道。

"当、真！"虎利民慢慢蹦出两个字。

"好！男儿一言，驷马难追！"李麟儿说完收回长箫，欲转身回座。

李麟儿哪里知道，他说出"男儿一言"这四个字就足以要了自己的命。

因为虎利民最不想听到的词就是"男儿"！

就在李麟儿转身之时，虎利民突然挥出一掌击向李麟儿后心，速度之快，一般人绝难察觉。

李麟儿感到掌风逼近，立即躲闪。但却如何能躲得过去，以李麟儿的速度也只能躲过后心，要是换作其他人早已一掌击心，一命呜呼了。

李麟儿肩部挨了一掌，刚要转身回攻，不想虎利民一掌击出之后第二掌也已击出，李麟儿连挨两掌，身体斜飞出去。虎利民却丝毫没有停手，瞬间又连续击出数掌，掌掌都用尽了全力。

"我不是男儿！"

虎利民连续出掌之时大喊一声，李麟儿的身体已凌空飞出，血溅白衣。

杨傲和彤弓等人都大喊一声："麟儿！"

这时却见虎利民在李麟儿身体凌空飞出之时，又运出全力击出一掌。

这一掌，足以致命！无人能救！

杨傲拔出青罡剑，彤弓杖刀分离，胡靖扬霍然起身，可是都已经晚了，时间和距离上根本来不及。

可怜的李麟儿，竟要死在一个阉人的手上。

一身白衣，终究是要被玷污了。

此刻所有人都无能为力，只能眼睁睁地看着虎利民凌空击杀李麟儿。

但虎利民的一掌却突然停在了半空中，整个人也僵住了。

这时众人才反应过来，早在虎利民凌空出掌的时候，秦高飞突然一飞冲天，又从天而降，用掌力将虎利民控制住。

但也就是控了那么一瞬，秦高飞从天而降的一掌就击在了虎利民的天灵盖上。

虎利民双眼瞪大如牛，口中鲜血流出，五脏俱裂，立时毙命。

秦高飞翻身落地之时，殿前司的十大内卫冲过来将其团团围住。

彤弓和杨傲、胡靖扬也持刀冲了过来，和殿前司的内卫形成对峙。

局势已然失控，吕文德眼睛血红，被迫抽出腰刀，诸将见状也持剑围了过来。

一场混战在所难免。

第五十三章　拔丁抽楔一念解

虎利民死了。

天却塌了！

本来是一场庆功宴，却要变成了自相残杀的战场。

各方混战，大动刀兵！

吕文德急得大喊一声："都给我把刀放下！"

殿前司内卫统领扭头看向吕文德，怒喝一声："你想造反吗？"

吕文德被这一嗓子吓得六神无主，怔在当场不知该如何是好。

"还不快把这些暴民抓起来！"殿前司内卫统领又暴喝一声。

"慢着！"吕文德顶着巨大压力正在犹豫之时，不料行军郎中寒运峰却突然喊了一声。

寒郎中喊完便慢悠悠地向人群走来，边走边喃喃自语道："还是救人要紧，还是救人要紧！"

众人这才反应过来，纷纷让开，韩郎中走到虎利民身边蹲下把脉，又扒开眼皮看了看瞳孔。看完捋须摇头，略有所思。

众人见状都焦急地等待着韩郎中下结论，殿前司内卫统领急不可耐地道："人可还有救？"

寒运峰慢慢站起，对着殿前司内卫统领说道："大人莫急，总管大人因平时嗜食，肥甘厚腻，煎炸炙煿，蕴热化火生痰，以至损伤脾胃，痰浊内生，痰火扰心加之突遇惊恐，忤犯心神，心神动摇不能自主而发心悸，导致猝死，此乃意外啊！"

寒运峰说完，众人都听得糊里糊涂，一时都没有反应过来。虎利民明明是在大庭广众之下被秦高飞一掌打死，现在怎么变成是意外猝死了？

只有吕文德恍然大悟，赶紧说道："虎总管一路千里，鞍马劳顿，上为皇上日理万机而分忧，下为百姓流离失所而心伤，一时心病突发也在常理之中，只是这三十万两白银只得劳烦统领大人帮忙带回了！"

吕文德说完，殿前司内卫统领也明白过来，抬头直直地看着吕文德，吕文德也直直地看着他，两人很多难以说出口的话都在眼神中完成了交流。

只听"嚓"的一声。

殿前司内卫统领收刀入鞘，而后拱手说道："在下殿前司提举杨小冬，

247

总管猝死他乡，兹事体大，怎能凭他一人之口就奏达圣上？"

吕文德又看向寒运峰，寒运峰起身笑着说道："提举大人尽可放心，我可以同仁堂的名义出一份鉴定，医界同仁均可在鉴定上签字画押，以证提举大人之言！"

"哦。"杨小冬轻哼一声又看向吕文德道，"刚才听闻将军家中还有十万两存银需要带回京师，不知可否放心交给下官？"

吕文德听后带着半丝冷笑看着杨小冬，心想这家伙的胃口竟然比虎利民还大，遂有些搪塞地说道："虽是家中存银，却未在家中，辗转腾挪尚需时日，但总管大人病亡之事却耽搁不得，此行怕是无缘了。"

杨小冬也盯着吕文德冷笑一声："哼！总管大人他乡亡故，本提举身负监护之责，自难辞其咎，但毕竟死于将军府中，其中详情……皇上问起，在下实不知该如何作答，还请吕将军随我一起面圣，才好铺陈。"

吕文德此刻才知道，这位杨提举的手段和阴险绝不在虎利民之下。

诊断结果是将军府说的，亡故鉴定是行军郎中出的，打点的银钱是挪用皇上打赏的，整个流程下来，吕文德是人财两空，连家中的十万存银也都保不住。

杨小冬推脱得一干二净，没有任何责任，却将生杀大权牢牢掌握在手中，此后怕是也得时时受制于他。

想到这里，吕文德长叹一声，随即又面带微笑道："总管大人火化装殓也需时日，我抓紧筹措，或可来得及。以后与提举大人同朝为官，少不得提举大人在朝中帮衬，我这还有二十名川中美女，一并送给大人暖足。"

杨小冬看着吕文德，脸上逐渐扬起笑意，竟不自觉地笑出声来，吕文德也赔着笑出声来。

两人同时哈哈大笑，官场之事，这二人心知肚明，实在是憋不住高兴。

"来！今日你我不醉不归！"吕文德说着拉起杨小冬的手归座。

众人纷纷回座，一众侍从将虎利民的尸体抬走，又迅速打扫一番，彤弓等人抱着李麟儿迅速离开，不辞而别。

只有寒运峰紧紧跟随，走出宴会厅，寒运峰突然喊道："义士且慢！"

彤弓回头看向寒运峰，目光冷峻。

寒运峰走上前去，为李麟儿把脉片刻后掏出一粒药丸："这是我们同仁堂研制的回魂丹，赶快给他服下，随后我会派人把药送过去，少侠筋骨钢奇，或可回天，换作他人，只怕此刻早已没命了！"

彤弓看着寒运峰道："大恩不言谢，他日麟儿得救，我的命，先生随时可取！"

彤弓说完给李麟儿服下回魂丹，迅速离去。

寒运峰望着彤弓等人远去的背影，突然俯伏在地，"忠义之门，我等也在门中！"

……

李麟儿连续昏迷了七天七夜，高烧不退，寒运峰每日定时来诊脉调理，待到第七日时，终于烧退，人也慢慢醒了过来。

彤弓和杨傲在李麟儿身边陪了七天七夜，见李麟儿醒过来，都如释重负。

这时寒运峰端着药碗过来，彤弓立即跪拜道："从今以后，彤弓之命已归先生矣！"

寒运峰见状立即放下药碗，跪地搀扶："门主，万万使不得，运峰也是忠义门人，不管忠义门在与不在，运峰……始终都在！"

彤弓闻言十分惊讶地看向寒运峰，眼中微微湿润，寒运峰能说出此话，实在出乎彤弓预料，也让彤弓无比感动。

但彤弓还是说："忠义门早已不在，万不要再叫我门主。"

"不！忠义门一直都在，在每个人的心里，只要心门一开，忠义门将无处不在！"

寒运峰说完，彤弓和杨傲更加惊讶，不想他竟能有此种悟性。

寒运峰也看出了彤弓和杨傲的惊讶，遂接着说道："我曾在雪山之巅采集仙草，命危之时，遇见过古雪大师。"

彤弓和杨傲立时明白，能有此种境界，必定是经过古雪大师的点化。

"古雪大师救我一命，说是为了我将来能救他的弟子。"寒运峰说完，彤弓和杨傲都微微一笑。

彤弓指着李麟儿道："他就是古雪大师的弟子！"

"啊！"寒运峰惊叫一声，立即跪地拜向李麟儿。

"不知古雪大师竟有如此年轻的弟子，大师的弟子，便是运峰的圣师！"

杨傲扶起寒运峰道："你能遇见古雪大师，便是大师想让你见，见者皆为弟子，无须此拜。"

"不不不！我只是一个小小的行军郎中，怎敢妄称大师的弟子。"寒运峰受宠若惊地说道。

"先生离开御医堂，甘做行军郎中，二十多年救死扶伤，乱世之中，积德甚厚，已是天下圣师，理当受我等一拜！"杨傲说完俯身施礼。

寒运峰立即回礼，虽未再言，内心却激动不已。

在寒运峰的调理下，秦高飞的轻伤也很快痊愈，裴大名终于可以下地行走了。

裴大名伤好之后，见李麟儿受如此重伤，秦高飞也负了新伤，又不见苗雨魂，整日跟在彤弓和杨傲的身后，询问他养伤期间到底发生了什么。

彤弓和杨傲怕影响裴大名伤势康复，遂百般推脱，一直想方设法瞒着裴大名。

这天，李麟儿伤势好得差不多了，裴大名过来看望李麟儿。

"六弟，一直没来得及问你，究竟是谁把你伤成这样，三哥我一定为你报仇。"

"大哥二哥没和你说啊？"李麟儿以为裴大名早就问过彤弓和杨傲了，这段时间发生的事应该也早都知道了。

"啊，那个……大哥二哥就和我简单说了说，具体细节没说，我就是想听你说说。"裴大名有些心虚说道。

李麟儿心思单纯，没有看出裴大名的不自在，遂将自己和秦高飞怎么骂虎利民，自己怎么制服虎利民，虎利民又怎么背信弃义偷袭自己，合盘说了出来。

裴大名听完，气得骂了一句："这个阉人！一掌打死他算便宜他了。"

"是啊，三哥你是没看到啊，这个阉人实在是太恶心了，弓腰驼背，伸着一个长舌头，满嘴流着污秽的唾液，从挺长的没毛的下巴上不停地滴答，你看了你肯定会吐！"

李麟儿形容得绘声绘色。

裴大名听得脸色有些难看。

"不用看了，你说得我都要吐了！"裴大名说着还真跑出去呕吐了半天。

李麟儿看着呕吐完泪眼婆娑的裴大名哈哈大笑道："恶心吧！"

"恶心、恶心，你说得真恶心！"裴大名边走边说。

"这个阉人，伸个长舌头到处舔，秦高飞说他是只老死狗，大哥也骂他，我说他长个狗脸、狗耳朵，还说吕文德他们是狗腿子和狗崽子，哈哈哈！"李麟儿说着笑了起来。

裴大名也跟着笑了。

"六弟，你骂得太过瘾了，我这听着都解恨！"

李麟儿笑个不停，裴大名却很快收住笑容，一本正经地问道："四弟的事给我讲讲呗？"

裴大名见李麟儿复述的场景里，根本没有苗雨魂，可见苗雨魂一定是有自己的事情，此刻裴大名还不敢往坏处想，只能以似乎知道又不太知道的口气试探着问。

听到裴大名问苗雨魂的事，李麟儿立即收住了笑容。

"四哥？四哥的事，大哥二哥没说吗？"

"他们说话你还不知道吗，云里雾里的，哪有你说得这么惟妙惟肖啊，你再给我说说呗，我就爱听你说！"裴大名急切地说道。

李麟儿沉默片刻，苗雨魂死得实在是太过壮烈，李麟儿一想到重庆城下苗雨魂和哈里赤决战的场景，眼泪就止不住流了下来，此刻让他回忆细节，实在是不知道该从何处说起。

裴大名见李麟儿脸色由晴转阴，心知苗雨魂定是遇到了不测，心顿时一紧，脸色也难看到了极致。

"你再给我讲讲！"裴大名说完这句话眼泪就流了下来。

裴大名这个人重情重义，乐善好施，感情细腻又心肠极软，在大理鬃贫军中素有美名。

因苗不禄曾有恩于他，所以见到苗不禄的信，自己心知此去必死，仍毅然只身赴难。最后眼睁睁看着苗寨被毁，苗不禄自杀身死，整个苗寨又被大火灭族，只剩下苗雨魂一枝独苗，尚未留下后人就撒手人寰，这如何能让人接受得了？

况且兄弟几人，裴大名对苗雨魂无论在情感上，还是在渊源上，都要更为亲近，所以李麟儿尚未说话，他自己已然崩溃。

李麟儿见裴大名眼泪流了出来，自己也跟着泪流不止，一句话也说不出来，两人哭着哭着心里什么都明白了。

裴大名彻底明白了，苗雨魂肯定是没了！

李麟儿也明白了，裴大名刚刚知道苗雨魂的事，一想到苗雨魂在城下死战，自己在城墙之上无能为力，就心如刀绞，遂号啕大哭起来。

这时，彤弓和杨傲走了进来，见裴大名和李麟儿抱头痛哭，一切也都明白了，定是李麟儿什么都说了。

不过瞒也瞒不住，早晚都要说，该面对的逃避不了，该接受的也改变不了。

裴大名见彤弓和杨傲走了进来，看着两人泪流不止，稍缓片刻道："四弟在哪？带我去见他！带我去见他！"

彤弓和杨傲见状眼泪也止不住流下来。

"走吧，我们去看看他！"杨傲说完，转身出去，几人也尾随而去。

路上，杨傲将苗雨魂如何在城下决战，如何遭人暗算，如何被一刀穿心，如何手刃仇人哈里赤，一一向裴大名复述了一遍，裴大名听得瞠目结舌，心碎不已。

几人来到苗雨魂的墓碑前，裴大名大喊一声："四弟！"便从马上跌落下来。

裴大名连滚带爬到苗雨魂的墓前，抱着墓碑，眼泪止不住地流下，他的脸紧紧地贴着墓碑，浑身颤抖，张着大嘴却听不见一点声音。

这种无声的哭泣看得彤弓、杨傲和李麟儿无比心碎，也都坐在碑前陪着一起默默垂泪，一点声音都没有。

裴大名哭着哭着悲痛难抑，仰天长啸，复又抱着墓碑久久不起，号啕大哭，一夜悲泣，几度昏厥。

幸亏寒运峰及时赶到，为裴大名服了回魂丹，这才逐渐清醒过来。裴大名醒过来之后，自己在坟墓旁边搭了一间木屋，要在此陪伴苗雨魂。

彤弓几次过来相劝。

"事已至此，三弟这又是何苦呢？"

"雨魂全族被屠，命丧他乡，已没有亲人了，我得在这儿陪陪他。"裴大名声音不大，却是无比坚决。

彤弓见裴大名意已决，也不好再加干预，因为每个人都有自己的使命。

而裴大名这一陪，也许就是一生。

第五十四章　死别生离兄弟情

天下大势，分久必合，合久必分，人与人也是一样，没有分别之苦就没有团聚之欢。

自从左所海子湖畔兄弟们歃血结拜以来，一个出走天涯，一个命丧他乡，一个坟前守候，只剩下杨傲、彤弓和李麟儿不知该何去何从。

重庆的傍晚，炊烟袅袅，倦鸟归巢，天边的晚霞犹如一张红色的巨弓射向无边的寰宇。

彤弓登上歌乐山，遥望东南。

"看！一张红色的弓，那不就是二哥吗？"李麟儿看着晚霞兴奋地说道。

杨傲循声望去，仰天说道："你二哥要走了！"

"走？去哪？"李麟儿疑惑地追问。

"天现彤弓，射向东南！"杨傲看着天空慢悠悠地说道。

彤弓看了一眼杨傲："大哥知道我要去哪？"

杨傲微微一笑道："不来师叔走时，说要知你的身世，就去江西德安，我想是时候了。"

"是啊，我一直很好奇，我究竟来自哪里，北逐师父从来没有说过。"

彤弓稍顿一下接着说道："你们在这儿等我，还是与我同去？"

杨傲沉默半晌说道："我正要与你说，靖扬要和我拜堂成亲，然后我想带她回扬州祭祖。"

"大哥你要成亲啦？"李麟儿听到此话后兴奋地说道。

杨傲转头看向李麟儿，十分关心地说道："麟儿，你年龄最小，一个人在这里我不放心，还是跟我走吧。"

杨傲说完，李麟儿看向彤弓，似要征求彤弓的意见。

彤弓看了看李麟儿道："大哥说得对，你和大哥去吧，我要去探查身世，一路难以安顿，我们约个日期，日后还在此会合。"

"我看可行，五年还是十年？"杨傲说完看向彤弓。

"十年太久了，我看就五年吧！其间如能相遇，五年之约立即告废，如不能相遇，五年后我们就在此地会合。"

杨傲点头默许。

彤弓随即拔出降龙刀，在山顶一棵巨大的香樟树上快速刻写。随着木

屑的翻飞，一排排小字逐渐清晰，杨傲开口念道：

> 不负今日两爨葱，抗暴安良挽强弓。
>
> 展臂天下志立早，笑傲他乡步从容。
>
> 藏抱负，隐刀锋。云遮大道守初衷。
>
> 兄弟别离诗相伴，月色明时同顶峰。

彤弓刻完收刀入鞘："五年后的上元月明之时，我们在此树下会合。"

"好，今日我就和靖扬拜堂成亲，一起喝杯喜酒！"杨傲说到此处突然停下，片刻后又低声说道，"喜酒亦是离别酒。"

杨傲说完，三人沉默不语。

是夜，杨傲和胡靖扬在驿馆组织了一个简单的婚礼，说是婚礼，实际就是一场家宴。

但毕竟是金沙帮大当家出嫁，金沙帮的兄弟将驿馆布置得也十分喜庆。

范天重亡故时，金沙帮南段守护楚鸿飞带着几位大当家来奔丧，因为新帮主迟迟没有选出，所以南段的几位大当家一直没走，此刻都来祝贺。

只有楚鸿飞因为对胡靖扬的一丝情愫，借口身体不适没有参加。

吕文德因为宴会上的冲突，一直对彤弓等人不受他的招安耿耿于怀，也没有参加。

吕文焕和王坚以私人身份不请自来。

胡靖扬亲自下厨，做了丰盛的菜肴，荤素、颜色、蒸煮炖炒搭配得十分巧妙。

金沙帮各大当家一桌，彤弓等人和吕文焕、王坚、寒运峰一桌，大家围坐在一起，其乐融融。因为连年战乱，众人都好久没有体会到这种家宴的氛围了，所以都非常兴奋。

吕文焕看着满桌子的菜，又看向胡靖扬道："胡大当家好手艺啊，这桌盘儿摆得不逊于宫中啊。"

秦高飞夹起一粒花生米，看着吕文焕笑着说道："这你就不知道了吧，我们胡大当家的阿爷曾是宫中御厨，现在金沙江沿江各码头最红火的酒楼'胡吃海喝'都是胡家的产业。"

"哦？怪不得、怪不得！御厨之后，果然名不虚传！"吕文焕点头称赞。

"大哥以后有口福了，天天吃御宴！"李麟儿说完，大家跟着七嘴八舌地哄笑一番。

这时杨傲笑着站起来说道："感谢各位来喝我和靖扬的喜酒，我今天不入洞房，陪着大家不醉不归！"

胡靖扬闻言狠狠地瞪了杨傲一眼，众人立即哄笑，纷纷端起酒碗，碰杯畅饮。

但说者无心，听者有意，胡靖扬估计是害怕杨傲真入不了洞房，酒桌上一直把杨傲看得很紧，众人见状都不敢去和杨傲敬酒，但两桌上的人也都曾交过手，不打不相识，互相喝得也不亦乐乎。

只有吕文焕和杨傲喝酒。吕文焕举杯说道："恭喜杨先生抱得美人归，若不是逢此乱世，我等定要在重庆府热热闹闹给杨先生大办一场。"

杨傲两个回合就已微醺，半醉半醒地道："你不了解我，我喜欢大自然，不喜欢这种喧闹，今日主要是借着喜酒和兄弟们聚一下，否则我和靖扬早就远行而去，以天地为父母，以草木为见证，拜堂成亲，回归自然，岂不快哉！"

"哦？先生这是准备归隐了？怪不得你拒绝文德将军的招抚，原来早已准备放下一切。"

杨傲摇头苦笑道："放下！谈何容易！若能放下，便已成佛！"

"这么说，先生对名利还有所图，只是看不惯文德将军的为人罢了？"

吕文焕见杨傲没有说话，遂继续说道："先生其实不了解文德将军，他虽然有些圆滑世故，但对我大宋还是忠心耿耿的，他带领我吕氏族人组建黑炭团，二十年来对蒙作战，皇上视其为肱骨，又防备其做大，朝中险恶，他选的这条路也不好走啊。"

杨傲此刻眉头紧锁，颇为认真地说道："每个人都有自己的路要走，所谓文德将军这条路不好走，其不好走之处就在于，他想拥有更多的物质，而不是精神。其实追逐名利的路都好走，因为它更符合人固有的私欲，实际上就是把欲望放大的一种艰难追逐，本质还是顺从和放纵私欲！而放弃名利的路才最难走，因为，这实际违背了人的欲望，但放弃确实是修行内心、回归本真最好的路，所以，放弃永远比追逐更难！"

吕文焕听后低头沉默片刻道："恐怕这也是先生纠结所在吧，摆脱物质的想法越强烈，恰恰是深陷物质的欲望越强烈。不把物质带来的虚荣都享尽了，又怎能解开功名的绳索，卸下利禄的重负？精神和物质，哪一个才是享受生活的营地？哪一个才是生命大吐芬芳的良宵？恐怕都不是，这也需要一个平衡，但先有谁是无须争论的，一定是先有物质！究竟这个物质有多少，不是用多少银钱来衡量的，而是我们是否享受够了并开始厌倦纸醉金迷的生活，你还没有享受过，就开始苦行之旅，显然也不是那个平衡点吧？"

杨傲看着吕文焕微微一笑道："你把成就定位在名利的获得上，这是一个无止境的陷阱，你已经掉进去了。你在乎的是成功后的荣光，过程的

苦难你总是想办法绕开，因为你无法从中体会到乐趣。其实顺逆、得失都无所谓，因为实际上我们只是需要经历它，而不是拥有它，这样才能感受到苦难或曲折的乐趣。苦、辣、酸、甜，悲、欢、离、合，都是人生大戏的调味，无论何时何地都用心去感受这些经历，你会发现每一个遭遇，包括劫难，都是值得珍视和庆幸的财富。"

"先生说话，着实难懂！我不太明白！"吕文焕说完自饮一杯酒。

杨傲也陪着喝了一杯，酒后的杨傲话也多了起来。

"首先，你要有一个梦想，一个与名利无关的梦想。心有梦想，才能把心放逐天际，没有梦想，心就会随夕阳老去，而失去梦想，人生就注定是苍白的，坚定梦想，又何惧铿锵前行，或悲或喜，无愧天地我心。"

这段话杨傲说得乱七八糟、毫无章法，吕文焕更是听得稀里糊涂，只能似有所悟地点了点头。

这时笛音响起，紧接着箫声入耳，原来是李麟儿和吴家寨大当家吴冰箫笛合奏。李麟儿快如鬼魅，吴冰轻功了得，两人都是一袭白衣，一箫一笛，在一起喝得不亦乐乎，二人酒量竟也相差无几。

胡靖扬一身彩裙，伴着笛音箫声翩翩起舞，裙摆飞扬、剑气凌云、月光挥洒、满院生辉，众人纷纷叫好。

趁着胡靖扬舞剑的机会，众人一一过来向杨傲敬酒，杨傲逢敬必喝，很快就趴倒在了桌子上。

一曲结束之后，杨傲突地坐起，大喊一声："拿笔来！"

胡靖扬立即拿来笔墨宣纸，杨傲挥毫泼墨，借酒狂草，文字刚猛俊逸，行云流水。

"好书法！"

王坚在一旁看后，不由自主地赞叹道，众人闻声也纷纷围拢过来，只听寒运峰大声念道：

> 敢问苍天谁解意，何人懂我万千愁。
> 杯酒不醉豪情客，江湖笑傲有缘由。
> 兄弟他乡今何在，箫笛吹奏一江悠。
> 我今乘风东向去，随浪漂摇天尽头。

彤弓看完，知道杨傲是想念那孤鹰了，在这大喜的日子，最好的兄弟却不在身边，想来确实让人心伤。

杨傲写完，又拿起一杯酒，面向众人大声喊道："来！喝酒，今天不醉不归！"

胡靖扬万分担心地看着杨傲，但没有再去阻拦，其实也没法阻拦，更无须阻拦，因为杨傲说完马上又趴在了桌子上。

金沙帮几位大当家，吴冰、孙鹏程、李聪阳、封临江、凌昊、刘青峰、周盘伟等都过来向彤弓敬酒。

一轮下来，彤弓也已烂醉，这时杨傲又突地站起，大声喊道：

"有酒无诗酒无味，有诗无酒诗不酣。有你无酒你不畅，有酒无你酒不甘。孤鹰何在？"

彤弓摇摇晃晃地走过去，一手搂着杨傲的肩膀，一手持杯大声喊道：

"天涯远，酒亦酣，对饮何须坐兄前，今日走，何时还？明日孤影，人杯两寒，干！干！干！"

杨傲大喊一声："好！"举杯就干。

干完又紧接着喊道："你不在，兄弟残，举杯翘首盼弟还，弟不还，夜不眠，一日三秋，何日再见？难！难！难！"

杨傲喊完又趴倒在桌子上。

彤弓醉眼蒙眬地看着杨傲："这、这是……第几倒了？"

杨傲趴在桌子上纹丝不动，彤弓又转头看向李麟儿，李麟儿和金沙帮的各大当家拼酒拼得也有些蒙了。

"我……没看到啊！第……三倒了吧？"

"胡说！肯定是……两倒！还……有一倒！"彤弓说完又晃晃悠悠地给杨傲的酒杯倒满了酒。

这时胡靖扬却跑过来抢过酒杯道："你大哥三倒了！别喝了！"

彤弓刚要说话，却见杨傲又突地站起道："谁说不喝了？喝！"

杨傲说完晃晃悠悠地抢过酒杯，拿到嘴边时杯中酒已晃洒得一干二净，脑袋一抬做了一个喝的动作，眼睛却还闭着。

李麟儿见状摇摇晃晃地走来拿着酒壶给杨傲酒杯里倒酒。

"你这酒杯里都没有酒！还……喝呢，我……给你倒！"

李麟儿倒得满桌子都是酒，胡靖扬有些气愤地瞪着李麟儿。

"我……给我大哥倒酒，你……瞪我干啥？"李麟儿说着斜了胡靖扬一眼。

"你给我清醒点，我现在是你大嫂！"胡靖扬有些动气。

"打扫？你上一边打扫去，扫……干净点！别……打扰我们兄弟喝酒。"

李麟儿也彻底喝多了。

胡靖扬气得摇摇头，索性不管了。

杨傲晃来晃去，眼睛始终闭着，拿着手里的空杯又做了一个干杯的动作，然后表情陶醉，饱含感情地说道：

"战胜纠结的过程，就是思想纯粹的过程！这个过程太艰难，身心都

为之憔悴、为之隐忍！

"说到底！今日，我们只是一叶浮萍，但即便是被命运主宰，也可说是时代的强者，在这样的乱世激流之中，意志不掉队才是最难能可贵的！

"走下去！无论身在何方，忠义之心不能忘，修行脚步不能停！我们很快就要真正地去面对撕心裂肺的离别之痛，就要去承受不可抗拒的重负高压！

"痛苦啊！痛苦啊！可是我们必将从这个泥潭中拔出脚来，向前向上继续攀行！

"还是那句话，人最大的成就永远归于精神！今日，当追求便去追求，但追求并不是最终的目的，只是修行的手段和过程。

"我坚信，我们一定会在那个终极大道的彼岸会合，对今日之艰辛付之一笑，把酒高歌！"

杨傲说完，彻底趴倒在桌子上。

不管大家听没听明白，杨傲的这段话算是他对吕文焕和众位兄弟今夜宴会的总结了。

彤弓眯着眼睛看着杨傲说道："散吧！大哥今天起不来了，这……都第四倒了，有……进步！"

"你刚才不是说才两倒吗？怎么现在就是四倒了？"李麟儿时而清醒时而糊涂。

"我……那是……骗他呢，我……要是不骗他，他能……多站起来……一次吗？"

彤弓说完做了一个散的手势，众人各自回房休息去了。

人群散尽、灯光暗淡、杯盘狼藉。

彤弓站在窗前，突然感到一股莫名的疲惫、孤独和空虚，他想苗雨烟了。

苗寨屠杀、渔门镇激战、金沙江血雨……一个个画面在脑海中闪过。

当那孤鹰愤恨出走、苗雨魂壮烈喋血、裴大名守坟离去等一个个场景在眼前浮现。

彤弓似乎感到自己使命的结束。

然而，每一次结束，都只是一个开始。

苗雨烟死了，但彤弓总是觉得她还活着。

……

第五十五章　重整旗鼓再出发

酒这个东西，能让人失去理智，也能让人的情感得到极大的释放。

在杨傲的婚宴上，几乎每个人都得到了一次这样的释放，只有吕文焕和王坚还保持清醒。

因为金沙帮的人不愿与其共饮，只是象征性地互敬了一杯，且二人又肩负着探查彤弓等人为何不接受吕文德招抚的任务，所以说得多，喝得并不多，但也有些微酣。

很多人就是这样，平时不爱言语，喝到微酣时却极愿倾诉。

王坚就是这样的人，嘴上不善表达，但内心却极其坚定，善恶对错都分得很清。

真正的将军，口中不发一言，心中早有丘壑。

王坚就是这样的将军！

王坚最看不起的就是平时夸夸其谈、高谈阔论，关键时候犹豫不决、毫无主见的将帅。特别是一味揣测上峰心思曲意逢迎，而从来不知军中积弊如何解决的将领，实在是误国误民。

悲哀的是，这样的将领却越来越多。

庙堂之上，朽木为官；殿陛之间，禽兽食禄。狼心狗肺之辈，滚滚当朝；奴颜婢膝之徒，纷纷秉政。以致社稷丘墟，生灵涂炭，男儿凋零，道义荒芜。

从婚宴回去的路上，王坚走着走着突然对吕文焕说道："这些人的境界远在我等之上，不在同道，无法相谋。"

吕文焕稍露不屑地说道："你不也是忠义门的人吗，你和他们也不算同道？还是只和我不同道？"

"人人心中皆有道义，我为官做事处处秉持忠义之心，不敢有违内心之良知。虽然向权贵折腰，但没有在逢迎中丢掉正气；虽然追逐功名，但没有在世故中泯灭大义；虽然渴望财富，但没有在欲望中忘记君子之道。我只是在我自己所做的事情上尽量践行道义而已，而他们的梦想，却是让天下人皆如此，志在改变天下，何其宏阔！"

吕文焕见王坚一口气说了这么多，遂有些陌生地看着王坚道："说到底，你们还算同道，只是梦想大小不同而已？"

"不在同一个层次和境界，就像两条并行的河流，只能互相仰望，永

远也无法相交。"

王坚说完，吕文焕沉默片刻又道："能说说你眼中的忠义门吗？"

王坚凝视夜空半晌后说道："我曾听师父孟珙说起过，忠义门是由背嵬军将领鹿北逐所创，当年岳飞将军在风波亭问斩，鹿北逐曾带领背嵬军冲进京城血洗法场。

"由于秦桧擅自更改行刑时间，导致解救失败。传说当年背嵬军人人头系白色丝带，上写'精忠报国'四字，蒙此奇冤，本欲大开杀戒，但城内禁军感其忠义，连开五门，放其出城。

"秦桧派重兵追杀，鹿北逐带领背嵬军冲破重重围堵，逃到南方未开化之地，将'精忠报国'四字改为'忠义门'，奉岳飞将军为第一任门主，设天、地、道、人四大堂口，分别系蓝、紫、青、红四色丝带，门下的忠义军、忠顺军、忠天军、忠勇军等均系黑色丝带。

"后来忠义门内部发生分裂，开始背弃忠义之道，鹿北逐在一百零八岁之时解散忠义门，令门下弟子闭关，不久后亡故。"

吕文焕叹息一声道："原来是武穆将军的门徒，忠义昭彰，令人感佩，不知将军何时加入的忠义门？"

"我于嘉定十一年加入忠顺军，追随岳飞将军遗志，立志抗击外敌；嘉熙四年，带属下三十兵勇夜袭蒙军造船之地，烧毁船只两千余，被孟珙将军封为九品忠义卫，遂拜孟珙将军为师入川抗敌十年，后又跟随余玠将军收复成都，今年成都复失，余玠将军郁愤亡故。今后这三江口，怕只剩下坚一人而已！"

王坚说完极度失落。

"孟珙将军也是忠义门人？"吕文焕疑惑地问道。

王坚微微一笑道："岂止是孟珙将军，余玠将军及毕再遇将军也都笃信忠义，自然都在忠义门中。自宋蒙开战以来，三分之二的战线都在忠义门将领的统御之下，能战之将皆是岳将军的门徒，没有忠义门人，大宋早就亡了！"

"将军这话是什么意思？难不成我吕氏家族抗蒙二十年，大战过百，在将军眼中尚无一席之地？"吕文焕有些不悦地说道。

"我只说三分之二，剩下三分之一自然就是你吕家的了。而今皇上已经下旨，文德将军统御京师，将军您扼守荆襄，大宋天下的咽喉和腹脏尽在吕家之手，若无忠义之志，一旦变节，我大宋将万劫不复了！"

王坚说完，吕文焕勃然大怒，愤然说道："将军怎敢胡言？我吕家上忠朝廷，下佑百姓，洒血疆场，不曾有一人变节，仅凭今日之言，我便可取将军人头了！"

"哈哈哈哈！"王坚哈哈大笑，"坚岂是怕死之人，文焕兄您文武双全，颇有志节，我并不担心，只是吕家数十人在朝为将，醉心功名利禄，跟风丧志，难免折节。"

吕文焕是精明之人，他也深知王坚所说并非没有可能，所以沉默不语，再未答话。

这时，二人已走到将军府前，相互抱拳施礼，各自归家。

王坚看着吕文焕转身离去的背影，突然喊了一句："将军！"

吕文焕转身，疑惑地看着王坚。

王坚目光坚毅，拱手抱拳道："明日坚也将赴合川上任，不能为将军送行了！"

"合川近在咫尺，将军何以如此急迫？"吕文焕有些不解地看着王坚。

"坚不忍见离别之景，请代我转告文德将军，坚誓死守城，定与合川共存亡，望将军亦如是！"

王坚说完转身离去。

吕文焕面带不悦，说到底王坚还是不相信吕家。

吕文焕站在府门前，一直痴痴地看着王坚坚定的背影慢慢消失。

他叹息一声，心中不免产生疑问，忠义门究竟是一种什么样的存在？

为何所有忠义之士都不能为吕家所用，而他们意志之坚，实难撼动，这真不知是大宋之福，还是大宋之祸。

杨傲又吐了一宿。

第二天一早，重庆府大小官吏和军中校尉以上官员都来到朝天门码头，为吕文德和吕文焕送行。

彤弓等人昨夜都已喝多，谁都没有起来送行，即便没有喝多，也不会来，因为吕文德的为人实在为彤弓等人所不耻。

但毕竟吕府宴会之时，吕文德倾尽家财保彤弓等人的性命，也算是一桩天大的人情。

船行半刻之后，吕文焕将昨夜和杨傲等人的谈话和想法悉数告诉吕文德。

吕文德沉默良久，起身站在甲板上看着滚滚江水说道："不能为我所用，终究是祸患啊！"

吕文焕觉得吕文德好像话中有话，但吕文德没说，自己也不好再问，二人各有心思，一路无话。

彤弓和杨傲本也打算及早启程，但被秦高飞以整顿帮务为由，苦留了

几日。

金沙帮北段九寨九位大当家虽然在金沙江一战中全部阵亡，但秦高飞毕竟与帮主范天重有父子之名和师徒之情，所以继承帮主之位也是理所当然的。

但这个世界上理所当然的东西总是没理可说。

在金沙帮帮务大会上，楚鸿飞率先开口说道："帮主亡故时，北护就在身边，帮主却没有留下遗言，这就说明帮主并未有意让北护继承帮主之位。"

李聪阳紧跟着说道："对！无论是辈分、武功还是现存实力，帮主之位都应该是南护继承。"

胡靖扬看了李聪阳一眼说道："金沙江一战，北护九寨九位大当家全部阵亡，所属帮众也折损大半，帮主也是伤于此战、亡于此战。论说贡献，不知南护是否还记得宜宾之耻？"

"砰！"

楚鸿飞一掌将眼前的桌案击得粉碎。

本来胡靖扬和杨傲成亲，楚鸿飞就憋着一肚子的气，今天胡靖扬竟在帮务大会上当众羞辱自己，换作别人，早已一掌毙其性命。但无论如何，楚鸿飞也不可能对一个女子出手，特别是自己倾慕许久的女子，可这口恶气不出，终究难平心中愤怒，遂一掌将桌案击碎。

众人都吓了一跳。

这时又见楚鸿飞脸色铁青道："刚嫁人几天就变了心，胡大当家的翅膀硬了！"

李聪阳紧接着阴阳怪气地说道："胡大当家的背后站着忠义门，虽说帮主也曾是忠义门的尊者，但忠义门早已解散，再跑到这里狐假虎威岂不让人觉得好笑！"

金沙帮各大当家大都是光明磊落之辈，且胡靖扬的地位仅次于楚鸿飞，所以其他大当家没有说话，唯独李聪阳对楚鸿飞忠心耿耿，极力表现。

听到李聪阳阴阳怪气的话，胡靖扬怒视着李聪阳说道："我只是陈述实情，不想李大当家竟能生出如此君子之心！帮主之位，是南护想要还是你想要？"

胡靖扬的这句话把李聪阳噎得够呛。

"不是谁想，关键是要能服众！"李聪阳有些愤愤不平地道。

"众人都在！谁不服谁？"胡靖扬紧接着逼问。

李聪阳嘴唇微动，却没能说出话来，因为他实在不知该如何回答。

这时楚鸿飞冷眼扫过各位大当家，各大当家均不表态，显然是不想表明自己支持任何人，都在静观其变，以证公心。

秦高飞见状起身说道："义父走后，金沙帮本该解散，只是这数万帮众还可以一起为国为民做些实事，至于谁当帮主，已经不重要了，重要的是要把金沙帮带向何处。"

众人听后微微点头，略表赞同。

"北护想把金沙帮带往何处去啊？"楚鸿飞歪着脑袋不屑地反问一句。

秦高飞看着楚鸿飞，一脸正气地道："收缩帮务，为国纾困！"

"那北护是不是考虑把金沙帮也改叫秦家帮啊？"楚鸿飞眼睛看向地面，耳朵却机敏地等待着秦高飞的回答。

"我说过，谁当帮主不重要，叫什么也不重要，重要的是在这乱世之中，如何能干点实事！"秦高飞依旧十分诚恳地说道。

楚鸿飞听后微微一笑："看来北护早已大盘谋定，这帮主我看已经不必再选了，我支持北护为帮主！"

秦高飞疑惑地看向楚鸿飞，各大当家也都面面相觑，不知道楚鸿飞这葫芦里到底卖的什么药。

这时却见李聪阳"噌"的一下站起来道："不行，夸夸其谈难以服众，只有真刀真枪一决高下，才能让人信服！"

楚鸿飞嘴角微动，显然李聪阳的建议正中下怀，遂说道："不知北护意下如何？"

楚鸿飞以退为进，就是要让李聪阳说出通过比武决胜负的话，在他心里，年少轻狂的秦高飞还不是自己的对手。

而此刻的秦高飞确实已无心再争帮主，自从和彤弓等人接触以后，他发现，人有时出于浅层的私心，虽常有难以想象的耐力去压抑本性的自由，却极少有勇气做出一点实质性的改变。所以很多人心向远方，却裹足不前；口诵诗歌，却内心阴暗；明知孝悌，却抛家远行；高喊忠义，却无恶不作！特别是当今的大宋朝廷，卑躬屈膝者被当作成熟，谄媚逢迎者被当作识时务，投其所好者被当作有忠心，敢说真话实话者被当作不懂官场之道。

这些成熟者、识时务者、表忠心者得以升迁，并继续当朝秉政，而后变本加厉地再成熟和再表忠心。

对个人来讲，学会了这一套就能得到巨大的好处；但对国家来讲，这些废物难为砥柱中峰。不到国破家亡的最后一刻，这些人只会继续欺瞒造假。

所以，秦高飞也想像彤弓等人那样心怀忠义之志，改变自己，改变世

263

人，改变一个时代，即便粉身碎骨，也要让忠义的精神得以流传和延续。

有了这样的理想，当不当帮主就不重要了，因为实现这个理想的道路太多了，无论走那条路，只要能走到终点，看到的风景都是一样的。

楚鸿飞见秦高飞思考半晌没有回答，遂接着问道："难道北护不敢一战？"

秦高飞此时回过神来，见楚鸿飞已然约战，遂做了一个"请"的手势，楚鸿飞冷笑一声走到屋外。

二人刚刚站定，楚鸿飞就拔剑刺来，秦高飞的冷月蟠龙戟并未在手，此刻完全是赤手空拳。

楚鸿飞算准了这一空档，以他的剑法，先发制人，突然一剑，对方又是赤手空拳，换作别人一剑就可以分出胜负了。

但秦高飞得到了范天重的真传，掌法已是天下无敌，他身法极快，闪转腾挪，用凌厉的掌风化解了楚鸿飞的突然袭击。

"北护接戟！"

伴着胡靖扬的一声尖叫，一把冷月蟠龙戟向秦高飞掷来。

但此刻楚鸿飞的第二剑也已经攻到。

此时秦高飞如果躲剑，则戟落，名誉扫地；如果接戟，则中剑，此战必败。

但秦高飞还是毫不犹豫地选择了接戟！

只见秦高飞身体急速后退，躲过剑锋，后退的同时身体拔地而起，飞起接戟，但楚鸿飞的剑也从下而上紧刺而来。

秦高飞飞起接戟，身体在空中没有重心依托，难以转换姿势，无论如何都难以躲过楚鸿飞的这一剑。

楚鸿飞深知这一点，这是自信。

秦高飞也深知这一点，这是自知。

所有人都捏了一把汗，两个回合就分出胜负，南护和北护之间的差距实在是太大了。

但事情的发展却出乎所有人意料，秦高飞并没有真正接戟。秦高飞跳起之后，面对掷来之戟，只是用手碰了一下戟身，改变了戟的飞行方向，同时借着碰戟的反力，身体在空中完成了一次横身旋转，既躲过了刺来之剑，又让冷月蟠龙戟在空中变向后直逼楚鸿飞的咽喉。

楚鸿飞这一剑已经刺出，身体重心已前倾，此刻面对突然变向飞来的冷月蟠龙戟，只能用手去挡。

而秦高飞在空中旋转之后，又顺手抓住了戟尾。楚鸿飞用手打飞空中无力之戟倒是不难，但此刻戟柄已在秦高飞手中，秦高飞身体落地之时，也许就是刺穿楚鸿飞咽喉之刻。

楚鸿飞心中大叫不好，但此刻已没有别的办法，只能下意识地用手向外一拨，让他万万没有想到的是，秦高飞手中之戟被他如此轻轻一拨，竟然刺空过去。

一戟刺空，秦高飞的身体也被重戟带着向前。

此刻的画面，楚鸿飞一剑刺空，身体前倾。

秦高飞一戟刺空，身体前倾。

两人轰然撞击在一起，这是秦高飞精心设计的结局。

楚鸿飞之所以能轻易拨开秦高飞手中之戟，是因为秦高飞故意为之。

秦高飞就是想让两人的身体撞击在一起，而且是硬碰硬地撞击在一起。

撞完之后，两人身体异位，秦高飞站在了楚鸿飞出剑前的位置，楚鸿飞站在了秦高飞起跳前的位置。

两人四目相对，楚鸿飞面露赧色，收剑抱拳，俯身跪拜道："南护楚鸿飞参见帮主！"

众人看得不明所以，胜负未分，楚鸿飞何以会主动认输？

只有楚鸿飞心里最清楚。

第一回合，楚鸿飞先行出剑，秦高飞赤手空拳，虽是和手，但秦高飞已算胜出。

第二回合，秦高飞能在两难之境化险为夷，又取得反攻之势，其实已经赢了。

秦高飞取得反攻之势后，本可一戟击伤楚鸿飞，但秦高飞并没有这样做，而是故意让楚鸿飞拨飞来戟，让自己刺空，只用自己的身体撞击楚鸿飞，给楚鸿飞留足面子。

最后这一撞，实际是两人内力相撞，外人看不出来，两人却是心知肚明，秦高飞的内力高于楚鸿飞，再战下去，已无必要。

经过这两个回合的交手，无论是功力、掌法还是人品，楚鸿飞对秦高飞都已心服口服，所以愿赌服输，立即收剑跪拜，再无觊觎之心。

众人见楚鸿飞都已认输跪拜，也都齐齐俯身跪拜道："属下参见帮主！"

此刻，秦高飞已是新任金沙帮帮主，无人可争！

秦高飞考虑到天下战乱，遍地流民，除了走私和贩人的勾当，已没有厚利可图，遂全面收缩金沙帮业务。封楚鸿飞为全线守护，孙鹏程为南段守护，吴冰为北段守护，李聪阳、封临江、凌昊、刘有峰、周盘伟分别为五个船队的船运使，大本营设在朝天门。

整顿完帮务后，秦高飞立即选调精干力量，派出一艘楼船送杨傲东去。在秦高飞的安排和建议下，彤弓也选择走水路，计划在九江码头转船，经鄱阳湖到江西德安。

一想到兄弟三人还能一起走一段水路，大家自是高兴得不行，遂匆匆收拾行囊，准备乘船东去。

第五十六章　一路高歌向天涯

初春的朝天门码头生机盎然，桃花簇簇，空气中弥漫着醉人的花香。

秦高飞率领金沙帮帮众在码头送行。

杨傲走在桃树下，突然停下脚步，认真欣赏起一朵粉白色的小花，而后似有所感地随口吟道："春归脚步迟，春去未相知。我叹桃花落，桃花笑我痴。"

彤弓闻声随口接道："花落花不再，落地已非花。你为桃花叹，桃花不是花。"

杨傲微微一笑，紧接着又道："人回人又去，春去春又回。心静桃花笑，心动桃花悲。"

彤弓转头看向滚滚东去的江水，略显沉重地说道："去去复去去，回回复回回。人春本一样，一季一悲摧。"

二人彼此心领神会，未再言语，默默登船而去。

秦高飞站在码头上，一直目送大船消失在视野中，才神情黯然地离开码头。

有时候，读懂别人首先要能读懂自己，被别人读懂远胜过被别人虚赞。

英雄最难被别人读懂，这是英雄的寂寞，如能在这样的高度找到一起狂欢的知己，有一人，便足矣！

杨傲和彤弓便是这样默契的知己，虽同乘一船，但却也离别在即，这种复杂的心境不是本人亲历，永远也体会不到。

杨傲站在船头，望着滔滔江水说道："人生就是一段未知的旅程，一段未知的旅程也是一段未知的人生。"

"那咱们三兄弟就把这段旅程作为一次精神的洗礼，忘记悲苦，把酒高歌，不醉不休！"彤弓沐浴江风，红衣猎猎，豪情万丈。

李麟儿闻言"嗖"的一下窜到胡靖扬身边，笑嘻嘻地说道："大嫂，亲自下厨整俩小菜呗，我陪大哥二哥喝一杯。"

胡靖扬被李麟儿鬼魅般的身影吓了一跳，故作生气地道："打扫？行，我这就去打扫！"

胡靖扬说完扭头便走，杨傲和彤弓看着李麟儿笑出声来，李麟儿一脸蒙圈地站在那里，显然早已忘记了自己的酒后之言。

"大哥成亲那天喝完酒是不是又撞树上了？说过啥话都忘了吧。"彤弓立即打趣道。

"没有啊！那天撞门上了，直接抱着门槛子睡一宿，也没人管我！"李麟儿说完，杨傲和彤弓都摇头苦笑。

不一会儿，胡靖扬就端来几个精致的小菜，三人在三层楼船的甲板上支起小桌，一边欣赏美景，一边畅饮高歌，自从兄弟们下山以来，还从来没有过如此轻松和舒畅。

这一条长江水路，景色之美直击心灵，令人震撼。

既有江南烟波浩渺、妙景婆娑的精致，又有中原山峦起伏、海纳百川的壮美；还有云贵碧水彩云、层峦叠嶂的妩媚。

这是华夏民族精神气质的发源和形成之所在。

中华民族就如同这咆哮的江水，在一次次惊涛拍浪中释放着生命不息、拼搏不止的豪迈。

就如同那遍地的青芒，缺少养分、缺少阳光，却依然做自己命运的主宰倔强生长。

就如同那孤傲的峡谷，永世荒凉却从不绝望，甘于孤寂却从未放弃，把天堑通途送给最有勇气和智慧的人们。

就如同那山巅的古木，活着要唱出一首生命赞歌，死去也要化作不朽的精神丰碑。

还有那雪山雄关，无畏无惧、傲视四方。

这，就是中华民族！

彤弓和杨傲一路喝酒吟诗，李麟儿箫声扬动，江山如画，笑傲江湖。

大船很快穿过石宝寨，傍晚时到达白帝城，杨傲摇摇晃晃地站起来说道：

"今晚我们就停靠在白帝城，让我们在这里探知原始而苍劲的野性魅力，寻找壮士喋血的古代战场，追思惊心动魄、撼动古今的壮阔历史，感念开疆拓土、威宣天下的大汉之魂！真是快哉！"

此刻三人早已喝得烂醉，大船停靠白帝城后，啥也没感受到就都呼呼大睡了。

很多江湖侠士及官吏乡绅闻讯前来拜会，在白帝城码头整整等了一夜。

第二天一早，就有人把烤好的全羊、封坛的美酒一一抬到船上，又留下了很多盘缠。

彤弓赶紧下船回礼，有些难堪地道："昨夜醉酒，多有怠慢，还望各位兄弟勿怪！"

"忠义门早已名动天下，兄弟们慕名而来，今生能有幸一见各位侠士，死而无憾了！"说话的是一名满脸伤疤、发型奇特的壮汉，人称杜疯子，是这白帝城地界上的侠义之士。

彤弓见此人气质不凡，遂抱拳施礼道："不知壮士姓名，他日有缘，再与君饮！"

"在下杜威，叫我杜疯子便是，若能与彤门主一饮，杜疯子此生不白活了！"

杜疯子说完，彤弓哈哈大笑道："那此刻便疯一把可好？"

杜疯子怔了片刻，随即恍然大悟道："好！拿酒来！"

后面的兄弟立即搬来一坛老酒，杜疯子亲自启坛倒了六大碗，倒完之后，杜疯子抽出腰刀，一刀割破手掌，在酒碗中各滴了一滴血。

"彤门主不介意吧？"杜疯子带着满脸狰狞的刀疤真诚地看着彤弓。

"哈哈哈！莫再叫我门主，今后以兄弟相称了！"彤弓说完也割破手指，在碗中各滴了一滴血。

杜疯子哈哈大笑道："好！真痛快！"

二人连干三大碗酒，彤弓上船挥手告辞。

杜疯子抱拳相送。

彤弓站在船首，风起衣扬，高声道：

> 饮马长江白帝城，彻夜相守萍水逢。
> 天下何缺识君客，烹羊煮酒送我行。
> 酣饮血酒三大碗，一声兄弟一生情。
> 跪地相送心飞荡，乱世疯癫再纵横。

大船起锚，顺流而下，片刻便消失在茫茫云水之间。

虽只有一面之缘，但杜疯子已把彤弓当作此生结义兄弟，今后赴汤蹈火，在所不辞。

船上兄弟三人品尝美酒烤羊，欣赏旖旎风光，很快就越过了云阳张飞庙，直逼瞿塘峡。

这一路三人没有昨日兴奋，迎风破浪，缓酌慢饮。

这一条长江水路，曾有无数可歌可泣的故事发生，行进在路上，历史画面便一一展现在眼前。

虽然这条路本身没有记忆，但触摸之后还是能感受到纵贯古今的存在，就像天空没有留下翅膀的痕迹，却见证了无数次的飞翔。

船进瞿塘峡，高峰林立，峭壁直立倒悬，高山飞瀑怦然雾化。

彤弓等人一时看得呆了，这时杨傲摇摇晃晃地站起身来，有感而发道：

山中神停，

芳华绝代春风妒，

绝无景穷处。

坐观三峡恨平生，

不能振翅高飞御风行。

回首不见来时燕，

唯有空惊叹。

问她何故弃红尘，

却道上世轮回苦做人！

吟诵间，大船九转直下，飞进巫峡，水声隆隆，犹如一条巨龙带着高山峻峰的愤怒，咆哮奔腾而出，龙头直捣江底，又腾空而起，挣扎着发出冲天怒吼，似要垂死一击，挣断大自然绑缚的铁链，裹挟的大量水花化作漫天迷雾，伴随的万千鱼儿撞晕在山脚崖下。

这是何等的愤怒，竟如此不顾一切放手一搏，让大地震颤，令人心魄俱夺。巨龙不断地撞击群山，又不断地咆哮回旋，每一寸身躯，每一寸骨架都奔涌着生命的力量，不服天地，睥睨万物，腾天怒吼，滚滚东去，无物能够锁住，无人能够征服！

彤弓等人还没有从巫峡的震撼中缓过来，大船已进入西陵峡。两岸郁郁葱葱，景色变换无穷，彤弓也摇晃着站起来，有感而发道：

满目葱葱满目青，

看似秋浓，

竟是春风。

两岸山川各阴晴，

脚踏巨舰，

身处苍穹。

搏击白浪笑功名，

举杯高歌，

指月摘星。

天高云阔唱大风，

自然无我，

一叹身轻！

这时，胡靖扬把烤全羊加热后又端了上来，香飘四溢，沁人心脾，李麟儿把酒倒满。

此刻三峡已过，水流稍缓，江面开阔很多，李麟儿举杯远眺，笑呵呵地说道："此刻我也要吟诗一首！"

270

说完立即理衣昂首，高声说道："江阔青山远，肉香近岸凉。酒尽骨头落，入水带余香。"

彤弓哈哈大笑道："诗倒是好诗，只是与你这一身白衣和粉面长箫不配啊！"

杨傲微笑着起身道："我给你和一首吧?"

李麟儿转头看向杨傲道："和可以，但要有我这种意境才行啊。"

杨傲笑着随口吟道："兄弟把酒问青天，不羡皇帝不羡仙。一路高歌同进退，大口吃肉大口干！"

"哈哈哈……好！好！意境相通，意境相通啊！"李麟儿说着给彤弓和杨傲都倒满了酒，"来！喝酒！"

夜晚时分，船进宜昌港，靠岸休整，几人沐浴江风，继续喝酒畅谈，直到杨傲又趴桌不醒才各自回房。

第二天大船继续启航，几人醒来已是中午时分，大船已入洞庭湖水系。

水天一色，烟波浩渺，彤弓等人本想登岳阳楼，却怕当夜赶不到鄂州，遂无奈放弃。

杨傲遥望兴叹道："不以物喜，不以己悲。仅这一句，范文正公和岳阳楼就足以名留千古！"

"可天下广为传颂的却是'先天下之忧而忧，后天下之乐而乐'这一句。"彤弓略带遗憾地说。

杨傲微微一笑道："能做到第一句，已是圣人，第二句自然就成了废话；若做不到第一句，第二句便是欺人欺己，倒还不如一句废话了。"

杨傲说完，彤弓沉思不语，望着滚滚长江迎风而立。

船行飞快，不知过了多久，激流咆哮、云水翻腾，两岸悬崖峭壁俯视大江，给人一种沧桑阴冷之感。

众人举目四望，只见矶头临江悬崖上刻着"赤壁"两个大字，杨傲站在船头，朗朗吟道：

> 大江东去，浪淘尽，千古风流人物。
>
> 故垒西边，人道是，三国周郎赤壁。
>
> 乱石穿空，惊涛拍岸，卷起千堆雪。
>
> 江山如画，一时多少豪杰。
>
> 遥想公瑾当年，小乔初嫁了，雄姿英发。
>
> 羽扇纶巾，谈笑间，樯橹灰飞烟灭。
>
> 故国神游，多情应笑我，早生华发。
>
> 人生如梦，一尊还酹江月。

"苏东坡先生的《赤壁怀古》，人景合一，气势磅礴，真乃千古绝唱！"彤弓说道。

"东坡先生倾慕周瑜破曹之伟业，渴望自己建功立业而不可得，诗句虽然豪迈奔放，却始终难掩心中壮志难酬的抑郁之情，豪放中带着悲凉，读来总让人有些心伤。"

杨傲说完，江面突然刮起一阵阴风。

彤弓心有所感，望江兴叹道：

> 百年沉船万骨兵，千载遗恨入五经。
>
> 大江不语血溅泪，可怜忠魂叹伶仃。
>
> 不知豪侠今何在，因恨平地起东风。
>
> 拂袖一别沧海笑，岂怕无名印丹青。

"这首诗你是替东坡先生作的吧？"杨傲笑着问道。

"何以如此说？"彤弓知道杨傲能读懂自己，却也故意反问一句。

"百年之前，东坡先生站在江边，遥望几十万甲兵沉没之处，遗憾周瑜英年早逝，倍感壮志未酬之恨。可惜这滚滚长江无法诉说曾经发生过的血雨腥风，只剩下一个忠臣义士孤零零地站在这里哀叹，古来豪侠多遭奸人陷害惨死，天地间一个个阴魂徘徊不散，真想挥手一别远离红尘纷争，沧海桑田都在一瞬之间，又何须在乎自己能否名垂青史呢。"

杨傲说完，彤弓微微一笑道："东坡先生放下了吗？"

"如果放下了，又怎么能有后来如此波澜壮阔的内心世界，又怎么能留下如此多脍炙人口的鸿篇巨作。还是那句话，苦、辣、酸、甜，悲、欢、离、合，都是人生大戏的调味，每一个遭遇，包括劫难，都是值得珍视和庆幸的财富。"

杨傲说完，目视前方，似有所思。

彤弓微微点头，片刻又道："能感受到苦难或曲折的乐趣，把经历变成财富也是一种人生境界啊！穿过百年沧桑，东坡先生的成就根本不在他的仕途，而恰恰是苦难带给他的这些对生活的热爱。豪迈的诗句、奔放的胸襟、乐观的态度、潇洒的人生，每一项都足以笑傲古今、光耀千秋！"

"是啊，如果能重活一次，何须慨叹多情笑我，早生华发，人生如梦，又焉知此梦非真！"

杨傲说完，彤弓哈哈大笑道："重活已不可能，此生如活不好，再重活十次也是一样！"

"那就好好活过此生，天地无愧，幸甚快哉！"杨傲临风微微一笑，似有所悟。

这时眼前一道白影飞过，李麟儿已飞身跃上船顶，白衣飘飘，箫声悠扬。

"听水韵,想清幽,悠悠岁月乐中求。红尘有梦诸多愿,不及闲暇自在游!"

杨傲听到李麟儿的吟唱有感而发,大声吟道:

寄情山水忘红尘,弃履他乡叹荒坟。

本是孤旅凡间客,却思灵境上青云。

看尽落魄今朝事,不惑风华昨日痕。

仰望苍天评水色,煮酒会诗觅知音。

彤弓听后接着吟道:

闭目听心花落处,一池荡开一池悠。

鳞波千顷接心海,碧空万里覆九州。

兄弟相知不离去,北雁成行未别眸。

对景伫立当高歌,却叹芳华不肯留。

"好!兄弟一生一起走,执剑高歌行,何惧芳华去!哈哈哈……"杨傲一时兴奋起来。

"麟儿!叫船家炖几条江鱼,咱们再喝一场!"彤弓说完,李麟儿如一条白龙飞落到附近的渔船上。

渔船上的渔民用的都是天然的调味料,江水炖江鱼,味道之醇美,自然不是岸上的酒楼可比的。

兄弟三人品尝江中美味,不提离别和梦想,话题逐渐轻快起来,人的情绪和周边的景色形成共鸣,酒也喝得更加畅快淋漓。

傍晚时分,一栋气势雄壮的楼宇出现在江边,层层错落有致,翼角嶙峋多姿,犹如一只巨大的黄鹤展翅欲飞。

"是不是黄鹤楼?"李麟儿惊呼道。

"故人西辞黄鹤楼,烟花三月下扬州。孤帆远影碧空尽,唯见长江天际流。"彤弓端着酒杯,随口吟诵李白的诗句。

杨傲起身走到船舷边,直目黄鹤楼,许久才说道:

有缘一睹黄鹤楼,

清心伴水流。

楚天极目意难收,

回眸乱世休。

品江鱼,避离愁。

人生何所求。

不知太白有何谋?

一醉到白头!

杨傲说完，兄弟三人哈哈大笑，彤弓站起身道："不要再多愁善感了，咱们今天也一醉白头！"

说话间大船已进入鄂州港，吕文焕带兵在岸边列队相迎，场面之浩大，着实让人惊心动魄。

彤弓等人喝得迷迷瞪瞪地下了船，吕文焕一身戎装威风凛凛，身后甲士神采奕奕。

吕文焕抱拳道："各位舟行劳顿，文焕在此等候多时了！"

"将军阵仗足见大宋军威，将军治军有方，此万民之福啊！"杨傲醉酒之下瞪着眼睛说道。

彤弓和李麟儿都奇怪地看了杨傲一眼，心想大哥什么时候也开始拍马屁了。

"诸位是我上任荆襄以来，第一批到访的故人，理应为诸位接风洗尘，聊慰当日金沙江会猎之情。"吕文焕说完做了一个请的手势。

酒宴上，吕文焕频频表达要招抚彤弓等人在军中效力的意思，都被彤弓婉言谢绝，吕文焕见彤弓等人心意已决，也不好勉为其难。

加上杨傲已经喝多，一会儿拍马屁，一会儿痛骂奸臣，一会儿要化归宇宙，一会儿要拥抱自然，吕文焕觉得无趣，遂草草散场。

第二天一早，吕文焕在码头设酒送行，吕文焕端起一杯酒道："我吕文焕立志报国，与各位本是一道，为何不能留在此地互为臂助呢？"

杨傲端起酒杯道："我等的目标是改变自己，进而改变世人，如能树立一座丰碑，让良知回归，则无憾矣！若只关注一件事、一个人、一个地方，则适得其反了。"

吕文焕听后干了第一杯酒，众人陪饮。

吕文焕紧接着又端起第二杯酒说道："既然如此，那诸位能否在鄂州再多停留一天，我想与先生论道。"

杨傲一饮而尽，微笑着道："将军公务繁忙，我等不便打扰，天下无道，道一而已，只需纯净心体，何须高谈阔论。"

吕文焕听后面带忧虑地将酒饮下，又端起第三杯酒道："今日一别，不知何时才能再见……"

"一曲清歌满樽酒，人生何处不相逢。"杨傲说完一饮而尽。

吕文焕听后无奈一笑，又倍觉伤感，随口吟道："流水便随春远，行云终与谁同，酒醒长恨锦屏空，相寻梦里路，飞雨落花中。"说完也一饮而尽。

吕文焕十分无奈地和杨傲等人挥手告别，转身黯然离去。

杨傲和彤弓也转身上船，这时吕文焕突然又转身大喊一声："等等！"

　　杨傲和彤弓等人闻言回头，只见吕文焕再次拱手，低头说道："诸位一路小心，一路小心……"

　　吕文焕声音越说越小，低头抱拳，不再言语。

　　彤弓等人也再次抱拳告辞，大船启航而去。

　　吕文焕慢慢地抬起头，却已泪流满面。

　　他久久注视着彤弓等人的楼船不去，眼中满含不舍与惋惜，因为在他眼中，这艘大船正在驶向死亡。

　　而他，却无能为力。

第五十七章　翻江倒海失麟儿

不一样的道路，不一样的风景，不一样的同伴，不一样的心情，旅程如是，人生亦如是。

离别的日期越近，情感的起伏反而不似前些天那么强烈了。

虽然离别仍然是个沉重的存在，但对待它的态度已然平静了很多。

离开鄂州，彤弓、杨傲和李麟儿站在船头，望着滚滚东逝的江水和往来的船只，眉头紧锁，一言不发。

胡靖扬见兄弟三人既不饮酒，也不吟诗，陷入一种压抑的沉默之中，反而让人觉得特别难过，遂躲进客房，偷偷流泪。

船行飞快，中午时分就已穿过九江口，即将到达湖口码头，一望无际的鄱阳湖尽收眼底，彤弓将在这里下船，只身前往德安。

这时，一阵渔民的歌声打乱了几人的思绪，胡靖扬也闻声走出客房，来到三层甲板。但见前方一艘渔船上有几个大汉在喝酒吟唱，曲调豪迈，声声入耳。

只听几人唱道：

> 兄弟啊，你是无望时远方闪烁的灯塔。
> 兄弟啊，你是失落时东方升起的朝日。
> 兄弟啊，你是脆弱时熊熊燃烧的烈火。
> 兄弟啊，你是失助时海上驶来的航船。
> 兄弟啊，你是畅快时烈如奔马的美酒。
> 兄弟啊，你是奋进时耳边响起的战鼓。
> 兄弟啊，你是寂寥时天边舞动的云彩。
> 兄弟啊，你是迷茫时夜空闪烁的星光。
> 兄弟啊，你是危难时从天而降的雄兵。
> 兄弟啊，你是远隔万里依然感念的守候。
> 兄弟啊，你是呼吸尽头依然不舍的陪伴……

彤弓等人听得入迷，丝毫没有察觉到有两艘双层渔船已快速行驶到楼船的两侧。

船上的人躲在船舱里张弓搭弩，一支支黑亮的箭头已对准了彤弓等人。

女人的第六感有时候准得惊人，胡靖扬突然感到毛骨悚然，遂看向楼

276

船两边，吓得大叫一声："小心！"

话音刚落，一排排利箭便呼啸而至，彤弓和李麟儿立即卧倒，杨傲因为听歌听得太过入迷，动作慢了一些，一支利箭射中左臂，一支利箭擦破额头，险些丧命。

由于两边的渔船没有彤弓等人所在的楼船高，所以几人卧倒后匍匐前进，两边的箭镞密集射进来。

彤弓等人一边格挡，一边快速向楼下跑去，这时两边渔船上的刺客已经纷纷跳上楼船。

楼船上的船员都是秦高飞细心挑选的好手，功夫自然不低，但彤弓等人赶到一楼后，楼船上的船员却已死伤过半，可见这些刺客绝非江湖劫匪，而是一等一的高手。

彤弓见状大喝一声，迅速加入混战。

彤弓和李麟儿猛攻左侧来敌，杨傲和胡靖扬死守右边船舷，杨傲虽然受伤，但战力尚存，在这种狭小的空间战斗，人多有时候也用不上。

这样的混战对身经百战的彤弓等人来说是家常便饭，刺客根本占不到任何便宜，几个回合下来，冲在前面的都被击死击伤，后面的纷纷退出船舱。彤弓等人一夫当关，万夫莫开，这些刺客再想强攻进来已经不太可能。

这时一阵急促的口哨声响起，两边的刺客纷纷跳回渔船，与此同时，左边渔船上有一人跳上楼船甲板，浑身缠满震天雷，引线已经点燃，正拼命从船头向船舱冲进来，想与大船同归于尽。

这群亡命之徒竟发动了自杀式袭击，这一身震天雷，足以将大船震上天，船上之人也将粉身碎骨。

此刻，怕是有神仙降临，也救不了大船上的人了。

船上的人都看到了这疯狂的一幕，面对此种险境，只有两种选择，一是逆行出击，拦住要同归于尽的刺客，二是转身逃跑，跳入江中。

但第一种选择根本来不及操作，刺客从甲板到船舱显然比彤弓等人从舱尾到甲板的距离要近得多。

第二种选择也难以化险，因为纵使成功跳江躲过爆炸，但跳江以后一样还是船上刺客箭弩射击的活靶子。

但没有人来得及思考，下意识一定是快跑跳江，彤弓等人也不例外，就在大家纷纷向舱外跑去的时候，一道白影逆行飞过。

这道白影速度之快，快得连刺客也没有想到，就在刺客纵身一跃，即将跳进船舱的时候，一道白影在空中抱住了他。

彤弓回头大喊一声："麟儿！"

277

杨傲张着大嘴没有喊出声来，但喊与不喊都已经不重要了。

李麟儿在空中抱住刺客，借着冲击的势能，直接飞入江中。

"轰"的一声巨响。

耳膜鼓胀之后，只见巨浪翻腾，大船摇晃欲倾，众人怔在当场，一时不知所措。

但刹那间彤弓和杨傲就反应过来，疯似的向甲板跑去，此时的大船还在摇晃。

彤弓和杨傲不知道是腿脚发软，还是摇晃所致，几次跌倒、几次爬起，几乎是连滚带爬地跑到甲板，口中大叫"麟儿"不止。

彤弓撞碎船舱窗户，冲上甲板，这时右边渔船上又有一人跳上楼船甲板，浑身也缠满了震天雷，引线已经点燃。

原来左右两艘渔船上各有一名自杀式袭击者，一人袭击不成，另一人接着冲上，不达目的绝不罢休。

这时的彤弓正处在无比狂暴和极度悲伤的状态下，速度和力量均已达到了顶峰，此时纵是神兵天降，也会被他一杖击得粉碎。

所以这个自杀式袭击者跳到船上还未站稳前冲，就被彤弓硬生生抓起，像扔小鸡一样扔到了右边的渔船之上。

又是"轰"的一声巨响……

彤弓悲极狂啸一声，跳入江中，他要去找李麟儿。

可滚滚江水哪里寻得见，即便李麟儿不被炸得粉身碎骨，也早随波远逝。

此时杨傲和胡靖扬也已冲上甲板，杨傲趴在船舷上大喊："麟儿！"

可是，彤弓和李麟儿都早已不见。

但左边渔船上的刺客还在，再一次张弓搭箭向杨傲射来，胡靖扬只身格挡，将杨傲拉到右边船舷躲避攻击。

这时，胡靖扬看到左边渔船的船顶站着一人，正在操控整个江面局势，一看便是此次刺杀行动的指挥者。

胡靖扬顺着廊柱飞身跃上三层楼船甲板，居高临下，飞扑而去，直击左边渔船船顶的刺客头领。

刺客头领此时正在指挥攻击，没有注意到从天而降的偷袭，等感到危险时已经来不及了。

胡靖扬双剑劈下，刺客头领慌忙抽刀格挡，但只挡住了长剑，却不料还有一把短剑。

胡靖扬长剑砸向刺客头领，借着刺客头领挡剑的力，空中翻身，落地之时已在刺客头领身后，手中的短剑直直扎进刺客头领的后腰。

刺客头领大叫一声，胡靖扬紧接着一脚踢在其胸窝处，刺客应声跪倒在地，长剑已架脖颈。

"叫他们住手！"胡靖扬大喊一声。

刺客头领犹豫一下，胡靖扬突然加力，剑刃瞬间沾血，刺客头领立即打了一个口哨，所有刺客均停止攻击，抬头向船顶看去，却见头领被擒，都面面相觑，不知所措。

"你们是什么人？为什么要刺杀我们？"胡靖扬刚问完，突然一支羽箭不知从何处"嗖"的一声射来，不偏不倚正中刺客头领的咽喉。

胡靖扬大惊失色，尚未清楚发生何事，船上的刺客也已纷纷中箭，有的当场毙命。

胡靖扬定睛看去，正前方不知何时开来一艘五牙大船，船顶甲板站着一人。

但见此人头戴虎纹束发紫金冠，身着一品红锦蟒花袍，外披雄狮吞金连环甲，威风凛凛、器宇轩昂，正是江、汉、归、峡、襄、郢军马大总领吕文德。

五牙大船靠近之后，船上护卫跳上渔船，对负伤的刺客进行屠杀，负伤落水者也被射杀。

"竟敢在我的辖地行凶，一律格杀勿论！"吕文德面无表情地说道。

"不问问是什么人吗？"胡靖扬怒目看向吕文德。

"都是些亡命图财之人，何须多问！"吕文德说完斜眼看了胡靖扬一眼，又转头面向杨傲说道："杨先生别来无恙，文德管制不力，让先生受惊了！"

杨傲哪里有工夫理会吕文德，仓促抱拳略做应付，就趴到船舷边继续大喊："麟儿！麟儿！……"

此时的彤弓还在疯了一般扎向江底，找寻一圈后浮出水面，喘口气后复又扎向江底，如此循环往复，一刻未停。

杨傲看到彤弓刚浮上来，复又沉下去，既不听杨傲的大喊，也不说一句话，只是疯了一般不停地潜入水底，扎向江中。

杨傲全身多处负伤，血流不止，此刻见彤弓已近发疯，也顾不得许多，一头扎入江中。

胡靖扬在渔船船顶看得真切，也大喊一声扎入江中，彤弓在疯狂寻找李麟儿，杨傲在疯狂寻找彤弓，胡靖扬在疯狂寻找杨傲。

吕文德在船上看着江中拼命的三人，眼中的杀机逐渐显露，此刻要射杀三人，如捻草芥。

但吕文德还是犹豫了，因为刚才的两声爆炸，周边的很多渔船已经围

了过来，大家都在看热闹。此刻杀了水中三人，又如何能堵住天下悠悠之口，况且这些渔民都野性难驯，很难掌控，一旦闹大，只怕将因小失大。

特别是金沙帮楼船上还有幸存的帮众，要杀也要一起杀掉，此刻如何能毁尸灭迹？

杀，天下皆知，人心尽失，忠义之士都将背弃吕家。

不杀，将来名动，难为己用，势必成为心腹大患。

吕文德站在五牙旗舰上，眼中充满了矛盾，既有杀意，又有怜悯，既有犹豫，又有不甘，实在难以做出决定。

这时彤弓再次浮出水面，杨傲死死抓住彤弓，胡靖扬死死地抓住杨傲，为的是不让彤弓再次下潜，因为彤弓已近力竭，再潜下去危险实在太大。

彤弓还在水中挣扎，在这样的激流旋浪中连续不停地下潜，还能活着浮上来已经是奇迹，连围看的渔民也都啧啧称奇。

但李麟儿没了，彤弓内心的崩溃无以复加，他不停地告诉自己，必须要潜下去、潜下去，直到找到李麟儿为止。

活要见人，死要见尸！

但彤弓自己也知道，他实在潜不动了，这让他更加崩溃，他的眼泪如洪，与这滔滔江水混搅在一起；他张着大嘴喘着气，江水倒灌口中，他能感觉到江水是咸的，与他的眼泪是一样的味道。

大江大河亦有感情，她也哭了。

天地万物都是微尘所化，均可共鸣，而最有感情的还是人，最没感情的也是人。

彤弓的意识逐渐模糊，楼船上的金沙帮船员将三人营救起来，彤弓肺中灌水太多，大家一起紧急施救。

大船缓缓靠岸。

一场精心筹划的刺杀行动失败了，但也没有完全失败，苍龙之子李麟儿沉入江中。

吕文德仰天长叹："也许这就是天意！"

江中渔民本来要好心帮着打捞，却被吕文德一一驱散，因为这些刺客都是皇城司的人，必须要毁尸灭迹，再栽赃到江匪渔民的头上。

第五十八章　灼艾分痛痛更痛

一夜江风怒吼，巨浪滔滔，犹如亢龙吸水，潜龙升天！

第二天一早，风平浪静，如同什么都没有发生过一样。

彤弓苏醒过来，面容憔悴，呆滞地看着江面，如果一切都没有发生该有多好，兄弟三人还能把酒言欢。

想到这里，彤弓的眼泪又簌簌流下来，他站在甲板上，扶着船舷，大声痛哭，哭得声嘶力竭、肝肠寸断，听者无不动容，见者无不落泪。

杨傲站在船舱里，看着彤弓，涕泪横流，他没有像彤弓那样大声哭出来，而是全身瑟瑟发抖、无声哽咽，这种憋着巨大悲痛的哭法却让人更加难受。

胡靖扬一夜涕泪，眼睛早已哭红，她虽总是嗔怒李麟儿，但其实与这个小弟感情甚好。

金沙帮的十三名船员也有六人殒命，剩下的七名伤员将楼船挂满白幡，站在甲板上扔撒纸钱，超度亡魂。

彤弓坐在船舷边，看着纷纷落下的纸钱，也抓了一把，一张一张地扔向江中，边扔边哭诉道：

"兄弟啊！再也不能一起浴血奋战，再也不能一起把酒言欢，再也不能一起纵情高歌，再也不能一起快意人生了！

"痛惜啊！痛惜！无辜遭此难，久久痛难续。痛心痛彻骨，兄弟从此去。问天无门，叩地无声，浩瀚苍穹满天星。星儿落，魂飞离，呜咽咽，黯悲啼。黄纸满江掩长堤，痛心处，血泪涌滴滴。一夜芳华去，身灭痛怜惜。

"你不在，兄难息，满眼血泪思白衣。你不在，兄难安，几度魂飞上梵天。恨恨恨！恨透劫匪恨连连，恨透苍天恨绵绵。叹叹叹！顶天立地男子汉，为何天意妒英才。念念念！捶胸顿足人恍惚，念念不忘兄弟颜。

"铁骨铮铮从此去，此去再也不复还。杯酒尚温刺心骨，昨日欢歌在眼前。从此再无三人舞，孤身东去影只单。

"风雨潇，云水翻。无情人间更寂寥，兄弟之心铁冰寒。点孤灯，伴远船，再无醉影撞大树，也无箫声撒满天。只恨不能替你死，遗痛百年泪涟涟。天数无道人有道，誓将恶人都杀完。莫忘五年约定日，与弟飞奔向月圆。"

彤弓说完，伏地大哭，突然一个缥缈的声音钻进彤弓的耳朵：

"魂飞魂散魂归聚，潮来潮去潮悟参。冥冥自有转圜处，不可思议天地间。"

这是多么熟悉的声音！

"古雪大师！"

彤弓大喊一声，豁地站起，四处张望，却根本不见古雪大师的影子，但他明明听见了古雪大师的声音。

彤弓激动不已，此时杨傲走了过来，奇怪地看着彤弓道："你看到古雪大师了？"

彤弓还在四处张望，边看边说："没有，没有看到，但我听到他说话了。"

"你昏迷一夜，伤心过度，定是出现幻觉了。"杨傲看着彤弓憔悴的样子平静地说道。

"魂飞魂散魂归聚，潮来潮去潮悟参。冥冥自有转圜处，不可思议天地间。"彤弓把听到的话又重复了一遍道，"这是幻觉吗？"

杨傲听后沉默不语，随即也四处张望，最后仰望天空，云层中好像有一个笑脸慢慢消失。杨傲鼻子一酸，眼睛有些湿润，突然俯伏在地，含泪说道："大师度我！"

彤弓抬头看看灵透的天空，又低头看看伏地的杨傲，张口问道："你看到古雪大师了？"

杨傲没有说话，但脸上已无悲伤。

江风渐起，万物摇动，似乎都要齐齐地向某个方向或某个人遥拜。

但很快又都恢复了平静，江水依然滚滚东去，片刻不息；草木依然翠绿繁盛，不觉心伤。

杨傲伏地良久不起。

"大师何意？"彤弓急切地问道。

杨傲慢慢站起身道："大师何曾示意？"

"我刚才明明听到了大师的声音，还有这首诗，这不是古雪大师示意，又是何人？"彤弓紧接着追问道。

"也许是你自己！"杨傲说完向船舱走去。

"我要去找麟儿！"彤弓冲着杨傲的背影突然喊道。

杨傲闻言停住脚步，一字一顿地道："莲开莲笑，花谢花叹，天地无私，人力难为，只需静待冥冥转圜。"

"人力难为，修行何用？麟儿是古雪大师的关门弟子，就这样眼睁睁看着他葬身江底，无动于衷！"彤弓情绪有些激动。

杨傲回头看着彤弓道："你怎知大师无动于衷，否则你又怎能听到大师的声音？"

"你看，你承认了吧！还说大师没有示意？"

杨傲没有说话，彤弓紧接着又道："大师在哪里？我怎么看不到？"

杨傲转身面向江面道："你我在微尘幻化的尘世，大师在意念凝聚的冥空。大师看我们，就像一只如天巨眼俯瞰着整个尘世；而我们看大师，却只能看到目之所及之处的幻象，其实什么也看不见。"

"也就是说，这世间发生的一切古雪大师都看得见？"彤弓追问不舍。

"古雪大师看到的是天下运行的大势，不是我们所看到的眼下悲欢。"杨傲看着江面平静地说道。

"可天下大势是什么？朝廷昏庸，奸臣当道，强敌犯境，百姓流离吗？这些不是大势吗？我们还在苦苦求索，大师为何不出手干预？"彤弓连续发问，显然已经动气。

"干预？你当年出手干预，致使两家灭门，义门解散，闭门不出二十年，今天怎么还能说出这样的话？两国交战，在古雪大师的时间和空间概念里，就如两只蜗牛的触角在碰撞，大师如果干预，这世界将不会有苦难、不会有不公、不会有离愁，殊不知，没有苦难的世界，恰恰是这个世界最大的苦难。只有苦难，才能成就一个人、一个国家、一个民族、一个时代！"

杨傲显然也有些激动，他不明白彤弓今天怎么变得如此糊涂。

彤弓眼睛有些湿润，他岂能不知道这些道理，他只是想逼着杨傲说出来，这样就能稍微缓解一下他对李麟儿的思念和痛苦。

彤弓没再追问，而是转身面向船舱，大喊一声："拿酒来！"

几个船员闻声立即搬了两大坛酒到甲板上，胡靖扬支起小桌，放了两碟小菜，彤弓和杨傲分坐两边。

彤弓在小桌朝向江面的一侧放了一个酒碗，倒满了酒，杨傲知道这是给李麟儿准备的。

两人端起酒碗，互相看了一眼，谁都没有说话，几乎是同时和李麟儿的酒碗碰了一下，一饮而尽。

两个人都知道，李麟儿生死不明，这是思念和痛苦的酒。

两个人都知道，当年那孤鹰他们三人行走天下，意气风发，此刻不知那孤鹰人在何处，生死几何，这是想念和痛苦的酒。

两个人都知道，一年前兄弟六人歃血结拜，而今只剩两人对饮，却也即将分别，这是惦念和痛苦的酒。

这样的酒，一喝就醉！

这样的酒，千杯不醉！

两人从中午一直喝到繁星满天，杨傲不知道吐了多少次，恐怕只有大船周边一群喝醉的鱼儿才能知道。

杨傲端着酒碗，醉眼迷离地说："不舍啊！不舍！"说着说着突然号啕大哭，他从来没有如此纵情过。

彤弓举杯痛饮，眼泪顺着面颊无声流下。

两个人完全颠倒了顺序，本该内敛的开始癫狂，本该癫狂的开始内敛。

这是痛苦到极致的表现，也是悲伤到绝处的必然！

杨傲边哭边说："你到哪里都会有一群人喝酒，从来不会寂寞，孤鹰也能寻得几个，而我一个也没有了！呜呜……你们都能继续喧嚣，而我却一定冷清！痛苦啊！痛苦！离开你们实在是太痛苦了！"

彤弓抬头看向夜空，想吞回奔流不止的眼泪，所有的星星都眨着眼，不知是在开导他，还是在嘲笑他。

彤弓举碗对天，起身说道：

> 今夜望苍天，
>
> 苍天可有仙。
>
> 有仙能度我，
>
> 度我离凡间。
>
> 凡间烦恼多，
>
> 恼多酒歌酬。
>
> 歌酬别情重，
>
> 情重意阑珊。
>
> 阑珊身心乱，
>
> 心乱一缕烟。
>
> 缕烟随风去，
>
> 风去何所欢。
>
> 所欢大梦苦，
>
> 梦苦泪斑斑。

杨傲也站起身来喊道："可以肯定地说，我们的内心都将经历一段不得不承受的孤独！孤独永恒！"

杨傲喊完就趴倒在桌子上。

彤弓看向江面，渔船上灯火通明，三三两两也在喝酒听歌，有些却向彤弓所在的挂满白幡的大船张望，也许是彤弓和杨傲两个人疯疯癫癫地喝了一天，把酒吟唱，实在是太过显眼。

这时杨傲又忽然站起来喊道："真的好想把时间找回来啊！可是却找不回来！"喊完又慢慢坐下，低头自言自语道，"古雪大师说得对！一个情感丰富的人总是会敏感于生死别离，在这种幽怨中品味最细腻、最富层次的生活滋味，又总会被生命的无常拉扯得苦不堪言。"

杨傲摇摇晃晃地端起一碗酒道："大师，我想和你说说话，如果可能，我还是希望有前世和来生，这样既可以感恩和顺受今生的境遇，又可以超越生命的终极，让一切都得以延续。"

杨傲喝一口又接着说道："如果真的可以选择生命的有限或无限，我想绝大多数人都会毫不犹豫地选择后者，难道不是吗？生命的虚无不可超越，是否真的那么残酷？自欺欺人，何尝不是一种幸福。生命总是让我们在学会珍惜中收获幸福，又在不可抗拒中尝尽苦楚。你说对不对？"

杨傲说完趴在桌子上，但很快又抬头喊道："所有追求长生不死的人，必定都是极度热爱生活的人！这绝不是简单的舍不下生命的气息。真正支撑生命的，一定是情感。所有热爱都是情感的寄托，追求在情感面前终会变得渺小，反之却不是。在没有答案的世界里追寻答案，就是一种荒唐而沉重的尝试。走吧，走吧！胸中没有天下，手中定无天下。不管有没有答案，我们都将走遍天下，我们终将征服天下！"说完又趴倒在桌子上。

彤弓看着趴倒在桌子上的杨傲，他刚才说的话自己听得清清楚楚。

彤弓走到桌前倒满一碗酒，对着杨傲的空碗碰了一下，又和李麟儿的碗碰了一下，说道："我们既然不甘寂寞，那就去奋力呼喊、奋力追求、奋力挣扎，人生没有冲破现实束缚的拼死一战，就注定平凡、注定遗憾！男儿傲视四方，何惧悲伤！"

杨傲身子依旧趴在桌子上，头却慢慢抬起来，眼中噙满泪水，悲伤地说道："作为凡人，此刻我要感谢悲伤，痛苦让我觉得真实。人最怕的不是没有喜悦，而是内心没有牵挂与寄托。内心没有爱的人，是不会感受到彻骨的痛的。我庆幸我们到了这个年纪还有如此的热血与深情。我们虽不伟大，但绝不渺小！记得我们的约定，五年，务必回来，务必！无论生死，务必回来，如果爽约，有负此生！"

杨傲说完又趴在桌子上，今夜怕是不会再醒来。

彤弓端着酒碗一饮而尽，又看看李麟儿的酒碗说道："你总说酒不能剩，今天你怎么剩下了？以前你替为兄喝，今天为兄替你喝了吧！"说完拿起李麟儿的酒碗一饮而尽，内心隐隐作痛，突然跪在地上泪流不止。

"记得大哥说的话！五年后的上元月明日，务必回来，务必！我在歌乐山上的香樟树下等你！"

彤弓说完抱着桌腿流泪抽泣，慢慢地也睡着了。

胡靖扬看着这兄弟二人，一人趴在桌子上，一人抱着桌腿，都在极度痛苦中昏昏睡去。

胡靖扬为杨傲和彤弓披上了厚衣，自己坐在桌前，看着夜空缥缈的月亮，既欣慰自己能遇见这样情深义重的男儿，又感叹今生注定无法平安度过。

第五十九章　后会有期从此去

星光点点，波光粼粼。

整个长江就像一条千里巨龙，横卧在中华大地，龙身游动，斗转星移。

"江畔何人初见月？江月何年初照人？人生代代无穷已，江月年年望相似。不知江月待何人，但见长江送流水……"

江面的渔舟上又传来阵阵歌声。

胡靖扬听得愁肠百转、泪眼婆娑，那正是：一夜船上沐江风，泪落衣湿冷清清。人间自有人间恨，花落谁家有哭声。

第二天早上，彤弓醒来时感觉浑身酸痛不已，一抬头看见杨傲扶着甲板栏杆又在呕吐。

"吐了一宿啊？"彤弓站起来问道。

"不知道啥时候醒的，我看你搂着桌腿睡得呼呼的，我这一早上又吐了三四回了。"杨傲说着还不停地吐，显然十分难受。

这时一艘渔船逐渐靠近大船，从船舱里走出一人，对着彤弓和杨傲高声喊道："二位哥哥一夜醉酒，想必此刻已经饿了吧，我这里有刚刚煮好的渔家人最喜爱的鳝鱼米粉，给二位哥哥做早饭用吧。"

还未等彤弓回话，这人就飞身而上，一跃站在了大船的甲板上，但见此人面色黝黑，虎背熊腰，搭着一件麻布小褂，露出一身健硕的肌肉，正是前两日在江上唱《兄弟歌》的那位大汉。

彤弓心想这些渔民果然狂放，竟不请自来，但却也是一身赤诚，遂立即抱拳道："素不相识，又不知壮士名姓，怎好借用吃食？"

"哈哈哈……"大汉开怀大笑道，"这洞庭湖水系里的事，没有我不知道的。从你们进入九江航道的那刻起，我们就已经相识了。昨夜又和二位哥哥隔空喝酒，遥敬三杯，早上岂有不来拜访之礼？"

大汉说完对着下面的渔船喊道："剪刀、石头，把米粉送上来！"

说话间，渔船上又走出两个身披麻布小褂的男子，两人用一把竹筷担着一个滚烫的大砂锅，锅里散发出让人难以抗拒的米粉香，应该就是大汉所说的渔家人最喜爱的鳝鱼米粉。

二人担着米粉锅，一跃而起，稳稳地站在大船的甲板上，锅中米粉汤半滴未洒，可见二人轻功了得，配合也十分默契。

二人将米粉锅放在桌上，这时大汉拱手抱拳道："在下赖家麦，一生爱鱼爱水，无拘无束，索性就在这洞庭湖里打鱼为生，他们都叫我老麦，这两位是我的兄弟。"

赖家麦指着个子高一点的说道："这是李强，人称李石头，叫他石头就行了。"

李石头点了点头，显然是个不爱说话的人，性格倒是真像石头。

赖家麦尚未介绍，个子稍矮一点的汉子就抢先说道："在下姓简名刀，叫我剪刀就行了。"

简刀说完咧嘴笑了起来，显然是个活泼健谈之人，快言快语倒也像把剪刀。

彤弓和杨傲笑着互看了一眼，彼此都觉得这几个兄弟挺有意思，但心里都有一个疑问，石头、剪刀，为什么没有布呢？

赖家麦似乎看出了彤弓和杨傲的想法，遂说道："我还有一个兄弟，叫聂布，现在庐山练兵呢。"

说完几人一起心领神会地大笑起来。

大笑过后，彤弓抱拳施礼道："在下彤弓，乃是这天下流浪之人，欲到德安寻根。"

彤弓说完，杨傲也拱手道："在下杨傲，我们是结义兄弟，此行欲去扬州祭祖。"

赖家麦笑着说道："这么说来，二位哥哥就要在此分别了。"

杨傲苦笑了一下，转头指着桌上的米粉道："先吃完这锅米粉再说！"

众人这才反应过来，赶紧掀开锅盖，一股醇香扑鼻而来，彤弓透过热气看去，白色的米粉晶莹剔透，煎黄的鳝段掺杂其中，上面点缀着乳色的笋子、绿色的蒜苗、红色的辣椒，点点油星在汤中闪烁。

"这是一锅解酒的灵药啊！"彤弓说着拿起碗筷，众人开始分食。

味道鲜美，真是无与伦比！吃上这样的一碗米粉确实能让人产生许多莫名的感动。

这是彤弓记忆中从来没有过的味道，也是心中深藏许久的味道。

彤弓吃得十分过瘾，杨傲眼睛通红，也吃得哧溜哧溜。

"刚才听说二位哥哥一个要去扬州，一个要去德安，扬州不在鄱阳湖水系，恕兄弟不能远送，去德安我们倒是可以送上一程。"赖家麦说完看向彤弓。

彤弓把碗里的米粉汤喝完，指着空碗说道："一路上可还有这样的米粉吃？"

赖家麦、简刀和李石头哈哈大笑，简刀立即说道："保证管饱管够！"

"好！米粉在口，说走就走！"彤弓一时兴奋起来。但转而看向杨傲，他还在低头闷声吃着米粉。

想到分别又让人难受起来，但更难受的肯定是杨傲，彤弓还有人陪着，本来杨傲还有李麟儿陪着，但遭此一劫，杨傲此行注定要孤冷上路了。

"大哥……"彤弓张口说道。

"先吃米粉。"彤弓话未出口，就被杨傲打断了。

杨傲不想提及这个话题，因为他不想流着泪吃饭，只想认认真真地把这碗绝世米粉吃完。什么也不想，就是认真地吃。可是越不想越要想，越要想就越是使劲地吃，越是使劲地吃越压抑，众人看着越是难受。

一时间无人说话，空气中只有哧溜哧溜的声音……

好压抑！

短短几分钟时间，众人都感觉过了好久好久，终于杨傲放下碗筷，众人也都松了一口气。

突然杨傲又开始盛米粉，众人就直勾勾地看着，无人说话，连快言快语的简刀也沉默地看着。

"我给靖扬送一碗过去。"杨傲说完端起米粉走向船舱。

众人面面相觑，随即开始收拾餐桌，赖家麦说道："既然决定了，就莫犹豫，走吧！"

"我去和大哥道个别。"彤弓说着向船舱走去。

船舱里众人各自忙碌，都在准备大船启航，胡靖扬也早就收拾好了各自的行囊，杨傲一人站在窗前，目视远方。

彤弓拿起自己的包裹，对着杨傲的背影说："大哥保重！"

说完又看了一眼低头流泪的胡靖扬，抱拳弯腰施礼，然后扭头离去。

杨傲突然转身大喊："兄弟保重！"

彤弓回头，两人久久注视，眼中噙满泪水，都忍着不让眼泪掉出来。

实在忍不住的时候，两人同时转身拭泪，彤弓跑出船舱，腾空而起，犹如一团烈火从大船飞向渔船。

此刻红日喷薄，江面如血，彤弓红衣猎猎，孤立船头。

渔船划动，飞速南下。

杨傲跑出船舱，站在甲板上目送渔船远去。

彤弓转身回首，杨傲拱手立在船头，二人的距离随着船行渐渐拉大，四目凝视满含热泪。

突然一阵凉风吹过，红日避云躲藏，绵绵细雨飘落，烟雨迷蒙，雾气腾腾，同时模糊了二人的视线。

杨傲的眼泪终于止不住流了下来，转身喊道："拿笔墨来！"

胡靖扬把包裹中的笔墨取出来，铺展在桌上，杨傲站在细雨之中，挥毫泼墨，一蹴而就写下一幅字：

离别回望脚步沉，一夜醉透兄弟心。

难得开合能如此，管他天地人鬼神。

来日你我悲白发，重聚又可换青春。

或歌或泣全由意，携扶醉话更归真。

杨傲写完顺手扔向江中，可惜了一幅好作品，滔滔碧波又如何能够读懂。

彤弓或许有所感应，雨中对着早已看不见的大船喊道：

兄弟离别泪千行，此去经年两茫茫。

今生不知何处去，独醉沙场悲断肠。

东风不知壮士苦，苍天有泪孕孤狼。

他日若得翻江术，啸聚群雄敢称王。

声音缥缈，天地回荡，不知杨傲听不听得见。

但从这一刻起，兄弟几人彻底离散，后会是否有期，无人能知。

第六十章　醉卧江海不由己

鄱阳湖上，细雨蒙蒙，一叶轻舟，随风漂荡。

赖家麦走出船舱，手上拿着一只斗笠递给彤弓。

"哥哥重情重义，令我等十分感佩，只是哥哥究竟是何人，我等却猜不到。"

"江湖流浪之人，何须猜测？"彤弓摇头苦笑。

赖家麦也笑了笑说道："那天在九江口刺杀你们的人，绝不是渔民盗匪，根据他们的行头和武器，我仔细调查，应该是皇城司的人。"

彤弓看了一眼赖家麦，显然是有些不相信他还有这等能力。

赖家麦没有理会彤弓，而是继续分析道："能调动皇城司进行自杀式袭击的人，除了皇上便是宰辅。所以连天下军马大总领吕文德都不敢调查，也不让我们这些百姓围观议论，哥哥还说自己是江湖流浪之人吗？"

彤弓心里知道，自己与皇上、宰辅绝无半点瓜葛，此时天下最恨彤弓等人的应该是蒙古人，可蒙古人绝不可能指挥皇城司。所以刺杀自己的人，也许就是救自己的人。

但不管怎么说，蒙古强敌在侧，自己人还在研究杀自己人，这亲者痛仇者快的事，居然每时每刻都在不停地上演，除了呵呵一笑，真不知道该如何评价。

赖家麦见彤弓陷入沉思，也不再问，但他心里清楚，彤弓等人重情重义，绝对不是坏人，如果真是皇上和宰辅要杀的人，那就一定是要帮助贫苦百姓的朋友。

所以，彤弓这个人，赖家麦在心里早已认定可以做一生的兄弟！

想到这里，赖家麦说道："哥哥莫在此站着了，这等阴雨天气，最适合把酒高歌，船中尚有温酒，待我给你做一道赖式小炒肉，咱们一醉方休！"

彤弓浑身已经湿透，离别的愁绪尚未散去，身体和心情都已经接近冰点，此刻如有一杯温酒，那是再好不过了。

彤弓走进船舱，简刀立即喊道："大哥，船上条件有限哈，我煮了点咸鱼和腊肉，这还有点花生米，加上老麦的赖式小炒肉，喝酒管够！"

简刀说完，彤弓就闻到了一股带着辣味的香气，赖家麦一边炒一边说道："这道菜用的是我们本地小黑猪的腰条肉，肥瘦相间，切成肉丁，煎

炒至焦黄出油，加上我们当地的江西辣，配上新鲜的大蒜苗和大蒜瓣，放点薄荷，爆炒出锅，绝对是下酒的硬菜呀！"

说话间，赖式小炒肉已经出锅，红黄白绿相间，蒜香肉香四溢，石头早已温好了酒，四人立即盘坐船中。

湖中小舟，美食美酒，三五好友，一醉方休。

管他船外细雨蒙蒙，管他江湖恩怨情仇，管他天下大乱纷争。

此刻，这里最安静，这里最豪放。

赖家麦首先举杯道："哥哥，我代表我们江西老表敬你一杯，不管你是什么人，你这个朋友我们是交定了！"

"对！以后你就是我们的大哥！兄弟们两肋插刀，在所不惜！"简刀马上接话补充道。

石头嘿嘿一笑，二话没说，仰脖先干了。

彤弓和赖家麦、简刀碰了一下碗，深情地看了他们一眼，以示感谢，三人同时仰头干了。

"来！哥哥，尝尝我这道菜！"赖家麦说着指了指他的赖式小炒肉。

彤弓夹起一个肉丁尝了一口，肉丁肥瘦相间，外焦里嫩，瘦的部分香酥，又颇有嚼劲，肥的部分嫩软，咬下即化为一股热油，香得爽口，辣得过瘾，真是下酒的绝品。

彤弓连连点头，又接连吃了四五口，看着赖家麦道："真香！真辣！真过瘾！哈哈哈哈……"

"哥哥，等到了岸上，我给你做一道简式炒蛳螺，那才叫下酒的硬菜呢！"简刀说得颇为得意。

李石头笑嘻嘻地把酒又给大家倒满，彤弓端起酒碗道："这等天气、这等意境、这等兄弟、这等硬菜，足以扫除悲欢，一醉千年。"

"对！一醉千年，来，哥哥，干！"简刀说完，大家又一饮而尽。

酒过三巡，赖家麦和李石头都已醉倒，在船舱里躺下便睡，袒胸露乳，鼾声如雷。

彤弓和简刀却才微醺，彤弓看着赖家麦和李石头无拘无束睡觉的样子，突然有感而发，悠悠吟道：

> 无花无酒路自宽，有风有雨水常欢。
>
> 聚散离合应如是，古今悲苦谈笑间。
>
> 人世沧桑早晚尽，忠义长存照大山。
>
> 展臂一揽天下小，我心自由我心安。

简刀听后神色凝重，颇为关心地问道："哥哥又在想你那跌落江中的兄弟了？"

彤弓没有正面回答，端着酒碗和简刀碰了一下道："真羡慕你们这帮兄弟，无拘无束，自由自在，美酒美食，乐享人生。"

"唉，哥哥有所不知，这每个人的生活都有诸多无奈，也有诸多风云，但只要能晨观日出，暮赏霞落，就该满足、就该知足，否则永远也活不明白，是不？"

简刀喝了一口酒继续说道："比如石头，一直在码头以酿酒为生，因为生意红火，遭到同行忌妒，在他家的饭里下毒，只有他那天喝酒没吃饭，才幸免于难，一家七口，孩子刚满月啊，全都没了！一气之下点燃酒厂把整个码头都烧了，枉死了多少人啊！现在是人狠话不多，江湖人称石头哥！"

简刀说完摇摇头，又喝了一口酒继续说道："还有老麦，曾带领乡勇越过长江抗击蒙古人，有功于天下，朝廷却不加抚恤，反而继续搜刮盘剥。实在活不下去了，才带领全村的人贩卖私盐，被官府通缉，全家都在大狱，自己也只能东躲西藏地过日子。"

彤弓听完神色凝重，将碗中酒一口干了。

简刀也喝了一口酒继续说道："我家世代为官府养马相马，为我大宋骑兵的发展不知立下多少汗马功劳。两年前，九江马军统领王大道来我家马场选马，却不料选中了我妹妹，我妹妹誓死不从，王大道竟把我家三口活活烧死在马场。"

简刀说到此处眼含热泪，语声哽咽，一饮而尽后将酒碗狠狠地摔在地上，愤恨地道："此仇不报，誓不为人！"

彤弓沉默半晌，把手伸向简刀，两人的手紧紧握在一起，这是他给简刀的极大支持，示意此后共进退。

本想醉卧江海，却抛不掉世事忧烦。

不经过世事忧烦，又怎么能醉卧江海？

矛盾、辩证、平衡，唯有一个"度"字而已。

谁能参透谁就能不惧不惑。

看似参透，临事又做不到，实际还是没有参透。

世间之人，谁能无惧？谁能无惑？

恐怕没有！

第六十一章　忍无可忍安可忍

烟波浩渺的鄱阳湖上，远处的庐山隐约可见，一行白鹭惊起，扶摇直上穿越云层而去。

船外的景色，彤弓等人都没有看见，因为早已喝多，就地和衣而眠，一觉儿醒来，赖家麦已将渔船停靠在庐山牯牛岭码头。

该码头三面环山，一面峡谷，可远眺九江城，一睹长江远，码头上店铺林立，颇为热闹。

四人下船登上牯牛岭，简刀指着对面的峡谷说道："那是剪刀峡！以我的名字命名的！"

李石头嘿嘿一笑道："你可别吹了，根本不是一个简。"

"石头你少说话，是不是不想吃简式炒嘬螺了？"简刀回头看了一眼李石头嚷道。

"什么简式炒嘬螺，谁家嘬螺都那样炒！"李石头要么不说话，说起话来还挺噎人。

简刀瞪了一眼李石头，拉着彤弓说道："走，哥哥，别理他，我带你去吃简式炒嘬螺！"

几人说着便来到牯牛岭下的一条小街，街上还真有一家叫"剪刀嘬螺"的店，而且是这条街上最大最火的店，店里店外都放满了桌子，足可容纳百人同时就餐。

彤弓看看店名，又看看简刀，笑着说："这剪刀嘬螺店里炒的就是简式炒嘬螺？"

简刀瞪着大眼睛，得意地点了点头，随即对着店家喊道："来四份炒嘬螺，一份油泼黄鳝，一份碎椒王八头，两壶老酒！"

"要四份？"彤弓有些疑惑地问道。

"一人一份！"赖家麦说道。

"我一个人能嗦两份！"简刀笑着说道。

众人说着就在店外靠近路边的一张桌子上坐下来，很快，四大盘炒嘬螺就端了上来。

刚刚炒出的嘬螺有很多汤汁，嘬螺的尖头已被店家用剪刀剪掉，用手抓起一个，稍微一嗦，连汤汁带螺肉就嗦进了嘴里，辣香、蒜香、螺肉香、汤汁香混合在一起，让人嗦起来欲罢不能。

彤弓一口气嗦了三十多个才停下，这时看见简刀已经嗦了至少一百个了，桌子上堆了一大堆螺壳。

"你嗦得可真快！"彤弓看着简刀难以置信地说道。

"哈哈！这嘞螺嗦起来必须得连上才过瘾啊！"简刀说完举起酒碗。

"来，哥哥，喝一个！"

这时油泼黄鳝和碎椒王八头也端了上来，鳝段通体红黄，一看就是多年老鳝，吃起来鲜嫩无比。

"碎椒王八头"彤弓还是第一次见，原来是将甲鱼的头剁成小块，再将辣椒剁得粉碎，然后再将二者一起爆炒，两者的味道充分融合。因为都剁得粉碎，所以吃的时候挑不出王八和辣椒，只能一股脑地夹入口中，辣爽过瘾，绝对是当地下酒的硬菜。

这时店里客人逐渐增多，每张桌上嘞螺都是必点的菜。兄弟几人欢声笑语，嗦声不断，酒至半酣时，远远地看见码头上走过来一队人马。

为首的是一个锦衣粉面的公子哥，搂着一个面若桃花的美女，后面跟着十多个家丁护卫，家丁个个都带着武器，显然不是一般富贵人家可比。

店家见状赶紧笑着弓腰迎了上去，谄媚地笑道："王公子来了，里面请、里面请！"

"把路边的这几桌给我腾出来，我家娘子不喜欢坐在里面！"王公子指着路边的几桌说道。

"好的，好的！"店家一边说着一边跑过来，对着彤弓等几桌靠路边就餐的客人说道："几位客官，实在不好意思，这几桌已经有人预定了，请移步到里面就座，我们额外赠送一份嘞螺！"

坐在彤弓旁边一桌的应该是一对父子，素衣高冠，背着两个书箱，一看就是读书人。

年长一点的听到店家的话后，端着嘞螺就向里面走去，年轻的少年一脸不忿，但也无奈地跟着长者向里面走去。

旁边其余两桌客人一看这架势，知道自己惹不起，也都乖乖地挪到里面。

彤弓本想训斥店家一顿，但赖家麦使了一个眼色，端着嘞螺走向里面，简刀和石头也跟着走了过去，彤弓也只好拿着酒壶站了起来。

因为彤弓等人是最后一个挪桌的，其余几桌人挪走后，王公子带着家丁已经坐了过去。剩余几个家丁看彤弓等人动作迟缓，本就有些不满，又看到桌上还留有四大堆嘞螺壳，遂没等店家过来收拾，就对着彤弓说道："哎，别走！把你们剩下的这些狗杂碎也带走！"

彤弓看了一眼这几个牛哄哄的家丁，没有理会便向里面走去。

这几个家丁坐下之后，店家赶紧过来收拾，其中的一个家丁说道："等等，让那只狗亲自过来收拾！"

彤弓装作没有听见，径直走到里面的座位坐下，给自己倒了一碗酒。

店家站在那里收拾也不是，不收拾也不是，吓得不敢动弹也不敢说话，几个家丁手按刀柄死死地盯着彤弓。

气氛顿时紧张起来，谁都不敢大口出气。

这时赖家麦站了起来，走过去将桌上的嘣螺壳扒拉进竹篓，又将桌子擦干净后走了回来。

整个过程几个家丁没有阻拦也没有吱声，就是阴森森地盯着赖家麦。赖家麦却十分沉着，看不出一丝紧张和恐惧，只是从容地把这一切都做完。

一般人见到这个阵势早就吓得哆嗦，但赖家麦的气场却把几个家丁都镇住了，虽然他被迫低头，但从容的气度反倒衬出几个家丁的傲慢和无礼。

"上好的嘣螺来了！"店家的一声吆喝打破了沉默，随着王公子等人滋滋地嘣起来，众人也渐渐地开始说话，小店又慢慢地热闹了起来。

赖家麦看彤弓有些不快，遂说道："这位王公子是九江马军统领王大道的儿子王豹，旁边那位小娘子是德安义门陈氏大族长陈镇南的嫡孙女陈若仪，王大道又是天下兵马大统领吕文德的侄女婿，上面连着天，下面踩着地，咱们惹不起！"

赖家麦说完，简刀的脸色阴沉，眼睛冒火，一声不吭地端起酒碗就干。

这时彤弓突然想起简刀曾说过，王大道为霸占自己的妹妹，将自己的家人活活烧死，这人和简刀有不共戴天之仇，而赖家麦的家人还关在大狱，此刻自是不敢得罪这些权贵。

此等屈辱，不是身在其中的人，又如何能够体会？

忍！忍得了一时，又怎能忍得了一世？

悲哀的是，整个大宋的百姓都在忍，忍了不止一世。

很多时候，百年的屈辱可以忍，可眼前的一点小事却忍无可忍，毕竟从古至今韩信只有一个。

东坡先生能写《留侯论》，但留侯之辱他也不能忍。

可不忍又能怎么办呢？杀戮吗？杀戮也解决不了问题！

忍者无敌，最后还得忍！

……

很快大家的桌子上又堆满了嘣螺壳，店家逐个桌子进行清理，到了王豹家丁的这一桌却被拦住了。

家丁中为首的一人叫韩三儿，是王府中的护卫头领，刚才手下几个家丁为难彤弓等人的场面他都看在眼里，他也一直在观察彤弓等人的反应。以他的直觉，这几个人绝非善类，此刻借着酒劲儿，韩三儿还想下下彤弓等人的面子。

"去，还叫那只狗过来收拾，我看他刚才收拾得挺利索。"韩三儿一手拿着嘬螺嘬汤汁，一手扶着刀柄，一只脚抬起踩在旁边的凳子上，斜着身子盯着彤弓等人。

这个姿势极具挑衅性。

店家吓得不敢接话，也不知该怎么处理，两边他都不敢得罪，自是左右为难。

韩三儿的这句话虽然声音不大，但彤弓等人却也听得清清楚楚，因为大家都在小声说话，大吵大叫的都是王豹带的这几桌人，现在韩三儿开口了，自然也都安静下来了。

简刀眼睛喷火，李石头始终一声不吭，彤弓端起酒碗和赖家麦碰了一下，继续若无其事地喝了一口。

这一口酒喝得也极具挑衅性。

韩三儿笑了，不知道是笑这几个人找死，还是笑这几个人还挺有意思。

有时候，人必须要遇到个有意思的对手，斗争起来才有意思，否则一个回合就大获全胜，实在是无趣得很。

这种感觉，独孤求败最能体会得到。

韩三儿笑着盯着彤弓等人，越笑越阴森，王府的家丁也都直直地盯着彤弓等人，慢慢地整个小店的客人都停止了嘬螺，纷纷向彤弓这边看来。

旁观的人都希望能免费看一场热闹，一场与自己无关的热闹，闹得越大越好。

小店的空气再次凝固。

乱世为人，想远离纷争，醉卧江海，实在是太难了。

该忍的时候要忍，可忍不住了呢？

自然无须再忍！

第六十二章　横行霸道天灭狂

月色朦胧，小街披上了一层柔和的光。

唯有人脸还是那样狰狞。

远处码头上灯火通明，往来船只不断，离得很远都能感受到一种喧嚣，与此刻小店里的肃杀之气形成鲜明对比。

彤弓和赖家麦也笑了，这种笑是为了扫除心中的恐惧，还是对别人进行嘲讽，恐怕只有他们自己知道。

但无论何种目的，这一笑足以将此刻的空气引爆。

让韩三儿没有想到的是，彤弓和赖家麦笑完，赖家麦立即站起来走到韩三儿桌旁，亲自将桌上的嘬螺壳扫进竹篓，又认认真真地将桌子擦干净。

整个过程韩三儿一直盯着赖家麦看，赖家麦却一直盯着手中的活，没有和韩三儿的眼神接触。

赖家麦从小喜欢渔猎，他非常清楚，在面对一头猛兽的时候，千万不要看它的眼睛，否则这头猛兽会认为你在挑衅，会立即发动进攻。

此刻，韩三儿就是这头猛兽。

可惜的是，赖家麦却不是猎人。

赖家麦不慌不忙地收拾完桌子，又从容地走回自己的座位，倒上一碗酒，继续喝起来。

韩三儿这把火没发起来，虽然觉得不过瘾，但也总不能欺人太甚，遂转回身来继续喝酒嘬螺。

围观的人也觉得不过瘾，毕竟期待的一场热闹没有闹起来。

对王豹来说，自己的家丁欺负人都欺负惯了，所以这种情况他并不稀奇，也不在乎，更不会干预。

但赖家麦受此羞辱却依然从容不迫的态度却引起了陈若仪的注意，特别是赖家麦魁梧的身材和微微隆起的胸肌，她看了两眼后竟忍不住又多瞄了几次。

陈若仪这个举动倒不是喜欢上了赖家麦，而且觉得这个男人身上有一种神秘感，好奇心有时候就是一切祸患的源头。

王豹自然看到了陈若仪的举动，有些动气地问道："你在偷看什么？"

"啊？没，没有啊。"陈若仪显然被问得措手不及。

王豹转头向彤弓一桌看去，刚好彤弓抬头和王豹的眼神对在了一起。

这和赖家麦躲避韩三儿的眼神不一样，一直躲避一直没对上也就罢了，一旦对上了，谁先撤回谁就输了；如果一方强一方弱，弱的一方会下意识地撤回，但彤弓这种人的下意识绝不会撤回，而王豹更不可能撤回。

一旦僵上了，再撤回也没有意义了。

这一僵不要紧，赖家麦和简刀、石头都一齐向王豹看去，眼神中没有丝毫恐惧和胆怯，只有愤怒和不屑。

王豹的表情急剧变化，变得杀气腾腾，所带的家丁护卫都感受到了这种变化，也都纷纷向着彤弓等人瞪去。

这个时候最经典的一句话应该是"你瞅啥？"最经典的回答应该是"瞅你咋地？"然后开打。

但那个时候王豹可能也不会说这句话，彤弓也没有一直僵到让他有说这句话的机会。

因为陈若仪看到势头不对，拉了拉王豹的手，彤弓见状收回了眼神，倒了一碗酒，和赖家麦、简刀、李石头碰了一下，赖家麦、简刀、李石头也趁势转头。

王豹和众多家丁看彤弓等人未再抬头挑衅，也慢慢转头回来，继续喝酒嘬螺。

但王豹的心里已经有了不快，众多家丁也感到了一种从未有过的莫名挑战，嘬螺的心情荡然无存。

爆发已是迟早的事，只差一个引爆的火星儿。

这时彤弓举着酒碗对着简刀说道："这份爆炒王八头不错，也是道下酒的硬菜。"

"哥哥，是碎椒王八头！"简刀道。

"反正都是王八头！哈哈哈哈……"彤弓说完自己憋不住笑了出来。

简刀见彤弓一笑，顿时就明白了彤弓的意思，这分明是说王豹也是王八头——一群王八蛋的头儿！

简刀想到此处也大笑起来，同时向店家喊道："店家，再来一份王八头，剁得碎一点哈！"

简刀的笑声不同于彤弓笑声，笑得确实有些油滑。

王豹听到简刀的笑声后，突然猛拍一下桌子，对着简刀大喊道："你说什么？"

简刀看着王豹，故意老老实实地说道："我说再给我来一份王八头。"

"碎椒王八头"确实是店里的招牌菜，简刀心平气和地这样说，确实没什么毛病。

"那你笑什么？"王豹咬牙切齿一字一顿地道。

简刀笑着看了彤弓一眼说道："我看他笑了，我就笑了。"

王豹随即看向彤弓，狠狠地问道："那你笑什么？"

彤弓微笑地看向王豹道："我觉得这个王八头很好笑，我今天就想吃这个王八头！"

王豹闻言，脸上的青筋慢慢爆出，随即抽刀大喊道："大胆刁民，竟敢戏耍本公子！"

王豹抽刀不要紧，众多家丁也纷纷起身拔刀，吓得旁边的几桌顾客赶紧跑向一边，只剩下彤弓这桌和旁边一桌的书生父子。

这等架势吓得店家也不敢上前阻拦，只是站在旁边小声嘀咕："众位客官息怒，众位客官息怒……"

彤弓等人静坐如常，继续喝酒，继续咀嚼王八头。

韩三儿等家丁只等王豹一声令下，必将彤弓等人剁成王八头。

素未谋面的人和人之间有那么大的仇恨吗？实际没有。

但气憋到一定的时候就有，此时韩三儿等人对彤弓等人的仇恨不亚于杀父夺妻，而可笑的是，杀父夺妻的恰恰是他们！

这种仇恨一旦形成便很难化解，一场血光之灾怕是不可避免，除非有奇迹发生。

这时年长一点的书生突然站起来说道："各位能否听我一言，丈夫在外，平安为要！仅因一时之气而动刀兵，岂不令家人牵念，况且我看诸位并无前仇旧恨，何不化干戈为玉帛，免生灾祸，权为江山社稷贺。"

"读书人少管闲事！赶紧滚开！"韩三儿对着书生怒气冲冲地喊道。

年长的书生摇摇头，拿起书箱，起身欲走，年轻的书生却站起道："你这人说话好生无礼，我们为你无缘无故挪桌且不说，这几位好汉还为你们心甘情愿清理残食，前后没有半句不得体之语，不知尔等何以受辱？"

"履善！"年轻的书生还要继续说，却被年长的书生叫停。

众人此刻才注意到这位名唤"履善"的少年，但见这少年一袭青衫，身材魁伟挺拔，肤白貌美、长眉秀目、顾盼华然，虽未及弱冠，却有傲然四方之气势，令人望而起敬。

陈若仪也注意到了这位少年，在一个女子的眼中，这少年不亚于天神下凡，纵是那孤鹰在此，怕也难压其三分英豪气。

陈若仪不注意倒还好，她眼神中流露出的崇拜之色被王豹捕捉到后，立即激起王豹极大的醋意。

在自己的女人面前，面对一个比自己英俊不知多少倍的男子，王豹的脸色瞬间铁青，盯着叫"履善"的公子冷冷地道："他们戏耍本公子，就该受教！你一个孩子，好好读你的书，不要白白折了自己！"

"公子，和他们废什么话，待我砍了他！"韩三儿说着就要提刀上前。

"本公子今天不想杀人！"王豹突然大声喊了一句，吓得韩三儿站在那里不敢动弹。

王豹本来并不是惹是生非之人，都是手下这些人狐假虎威张狂惯了，每次出门都要做一些欺男霸女之事，久而久之没出什么意外，王豹也就习以为常了，自己也变得作威作福起来，受不得一点委屈。

自己想得到的，必须得到，实在得不到的，也要毁灭掉，反正不能让别人得到，这是所有狂狞之人的共性。

王豹说完收刀入鞘，坐回原处，忍着怒气说道："你们给本公子道个歉，就此罢了。"

彤弓笑了笑，又端起酒碗和简刀碰了下。

赖家麦看了彤弓一眼，拿起竹篓起身来到王豹的桌旁，将桌上的嘶螺壳清理干净后说道："王公子您大人大量，恕我等草民无知。"

"哐"的一声，王豹一脚将赖家麦手中的竹篓踢飞，嘶螺壳扬了赖家麦一身。赖家麦抖掉身上的嘶螺壳，还是一副若无其事的样子。

"你少在此装模作样，我让他们两个道歉！"王豹瞪了赖家麦一眼，指着彤弓和简刀说道。

"老麦，回来吧，来吃一口王八头！"简刀喊道。

王豹斜了一眼简刀，却指着彤弓说道："你不是爱吃王八头吗？你就当着我们大家的面，吃一口王八头，咱们的事就算了！"

这句话所有人都听得明白，这是毫无底线地侮辱，王豹的家丁顿时哄然大笑，七嘴八舌地喊道："吃呀！吃呀！快吃！"

彤弓脸上的肌肉开始抖动，如果是二十年前，这些人早就死了不下十回了，但此刻他不想给赖家麦等人添麻烦，也不想在查清自己身世之前横生枝节。

简刀的眼睛再次血红，李石头依旧一声不吭。

王豹的家丁都在哄笑，没人观察到彤弓等人的表情变化，这时韩三儿给身边一个矮胖子一个眼神。

矮胖子立刻会意，径直走到彤弓的桌前，露出一口黄牙说道："你不是爱吃王八头吗？给我吃呀！哈哈哈！"

矮胖子说完，就端起桌上的半盘碎椒王八头，准备狠狠地向彤弓的脸上砸去。

天要让其灭亡，必先让其疯狂！

矮胖子没有听过这句话，但他却做到了。

这个世上，能把半盘王八头砸在彤弓脸上的人还没出生。

就在矮胖子端起王八头的那一刻，李石头抢先出手了，他高出矮胖子足有一头，平时麻衣长袖，一双圆月短刀藏于袖内。

此刻只见李石头的袖中突然露出一把短刀，手起刀落，矮胖子端盘子的手即被割断手筋，速度之快，盘子掉落时，矮胖子还未感到疼痛。

李石头的速度实在太快，众人半天才反应过来，韩三儿大喊一声："给我上！"

众家丁护卫持刀一拥而上，赖家麦一脚将桌子踢翻，随即又一拳打在桌面上，桌子立即四分五裂，崩飞出去，将众多家丁击伤。

"赖氏长拳！"韩三儿惊呼一声，随即又道，"你是朝廷通缉的私盐要犯！今天你跑不了了！"

韩三儿说完带着众家丁又冲了上来。

"赖氏长拳都认出来了？看你认不认识你大爷我的简刀手！"简刀说完把坐下的凳子甩飞过去，而后身子贴着地面如蛇般快速穿过其他桌子凳子的空隙，直接从韩三儿的眼前钻了出来，着实吓了韩三儿一跳。

可更让他害怕的是，简刀直接抓住了他的头发，用手里的筷子狠狠捅进了他的左眼。

众家丁吓得瑟然不敢上前，这时王豹起身抽刀问道："你们究竟是什么人？"

彤弓没有理会王豹，而是看向站在远处的店家，道："把我们新点的那份王八头拿上来，另外再拿一壶老酒！"

店家吓得连连允诺，赖家麦把旁边的一张桌子搬过来，简刀和李石头又重新坐下。

王豹气得眦眦俱裂，本想带着众家丁一起杀过去，但彤弓等人的气场实在是太强大，此刻无人再敢上前一步。可如此作罢，面子上又怎能过去？

这时陈若仪抓着王豹的胳膊说道："此地不宜久留，赶紧回去禀告堂上。"

王豹思虑片刻后说道："尔等不要走，稍后再和你们算账！"

说完一个手势，众家丁簇拥着王豹退出小店，向码头跑去。

赖家麦给彤弓倒了一碗酒，说道："哥哥，今日之事，王豹绝不会善罢甘休，我们也得早做打算才好。"

这时店家哆哆嗦嗦把一份碎椒王八头端上来，刚才李石头和简刀着实吓坏了小店的一众顾客，而人人都看得明白，真正的狠角色其实是赖家麦和彤弓。

因此大家都远远地看着这一桌人，小声议论不止。这时彤弓注意到，刚才的一对书生父子却仍然气定神闲地坐在旁边的桌上小声交谈。

要么是见过大场面，要么是有常人难及之志向。

彤弓端起酒碗对着书生父子道："感谢二位方才仗义执言，彤弓在此谢过了！"

年长一点的书生闻言端起酒杯道："猝然临之而不惊，无故加身而不怒，诸位大勇，令在下佩服！"

彤弓刚要开口说话，就听赖家麦说道："哥哥抓紧吃口王八头吧，马上就吃不到了！"

彤弓听后转头，就看见码头方向有一队人马正在杀来，月光如洗，火光如炬，小街上怕是又要有一场血光之灾。

第六十三章　方寸之地有高山

人吵马嘶，脚步声疾，刚刚沉寂的小街又陷入了喧嚣。

原来王豹带领家丁登上牯牛岭码头时，庐山寨知寨郭保卫就已经得到消息。

郭保卫喜欢舞文弄墨，不是阿谀奉承之人，所以没有及时过来陪王豹嘚螺。但上峰的公子来了，不招待一下也说不过去，处理完寨中事务，郭保卫就带了几个随从准备去见王豹。

可刚到码头，就见王豹一行人狼狈不堪地跑了过来，郭保卫赶紧过去询问发生了何事。王豹见到郭保卫后痛斥郭保卫，所治之地竟藏有朝廷私盐要犯，还当众行凶，责令他带兵捉拿。

郭保卫被骂得晕头转向，来不及细问缘由，立即清点寨中兵马。寨中现有的骑兵二十、步兵八十悉数出动，直奔街上剪刀嘚螺店杀来。

彤弓吃了一口王八头后笑道："兄弟们赶紧上山，这里有这份王八头陪我就行了，处理完这些王八崽子我到山上找你们。"

赖家麦立即正色道："哥哥说的是什么话！有福同享，有难同当，兄弟们要走一起走，要死一起死，怎能丢下哥哥不管呢？"

"是啊哥哥，这等乱世，兄弟们早就将生死置之度外了，杀一个算一个，只可惜我的短银枪和老麦的大刀还在船上，杀起来不过瘾啊！"简刀说完心有不甘地干了一碗酒。

彤弓看了看简刀道："人是你和石头伤的，老麦是朝廷通缉的私盐要犯，所以你们一走，他们也奈何不了我，何苦在这纠缠，徒增事端呢？"

赖家麦笑了笑说："来不及了，今天喝了这碗酒，以后就是同生共死的兄弟了！"

赖家麦说着咬破手指，在各碗中各滴了一滴血。

"哈哈哈！痛快！阵前血祭，兄弟何惧！"彤弓哈哈大笑道。

彤弓说完，简刀和李石头也都一一在碗中滴血，这时旁桌那位年轻英俊的书生突然站起身来，走到在桌边对彤弓说道："可否加我一滴血？"

彤弓指了指正在逼近的宋军说道："看你的年纪，尚不及弱冠，回去好好读书，这江湖歃血之事，莫入为好。"

"马行千里，不分高低，男儿立志，何论大小？"小书生说完即咬破手指，在自己的碗中滴下一滴后一饮而尽，饮后便走。

彤弓刚要开口叫住小书生，郭保卫和王豹带领的人马就已赶到小店，二话不说将小店重重包围，张弓搭箭对准了彤弓等人。

彤弓笑了笑，和赖家麦等人碰碗一饮而尽。彤弓对回到旁桌的小书生说道："虽然未饮合血酒，但你这个小兄弟我交定了！我叫彤弓，来日方长！"

小书生刚要自报家门，王豹就下达了射击的命令，一排排箭矢呼啸飞来。

彤弓快速拿起新点的一份碎椒王八头，如暗器一般抛向空中，赖家麦和简刀各拖过一张桌子挡在前面，顶住飞来的箭矢。

彤弓抛出的盘子在空中划出了一个完美的弧形，整个牯牛岭宋军的上空都下起了碎椒王八雨，宋军不知道是什么东西，举头看时，立即被辣得眼冒金星，纷纷嚎叫不止。

趁此时机，彤弓一跃而起，踏上前方桌子再次一跃，从空中挥出降龙杖，杖头直击王豹的马头，战马长嘶后退，王豹却不由得向前俯冲，彤弓顺势抓住他的头发，将他拖到地上。

待众人反应过来时，彤弓像拎着一只死鸡一样将王豹丢在了简刀的面前。

简刀立即抓住王豹的头发，手里拿着一根筷子，王豹的眼睛立即瞪得斗大，嘴唇不停抖动，显然已经惊吓过度，无法言语了。

郭保卫也被眼前这不可思议的一幕惊呆了。王豹被生擒，仓促之间，郭保卫有些不知所措，只能仗着胆子喊道："大胆狂徒！竟敢在我庐山寨的辖地作乱，快快放了王公子，否则定斩不饶！"

"狗官！你不问青红皂白就下令放箭，可有半点饶过我等之意，这位王公子在你的辖地横行霸道、恃强凌弱，究竟谁才是大胆狂徒？睁开你的狗眼好好看看！"赖家麦对着郭保卫大声喊道。

"大胆刁民！快快放了王公子，我给你们辩白的机会，否则插翅难飞！"郭保卫继续威胁道。

彤弓将桌子重新放好，拔出上面的羽箭，只那么随手一扬，一排羽箭便齐齐地扎在郭保卫的马前，战马长嘶后退，吓得郭保卫不再言语，直直地盯着彤弓等人。

彤弓对着远处的店家大喊道："再来一份碎椒王八头！"

说完看了看已经吓得尿了裤子的王豹，小声说道："我就喜欢吃这个！"

彤弓点了菜，倒了酒，明显是要在这儿僵持下去，反正王豹在自己手里，着急的是对方，此刻越是平静如常，对方越是焦急难耐，这是心

理战。

郭保卫此刻如热锅上的蚂蚁，进攻也不是，谈判也不行，实在不知该如何是好。

这时年长一点的书生站起来说道："知寨大人，方才这位王公子确实是欺人太甚，才导致这场不必要的流血冲突。事发在大人的辖地，理应秉持公道，依法裁决，实不该如此大动干戈，难以收场！"

郭保卫看了一眼年长的书生道："你又是何人？竟敢替这些不法狂徒说话？衣冠流寇，本知寨不会上你的当！"

"在下文仪！并非流寇，我可以为我自己说过的话负责。"

文仪说完，郭保卫吃惊地看着文仪，半晌才道："你是文仪？庐陵才俊、江西大儒文仪？"

"在下庐陵文仪，这是犬子天祥，已是贡生，大人可以详查。"

文仪说完，郭保卫立即下马，拱手施礼道："果然是文先生，在下庐山知寨郭保卫，让先生受惊了！"

郭保卫喜欢舞文弄墨，自然有浓厚的文人情怀，见到江西大儒比见到上峰还要尊敬，这是中国文人的典型特征。

这时文仪上前说道："今日各方本无仇怨，实是王家两位家丁太过咄咄逼人，王公子又过于偏袒。不如由我担保，彼此息兵，由郭知寨详查原委，主持公道。"

"好，我信你！只要他们放了王公子，我一定秉公办理，绝不徇私！"郭保卫信誓旦旦地说道。

文仪转头对着彤弓等人说："各位兄弟意下如何？"

"不行，不能放，我不相信这狗官！"赖家麦说道。

彤弓看了一眼文仪，端起酒碗说道："我信你！"

说完又看向王豹说道："我有些不信你，你同意息兵吗？"

王豹不断地使劲点头，仍然吓得说不出话来。

彤弓给简刀做了一个手势，示意放人，简刀松开王豹的头发，王豹立即连滚带爬地跑向对面。

"把他们给我抓起来！"王豹跑回去后立即翻脸。

周围的兵将无一动弹，显然此刻这些兵都听命于郭保卫，王豹随即怒气冲冲地看向郭保卫。

郭保卫却下达了解除包围的手势，庐山寨的寨兵立即收刀入鞘，整队肃立。

郭保卫没有考虑王豹的感受，而是去盘问店家，详细了解事情的经过。

王豹气得发抖，但没有这些寨兵的支持，他也不敢太过造次，毕竟刚才被彤弓一击就范的场景还在眼前，他确实被吓破了胆。

但越是害怕越是想消灭对方，就像有的人见到蛇就必须要打死，问其缘由，就是因为太怕蛇。

但王豹此刻能掌握的力量就是身边的十来个家丁，他心里非常清楚，就这几个人根本奈何不了彤弓这伙人，况且这几个家丁也被吓破了胆，没人敢主动上前。

此刻只能等待他父亲王大道的到来，因为王豹见到郭保卫的同时，陈若仪已派出家丁快马回九江报信，王大道想必此刻已在路上。

陈若仪对王豹附耳说道："莫再声张，静待堂上！"

王豹疑惑地看了一眼陈若仪，陈若仪点点头，王豹眼睛立刻明亮起来，心想只要父亲一到，便可一网打尽。

郭保卫询问店家期间，彤弓起身对着文仪说道："感谢文先生仗义执言、挺身相护，我敬您一杯！"

彤弓说完拿起酒碗一饮而尽。

文仪拱手道："区区小事，何足挂齿。"

这时彤弓看了一眼文天祥，又对着文仪说道："令郎一表人才，尚未及弱冠就敢与我等江湖草莽结拜，真大丈夫也！"

"小儿一时豪情罢了，彤先生莫要当真！"文仪说完又施一礼。

这时却见文天祥起身说道："夫子之说君子也，驷不及舌，岂有反悔之理。"

彤弓哈哈大笑道："令尊不想让你涉险，好好走你的读书之路吧！"

文天祥却凛然道："读圣贤书，若不能走君子之道，读书何用？"

彤弓闻言再次看向文天祥，此人年纪虽小，但气场之大，足令见者折服。

文天祥所站之地，便是一座难以逾越的高山。

彤弓刚要说话，郭保卫已经走了过来，对着彤弓等人说道："此事原委我已查清，王公子虽然惹事在先，尔等也有反应过激之嫌，难免要吃一通官司才行。"

"你这狗官懂什么！不如此反应，我等早就没命了，如何还等活到现在？"简刀怒气冲冲地说道。

郭保卫指着简刀刚要说话，却见一大队人马从码头方向急速奔来。

九江马军大统领王大道到了！

第六十四章　罢战息兵却不能

蹄声阵阵，杀气腾腾！

整个小镇都开始震颤，路人看客纷纷躲避，妇孺百姓瑟瑟发抖。

王大道来了！

麾下三百精锐杀人无数，满身血债！

郭保卫定睛一看是王大道，赶紧上前迎接道："属下庐山知寨郭保卫，参见大统领！"

王大道坐在马上斜眼瞟了一眼郭保卫，大声喝道："叛贼何在？"

王豹指着彤弓等人喊道："还在那里饮酒作乐！"

"列阵！"王大道立即下令。

三百精锐同时张弓搭箭、嚯嚯抽刀，气势如黑云压城，随时准备吞噬掉眼前的一切。

"且慢！"郭保卫站在马前大声喊道。

王大道疑惑地看着郭保卫，厉声喝道："郭保卫，你到底在保卫谁？"

"我在保卫知地的正义、大宋的律法！"郭保卫大义凛然地说道。

王大道吃惊地看着郭保卫，他早就听说郭保卫有君子之风，没想到骨子里竟如此刚硬。此等情形，凭他一个小小的知寨，又如何能左右得了？

"哼！不知好歹的东西，待我剿灭叛贼，再追究你管治不力之罪！"王大道说完抽出了腰刀。

一场力量极不对称的屠杀即将开始。

就在这时，宋军的警戒兵突然吹响了警戒号！

"骑兵来袭！"警戒兵同时大喊。

王大道的精锐骑兵果然训练有素，听到报警之后，立即面向来敌列阵，将王大道围在中间。

这时王大道才看清，庐山方向有一队骑兵正快速奔来，何方何派，是敌是友，尚无从知晓。

但此刻庐山寨的寨兵和九江地界的兵马均在自己的掌握之中，来袭骑兵定不是自己的队伍，而除了自己的军队，这里也没有别的军队，除非是江匪盐帮，叛贼流寇。

想到这里，王大道也警觉起来，而出乎他意料的是，郭保卫竟指挥庐山寨的寨兵列阵于王大道的精锐之前，准备迎敌。

由此可见，郭保卫确是一个正直诚恳之人，面对这样的人，有时候申明道理比威逼利诱更有效果。

借着月光和火把，来袭的骑兵逐渐清晰，为首之人浓眉大眼、目光炯炯，头系红手帕，身披黑斗篷，手持一杆浑铁霸王枪，威风凛凛、英气逼人。

赖家麦看清后说道："聂布到了！"

聂布赶到近前，见前方有宋军列阵，也拉开了防守的阵势，坐在马上对着小店里的赖家麦扯开洪钟巨嗓喊道：

"老麦，没事吧？兄弟们报告说你们在这里嘚螺，还与歹人打了起来，众弟兄都群情激奋，特来相助！"

赖家麦未及回话，就听见王大道扯着嗓子喊道："大胆狂贼，安敢在此胡言乱语！见到本统领还不下马投降？"

聂布这时才看清是九江马军大统领王大道，立即勃然大怒，涨红了脸喊道："淫贼！我找你很久了，还敢来这儿送死！"

聂布说完就骑马冲了过去。

不得不说，聂布很英勇，但也不得不说，聂布太冲动。

单骑冲阵无异于送死，纵使有逆天神通，也一定是死。

原来聂布和简刀的妹妹本是一见钟情，早已定下婚约，不想简姑娘却遭王大道调戏，一家三口被烧死，所以说，聂布对王大道的仇恨并不在简刀之下。

不同的是，简刀远比聂布更冷静，杀人的手法也更凌厉。

这时简刀吹了一个回旋哨，这是简家马场的招马哨，九江骑兵的战马大部分都是简家马场训练出来的，听到招马哨，马必回槽。

现在王大道的精锐坐骑听到招马哨，纷纷掉头准备回家，大部分战马都已处在失控状态。

彤弓趁机又把新点的一盘碎椒王八头扔了出去，夜空中又下起了碎椒王八雨，人马均被辣得涕泪横流。

聂布的战马趁此时机一跃而起，首先冲入寨兵的阵中，这些寨兵本没打算死战，如何能挡住聂布的亡命冲杀，单骑飞过，寨兵纷纷避让，聂布直接杀入王大道的骑兵阵中，一杆浑铁霸王枪直插横扫，所向披靡。

赖家麦一脚将桌子踢飞，凌空打出赖氏长拳，桌子顿时四分五裂，化作无数碎片向王大道的骑兵阵中刺去，顿时马吼人嘶，惨叫连连。

聂布带来的上百勇士也在这时发起了冲锋，如潮水般向着王大道的骑兵阵冲杀过去。

郭保卫没想到事情会在瞬间恶化到这种程度，遂大喊一声："保护文

先生！"

　　喊完带着自己的寨兵退守小店旁，将文仪和文天祥紧紧围住，郭保卫这实际是在保存自己的实力，静观其变。

　　这时王大道才真正感到了恐惧，夜间作战，空间狭小，聚集列阵，四面受敌，加之战马受惊，所有兵家之大忌他都犯了。

　　而眼下最大的威胁是直奔自己杀来的聂布。王大道取出弓弩，对着正在厮杀的聂布一箭射了过去，聂布应声倒地。

　　赖家麦见状，立即飞身到骑兵阵前，双拳齐出，横打在最前面的战马身上，战马长嘶一声，凌空飞起。

　　王大道的亲卫骑兵从未见过此种场景：一匹战马在空中飞来，将前面的骑兵全部撞飞。赖家麦趁势背起聂布，骑兵刚要追击，李石头的双刀闪过，人马俱瞎。

　　简刀贴地滑行，不知何时突然钻出，直接站在了王大道的马前，王大道着实吓了一跳，举刀就劈。简刀一闪避过，手中的筷子却狠狠插进了王大道拿刀的手背。

　　王大道惨叫一声，手中之刀已被简刀夺下，简刀反手一刀向王大道砍去。

　　王豹见王大道已身处险地，骑马冲过去已经来不及，遂从马上飞身而起，凌空向简刀劈杀过去。

　　简刀此时本可闪身避过，但他太想杀了王大道了，他和聂布一样，仇恨终究让自己失去了理智。

　　为此，简刀只是稍一侧身，躲过要害，让王豹的刀砍到了自己的右肩，自己的刀继续向王大道砍去。

　　但因为刚才的躲闪，自己的这一刀也没有砍中王大道的要害，只砍在他的大腿上。

　　简刀和王大道几乎是同时中刀，王大道惨叫一声，简刀却一声未吭。

　　简刀见王豹这个酒囊饭袋之徒也来劈砍自己，诡异地一笑，回手将手中的筷子直接插进了王豹的左眼。

　　王大道见状发出了一声歇斯底里的哭喊，自己的儿子在自己的眼前被杀，作为一个父亲，那种心理上的刺激是难以想象的。

　　仇恨，会让所有人都失去理智，也会让人激生出无尽的力量。

　　"杀！给我杀！"王大道用嘶哑的嗓音发出了令人恐惧的怒吼。

　　这是一头丧子的猛兽发出的痛苦的呐喊和哀号！

　　天地轮回，善恶有报，你杀人全家的时候，怎么没有想到会有今日的丧子之痛？

简刀中刀后意识开始模糊，微笑着倒下，大仇得报，可以长眠了。

听到王大道的命令，骑兵奋力冲杀。这时却见一道红光袭来，所到之处，人马俱飞，速度之快，力道之大，众人均未见过。

彤弓一口气杀入阵中，抱起简刀，躲过身边骑兵刺来的一枪，一杖将人击飞，翻身跃到马上，大喊一声："我乃击杀蒙古地狱黑煞木李花的彤弓是也！"

黑夜里的这一嗓子，足具震慑力。

能击杀蒙古地狱黑煞的人，大宋军民早已视为天人，谁敢与之为敌。

王大道的副将石铁海知道今天高手如云，再打下去已无胜算，遂下令收兵，带着王大道向码头撤退。

三百精锐短短一战，死伤虽然不多，但输得太过丢人，今日之仇，怕是再难消解。

第六十五章　惨无人道王大道

月光如血，满街伤亡，一地狼藉。

此战本可避免，可不知为什么就是没能避免。

转瞬之间，大祸就已酿成！

王大道撤退后，郭保卫即刻命人打扫战场，救治伤兵，恢复小街的管理秩序。

聂布和简刀都受了重伤，李石头等人也都有轻伤。

赖家麦忧心忡忡地对彤弓说："此战官军吃了大亏，绝不会善罢甘休，码头估计已被封锁，我们在山里有自己的兄弟，咱们还是连夜进山一避吧！"

彤弓听后点头应允，三十六计，走为上计，不躲也没有办法，毕竟需要找地方疗伤。

文仪和文天祥都略懂医术，积极帮助郭保卫救治伤兵，并一起返回庐山营寨，未及和彤弓等人道别。

王大道退到码头后，石铁海带着一百兵士立即封锁码头，就地警戒，王大道带着其余伤兵上船返回九江求援。

王大道在船舱里愤愤不平，陈若仪在一边默默流泪，一个丧子、一个丧夫，两人的痛苦不分彼此。

这时王大道的亲卫林青端进来两碗鸡汤，放在陈若仪面前一碗，放在王大道身边一碗。王大道没有看向鸡汤，而是直直地盯着陈若仪抽泣不止的背影。

林青见状心中不免疑惑，王大道重伤在身，儿子又刚刚惨死，都这个时候了，王大道难道还能打自己儿媳妇的主意？即便禽兽也断难如此啊！

林青想到此处，不敢久留，准备退出。

这时，王大道突然拿起了身边的腰刀，对着陈若仪毫无防备的后背猛地刺了过去。

"啊！"

陈若仪的血溅了林青一脸，林青惊恐万状地呆在当场，他实在不敢相信眼前的一切。

陈若仪慢慢地回过头，看到了拿着刀的王大道，她流下眼泪，眼神中满是不解与疑问，她死死地盯着王大道，希望死之前能听到一个合理的解释。

王大道睁大眼睛看着陈若仪，眼中流露出悲伤和愧疚，但是没有解释，这种丧尽天良的事，怎么能说得出口呢？

在这个世界上，无论多么穷凶极恶的坏人做了不光彩的事，也都想掩盖不想让别人知道，所以无论内心多么肮脏，面上都想有张人脸。

王大道就是一个面上光鲜、内心阴暗的小人。

因为王大道从来不走大道，专走歪门邪道！

王大道心里想：我孩子死了，我的好兄弟陈靖东的孩子最好也死掉，这样两个人都能感受到同样的痛苦，而有人陪着痛苦，自己的痛苦可能就会少一点，至少不会增加。如果只是自己的孩子死了，兄弟的孩子都活着，那自己就会比死掉孩子还要痛苦。

王大道还有另一个不可告人的想法，他此次为了私人恩怨私自动兵，还遭此重创，以郭保卫的为人断不会替他圆谎。即便他巧舌如簧瞒过，以后再想调集重兵围剿这股悍匪，上峰也难以支持，仅靠他自己的近卫骑兵断难报仇，所以需要借兵。陈若仪是德安义门陈氏大族长的嫡孙女，只能借助陈氏的族兵来围杀。而陈若仪如果不是被悍匪杀死，陈氏就不会出兵，所以她必须死，而且是被悍匪杀死的，只要陈氏族兵尽发，剿灭这股悍匪的愿望就能实现了。

王大道看着倒在地上的陈若仪，慢慢地拔出了腰刀，这一刀下去，他的想法基本都可以实现了。

为此他狡黠一笑，全然忘记了丧子之痛，其心之毒，真是天下少有！

王大道随即命令舟船掉头，返回庐山牯牛岭码头。

石铁海正在码头布防，却见王大道的舟船返回，遂十分疑惑地上前问道：“大人重伤在身，宜回九江医治，何以又返回险地？”

“都是皮肉之伤，在此医治也无妨！”王大道说完，指着陈若仪的尸体道：“抓紧处理尸体，全部焚化，以免夜长梦多！”

“公子的尸体也焚化吗？”石铁海试探性地问道。

“都烧了！”王大道大声说道。

“属下明白！”石铁海说完，一个手势，上来两名侍卫将陈若仪的尸体抬走。

王大道随后说道：“即刻派人到德安陈氏报丧，让他们出兵为若仪报仇！”

石铁海应允而去。跟了王大道这么多年，此刻石铁海才彻底明白，王大道真是一个丧心病狂的狠辣角色。

是夜，所有尸体全部焚化。

两日后，陈若仪的父亲陈靖东就带着三百族内子弟来到牯牛岭。

“若仪何在？”陈靖东进寨见到王大道就迫不及待地问道。

王大道躺在床上，身旁放着两个骨灰坛，看到陈靖东后立即大哭起来："贤弟，你来晚啦！若仪和豹儿都在这里呢！你要替他们报仇啊！啊啊啊……"

陈靖东见到骨灰坛，立即扑过去，大声哭喊道："若仪啊！是谁杀了你啊？为什么不让为父见你最后一面啊？为什么要火化？为什么不让我见她最后一面？"陈靖东拽着王大道的衣领反复质问。

"现在天已入夏，尸体放久了恐生瘟疫，若仪和豹儿死状凄惨，我怕你见了更加伤心，遂一并焚化了。"王大道虽有些心虚，但还是说得头头是道。

"是谁杀了她？是谁？这个千刀万剐的畜生，我一定要亲手宰了他！"陈靖东怒目圆睁，看得王大道也有点心惊胆战。

王大道因为心虚，脸色变得极其难看，"是那些贩卖私盐的悍匪干的！"

"我等与其并无仇怨，为何要对小女下此毒手？"陈靖东悲痛地问道。

"前两日，豹儿带着若仪来这岭下唰螺，不想与贼人遭遇。也许是贼人贪恋若仪的美貌，起了口角，以豹儿的脾气又如何能善罢甘休？不想贼人如此凶悍，不但杀了豹儿和若仪，连我也险些丧命，我的三百精锐也折损过半，贤弟一定要为孩儿报仇啊！"

王大道说完又抹起了眼泪。

"这伙贼人现在何处？"陈靖东虎眉倒竖。

"贼人的几个头领已被我打成重伤，码头也被我连夜封锁，此刻应该就藏于山中。"王大道信心满满地说道。

"在这儿等我消息，我一定灭了这些畜生！"陈靖东说完便走出房间。

副将石铁海全程目睹王大道的这番表演，心里不知是什么滋味。

王大道见陈靖东走出房间，看了石铁海一眼问道："陈靖东带了多少兵马来？"

"三百左右！"石铁海低头回道。

"三百？"王大道眉头紧锁，随后又自言自语地说道，"怕是不够啊！"

"要不要劝他暂不要进山？"石铁海也知道带这些族兵进山，多半是有去无回。

王大道狞笑了一下道："他报仇心切，你又如何劝得了？如若吃个大亏，陈镇南大族长必定亲来，届时两败俱伤，既可消灭这伙贼寇，又能消减陈氏一族的势力，岂不两全其美？我也可以向上报功，豹儿也算没有白死。"

石铁海看了一眼王大道，抱拳转身离去。

此刻任何一个有理智的人，见识了王大道的阴险，都应该早做打算。

第六十六章　轻饶素放祸难免

春夏之交的庐山，漫山花海，鸟鸣蝶舞，草木幽香，是一处难得的宁谧养心之处。

可惜却没人懂得欣赏，一伙人进来避乱疗伤，一伙人进来搜捕复仇，让这块宁谧之地不得安宁。

彤弓等人进山以后穿过锦绣谷，安置在了仙人洞附近。好在附近寺中存有不少草药，盐帮中也有江湖郎中，连夜包扎伤口，敷药疗伤，简刀、聂布不至于有性命之忧。

赖家麦为防止官军偷袭，派人在锦绣谷设置了层层警戒，一有动静，可随时支援或撤退。

陈靖东带领的族中子弟很多都熟悉庐山地形，都知道仙人洞附近寺庙众多，背靠险峰，前临深谷，是最好的藏身之所，遂直奔仙人洞而来。

因锦绣谷是去仙人洞的必经之路，所以陈靖东一进锦绣谷，彤弓和赖家麦就知道了，遂带着帮众在锦绣谷两边设伏，以逸待劳。

锦绣谷底平壁陡，云雾缭绕，是设置伏兵的最好地点。

陈靖东报仇心切，未及详细侦察就带领族中子弟进入谷中。

这样贸然犯险，别说只有三百子弟，纵是三千怕是也要全军覆没！

"不是官军！"

陈靖东进入伏击地域后，赖家麦对着彤弓说道。

"不管什么军，打法不变，擒贼先擒王！"彤弓说完，赖家麦下达了攻击的命令。

陈靖东刚过伏击线，一道拦马索就突然从地上弹出，陈靖东的战马长嘶一声，失蹄前倾。

伴着一声惊叫，陈靖东从马上跌落，落地之后一个翻滚又腾空而起，由此可见他的身手也算上乘。

但令陈靖东没有想到的是，他刚起身一张大网从空落下，将其罩入其中，未及挣扎，两杆银枪已经顶喉。

这时伏兵尽出，所有奇石背后都站着一个张弓之士，只需一声令下，陈家武装即刻覆没，基本没有还击的可能。

陈靖东见状慢慢地闭上了眼睛，他没有想到这伙贼寇竟然如此训练有素，指挥有序，只怪自己被仇恨冲昏了头脑，自己死了不要紧，还枉死了

这三百族人子弟，真是罪该万死。

"放下武器，可免一死！"赖家麦站在高高的壁崖之上大声喊道。

此刻，陈靖东被擒，陈氏族兵群龙无首，听到赖家麦的话自然是犹疑不决。

听到赖家麦的指令，所有伏兵都齐声喊道："放下武器，可免一死！放下武器，可免一死！……"

百人齐呼，声音震天，在谷中久久回响，加之雾气弥漫，给人感觉整个山谷都是伏兵，反抗与不反抗的结果也许都是一样的，不反抗反而更有生还的可能。

这种心理暗示无比强大，所有人都逐渐放弃了抵抗的意志。

这时彤弓和赖家麦从壁崖之上飞跃而下，几次跳跃就站在了陈靖东的面前。

"你们是什么人？来此地意欲何为？"赖家麦抢先问道。

"哼！自然是来杀贼，何必明知故问？"陈靖东显然已报必死之心。

"你来杀我们，又知我们又是何人？"彤弓紧接着问道。

陈靖东闻言向彤弓和赖家麦冷冷地说道："草菅人命的悍匪流寇？"

"放开他！"

彤弓听后突然说道。

赖家麦先是一愣，随即会意，打个手势，两个帮众立即收枪撤网。

没想到陈靖东恢复自由后，立即翻脸拔刀，直向彤弓的头上砍去。

彤弓似乎早有所料，不加任何闪避，而是用降龙杖闪电般直击陈靖东的肩前天宗穴。就在刀即将砍到彤弓头上的时候，陈靖东轻哼一声，手臂一麻，手中之刀随即掉落。

彤弓左手在空中将刀接住，又持刀奉还陈靖东。

整个过程行云流水，一气呵成。陈靖东在咫尺之内偷袭，半个回合，手中之刀便被夺走，陈靖东此刻已经明白，对方要杀他，简直是易如反掌。

此刻见彤弓又将刀递还自己，接还是不接，陈靖东心里犹疑不定，因为实在不知道对方究竟是何用意，难道单单是为了羞辱自己？

想到这里，陈靖东没有接刀，而是抬头看向彤弓道："要杀要剐，给个痛快吧！"

"你我无冤无仇，为何要生死相见？"彤弓诚心诚意地说道。

陈靖东冷哼一声道："真是恬不知耻！前日小女被尔等调戏，又惨死于尔等刀下，这种杀子之仇，岂能隔夜就忘得一干二净！"

彤弓和赖家麦互相看了一眼，陈靖东所说应是前日冲突，但所有人都记得十分清楚，当时只有一个女子，一直在王豹身边，从始至终这个女人并未受伤，更没有什么调戏之事。

想到这里，彤弓开口说道："前日确有一个女子，但并未受伤，而是随官军撤离。至于什么调戏，我等听不明白。冲突之原委，庐山知寨郭保卫早已调查清楚，皆因王豹一伙横行霸道而起，在场众人都可做证，特别是大儒文仪和其子多次仗义执言，其来龙去脉最为清楚。"

彤弓说话时一直看着陈靖东，见他有所犹疑，遂接着说道："今日我放你们回去，你可详查令爱死因，若与我说有二，明日再来取我人头，我绝不食言！"

彤弓说完又把刀递给陈靖东。陈靖东看了彤弓片刻，慢慢地接过刀，收刀拱手道："在下德安义门陈靖东，我一定会回来的。"

彤弓微笑着拱手道："随时恭迎！"

陈靖东说完带着三百族中子弟转身离去，彤弓看着陈靖东的背影，突然有一种特别亲近的感觉，是种从来没有过的亲近感，不知道从何而来。

陈靖东不知道，他这一去，就再也没有回来。

回到庐山寨后，石铁海立即迎了上去，试探性地问道："族长这么快就回来了，可否寻到贼寇？"

陈靖东没有说话，而是直奔知寨郭保卫的住处。

石铁海觉得苗头不对，立即去禀报王大道。

陈靖东见到郭保卫便开门见山地问道："素闻郭知寨为人耿直，前夜血战究竟是何原委，小女究竟是何人所杀，还请知寨大人详细告知。"

郭保卫听陈靖东如此说，知道庐山一行陈靖东定是对前日之事有所察觉，遂将前夜调查情况一一据实说出，又道："以上也是郭某一人之言，不足为凭，令爱遭此不幸，郭某也深感难过，但令爱究竟死于何人之手，郭某确实没有看到。"

此时文仪和文天祥也在房中，听到郭保卫如此说，文天祥立即补充道："但令爱绝非死于前日之冲突，因为离开码头的时候还好好的，回来人就没了，还连夜焚化，岂不是有毁尸灭迹之嫌？"

文天祥说完，郭保卫立即介绍道："这位是江西大儒文仪，这是其子文天祥。"

陈靖东立即对着文仪抱拳道："原来是文先生，令郎所言文先生是否知晓？"

文仪没有说话，只是抱拳回礼，点头默认。

陈靖东的脸色愈发难看，但还是强忍着怒火道："感谢各位据实相告，靖东告辞！"

此刻王大道正在坐等陈靖东的到来，看见陈靖东怒气冲冲地推门而入，他立即挣扎着起身道："兄弟可否找到了逆贼的藏身之地？可让副将石铁海指挥清剿！"

"哼！"陈靖东冷哼一声，而后死死地盯了王大道半晌才道，"小女前日并未受伤，而是随你乘船离开码头，半路折返却已身亡，你又连夜焚化，王兄你不该向我解释解释吗？"

"你这是听谁说的？"王大道故作镇定。

"整个山寨人尽皆知！王兄还想隐瞒到什么时候？小女到底因何而死？究竟是被何人所杀？你说！"陈靖东指着王大道厉声说道。

"不是贼寇杀的，难道是我杀的吗？人尽皆知？到底是谁知，你给我找出来！只要荡平这伙贼寇，真相自然大白，何必浪费时间在此争论？你若不敢去，待伤好后，我自己去！"

王大道说完把头扭向一边。

"好，我会查出真相的！"陈靖东说完摔门而去。

第二天早上，郭保卫正在和文仪父子谈论天下大势，忽闻属下来报："不好了，王统领要将伙房小厮全部诛杀！"

"什么？"郭保卫和文仪父子立即跑了出去，但已经为时已晚，全寨十六名和做饭有关的小厮已全部被王大道斩首。

郭保卫见王大道被人抬出来亲自监斩，遂愤愤地上前问道："这些人所犯何事？大统领为何要将他们全部诛杀？"

王大道斜眼看向郭保卫，冷哼一声道："郭知寨明知故问！你管治不严，致使贼寇在你的辖地横行无忌，滥杀无辜，又使奸细混进小厮中。陈靖东族长刚刚发现他们的藏身之地，正待进剿就被下毒害死，可怜三百陈氏族人无一幸免，这等大罪，安能饶恕？不全部诛杀，何以正我大宋刑典！"

郭保卫听后脑袋一蒙，险些站立不住。此刻郭保卫不是害怕王大道硬治其罪，而是自责没有看清王大道的无耻和险恶，虽有疑虑，但终究还是低估了王大道的狠毒。

文仪和文天祥也都大吃一惊，若说贼寇下毒，最该毒死的也应该是王大道，为何毒死刚刚到来的陈氏族人，还有陈若仪，究竟是何人所杀？

当夜，王大道再次下令将所有尸体全部焚烧，庐山寨再次火光冲天。

在王大道的心里，只要能给自己的儿子报仇，枉死多少好人都在所不惜。

心思之毒，无以复加。

王大道在毒死陈靖东等陈氏族人的同时，已经派人给陈氏义门大族长陈镇南送信，说陈靖东等人不幸被贼寇下毒暗算，无一生还，邀其出兵共赴庐山仙人洞，两边夹击，剿灭贼寇，为陈氏复仇。

陈镇南大族长接到信后，拍案而起，立即召开全族动员大会，点齐三千义兵，全副武装，大族长陈镇南以七十八岁高龄亲自挂帅，浩浩荡荡向庐山开去。

第六十七章　桃花潭水见真情

熊熊燃烧的大火，既带来了光明，也衬出了黑暗。

文仪向郭保卫辞行："知寨大人，我与犬子履善外出游历，不想在此叨扰数日，承蒙眷顾，明早我等就要先行告辞了，还望知寨大人多保重。"

郭保卫此刻思绪纷乱，听到文仪如此说，也只能遗憾地点点头。

第二天一早，郭保卫赠送两匹骏马及一些盘缠给文仪，并亲自送文仪父子出寨，一路护送数里，生怕这二人再遭到王大道的算计。

"知寨大人留步，别日再见。"文仪翻过牯牛岭，西行至花径湖后对郭保卫说道。

"先生明知庐山已是险地，为何还要执意走访？"郭保卫见文仪非要踏访庐山，不解地问道。

文仪苦笑一下道："天下纷乱，何处不是险地，既已游历至此，何须刻意避躲？"

郭保卫闻言沉默片刻，双手抱拳道："保重！"之后未再言语，不知心中是何想法。

文仪父子抱拳回礼，策马而去。

行不多时，突然听到一阵大鸟啼鸣"嗷！嗷！"从路边树林里飞出十多只不知名的美丽大鸟，父子立即勒马驻足，色彩斑斓的大鸟振翅飞舞，优雅地盘旋，又慢慢地降落到湖心岛上。

文仪顺着大鸟飞舞的方向看去，眼前峰岭围抱、森林蓊蔚的大湖静谧迷人。如此纯净的美景与无比险恶的人心形成了鲜明的对比。

这时忽见前方一块大青石上写着"花径"二字。

文天祥问道："这便是白司马花径了？"

文仪点点头，下马走到大青石旁，撩衣坐下，眼前的花径湖如同一把古琴铮铮有声，美得令人心醉。

文天祥拴好马后，走到文仪的身边坐下，似有不解地道："王大道为何要将陈氏三百族人全部毒杀？"

"没看到的事不可乱说！"文仪说着从怀中掏出一本书读了起来。

"可我总觉得陈若仪和陈靖东的死都和王大道有关。陈靖东一定是发现了陈若仪的死因，所以才被王大道灭口。但王大道为什么要杀陈若仪呢？是想为他儿子陪葬？还是纯粹为了嫁祸栽赃？实在是想不通。"文天祥摇摇头道。

文仪放下书，转头看着文天祥说道："你想不通是因为你还看不到人心之恶，将来你考取功名，入了官场，就知道这其中的险恶了。"

"我考取功名，是为了担当道义，绝不会与这些谄媚苟安之徒为伍！男儿在世，当立风雷之志，怎能诺诺于天地之间！"文天祥目光如炬，直视远方。

"说得好！"

平地里突然的一声叫喊，惊得文家父子猛地回头，却看到是彤弓和赖家麦走了过来。

"二位哥哥怎么在这里？"文天祥见到彤弓立即站起来，有些兴奋地道。

彤弓没有正面回答，而是拱手说道："文先生，你们怎么有如此兴致，在此观景？"

文仪摇头苦笑道："只想静静心而已！"

文仪说完又将这几日陈若仪离奇被害，王大道去而复返，陈靖东全族被毒杀等事客观地详述了一遍。

彤弓和赖家麦听得头皮发麻，全然不知山下居然发生了这样的事。

赖家麦神色凝重，怔了半晌自语："坏了……"

转头又看向彤弓道："哥哥不是要去德安寻查身世吗？我看今日便走吧！"

彤弓满脸疑惑地看着赖家麦道："简刀和聂布的伤势未愈，眼下和王大道的仇怨也未了，这个时候我怎么能走呢？"

"这事本来就与哥哥无关，哥哥赶紧去办自己的事，不要再来蹚这浑水！"赖家麦神色紧张，显然是眼下情势非常不好。

彤弓看出了赖家麦的紧张，遂说道："陈氏一族的死与我等毫无关系，兄弟何必如此紧张，我即便要走，也要和简刀、聂布告个别啊。"

彤弓此话确在情理之中，要让他走需要一个合适的理由，但赖家麦知道，如将心中担忧和盘托出，彤弓是断不会弃兄弟们于不顾的。

于是赖家麦为难地说道："三大道能对自己人下此毒手，断不会放过我们，趁他伤势未愈，我等也要立即分散开去，等过了这个时节，我们再去寻哥哥。本来要陪哥哥同去德安，但我等的目标过于明显，所以只能委屈哥哥自行前往了。"

彤弓听后点点头："既然如此，也只好这样了，但要走也要等你们走了之后我再走，我来殿后，这样更安全一些。"

赖家麦见彤弓如此说，也不好再坚持，遂双手抱拳道："那就有劳哥

哥了！"

"自家兄弟，何必如此客气！"彤弓说着拍了一下赖家麦的肩膀。转头又对文仪父子道："二位最好也早些离开庐山，以免卷入不必要的纷争。"

"我二人自有打算，人生之事，倒也无须刻意躲避。反倒是你们，还是早做准备为好。王大道心狠手辣，丧子之后更无底线，千万不可掉以轻心啊。"文仪忧心忡忡地说道。

"你们先聊，我知这花径湖旁有一处甜泉，我去取些水来喝。"赖家麦说完就疾步而去。

赖家麦走后，彤弓道："先生说得好，人生之事，确实无须刻意躲避，躲避只能让人苟安，却无法真正消解，最好的办法还是勇敢面对。此心光明磊落，又何惧阴险狡诈呢？"

"如今缺少的就是像彤先生这样的真义士啊！靖康之难以来，忠义之士多遭贬谪，屈膝之辈纷纷当朝，每每想来，无不痛心扼腕啊……"

正说着，就看见赖家麦手捧着荷叶包跑了回来，边跑边说："非常甘甜，来，赶紧喝一口！"

彤弓和文仪父子接过，彤弓喝了一口道："嗯，果然甘甜！"

"嗷！嗷！"这时一只大鸟从湖心岛上惊叫飞起，后面又紧跟着几只大鸟振翅飞来。

众人转头望去，彤弓只忽觉得视线有些模糊，随即有些站立不稳。

文天祥眼疾手快地扶住彤弓："哥哥这是怎么了？"

彤弓用降龙杖支撑住身体，看着赖家麦说道："水、水中有毒！"

说完踉跄倒地。

文仪转头惊讶地盯着赖家麦："怎么回事？水中有毒我和履善怎么没事？"

赖家麦俯身叩首道："请先生答应我一件事！"

"好汉但说无妨！"文仪说着扶起赖家麦。

"我在哥哥的水中下了迷药，估计要一天一夜才能醒来，请先生带我哥哥下山，送到德安便可，醒来后务必劝阻哥哥，莫要再回来！"

"何以如此？"文仪显然对赖家麦的做法有些不解。

"唉！"赖家麦叹息一声道，"先生有所不知，我等在这个地界混迹多年，既无聚众反叛之实，也无烧杀劫掠之行，无非就是一帮穷苦人一起在乱世混口饭吃，所以官军不会费大力气对我等重兵清剿，所以王大道暂时还奈何不了我们。"

说到这里，赖家麦看了看躺在地上的彤弓继续道："但此刻陈氏大族长陈镇南的儿子、孙女和族人皆命丧此地，王大道一定会嫁祸于我们。陈氏势力庞大，一旦与其结怨，我们在此地的买卖就没法做了，届时藏无可藏，躲无可躲，只能直面陈词，或许还有自证清白的可能，否则这个黑锅将永世背负下去。"

文仪点点头，似乎明白了赖家麦的意思，但随即又问道："即便如此，多一人面对就多一分力量，岂不更好？"

赖家麦无奈地摇摇头，摆手笑道："此刻敌我力量悬殊，便是再多百人也无济于事，况且我们兄弟几人与王大道本就有深仇大恨，这与哥哥无关，何苦把他搅进来？一旦真相辨不明，势必大动刀兵，我等常年穿行在这深山沟谷，自是熟悉转移路线，哥哥跟在身边，反倒成了拖累。"

文仪听得出来，赖家麦此刻说的确实是心里话，遂无奈地说道："好，我答应你！"

赖家麦闻言拱手告辞，转身离去。

第六十八章　欲盖弥彰再栽赃

大道上，一只色彩斑斓的蝴蝶翩翩起舞，优雅地落在花瓣上，慢慢收紧了翅膀。

文仪看着躺在旁边的彤弓，又看了一眼身后的深潭，一切都是那么宁静和安详。

这时蝴蝶突然舞动翅膀飞了起来，微风拂过，潭水也泛起道道波澜。

文仪微微一笑，无论人心多么险恶，这世上还是有那么多可爱的生灵，那样纯净的自然，那些似海的兄弟深情。

这就足够了！

文仪和文天祥将彤弓扶到马上，二人共骑一马，沿着山间小道向德安方向走去。

天色将黑时，文仪和文天祥见前方过来一队人马，立即靠到路边躲避。

但见队伍中高举的大旗上写着一个"陈"字，前方自有开路小将，居中坐着一个皓首老人。老人精神矍铄，目光凌厉，身后跟着五人，看来都是各房当家人，再后队伍足有数千人之多。

文仪见了不免惊叹："这样的氏族势力，在此乱世，足可割据一方！"

文天祥在马上低声道："怪不得赖家麦如此紧张，这样的势力足以踏平庐山！按此行进速度，他们明日中午便可抵达庐山寨了。"

文仪坐在马上没有答话，不知心中作何打算。

其实王大道和陈镇南大族长早已约定好，计划在次日中午，东西两路合围庐山仙人洞附近的贼寇。

经过几日的医治调养，王大道的伤势已无大碍，虽直接上阵厮杀还是勉强，但骑马指挥已绰绰有余。

第二天一早，王大道便以副将石铁海带领的哨探为前队，自己率领精锐居中，令郭保卫带领寨兵殿后，向着庐山仙人洞附近搜索前进。

王大道为人狡诈，带兵作战也极为小心谨慎，路经锦绣谷时，必由哨探前出占领制高点，多次侦察无伏后方带主力徐徐进击。

王大道深知，锦绣谷是打伏击战的最好场所，无论对方如何布兵，锦绣谷都不可能毫无设防。但令他疑惑的是，整个锦绣谷除了自己的哨探惊出几声鸟叫外，一点动静也没有。

难道贼寇早已转移？想到此处，王大道急令大军停止前进，派出哨探前往东路查看陈氏族兵的情况，看是否遭遇贼兵。

王大道此时心里盘算，贼兵若已转移，他这边没有遭遇贼兵，东路陈氏必然会遭遇，自己只需在此静待两方力量消耗殆尽，便可坐收渔翁之利。

但令他失望的是，哨探报告东路也未见贼兵半点身影。

那么只有一种可能，就是贼兵未做任何进攻性部署，还在仙人洞附近凭险据守。

这让王大道十分兴奋，贼就是贼，毫无用兵之法，大军只需围上数日，或断水烧山，不费一兵一卒，就能全歼贼兵。

想到这里，王大道急令大军全速赶往仙人洞。

当王大道赶到仙人洞时，大吃一惊，但见整个盐帮贼匪遍布仙人洞后的峭壁峻岭之上，赖家麦手持大刀端坐在洞顶，身后到处都插满了盐帮的黑色旗帜，足有上千之多。

王大道倒吸一口凉气，哪怕一面旗帜后只有一个贼寇，这盘踞的贼寇也足足过千，如全部在锦绣谷设伏，即便被自己识破，一场遭遇战下来，自己所率的四百余人也难有活路。

此刻这么多人爬到崇山峻岭之上，个个都躲在峭壁陡崖之后，虚实不定，数量不明，大军攻爬不易，箭射不及，火攻不到，着实难办。

王大道正在踌躇，只听蹄声阵阵，大地颤抖，陈镇南带兵到了。

王大道大喜过望，如能让陈镇南先行发动攻击，便可一探虚实，找到破绽之后再进攻，胜算就会大大增加。

陈镇南一看贼兵的规模也大吃了一惊，此地也算是宋蒙交战前线，如何能让贼兵发展到如此规模？这王大道作为属地官军之首，实在难辞其咎。宜当尽快剿灭，否则必成朝廷大患。

"大胆贼子，你们偷袭官军，毒杀陈氏族人，罪恶滔天，人神共愤！今特率大军前来清剿，还不快快跪地投降！"王大道见陈镇南到来后率先发话。

赖家麦等的就是这一刻，他之所以没有在锦绣谷设伏，一者是兵力不够，难以一击必胜；二者王大道绝不会轻易上当，最后还得是硬碰硬地打；三者此战是两边临敌，战端一起不及辩解就会全军覆没。

所以赖家麦遍布疑兵在这崇山峻岭之上，让官军不敢轻易进攻，这就给了自己谈判和辩解的机会。赖家麦不惧王大道，他真正怕的是陈镇南，如能证明陈氏族人并非是自己所杀，也许能让陈镇南罢兵止战。

但是自己无凭无据，又不掌握话语权，想为自己开脱罪名又谈何容易。

这等乱世，一向是栽赃容易洗脱难，遍地都是枉死人。

但是不赌一把还能有什么办法呢？

听到王大道恶人先告状，赖家麦起身喊道："你这无耻小人，贪赃枉法、草菅人命、累累血债、罄竹难书，还敢在此信口雌黄、大言不惭！陈氏族人皆是被你所杀，竟然嫁祸到我等头上！陈镇南大族长岂是那么好骗的吗？这天下众人也是那么好骗的吗？"

王大道早就在信中告诉陈镇南，这伙贼人届时必定会拼死抵赖，所以他暂时还不担心陈镇南会起疑心，继续喊道："好个巧舌如簧的贼人！你们杀人放火，庐山人尽皆知，大兵压顶，还敢在此胡言乱语，还不赶快下来受死！"

"你放屁！谁在杀人放火？还记得九江简家吗？是谁欺男霸女，火烧大宋骑兵的养马人？还记得牯牛岭唧螺之夜吗？你与儿媳共乘一船，去时还是活人，回时已成冰尸！定是你奸淫儿媳不成痛下杀手，你这个丧尽天良的恶魔……"

简刀骂人，句句都似剪心之刀，让王大道真真感到了切肤之痛。

"你住口！"王大道不知道文仪早已将前几日之事如实告知赖家麦，简刀的这些话让他始料未及。

特别是简刀还冤枉他奸污自己的儿媳！此刻被人栽赃辱骂，五大道脸上滚烫，冷汗直冒。

嫁祸于人和被人嫁祸终究不是一个感觉，所以他赶紧大喊一句，打断了简刀。

但简刀说话就如同剪刀一样快，如何打断得了？王大道歇斯底里地喊完之后，简刀一刻未停，继续骂道："你慌什么？是不是想起来是谁在杀人放火了？连续几夜庐山寨都火光冲天，是谁焚尸，人尽皆知！就是你！王大道！惨无人道的王大道！"

简刀说完，陈镇南一众人马的目光都集中在王大道的脸上，王大道气得脸部肌肉抽搐不停，他不知道该如何解释，此刻只想尽快将这个简刀碎尸万段。这时他也看清楚了，自己的儿子王豹也是这个人所杀。

此刻，简刀手拿短银枪，死死地盯着王大道，两个人的战斗在目光和意念中进行，王大道显然心虚，转开目光大喊一声："放箭！"

一排排箭矢飞来，简刀等人立即躲在巨石古木之后，毫发无伤。

"你心虚了！这个时候还暗箭伤人！"简刀继续不依不饶地说道。

王大道气得青筋暴起，口不能言。

这时陈镇南问王大道："这贼人说的可是实情？"

"句句属实！不！句句不实！完全是胡编乱造、栽赃陷害！"王大道显然有些语无伦次了。

陈镇南又看向简刀，平静问道："你说的可有证据？"

"证据已经被他销毁了！"简刀不假思索地道。

"那未见之事，你又如何能知？"陈镇南声音虽然不高，但却掷地有声，所有人都听得清清楚楚。

简刀一时语塞，随后道："我听说的！"

"哼！道听途说，还能如此理直气壮！你说他与儿媳共乘一船，船中之事，他自己不说，又有谁能知道呢？你又是听谁说的？"

陈镇南说完，王大道立即兴奋起来，想来除了亲卫林青确实也无人看见，遂大声喊道："说！你听谁说的？"

这的确是一个漏洞，因为这确实是简刀自己假想出来的。真的假不了，假的真不了。

栽赃陷害这类勾当，小人栽赃君子十拿九稳，君子栽赃小人百无一成，因为小人最擅长，君子不专业。

赖家麦见简刀语塞，开门见山直接逼问王大道："不管是谁说的，是不是死在了你的船中？"

"是死在我船中。豹儿被你们残杀，若仪也受了重伤，我连夜送往九江医治，不想却死在了半途，我只得将尸体运回，和豹儿合葬，完成若仪遗愿。你们这些千刀万剐的贼匪，我与你们不共戴天！"

王大道此刻已经冷静下来，栽赃陷害的能力又充分发挥出来。

"胡说！陈若仪根本就没有受伤，当天所有人都看得清清楚楚，你居然还有脸当着大家的面在此信口开河！"简刀气得又骂将起来。

简刀说得没错，所有人都看得清清楚楚，可谁能出来作证呢？石铁海和郭保卫以及手下的兵将都心知肚明，可此刻谁能站出来揭发王大道？恐怕没人敢。

所以，简刀说的与一句废话无异。

陈镇南直直地看着简刀和赖家麦，两人的情绪变化确实不是装出来的，反倒是王大道的情绪变化有些刻意，但王大道说得也是天衣无缝。

陈镇南遂又看着简刀道："若仪的死尚有争议，可是我陈氏一族三百人无一存活，你们又该做何解释呢？"

这时赖家麦拱手说道："陈靖东族长和三百陈氏族人确实来过此地，被我等包围缴械，本可全部擒杀。但我等与陈氏一族无冤无仇，因此未动陈大当家分毫就放其回去，只是告诉了他陈若仪死得蹊跷。陈靖东回去调

查的当晚就在庐山寨被毒杀，若要解释，也该由他来解释吧！"

赖家麦说完用刀指向王大道，王大道一惊，坐下战马躁动长嘶，这让所有人都看向他，王大道无比恼火，大喊一声："给我杀了他！"

手下精卫闻令发起了进攻，这注定是一场艰难的冲锋！

第六十九章　痛心泣血怎甘心

人世间总有一些意想不到和阴差阳错，这也让人生更加曲折和精彩。

赖家麦没想到王大道会让自己的百多骑兵仰攻看起来足有上千疑兵的敌手，这无异于是自杀。

如果能不交战，赖家麦还是想尽量不战，只想通过谈判和解释让陈镇南不参战，只要陈镇南不先动手，赖家麦料定王大道不会进攻，即便进攻，这点兵力也毫无胜算。

赖家麦虽然只有一百人多人，但都部署在崇山峻岭之上，他设置了三道防线，一道比一道人多，一道比一道难攻，赖家麦可以边打边撤，对方没有十倍以上的兵力绝无可能攻下。

而且即便三道防线全部失守，赖家麦还在山顶布置了机关，只要砍断拦石锁，数千石块砸落，足以杀伤成百上千人，这时再从山顶分散逃走，总可立于不败之地。

王大道其实没打算进攻，而是想坐山观虎斗，没想到一时被激怒下达了进攻的命令，此时也不能再撤回，只能硬着头皮让手下的人去送死。

可王大道手下的兵士也不傻，弃马登山与赖家麦等人短兵相接后并未全力进攻，兵刃相交，铿锵作响，看似打得火热，但其实并无损伤，谁都没有继续向前推进。

赖家麦和石铁海在无形中达成了一种默契，这是彼此都需要的。石铁海知道，仅靠自己的这点兵力即便全力进攻，也难以取胜，还会付出巨大代价，所以只做交战的样子并不真的进攻。

赖家麦也知道，一旦暴露实力就会瞬间全军覆没，所以只有一线的十几人参加战斗，后面的伏兵一个不发。

双方就这样互相僵持着。王大道下完进攻命令就后悔了，此刻看见这种交战方式也正中下怀，还可趁机催促陈镇南加入战斗。

但陈镇南是何等人物，岂能看不出这其中的猫腻儿，这样打打歇歇、歇歇打打，打到地老天荒也打不出陈氏族人死亡的真相。

"去把那个拿大刀的头领抓下来，务必要留活口！"陈镇南指着赖家麦对身后的五房大当家说道。

"让我来！"说话的是陈靖东的儿子、陈镇南的嫡孙陈定西，自己的妹妹和父亲均死得不明不白，陈定西的心情可想而知，说话间已策马奔去。

接近洞口的时候，陈定西借着马的奔势从马背上一跃而起，跳上仙人洞顶后又是纵身一跃，一杆长枪凌空向赖家麦刺去。

赖家麦正和官军假意挥刀交战，突见一人凌空刺来一枪，仅凭气势就知道，这次是动真格的。

赖家麦不敢怠慢，立即挥刀格挡，来人却闪电般连刺十余枪。赖家麦猝不及防，连连后退，好在他居高临下，连挡十余枪后，陈定西的攻势逐渐减弱。

趁此时机，赖家麦却突然发力，借着地势纵身跃起，把全部力量都灌注到大刀之上，暴喝一声，如泰山压顶般向陈定西的头上砍砸而去。

这一击，力重千斤！

陈定西一个弓步擎鼎，硬挡这一刀。只听一声巨响，陈定西虎口发麻延至两臂，后续的力量承接不住，口吐鲜血向后翻倒。

陈镇南大呼不好，身后的五位当家同时纵马而上，跃而上洞顶，齐齐向赖家麦杀来。

赖家麦以一敌五，好在山上地势陡峭，给了他周旋的空间，陈氏五房当家在这样的地方很难完成对他的合围，所以胜负一时难分。

但赖家麦的体力消耗巨大，五房当家又不是泛泛之辈，所以渐渐有些吃不消，几个回合下来，赖家麦身上已经多处受伤，好在几位当家想留活口，否则他早已死在刀下。

这时石铁海也加强了攻势，这让李石头难以抽身去救赖家麦，简刀和聂布伤还未痊愈，即便假装拼杀也已经是力不从心，根本无暇顾及赖家麦。

隐藏在山上二线的帮众倒是看得清楚，赖家麦寡不敌众，再不支援恐有性命之忧，遂不等赖家麦发出指令，就冲了出去。

"回去！守住自己的阵地！"赖家麦见二线帮众冲出，遂大喊一声，生怕暴露了实力，打乱了部署。

"撤回去！"赖家麦向一线抵挡的帮众发出指令，这既是既定的部署，同时也可以迷惑王大道和陈镇南，对方看出他是按梯次部署，越向上越难进攻，付出的代价也会越大。

"一定要分兵把守，节节抵御！"

陈氏五位当家听到赖家麦部署后撤，遂赶紧占据制高点，封住了赖家麦后撤的路线。

此时二线冲出的帮众被赖家麦制止，已来不及过来支援，赖家麦身在低处，面对五位当家的强攻，又要分心指挥，一时招架不住，滚下山去。

这一点，赖家麦事先没有想到，而他这一跌落，把所有的部署都打乱了。

石铁海立即带领手下精锐将赖家麦团团围住。

"老麦!"李石头大喊一声,纵身跃下,挡在了赖家麦的身前,两把短刀旋转飞舞,宋军难以上前。

"老麦!"简刀和聂布见赖家麦负伤被围在山下,也大喊一声,飞身跃到洞口,四人背靠背被王大道的官军围在中间。

"你们下来干吗?"赖家麦怒气冲冲地责备道。

这时李石头、简刀和聂布同时大喊道:"今生做兄弟,要死一起死!"

"今生做兄弟,要死一起死!"

"今生做兄弟,要死一起死!"

一线的十几个帮众见赖家麦等人被围,听到简刀等人的喊声,也大喊着冲杀下来。

紧接着,二线、三线部署的几十个帮众也都大喊着:

"今生做兄弟,要死一起死!"

"今生做兄弟,要死一起死!"

……

上百人一起呼喊着向山下冲杀。

赖家麦既热泪盈眶,又悲痛万分,兄弟们能死在一起,倒也痛快,这真让人感动。

但众兄弟其实本不必死,此刻实力完全暴露,又冲下山来,却是必死无疑,这真让人悲伤。

王大道却异常兴奋,一共才百多人,又全都冲下山来,此战已经毫无悬念。

王大道露出了獠牙,下达了全力攻杀的命令,郭保卫也依令带兵围了上去。

两方兵马在山下洞口展开激战,山上冲下的帮众势头正猛,都有万人莫挡之势。

石铁海和郭保卫本来就斗志不高,难以抵挡,纷纷后退,这让赖家麦等人冲出重围,和帮众合在了一起,背靠仙人洞口,人人皆不顾生死,拼力一战。

面对赖家麦等帮众不要命的气势,王大道的官军憾之不动、触之则死,遂都不敢奋力冲杀,围而不攻,渐成对峙胶着之态。

陈镇南始终按兵不动。

"陈大族长,此时不战,更待何时?"王大道见自己的兵马人数虽然占

优，但却难以吞下这伙亡命之徒，遂迫不及待地叫陈镇南赶紧参战。

陈镇南城府极深，一直在观察两方情势的变化，听到王大道催战，依然纹丝不动。

王大道知道，在弄清陈氏族人被害始末之前，陈镇南不可能轻易投入战斗。

此刻已经激战一个多时辰，双方体力都已到达极限，只要陈镇南能够加入战斗，这伙贼寇瞬间即可消灭。

可让陈镇南此时加入战斗已基本不可能，所以王大道只能另谋出路。

一声鸣响，王大道被迫鸣金收兵。这下石铁海和郭保卫都松了一口气，因为再打下去，即便能拿下赖家麦这伙盐帮，死伤也实在是太大了。

鸣金后王大道的精锐收而不撤，继续将赖家麦等人围在洞口，同时组织救治伤兵，补充体力。

赖家麦等人也快坚持不下去了，王大道暂时收兵止战，也得以给负伤的兄弟止血包扎，胡乱吃口干粮补充体力。

赖家麦虽然身上十几处刀伤，但却始终持刀立在队伍最前面，此等英武，让陈镇南看了也十分慨叹。

借着休战的时机，陈镇南远远地对赖家麦喊道："你说陈氏族人不是你们所杀，你可有证据？"

"我从未离开此地，如何杀人？这些兄弟们都可作证，还需要什么证据？"赖家麦冷冷回答。都这个时候还问这等问题，实在让赖家麦哭笑不得。

可随即又听见王大道扯着嗓子喊道："你这贼人未离开此地，可投毒杀人者却是受你指使！造饭小厮都已承认，你还敢狡辩？"

赖家麦闻言微微一笑，轻蔑地看着王大道冷哼一声道："你这狗官！栽赃陷害的事你干的还少吗？"

"呸！就凭你们这几个草寇，也配我陷害？只要我一声令下，随时可让尔等横尸野外，何须费力气陷害你们？"

王大道这句话说得颇具迷惑性，如果早知道赖家麦等人就这点实力，确实不用想方设法让陈镇南来帮助清剿。

只是牯牛岭那一战让王大道认为，仅凭自己的实力断难为儿子报仇，所以才杀人栽赃，借陈镇南之手来围杀。

这句话最大的杀伤力在于陈镇南也信以为真了，他也认为这点贼寇以王大道九江兵马大统领实力，确实无须借助外力。为杀百人而毒杀三百人，况且还是自己的儿女亲家，无论如何都不成立。

此时赖家麦如果拿不出真凭实据，陈镇南就要出手了，盐帮的兄弟即便个个都有通天之能，也必将全体覆没。

好人打好人，坏人看热闹，这就是人世间最大的悲剧、乱世最大的笑话，可这种事却并不罕见，因为坏人实在是太多了。

陈镇南忽略了一个基本的问题，那就是毒杀三百陈家人并不是为了借兵，而是陈靖东发现陈若仪死得蹊跷。

杀陈若仪的时候才是为了借兵，王大道将二者混为一谈，所有人都被迷惑，情急之下谁都没有反应过来。

王大道一个又一个的谎言张口就来，可要化解这些谎言却绝非三言两语之功。

人世间就是这样，作案只在一念之间，破案却绝非一时一刻之功。

赖家麦发现了陈镇南的表情变化，他能感到一股杀气破空而来，他回头看了看这些出生入死的兄弟，此生第一次感到了害怕。

"你还有何话要说？"陈镇南第一次以这样的语气逼问。

"哈哈哈哈……大丈夫坦荡于天地之间，何须和尔等多费唇舌！"赖家麦此时已抱定必死之心，人在绝望之时已不想再做争辩。

李石头和聂布在亲人惨遭毒手的那一天，就已将生死置之度外，他俩信奉杀一个够本，杀俩赚一个。

简刀手握短银枪，死死地盯着王大道，他只想趁乱找准时机杀了王大道，因此也早已忘记了争辩。简刀若要争辩，也许还有一丝胜算。

此刻这四人满身是伤、浑身是血地站在队伍的最前面，看起来确实像一伙无恶不作的亡命之徒。

陈镇南慢慢举起了族杖。

后面的族兵纷纷拔出战刀，只待杖落，即蜂拥而上。

这时王大道突然驱马上前，恶狠狠地盯着赖家麦道："只要你们四个承认杀人，并自刎于阵前，我可保你们身后的这些兄弟无事！"

赖家麦死死地盯了王大道片刻后道："此话当真？"

王大道这句话确实点到了赖家麦的痛处，他最难受和害怕的就是让这些兄弟白白送死。

"不要相信这个狗官！"聂布横眉立目地指着王大道说道。

"在牤牛岭杀人的就是你们几个和一个红衣悍匪，与别人无关，我说到做到！"王大道信誓旦旦地说。

赖家麦此时内心挣扎，眼下的情形，承认杀人，违背本心，但可以救下一众兄弟，不承认杀人，可以保住名节，但却都要大家陪葬死在这儿。

如果让赖家麦在自己的生命和名节之间做个选择，他一定会选择舍生取义。

但此刻却是上百个无辜的生命，这些百姓实在是太苦了，乱世之中只想跟着他混口饭吃，活下去比什么都重要。

因为活着就有希望，就有真相大白的一天，死了就再也没有机会了。

想到这里，赖家麦大喊一声："好！我承认！王豹是我杀的！陈若仪是我杀的！陈氏族人也是我杀的！"

"老麦！不能认！"聂布咬牙切齿地喊道。

"不！人是我杀的！"简刀大声喊道。

李石头看着赖家麦，眼泪流了下来。

身后的一众兄弟同时举刀大喊："要死一起死，我们不能认！"

"不要再说了！快上山！"身后的兄弟无人挪动半步。

王大道的眼中露出了奸诈的笑，只要赖家麦承认，这些人的生死就只能由自己掌握，陈氏族人的死也就此定案，无人再查。

"还有一个红衣悍匪在哪儿？"王大道显然要斩尽杀绝。

赖家麦微微一笑："他扮作小厮下毒，不是已经被你处死了吗？"

王大道听后一愣，明明是他派人下的毒，哪来的什么下毒小厮，赖家麦明明在说谎，可他却也不能揭穿，只能认了。

王大道阴狠地看着赖家麦，没再说话。

赖家麦鄙夷地看了王大道一眼，脱掉身上的麻衣，露出健硕的肌肉和流血的伤口，转头对着兄弟们说道：

"兄弟们，今日我断无生还的可能，名节已不重要，活下去比什么都重要！只要你们能活着，我们就有沉冤昭雪的希望，快走吧！"

"老麦！"众兄弟一起高喊，眼泪齐齐流出。

赖家麦转回身来，举头望天高喊道："乱世为人，是我等之错吗？国破家亡，只求一地苟活，为何这般天地不容？"

赖家麦说完眼中也盈满了泪水，而后单膝跪地，双手捧着大刀，再次仰头对天大喊道："乱世当头枉做人，一抔黄土掩孤坟。死后若有灵魂在，飞上天庭鬼灭神！"

赖家麦说完举起长刀，对准自己的胸口……

李石头、简刀和聂布也脱下了麻衣，举起各自兵器对准了自己的胸口。

后面的众兄弟见状都齐齐跪下，个个泪流满面地喊道："哥哥们不可啊！"

赖家麦瞪着王大道大喊一声："你要说话算话，善待我的兄弟，否则我做鬼也饶不了你！"

赖家麦说完，慢慢地闭上了眼睛，向着自己的胸口狠狠地刺了下去。

……

第七十章　血债血偿天之道

却听"噹啷"一声，赖家麦的大刀脱手而飞，同时一枝降龙杖在空中呼啸旋转，而后直直地插在两军阵前，杖头泛着红光。

众人无不大惊！

陈镇南更是惊诧莫名地盯着插在两军阵前的降龙杖。

"死生事小，道义为大，兄弟怎可犯傻？"

这时众人循声看去，不知何时洞顶已站着一人，红衣猎猎，正是彤弓！

原来文仪走到人饥马乏，便随意找个地方休息，彤弓醒来身体虚弱。

文仪遂将赖家麦的临行嘱托告予彤弓，彤弓捶胸顿足道："大难临头，怎能弃兄弟于不顾，即便逃命活下去，这样的生命又能有什么意义？"

文仪闻言上前劝阻道："敌我力量相差悬殊，即便是多你一人，于大势也是无补，徒送了性命岂不愚钝？"

文仪说完，彤弓像是看陌生人一样盯着文仪道："先生饱读圣贤之书，岂不闻君子之道，舍生而取义者也。今我背弃道义，纵是能苟活于世，又有什么用呢？"

"唉！"文仪长叹一声："我又何尝不知君子之道，可无论什么道都要讲究一个平衡，把握一个'度'字。我见你一身豪气，在这乱世之中必大有可为，如果枉死在一场家族打斗之中，于国于民岂不可惜？我受人之托，保你性命，也是我所坚守的道义啊！"

文仪说得恳切，彤弓又岂能感受不到？可文仪说的道理和彤弓内心坚守的道义却不完全一样。

为此彤弓语气稍微缓和，说道："自古阴阳循环往复，万事万物始终变化，这个'度'字谁又能把握得好呢？何为大作为？救万民是大作为，救一人就不是吗？恐怕不能这样定义！"

文仪听后微微点头，未做答复，彤弓见状又接着说道："一事当前该如何选择，如果根据经验去选择，当时看可能是对的，但长远看却未必。只有用发自心底的那个最纯粹的善念去选择，才能经得起时间的检验。而要拥有纯粹的善念就必须要立下一个坚定的志向，如果立下了舍生取义的志向，在面对生与死的时候，就会毫不犹豫地选择义。有了坚定的志向，便再无恐惧，也再无犹豫，心会清楚地告诉我该怎么做！"

文仪听后起身负手而立，无奈地说道："人各有志，纵然你说得没错，但我既然已答应了赖家麦送你去德安，还是要尽我所能劝你一劝。赖家麦等人熟知此地山川，聚可战，散可避，想必已有万全之策，即便你此刻赶回去，一来恐已不及，二来怕又添乱。"

"你说得没错，或许还有更多难以预料的情况，此去或有用，或无用，但心告诉我必须回去，无论你如何劝说，我还是要遵从我自己内心的选择！"

彤弓说罢起身告辞，走出几步又回头说道："文先生，令郎超凡脱俗，将来必成国之重器！"

这时他想到了杨傲，想到了兄弟们的五年之约，此去若有不测，五年必将爽约，遂回头对着文天祥说道："小兄弟，哥哥还有一事相求。"

"但说无妨，履善必竭力为之！"

"我若有去无回，到扬州去找一个叫杨傲的人，告诉他我先走了……"

彤弓快马加鞭奔走后，文仪和文天祥相对无言，沉默片刻后也翻身上马，却是向着庐山方向而来。

彤弓赶到仙人洞时，见双方正在休整对峙，便悄悄迂回到仙人洞顶的巨石后观察局势，待赖家麦要自尽而死，才不得不出手干预。

彤弓的出现，让已然胜券在握的王大道前功尽弃，这一身红衣王大道记忆犹新，顿时气得头发倒竖，大喊一声："给我杀！"

部下精锐闻令拔刀，向洞口杀来。

彤弓从洞顶飞身而下，拔出降龙杖，使出一个横扫千军，大喊一声："谁来送死？"

"给我杀了他！"王大道声嘶力竭地催促道。

忠于王大道的一众兵士再次向彤弓冲杀而来。

彤弓大喝一声，抽出降龙刀，凌空飞起，对着冲在最前面的兵士砍去。

这一刀，雷霆万钧，无人再敢上前。

陈镇南看着彤弓手中的降龙刀慢慢放下了族杖，这代表着陈氏不会参战了。

后面的五位当家十分不解，彤弓的这一刀能吓住王大道的兵，但绝对吓不倒大族长陈镇南。

王大道急得驱马上前，不停地大声催促道："给我上啊！上啊！上！"

王大道此时已深入两军阵前，只顾催促手下向前攻杀，对自身所处的危险却毫无防备，这给了一直在寻找时机的简刀绝佳的偷袭机会。

机会，永远都是留给有准备的人。

正在王大道大呼小叫之时，简刀悄悄潜到彤弓身后，用尽全身力量，闪电般将手中的短银枪掷出。

王大道毫无防备，待听到破空之声，他惊得转头一看，一把短银枪已到眼中，而且还越来越大，越来越大，来不及躲闪便穿眼而过。

王大道死了！

血债血偿！

第七十一章　除疾遗类留大患

这一枪实在太过突然，没人看真切。

这一枪也实在太过精准，没人能料到。

直到王大道跌落马下，众护卫才高喊着"大统领"扑过去救，却也无济于事了。

这时文仪父子也赶到了现场。

石铁海和郭保卫此刻进退两难，如果继续厮杀，群龙无首、士气低落，毫无胜算。

如果不战而撤，主帅阵前被杀，回去无法向上峰交代，况且王大道还是吕家的女婿，吕家这一关无论如何也过不去。

石铁海和郭保卫此时必须要找到一个替罪羊，如果找不到替罪羊，他们两人中就要有一个变成羊。

这一点两人都心知肚明，所以两人面面相觑，谁也不下命令。因为此刻无论谁下命令，都要为此事负责，无论进攻还是撤退，任何命令都将是引火烧身。

这时郭保卫看见匆匆赶来的文仪，大声喊道："文先生！整个事件的来龙去脉您都看见了，可否为我写一个手录，我好尽快禀明上峰！"

文仪赶到，给了郭保卫一个绝好的台阶，一个撤出战斗的台阶。

石铁海见郭保卫要溜，转头对着陈镇南说道："陈大族长为何还不发兵？"

陈镇南驱马上前，不过没有看向石铁海，而是一直盯着彤弓手上的降龙刀。

"你手上的降龙杖从何而来？"陈镇南指着彤弓毫不客气地问。

"你想要吗？"彤弓冷冷回怼。

陈镇南冷哼一声："有何不可？"

"哈哈哈哈……"彤弓大笑一声，"那你得拿命来换！"

彤弓话音刚落，陈镇南从马上一跃而起，手上族杖直向彤弓天灵盖砸去。

彤弓半寸未退，以杖对杖，连挡数个回合。陈镇南虽然年岁已高，但筋骨却十分硬朗，竟能和彤弓战在一起，丝毫不落下风。

彤弓虽未全力进攻，但自己的招数陈镇南好像十分熟悉，每个回合都能轻易地拆解，这让他也不敢小觑。

但陈镇南毕竟年岁大了，连续进攻十几个回合后攻势明显减弱，彤弓微微一笑道："就这点本事？"

说完彤弓开始主动进攻，连续劈砸数次后纵身跃起，力贯杖头，向下一砸。

陈镇南接招之后站立不稳，踉跄后退三四步，看着彤弓说道："天神下凡！"

"还算有点见识！"彤弓说完身体闪电前移，一杖向前刺去，这一招，十步之内，无人能够躲过。

陈家五个晚辈立时一惊，几乎同时喊道："不好！"拔刀向陈镇南飞奔而去。

但已经来不及了，这一杖已经刺出，无人可挡，陈镇南必死无疑。

"一路北逐！"

鬼门关前，陈镇南突然大喊一声。

彤弓闻声一震，迅速收力，因为这招"一路北逐"是鹿北逐自创，很少有人知道。

就在杖头已经触到陈镇南心口处时，降龙杖及时停下，再晚半秒，再进一分，陈镇南必将无力回天。

五房当家趁彤弓收力停止进攻之时，把刀架在了彤弓的脖子上。

让所有人都没想到的是，陈镇南却族杖一横，子弟们十分不解，但也都依令齐齐退下。

"鹿北逐是你什么人？"陈镇南眼圈泛红，看着彤弓温和地问道。

"乃是家师，亦是大父！"彤弓说完，陈镇南双手颤抖，族杖落地，激动地说道："你、你还活着？"

"你知道我的身世？我是谁？"彤弓此行就是要探究自己的身世，他见陈镇南如此反应，想其必定是知道自己的身世。

"让我看看你的后背！"陈镇南说完，彤弓转身脱下红衫，左肩上一块红色的弓形胎记赫然在目。

陈镇南仔细端详，又认真看了看彤弓说道："你终于回来了！如此说来，我该叫你一声少门主！"

"忠义门早已解散，再无门主！"彤弓立即回道。

"解散的是一个组织，忠义的精神永在心中，我不叫你门主，你却该叫我一声伯父。"

陈镇南说完，彤弓有些不解地看着陈镇南："伯父？难道我是陈家人？那我为何叫彤弓？"

"彤弓？"陈镇南眉头紧皱，显然他听到这个名字时也有些疑惑，但思索片刻后又慢慢说道，"彤弓弨兮，受言藏之。我有嘉宾，中心贶之。钟鼓既设，一朝飨之。"

陈镇南说完，又微微一笑接着道："望北伯父这个名字起得好，你有彤弓印记，他把你作为上天赏赐的礼物，焉能不活啊！"

"望北又是何人？"彤弓实在想不起还有这么个人给自己起过名字，故有此问。

陈镇南笑着看向彤弓说道："说来话长，走，随我回德安，路上我慢慢和你说。"

陈镇南说完拉着彤弓就要走。

石铁海见状立即飞身下马抱拳道："陈大族长，你带他走，此处该如何收场？"

陈镇南看着彤弓说道："陈氏族人是不是你们所杀？"

"我等未动分毫！"彤弓斩钉截铁地说。

"不是你杀，便是他杀！那他就该死！"陈镇南指着王大道的尸体，说完就要离去。

石铁海却依然挡在陈镇南的面前道："大族长就此离去，我等该如何和上峰交代，还请明示？"

"这是忠义门的少门主，他的话，我信！"陈镇南不怒自威，紧接着又道，"至于我儿孙及陈氏族人的仇，我再慢慢找你们算！"

"陈大族长误会了，我等也不耻于王统领的所作所为，但同在军中效力，不得不听令而行。现今人已死去，再追究已无意义，只是这王统领是吕家的姻亲，众目睽睽之下被暴徒所杀，如不想个万全之策，怕是吕家难以罢休，我这也是为今天在此的各位着想啊！"

陈镇南心里清楚，石铁海这句话说得倒是没有错，吕家现在已是大宋的肱骨，无人能够撼动，得罪了吕家，绝不是什么好事。

这时彤弓回身捡起赖家麦的麻衣，蘸着地上的血迹在衣服上写道："杀人者，彤弓！"

彤弓将带血字的衣服递给石铁海，说道："这件事本就因我而起，与这些人无关，你带着这件衣服去找鄂州兵马大统领吕文焕，他自然不会难为你。"

"这？这恐怕不妥吧？"石铁海难以置信地看着彤弓。

石铁海心想："拿着这样一件血衣去找吕文焕，和提着自己的头去见有什么分别呢？但这颗头能不能提回来，恐怕只有天知道。"

"你只需将此事的原委如实告诉吕文焕，并告诉他人是我杀的，我保你无事！"彤弓看出了石铁海的担心。

"哥哥，人是我杀的，一人做事一人当，不关哥哥们的事，让他们带我去交差吧，杀了王大道，我死也瞑目了！"简刀轻松地说道。

"这件事你一个人挡不下！"彤弓看着简刀道，"吕家或许还欠着我的人命，只有人是我杀的，你们才能过了这一关。"

这时文仪上前从石铁海手中要过麻衣，拿着笔在上面写道："见证者，庐陵文仪！"

文仪写完，陈镇南也走上前去，要过麻衣和笔墨，在上面写道："担保者，德安陈镇南！"

陈镇南写完将麻衣交给石铁海："这回可以交差了吧？"

石铁海这时才满意地点点头，有江西大儒文仪和义门陈氏大族长陈镇南作证，无论吕家如何不满，自己总能交差了。

这时郭保卫上前道："陈氏族人的骨灰我俱已装殓，恭奉于庐山寨，还请大族长移步将族人骨灰带回，后续事情也可从长计议。"

郭保卫见石铁海拿到了护身符，想到王大道毕竟是死在了自己的辖地，如不将大家绑在一起，自己恐怕难脱罪责，所以想拉着陈镇南去庐山寨，也想给自己找一块免死金牌。

陈镇南眼见天色将黑，这么多人也需要找一处容身之地休息，同时也该详查陈氏族人的被害真相，所以未加思考，便一口应允了下来。

众人于是回转庐山寨，彤弓和文仪父子也上马随行。

"哥哥保重！"赖家麦、简刀、聂布和李石头齐齐跪地喊道。

彤弓立即下马道："你们也和我走吧！"

赖家麦起身抱拳道："我等与官军无法共处，哥哥先走，待我安顿好这帮兄弟，定去德安寻哥哥！"

彤弓双手抱着赖家麦的肩膀道："伤无大碍吧？"

"哥哥放心，我老麦死不了！"赖家麦说完，简刀紧接着说道："我等的命以后就是哥哥的，哥哥让我们什么时候死，我们就什么时候死！"

彤弓过去抱住简刀的肩膀说道："命永远都是自己的，好好活着！"

简刀含泪点头，彤弓又和聂布、李石头相拥告别，上马离去。

是夜，陈镇南、彤弓、文仪父子、石铁海和郭保卫都聚在寨中议事。这个时候大家心里都清楚，必须捆绑在一起，才有可能渡过眼前这个难关，如果互相拆台，就会一起倒台。

郭保卫首先把自己调查的事件来龙去脉详述了一遍，彤弓、文仪父子和石铁海也都基本认可郭保卫的调查和推理，做了部分补充。

但是却没有直接证据表明王大道就是杀害陈若仪和陈靖东等人的

凶手。

这时石铁海说道："当晚陈若仪毫发无损地走上王大道的船，回来时却已经死了，而且身中一刀，船上只有王大道一人和两个亲卫。"

"叫这两个亲卫过来问话！"郭保卫马上抢着说道。

石铁海点点头，立即起身出去。

几人正在商议间，石铁海却大惊失色地跑回来。

"出了什么事？"陈镇南略感不祥。

"王大道的两个亲卫林青和赵卫回到寨中就偷偷跑了，此刻怕是已到九江。"

石铁海忧心忡忡地接着说道："是我疏忽了，王大道这些年心狠手辣、残暴无德，这些亲卫大都敢怒不敢言。王大道一死，他们都发誓效忠于我，只是忽略了这两个亲卫，王大道的坏事定是他们两个帮着干的！"

郭保卫也有些不安，"他们两个若是逃了倒也无须多虑，就怕这坏人先去告状，再解释起来就麻烦了！"

"这也正是我所担心的啊！"石铁海不停地在屋子里踱来踱去。

"畏罪潜逃！那就无须再问了，我陈氏族人定是王大道指派这两个亲卫所为，所以他是罪孽深重，死有余辜！"陈镇南恶狠狠地说。

彤弓点点头对石铁海说道："事不宜迟，你赶快带着我给你的麻衣去找鄂州兵马大统领吕文焕，或许还来得及！"

"好的，我即刻兵分两路，一路前往九江拿人，一路前往鄂州陈情！"

石铁海说完便起身告辞。

只是这一去，就再也没有回来！

第七十二章　身显名扬总是空

人人不同类，事事终难料。

一朝风波起，十命难止息。

石铁海走后，郭保卫立即起身说道："吕文焕这一关还好过，怕的是吕文德那一关难过啊！这些年在其属地为官，我深知吕文德这个人虽然有勇有谋，屡立战功，但也横征暴敛、聚财无数，若是没有银子打点，这个事绝难平息，我位卑言轻，家无余资，陈大族长还是要早做准备为好！"

"哼！我子孙两代三百族人都冤死其手，不灭其一族都难解我心头之恨，怎能再为其打点银钱？士可杀不可辱，这事断无可能！"陈镇南说完拂袖而去。

郭保卫望着陈镇南的背影长叹一声："唉！能屈能伸是为大丈夫，宁折不弯，徒留忠义之名，在这乱世又有何用？"

彤弓见状站起来说道："郭知寨所言虽非荒谬，但能屈能伸的平衡点又有几人能够把握得准呢？能屈变成了奴颜婢膝，倒不如路见不平拔剑而起的匹夫了。义者为大，死生事小，在这乱世尤其需要这种坚守，否则又如何能区分善恶忠奸？"

"义者为大，死生事小！郭某受教了！"郭保卫说完起身摆手，示意送客。

彤弓冷笑一声，大步离开。

这时郭保卫对着彤弓的背影喊道："可这天下又有几人能够做到？"

彤弓回头看着郭保卫，一字一顿地说道："你！我！皆可做到！"

彤弓离开后，文仪和文天祥也起身告辞，只留下郭保卫怔在那里。

第二天一早，陈镇南带着族人的骨灰起身还乡，文仪和文天祥执意要送彤弓一程，也跟着离开。

郭保卫在寨门前抱拳相送，对着彤弓说道："昨夜与君寥寥数语，彻夜难眠，似有所悟，人之在世，确实该有一个明确的志向和坚守。"

彤弓听后微微一笑："志之一立，再无犹豫！义者为大，无关生死！"

郭保卫微笑着抱拳："后会有期，祈盼再与君言！"

"知寨保重！"彤弓故意没有说"大人"二字，意在与郭保卫的关系更近了一步。郭保卫听得出来，内心突然有了一种莫名的感动。

郭保卫此刻知道，这个看似村野莽夫的人，有着极大的人格魅力。

彤弓和陈镇南并行走在队伍中间，彤弓始终没有再主动询问自己的身世，还是陈镇南率先问道："你此次江西之行，就是来探查自己的身世吧？"

彤弓点头道："实不相瞒，离开北逐山庄一年多来，经历了很多事情，此次确实是为自己的身世而来，不想还未到德安，就与大族长幸遇！"

"幸遇？哈哈哈！我看应该是险遇吧？若不是我认出了你手中的降龙杖，此刻我怕已是你的刀下之鬼了！"陈镇南说完看了彤弓一眼。

彤弓会意地笑着说道："也许倒下的是我！"

"哈哈哈哈！我老了，早已不是你辈的对手了，况且我也没有得到望北伯父的真传，他的衣钵都传给了你。"

听到陈镇南又提起望北伯父，彤弓有些疑惑地看着陈镇南，显然是没听明白他的意思。

陈镇南笑着说道："让我从头和你说吧，五百多年前，陈氏先祖就定居在这庐山山麓。陈氏家族延续了三百多年不分家，从一个小家庭逐渐繁衍成一个庞大而稳固的大家族。十数代数千人合居一处，田地族产遍布数十州县，但却室无私财，家崇孝悌，门尚敦睦。'义'风之浓远超其他家族，声振大江南北，并受到了多位地方官员特别是唐宋两朝九位皇帝的旌表。"

说到此处，陈镇南稍停片刻，策马徐徐前行。

"唉！"他长叹一声后又接着说道，"后来金兵南犯，山河破碎，我陈氏一族也饱受兵燹。建炎二年流寇李成率众劫掠，纵火焚烧历朝敕赐，义迹俱尽，大族长陈士尹率族人抵抗，兵败覆没之际，夫人诞下一名男婴，啼哭震天，给族人带来了生的希望，族人遂趁势突围，大败流寇。陈士尹大族长给孩子取名望北，组建忠义军，北上抗金，重创金国元帅金兀术。无奈朝廷昏庸，奸臣当道，忠义军苦战无援，陈士尹大族长兵败被杀。金兀术为了报复陈氏忠义军，派兵南下夷平了整个德安城。望北伯父出生于战火，成长于战火，一柄降龙杖使得虎虎生风，杖刀分离，无人可挡。德安被毁后，望北伯父被岳飞将军收留，并以忠义军为基础组建背鬼军，在朱仙镇大破十万金兵。陈望北，一身白甲，威震天下！"

陈镇南目视前方，目光炯炯，似有所思，更似有无限遗憾："风波亭后，望北伯父带领背鬼军大闹临安府，后被秦桧派兵追杀，路过德安时，望北伯父写下了'逐鹿中原心向北，风波断头犹不悔。一朝洞彻生死路，万千功名化背鬼'的诗句。

"为避免连累族人，自己改名鹿北逐，一直南逃到国境之外，组建了忠义门，但一生都没有忘记向北逐鹿的誓言，门下四堂上千忠义卫都冲锋在前线。可以说，整个大宋的边境门户都是忠义门在把守。

"绍兴三十二年，孝宗皇帝为岳飞将军平冤昭雪，望北伯父感动涕零，才愿意重新踏上宋境，北上德安祭祖，但望北伯父志向已定，不愿再改回陈氏族名，也将族长之位让出，族长之位也就由次房继承。

"令尊陈默，也叫鹿默，对此十分不满，耿耿于怀，终生不肯认望北伯父，四十六岁便抑郁而终。令尊死后一十七天你才出生，你出生后你母亲就血崩。族人见你背上有一块血色弓形印记，认为这是不祥之兆，是你克死了你的父母，所以没人愿意照料你，出生百天你便得了绝症，没有人能救得了你。

"望北伯父派神医吕不来将你抱走，也是希望能见上一面，没想到你居然活了下来，还继承了望北伯父的衣钵。望北伯父将你唤作彤弓，既非陈姓也非鹿姓，是天赐彤弓，这也许就是天意！"

陈镇南说完突然好像有些忧虑，只顾骑马前行，似乎不想再继续谈下去。

"你说的这些，为何大父从未和我说过？"彤弓听到自己的身世后沉默许久才问道。

"望北伯父只回过两次德安，一次是岳飞将军昭雪时，一次是忠义卫孟琪将军从蒙军手中重新夺回襄阳时。望北伯父从未说过你还活着，也许他认为族人并不愿意接受你还活着的事实。"陈镇南说完奇怪地看了一眼彤弓。

彤弓面无表情，他不知道自己究竟做错了什么，为何没有人希望他活着。

除了鹿北逐，那是他最亲的人。鹿北逐死后，彤弓也从来没有像此刻这般感到孤独，也许不被族人接受远比没有族人更让人觉得世间清冷。

这时文天祥突然悠悠吟道："横看成岭侧成峰，远近高低各不同。不识庐山真面目，只缘身在此山中。"

众人放眼看去，山中云雾升腾，一座红墙高耸、白塔巍峨的庄严寺庙出现在眼前。

寺内钟声渺渺，香雾弥漫，陈镇南勒马停住转身对身后的五房当家说道："你们随我去一趟这西林寺，为靖东等族人超度！"

陈镇南没有邀请彤弓去，彤弓自然知道自己也没必要去。

陈镇南等人走后，文仪似乎是自言自语地说道："东坡先生在庐山题诗甚多，唯有这首《题西林壁》最具哲理。"

彤弓闻言抬头看着这座庄严又别致的西林寺，想起东坡先生的题诗，一时陷入了沉思。

身处在这茫茫尘世，这世间的爱恨纠葛、苦乐情仇、生死幻变又有谁能够真正看得清楚。

　　真相永远不止一面，谁也没有古雪大师那样的如天巨眼，所以每个人看到的只有一面。

　　那么，人世间的对错与真相，还重要吗？

第七十三章　认祖归宗有何难

又过了大约一刻钟，陈镇南带着子侄从寺中走出，快步上马启程，从表情和动作上看显然是有过争吵或者不愉快的经历，但没人敢问到底发生了何事。

彤弓紧随其后，至第二天中午到达德安，简单收拾后，陈镇南便带着彤弓去了陈氏祠堂。

祠堂十分庄严气派，大门上高挂一块匾额，上写"义门陈氏"四个大字。

走进祠堂大门，迎面是一堵用庐山绿玉砌成的八字影壁，飞檐墙顶，须弥座底；两边刻着两幅壁画，中间浮壁上密密麻麻刻着许多小字，陈镇南大声念道："义门陈氏家法三十三条……"

陈镇南念完后又说道："我陈氏一族聚居十数代，几百年里盛而不乱，就是因为有自己的家法、家规、家训，核心是一个'公'字，所有制度的基础都要确保公平，正所谓：'不患寡而患不均！'陈家人口众多，但室无私财，各房当家和族长也没有例外。"

彤弓随陈镇南进入正厅，只见层层叠叠五层牌位，十分壮观，后面还有两块玉碑，碑上都刻满了名字。

彤弓认真看着眼前的牌位，既没有看见大父陈望北的牌位，也没有父亲陈默的牌位，想来自己这一脉背弃族姓，连进家族宗祠的资格都没有。

彤弓此刻的心情难以言表，那种族人近在眼前却又远在天涯的孤独感才是真正的孤独。

天地浮萍，无根无脉，若是不知，还可自得其乐；若是寻得了根脉，却被抛在家门之外，便感受不到自然之乐，而是要深受这流浪之苦了。

也许这就是大父从来没有告诉自己身世的原因吧，还是不知道的好。

彤弓正在思索间，却听陈镇南说："去拜拜你的大父吧。"

待彤弓反应过来，陈镇南已经走向正厅后面的小屋，彤弓快步跟了上去。

进到小屋之后，彤弓看见还有很多牌位，陈望北的牌位赫然在列。陈镇南将陈靖东的牌位放了上去，并在陈望北和陈靖东中间给自己留了一个位置。

彤弓仔细看去，在第三排找到了父亲陈默的牌位。彤弓跪在地上，他

没有见过自己的父亲，也没有见过自己的母亲，族人说是他克死了父母，此刻跪在父母的灵位前，他不知道该说什么，也不知道能说什么，这一切都是自己的错吗？可自己究竟做错了什么？

彤弓跪在地上久久不起，也久久不语，也许就这样默默地跪一跪，在从未见过面却给予自己生命的父母面前跪一跪，也算平了一桩心愿。

傍晚时分，一抹红如凝血的晚霞掩映在天边，夕阳的余晖照射在金鸡山上灿灿发光。

陈镇南和彤弓等人走出祠堂，却见族中的五房当家人和长老子弟上百人聚集在祠堂门口。

陈镇南面露怒色，但没有说话，凌厉环顾四周，族中老少都十分忌惮他，虽聚在一起表示了不满，但也没有人敢率先开口出言不逊。

陈镇南带着彤弓等人抬脚便走，这时一个年轻男子大喊一声："大族长带外人来祠堂，是要让他认祖归宗吗？"

说话的是陈镇南重孙陈宜中。

"不可胡言！祠堂乃家族荣誉之地，外人来此祭拜又有何不可？"陈定西见陈镇南面色不善，立即教训儿子，说是教训，实际是想告诉陈宜中，他也认为彤弓是个外人。

"那他是外人吗？"陈宜中指着彤弓问道，显然他没有听明白父亲的意思。

但这一问却让所有人都陷入了尴尬，有些事只可意会不可言传，一旦说出口，就没有挽回的余地了，彤弓算不算外人，这还不能下定论呢？

谁都不好下！所以这个问题实在难以回答，但不回答却又变成了一种大家都不认可的沉默。

"不得无礼！是不是外人岂是尔等小辈能问的？"陈定西显然也有些不满，因为他也不清楚大父陈镇南心里到底是怎么想的。

"我不是代表自己问的，我是代表全族的人问的。我们不同意他进祠堂，更不同意他回到这里！"陈宜中看着彤弓说道。

"他去哪里是他的自由，他有资格进祠堂，也有权力回到这里！当年是我们族人对不起他，今天我们必须尊重他的选择！"陈镇南看着陈宜中厉声说道。

这句话说得很明白，彤弓想做什么人由他自己的选择，别人无权下结论，陈镇南也不会下结论。但无论彤弓是否选择做回陈氏族人，陈镇南都应该不会反对。

这时彤弓必须要表明态度了，彤弓转头看着陈镇南慢慢说道："当年大父没有改回族姓，我今天也不会，我叫彤弓，不会在这里和他们争族长之位。"

"那你就赶紧离开这里！"陈宜中听到彤弓表态，迫不及待地喊道，生怕彤弓会再反悔一样。

"对！赶紧离开这里！"

"赶紧离开这里！"

……

族中众人开始七嘴八舌。

"我有权知道我曾在这里发生过的一切！"彤弓显然也有些不悦。

"你想知道什么？你就是天降煞星！你没出生就克死了父亲，生下来就克死了母亲，现在刚一回来，三百族人就命丧他乡！你赶紧离开这里，这里永远也不欢迎你！"陈宜中怒目圆睁大声喊道。

"住嘴！不得胡言！"陈定西厉声呵斥。

"我没有胡说，这些全族人都知道，他一回来，就克得靖东大父和若仪姑姑无辜惨死，他再不走，是想让我们也横尸街头吗？"陈宜中越说越过分。

但他说的确实就是族人心里想的，只是别人不敢说出来而已。

彤弓没想到族人对他的反感已到了无法解释的地步，此刻他才完全理解鹿北逐为何到死也没告诉自己身世的原因。

有些事情，不知道就没有烦恼。

这时陈镇南面色铁青地看着陈宜中道："休要再出恶言，否则家法伺候！"

陈镇南说完转身便走，陈宜中还有些愤愤不平，陈定西给陈宜中使了一个眼色，示意他不要再说下去。

彤弓回到房间，想起陈宜中的话，本来平静的心湖如同被扔进了一块石头，闷憋得十分难受，石头砸起的涟漪还在一波波地向周身扩散，直叫人心烦意乱。

漫漫长夜，辗转难眠，烦恼这个东西，越不想就越要去想，越想越心绪难平。

这时彤弓感到一个黑影蹑手蹑脚地溜进了房间，他屏住呼吸，仔细听来人的动作。这个人进屋之后稍停片刻，一边观察彤弓是否睡熟，一边查看房间内的物品。

查看一番之后，这人慢慢地向彤弓靠近，一直弓腰蹭到他的床边，彤弓纹丝不动但却保持着高度警觉。

这人如果此刻暗下杀招，彤弓突然一击足可让其毙命。

但这个人似乎并没有要刺杀彤弓的意思，而是悄悄地拿起床边的降龙杖，拿到之后转身就要溜走。

彤弓突然坐起，一把抓住降龙杖，这人吓得惊叫一声，立地蹦起半丈有余，身子落下的同时，手中多了一把锃亮的匕首，恶狠狠地刺向彤弓。

天下武功，唯快不破！

来人的匕首还高举着，彤弓闪电般的一拳就打在他胸口，来人痛苦地大叫一声，松开降龙杖，跌坐在地上。

"你是什么人？"彤弓下床立地问道。

"啊！"来人啥也不说，只是大叫一声后便疯了一般向彤弓扑过来。

仅从这个动作就可以看出，来人对彤弓确有杀心，但武功实在一般，甚至可以说不会武功。

彤弓随手举起降龙杖，来人竟直接撞在了杖尖之上，暴冲之下头破血流。彤弓大惊，这人分明是在自杀！

正在彤弓惊疑未定之际，突然屋外人声嘈杂，火光通明，只听见有人喊道："煞星！出来！快出来！"

彤弓不明所以，但想必此人溜进房间偷袭必是有人指使，否则何以这么快就惊动四方。

但彤弓转念一想，人虽然死了，但来人手拿凶器溜进自己的房间，无论如何自己也属于正常防卫，黑暗之中失手杀人也情有可原，料这些人也奈何不了自己。

想到此处，彤弓推门而出，陈宜中站在院中劈头就问："说！你把人藏哪了？快交出来！"

彤弓直直地盯着陈宜中的眼睛说道："我何时藏过何人？"

"哼！证据确凿，你还敢嘴硬！"陈宜中目露凶光指着彤弓说道，"这是陈文的公子陈勇，你听听他怎么说！"

陈宜中说完，从人群中走出一个少年，想必就是陈宜中口中说的陈勇，只听他说道："我刚才起夜到院中，就看见一个黑影从爹爹的房间飞出，我赶紧到爹爹的房间查看，但爹爹却不见了。我来不及细想就追了出来，却看见黑影挟着爹爹窜入这个院中。我知道自己不是煞星的对手，遂立即叫了人来。说！你把我爹爹藏哪了？"

彤弓听后头皮发麻，明明是那人自己溜进来盗取降龙杖，怎么变成被挟持而来，还有人亲眼看见，这分明是在撒谎，难道一切都是策划好的阴谋？

彤弓正在思索间，只听见陈宜中突然大喊一声："人在里面！"

未及彤弓分辩，众人就一拥而入，陈勇见到倒在地上的陈文，立即伏地大哭道："爹爹啊！你死得好惨啊！你一生讲学，未曾有半分过失，这是谁要杀了你啊！呜啊啊啊啊……"

"你这个天地不容的煞星，你为什么要对文先生下此毒手？"陈宜中瞪着眼睛大声喝道。

"把他抓起来！"

"杀了他！"

"让他一命还一命！"

……

彤弓来不及说话，众人就七嘴八舌地喊起来。

有人哭喊，有人斥骂，有人拔出了兵器，房间里乱成一团。

只有彤弓不说话，虎目四射之下，众人只敢不停地责骂，却无人敢上前抓绑。

"他克父克母，克兄克妹，克儿克女，在他身边的人都死了，这个天煞孤星！"

"赶快杀了他，否则我们全族都得被他害死！"

……

众人越说越激动，越骂越难听。

彤弓的脸色也渐渐难看起来，因为这些人骂的正是他心中之痛。

彤弓一言难抵众口，实在是一句话也没能解释，直到被众人骂得头上热气直冒，手中的降龙杖颤抖不停。

这些人不知道，此刻彤弓如果拔出降龙刀，必将再次成魔，大开杀戒，无人能挡；二十年前的腥风血雨还历历在目，只是这些人没见过，否则见到彤弓此刻的模样，一定会立即住口。

彤弓双眼血红，手中降龙杖抖动，微微作响，一旦刀出鞘，必将魔王再现。

此时鹿北逐已不在人间，杨傲也远在天边，一旦成魔，无人可以抵挡化解。

第七十四章　栽赃陷害身难退

就在陈氏族人谩骂诅咒不止，彤弓拔刀爆发在即的关键时刻。

突然有人大喊一声："大族长来了！"

话音刚落，陈镇南就跨门而入，全场鸦雀无声，这给了已在成魔边缘的彤弓一个急需的冷静时间。

陈镇南看着彤弓的样子，似乎又看到了几十年前的那个傲世狂魔。

"他杀……"陈镇南族杖一横，没有让陈宜中继续说下去。

"贤侄，把刀放下，有话好好说！"陈镇南看着彤弓，语气和缓，眼神中充满了关心和安抚。

陈镇南的态度让众人十分不解，但碍于大族长的权威，也没人敢多说半句，屋内紧张的气氛有所松动，彤弓眼中的血红开始慢慢消退。

片刻之后，只听"嚓"的一声。

降龙刀重新入鞘。

陈镇南大大松了一口气。

"这究竟是怎么回事？"陈镇南显然想听听彤弓的说法。

彤弓看着陈镇南说道："这个人半夜偷偷溜进我的房间，欲盗取降龙杖，被我发现后，便持刀疯狂向我攻击，我无意杀他，只是被迫抵挡，想问他受何人指使，他便一头撞死在杖尖之上。"

"你胡说！明明是你挟持文先生到此，欲探听族内从前诸事，文先生宁死不屈，被你恼羞成怒一杖打死，事到如今，还敢抵赖？"陈宜中便恶语连珠，唾液横飞。

"事实便是如此，我可以作证！"陈勇信誓旦旦。

"哈哈哈哈！"彤弓听后哈哈大笑道："你可以作证？你先问问你自己的良心，你真的看到我挟持令尊到此了？"

"我、我、我看到了！"陈勇有些心虚。

"哼！身为陈家中人，说这样的话，你不觉得愧对先祖吗？家法三十三条还记得吗？"彤弓声如洪钟，吓得陈勇半晌说不出话来。

陈宜中见陈勇是个不中用的，立即上前说道："且不说他看没看清楚，你说文先生偷偷溜进你的房间，又持刀伤你，你现在睁大你的眼睛看看，他手里拿的是什么？"

众人这才仔细看倒在地上的陈文，却见陈文手里拿的是一把量米的铁尺，身上穿着青袍，脸上也没有任何遮挡。

"他如果半夜入室盗窃，为何不黑衣蒙面，而是这番白日里的打扮？你说他持刀杀你，可刀在何处？"陈宜中眼睛直直盯着彤弓。

黑夜里陈文手拿铁尺刺向彤弓，慌忙之中彤弓只见一道白光，哪里分得清是刀是尺？现在想来，这分明就是一场阴谋，一旦进入蛊中，确实难以辩解。

彤弓无奈地冷笑一下道："我与他无冤无仇，为什么要杀他？"

"哼！因为你就是个魔头，你不但杀了文先生，你刚才还要拔刀杀了我们所有人，这个你还不承认吗？"陈宜中咄咄逼人地紧接着说道。

这个彤弓无法否认，他刚才确实动了杀心，但他在关键时候控制住了魔性，此刻断不会再起杀心，何况这些人都是陈家人，不管他们认不认自己，自己都没有理由伤害他们。

彤弓不想再解释了，因为眼下这局势无论怎么解释都没有用，这些人对他的成见太深了，这在他出生的那一刻就已经注定了，此生断难更改。

陈镇南伤心地看着彤弓，不知道他心里是否清楚彤弓是被陷害的，但真相已经不重要了。

"看来这里留不得你了，当年是我们对不住你，现在几百人无辜枉死，也算补偿了，你走吧，永远也不要再回来了！"

陈镇南的眼神中并没有责怪彤弓的意思，但是话中的意思还是认为族人的死和彤弓有关，不知是出于真心，还是说给在场的族人听。

彤弓看着陈镇南，眼睛有些湿润，慢慢抱拳道："陈家有后人如此，大族长保重！"

彤弓说完转身举步便走。

陈宜中却突然伸手拦道："杀完人就想这么走了？把降龙杖留下，这杖本就不属于你！"

彤弓轻蔑地盯着陈宜中，冷笑一声道："哼！原来是为了这个。当年北逐大父没有留下，今日我也断不会留下！"

"不把降龙杖留下，那就把命留下！"陈宜中歪着脑袋恶狠狠地说道。

"哈哈哈哈！"彤弓推开陈宜中的胳膊，大笑而去，"我命在此，尔等随时可取！"

陈宜中闻言刚要拔剑，却被陈镇南一把按住："让他走吧！"

陈宜中瞪着眼睛十分不解地看着陈镇南，陈镇南表情严峻，不容商量。

陈宜中见此也不敢强行动手，遂对着彤弓的背影大声喊道："滚！不要让我再见到你，你这个克父克母、克兄克妹、克老克少、克朋克友、克

天克地的煞星！滚！永远不要回来！"

这些咒骂在夜空中回荡，不停地飘进彤弓的耳朵，如同扎进他的心里，这些话对他的杀伤力实在太大了。

彤弓不知道自己做错了什么，他只想快点逃，快点离开这里，离开自己的出生地，离开这个所有人都憎恨自己的地方。

彤弓没有方向、没有目的，甚至没有意识地飞速奔跑，泪水顺着脸颊不断滑落……

不知跑了多久，彤弓一头扎进水里，远处湖面上一轮红日喷薄欲出，映得湖水血红。

"你克父克母、克兄克妹、克老克少、克朋克友、克天克地，在你身边的人都死了，你这个天煞孤星……"

这些话一遍一遍地在彤弓的脑海里回放。

彤弓以前只知道自己无父无母、无兄无妹，今天才知道原来都是被自己克死的！

难道自己真的是天煞孤星？为什么自己身边的人都惨死，自己一出生就克死了父母亲人，走火入魔杀了程家满门，害得忠义门解散；闭关思过二十年后又眼睁睁看着苗寨全族死光，李麟儿在自己面前魂归大海，尚未来到德安三百多族人就被毒杀……

彤弓看着水中的自己，他不明白这个人为什么会克死这么多人，他恨这个人，他挥起降龙杖不停地击打水中人，可越打这人的面目越是狰狞。

彤弓暴跳如雷，使出全力在水中不停地和自己的影子搏斗，他疲惫至极、悲伤至极、愤怒至极，不知过了多久终于精疲力竭，再无生念，慢慢地沉入水底……

第七十五章　一波才动万波随

清晨的鄱阳湖在万道阳光的照耀下，犹如一面如天大镜，映射着这人世间的疲倦与哀伤。

德安城中，一对父子面带忧色，纵马疾驰，正是文仪父子。

早上起来，文仪父子就听说了昨夜之事，父子俩都不相信陈氏一族关于彤弓杀人潜逃的说法。

这父子二人急匆匆找到大族长陈镇南，他们认为这种事彤弓绝对做不出来，定是一场误会。

陈镇南面无表情地说道："彤弓已走，不会再回来，真相已经不重要了，重要的是各自安好。"

文仪正色道："事关一个人的名节，怎么能说不重要呢？这是义门的准则吗？"

陈镇南眼皮微动，依旧平静地说道："义门从析庄分家的那一刻就已经没了，我们这一脉担不起传承的责任，只求乱世苟安，不想再生事端，牵连无辜。"

"为求苟安而泯灭道义，看来是我等看错大族长了！"文仪说罢转身离去。

陈镇南看着文仪父子离去的背影，长叹了一声。

每个人都有自己的无奈和心酸。

文仪父子离开陈家后，就去寻找彤弓。有的人能为了自己的利益而泯灭道义，有的人却能够为了道义而奋斗在和自己利益毫无关系的征途上。

文仪父子便是后者，只可惜，他们向北面的庐山方向寻找，而彤弓昨夜却是跑向鄱阳湖方向，方向错了，焉能找到？

鄱阳湖上，一叶扁舟随着微风飘荡，船头一锅鳝鱼米粉正冒着热气。

彤弓闻到了久违的味道，迷迷糊糊地睁开眼睛，却听见简刀的一声尖叫："哥哥醒啦！哥哥醒啦！"

赖家麦和李石头闻声从船头跑进船舱，赖家麦眼睛湿润，关心地问道："哥哥这是怎么了？是谁欺负了哥哥，我定要杀了他！"

"我想吃一碗米粉！"彤弓说着就要坐起。

"好的好的！"没等简刀说完，李石头早已跑出去把新煮的米粉端过来。

彤弓显然是饿极了，端起米粉"哧溜哧溜"地吃起来，连粉带汤瞬间吃了个精光。

赖家麦和简刀在旁边看得热泪盈眶。

"我怎么在这儿？"彤弓吃完气色稍微好了一些。

"这得问哥哥你自己啊！今天早上天还没亮，就有一个人疯了似的跑进湖中，跟湖水打了整整一个时辰，湖边的渔民都被惊醒了，不知道这人是在苦练神功还是在作法抓鱼，大家都不敢靠前。直到这人打累了，沉入水底，众人才将他救了起来。"

简刀快言快语，一口气说完。

"这人就是哥哥你！"李石头嘿嘿一笑，来了个神补刀。

"哥哥究竟是怎么了？湖水何错？为何要打这湖水啊？幸亏这些渔民都是自家兄弟，救得哥哥上来，否则哥哥真要沉入湖底，那可如何是好啊！"赖家麦十分担心地说道。

彤弓慢慢站起来，看了赖家麦等人片刻才说道："再给我来一碗！"

赖家麦等人都怔了，本以为彤弓一本正经地站起来，是要说点什么有用的话，不想竟然是这么一句。

李石头回过神笑着去给彤弓又盛了一碗米粉。

彤弓大吃几口后放下碗筷，长叹一口气说道："我以为再也吃不到这个米粉了。"

"哥哥休要说这种话，以后只要你想吃，我们兄弟天天给你做！你先说说，因何打这湖水啊？"赖家麦着急地问道。

彤弓愣了半晌才有些难过地说道："我打的不是湖水，而是水中的人！"

"水中的人？"简刀有些不解地问道。

"什么人能在水中和哥哥对打一个时辰，还把你打入水底，哥哥不是走火入魔了吧？"赖家麦吃惊地问道。

彤弓起身走到船头，看着碧波如镜的鄱阳湖长叹一声，赖家麦等人也跟了过来。

彤弓指着水中自己的影子说道："和我在湖中对打的，就是这个人！"

赖家麦等人互相看了一眼，又瞪大眼睛看着彤弓，他们是想确定彤弓的脑子是否坏掉了。

"哥哥是说你和自己的影子打了一个时辰？"赖家麦试探性地问道。

彤弓点点头，没有说话。

"哥哥这是受到什么刺激了？"赖家麦一脸迷惑地问道。

"这个人克死了自己的父母，克死了身边所有人，这个人是天煞孤星，所以我要杀了他！"彤弓想起这些话，心中就隐隐作痛，情绪又有些激动。

"哥哥知道自己的身世了？这是你的族人和你说的？"简刀迫不及待地问道。

彤弓长叹一声道："他们说得没错，我除了能带来死亡，什么也干不了，还不如早早死掉！"

赖家麦疑惑地看着彤弓道："哥哥你豪气干云、义薄云天，怎能说出如此泄气话！人生在世，又何须在乎人言，况且他们说得毫无道理，哥哥怎么能听信这等胡话？"

"可我身边的人确实都死了，而我却无能为力。"彤弓看着湖面神情沮丧。

"唉！"赖家麦轻叹一声道，"照你这么说，我和简刀、石头都是天煞孤星，我们的家人也都死光了，石头全家被毒死，简刀全家被烧死，我们是不是都克父克母，克天克地啊？再说了，我等的命都是哥哥救的，哥哥怎么没有克死我们呢？"

"是啊，哥哥！在这乱世之中，十室九空，岂是被我等所克？这等混账理论哥哥怎能听信！我命由我不由天，即便我们真是天煞孤星，也要与这没良心的苍天斗上一斗！"简刀怒目圆睁，一副天不怕地不怕的样子。

"唉！"彤弓叹息一声道，"也许兄弟们说得对，是我立志不牢，竟如此容易动摇，要是杨傲在就好了，只有他能帮我解脱！"

"杨傲我等见过啊！看不出来杨先生还有如此神通。"简刀直言快语地说道。

彤弓微笑着看向远方说道："杨傲就是一个天将降大任于是人也的那个人，你们还不了解他。"

"如此人物，仓促一见，如何能知，今生若有缘，哥哥定要再为我等引荐！"赖家麦认真地说道。

"我和他有五年之约，届时兄弟们如果有意，可与我同去重庆府！"说到此处，彤弓终于有了些高兴的神色。

"好，届时定与哥哥同去！"赖家麦转头对李石头说，"石头，去切两斤肉来，咱们与哥哥喝一碗烧酒，暖暖身子！"

李石头应声而去，彤弓和赖家麦也转身回船舱，酒菜上来之后，兄弟四人大口吃肉大口喝酒，一时又痛快起来。

喝到微醺时，赖家麦犹豫着说道："哥哥，有一事不知该不该和你说，看你现在的样子，本不该说，但不说又怕哥哥事后责怪。"

"何事？但说无妨！"

赖家麦将手中酒一饮而尽，而后才慢慢说道："据目前掌握的可靠消

息，吕家对王大道的死不肯善罢甘休，而且他们的目标不是你我，而是陈氏，吕文德已派自己的手下小将张世杰带兵五千，从鄂州出发直扑这德安城。"

彤弓闻言放下酒碗，怔怔地看着赖家麦道："杀人者是我，又与陈氏何干？"

赖家麦立即正色道："你我的命怎么能抵得上王大道的命呢？陈氏田产遍布天下，这一征讨，吕家不知道又能搜刮出多少财富来！征用陈氏子弟，没收陈氏田产，既能补充兵员，又能充盈自己的府库，一举两得，这盘棋下得大啊！"

"据我所知，吕文焕的为人不至于此啊？"彤弓有些不解地道。

"哼哼！"赖家麦冷笑一声，"这是吕文德的命令，吕文德纵横沙场几十年，连蒙古人都占不到他什么便宜，我们这些人又怎能斗得过他？"

"斗不过也要斗！我得去阻止他！"彤弓说完一口酒干下去就要起身。

赖家麦见状一把拉住彤弓道："只怕陈氏族人不会领你的情，反倒还要污蔑是你带来的厄运！"

"你不是说大丈夫行走天下，无须在乎人言吗？不管别人怎么说，我只依自己的良知行事便可！"

"那也不急于这一时，还是得从长计议才好啊！"赖家麦说完又把彤弓的酒碗满上。

"既然哥哥决定了，那我们就和哥哥一道去，反正这条命都是哥哥给的！"简刀说完，举起酒碗一饮而尽。

彤弓拿起酒碗和简刀碰了一下，一句话没说便一饮而尽，这个时候已经不需要说什么话了。

当天夜里，彤弓等人就赶到庐山，和聂布带领的兄弟们会合在一起。

聂布听了彤弓的想法后说道："张世杰这个人，是蒙军行军千户张柔的堂侄，但此人有张柔之猛，却无张柔之谋，犯了命案之后投奔我朝，因作战勇猛，素得吕文德爱重。此次派他前来，我想一是考虑他级别较低，若事情不好收场可以拿他作替罪羊，二是他有勇无谋，只会听令杀人。"

"哥哥！此人有勇无谋，必然鲁莽轻敌，我们可在牯牛岭码头设伏，待其靠岸未稳之际，杀他个措手不及。"简刀抢先说道。

彤弓摇了摇头道："张世杰带领的官军显露来意前，我等就设伏击之，岂不等于谋反？应该告知陈氏族人做好防备，如能止戈言和自然最好，如果官军滥杀无辜，我等自然不能不管，只有这样，才能师出有名。"

"等官军出手时，我等这点力量如何能拦得住啊？敌强我弱，自然是先下手为好啊！"赖家麦看着彤弓说道。

"道理虽是如此，可对方尚未有任何异动，我等只凭揣测贸然出手，也并非为人处世之道啊？"

"既然哥哥执意如此，那便派个兄弟前去报信儿，我等埋伏在陈氏附近，静观其变。不到万不得已的时候，哥哥千万不要露面，以陈氏族人对你的态度，无论你做了什么，他们都会把这一切都赖到你的头上！"

赖家麦说完，彤弓点头应允道："好，先去报信儿，我们也进城去探听虚实，聂布带着盐帮的兄弟埋伏在城外，简刀和石头带着渔民兄弟部署在码头，随时准备接应。"

彤弓说完，众人便分头行事。

第七十六章　阴疑阳战火燎原

德安城内，炊烟袅袅，鸡鸣犬吠，到处都是一片祥和的样子。

陈镇南站在窗前，平静地看着远方，不知道这样平和的日子还能过多久。

突然，一个家丁匆忙跑了进来，手中拿着一封信道："鄂州急报！"

陈镇南听到鄂州二字脸色一变，迅速拆开信封，只见内中写道："吕家派五千轻骑奔袭德安，不日即到，望族长早做准备，吾辈已经尽力。石铁海。"

"送信人何在？"陈镇南问道。

"已经走了！"家丁答道。

彤弓担心陈镇南不相信别人的警告，特地借用了石铁海的名字，料想陈镇南定会相信。

陈镇南又看了一遍信，信中的确是说让自己早做准备，这说明官军此行定与本族有关，但事实早已清楚，陈氏族人均是被王大道所杀，而王大道却是被彤弓的兄弟所杀，和陈氏一族毫无关系，若要追究的话，也应该是陈氏去向吕家讨要说法才对。

陈镇南在屋中踱来踱去，想不通其中关键，当天夜里便召集族中长老和各房大当家聚事商议。

这时彤弓等人也已赶到德安，趁夜潜陈氏祠堂议事厅，想探知陈氏一族的准备情况。

彤弓和赖家麦伏在议事厅房顶，打开房瓦，看见陈镇南正在组织家族会议。

陈镇南将所知情况通报后，众人纷纷发言。

"五千兵马奔袭德安，却不见官军信使，定是来者不善，族长还需早做准备，以防不测！"陈定西忧心忡忡地说道。

"如何准备？官军明日即到，我们是半路埋伏还是闭门对峙，若是给我们定下了叛乱之罪，该如何是好？"一位长老反驳道。

"是啊！官军来意尚不清楚，仅凭一张纸条就举族反抗，这是要灭族的大罪啊？"

这时陈宜中站起道："信中只说奔袭德安，并没有说袭击我族啊，既然杀人者是彤弓，他们此来定是来捉拿杀人凶手，与我族无关！"

"可信中明确说让族长早做准备，看来我族也在官军追讨之中！"陈定西紧接着说道。

"我看定是那天煞孤星出去说自己是陈氏族人，报信之人误以为煞星已经认祖归宗，所以才让族长做好准备，及早交出此人。"陈宜中自信满满地说道。

听到此处，赖家麦看了彤弓一眼，彤弓面无表情，不知心中是何滋味。

众位长老听后纷纷点头，都认为陈宜中分析得有道理。

陈宜中见众人点头附和，遂继续说道："为今之计，当速与官军一道，共同捉拿杀人犯彤弓。"

"那个天煞孤星，就是我族的克星，只要他一出现，就会带来血光之灾！"一长老随即附和道。

"是啊，当初就不该放他走，此人不死，我族不安啊！"

"应该即速捉拿此人，向官军表明立场，此人与我族不共戴天！"

……

众人七嘴八舌越说越难听。

赖家麦听到此处气得咬牙切齿，真想跳下去和他们大干一番，特别是看见彤弓依然面无表情，更觉得气愤难平。

彤弓听到这些话心中也如刀扎一般，但他在湖中早已发泄过了，再也不会因此而折磨自己。

彤弓心想：有些事既然已经无力改变，就不要在乎了，否则因此反噬自己，实在不值得。

这时陈镇南突然站起，走到门前负手而立，大家立即停止了议论。

只听陈镇南平静地说道："那日杀人者并非彤弓，他只是替别人顶罪而已，族人的死也与彤弓无关，都是王大道穷凶极恶栽赃嫁祸，彤弓也从没有提过要认祖归宗，我等这般猜忌中伤，实在有违门风啊！"

彤弓听到此处鼻子一酸，眼睛有些湿润。

陈镇南顿了顿又接着道："可此刻大难来临，为保族人平安，也只能牺牲彤弓一人了！今夜在城中及沿途贴满告示，缉拿杀人犯彤弓，明日官军到来，表明我族立场，希望能平息这场风波。"

陈氏众人听后纷纷点头，彤弓在房顶上只能无奈地笑笑。

道义在现实面前，终究还是一文不值。想到此处，彤弓更加坚定了自己的意志，总要有人去为道义舍身，否则未来的天下就真的没有正义和公平了。

陈镇南吩咐完，陈氏族人分头领命而去，陈镇南却突然叫住了陈

宜中。

"陈文的事,是你安排的吧?"陈镇南心平气和地问道。

"文先生是被那个煞星杀的,和我没有关系啊!"陈宜中佯装镇定地说道。

"彤弓的为人我是知道的,他断不会如陈勇所说去劫持陈文,陈文也不会去刺杀彤弓。当年所有族人都要将彤弓弃于荒野,只有陈文坚决不允,独自照顾一个月,后来交给了神医吕不来,他能活下来,陈文是他的第一个救命恩人!"

彤弓听到此话,头皮发麻,陈氏一族只有一个人对他好,却死在了他的杖下,他杀的是自己的救命恩人!

赖家麦看了一眼彤弓,彤弓的脸上已然现出了痛苦之色。

"如果当年文先生不救他,也不会有今日之祸!所以文先生为了弥补自己的过失,被彤弓劫持后宁死不屈,被那个煞星生生打死!"陈宜中入戏太深,撒起谎来都斩钉截铁。

"住口!"陈镇南厉声回头,看着陈宜中道,"我已问过陈勇,是你去羞辱陈文,并以陈勇相要挟,让陈文去盗取降龙杖,盗取失败就让他死在那里!"

陈宜中闻言立即跪倒在地上,但依然不服:"我这也是为了全族好啊!煞星不除,永无宁日啊!"

"族里的事,还轮不到你管!此事之后,你就上京赴任去吧,今后无论做什么你都要记住,永远不要泯灭良知!心无善念,再难成人!"

陈宜中默默点头,没再言语,不知道对陈镇南的话是认可还是不认可。

"唉!"陈镇南长叹一声后转身接着道,"彤弓的命已经够苦了,从小父母双亡,又被族人抛弃,此刻面对诋毁和非议,还能保持心中的善念,殊为不易了。"

陈镇南说完摆摆手,示意陈宜中退下。陈镇南驻足在议事厅,凝视着墙上族规家训,不知是何心思。

彤弓默默地看着陈镇南的苍老背影,慢慢地将房瓦放回,然后消失在夜色之中。

第二天中午,张世杰带领的五千轻骑兵便抵达德安城下,陈镇南带人在城门口迎接,陈定西为防不测,在城墙上埋伏了上千族兵。

彤弓和赖家麦站在城外的树上,远远地看着眼前发生的一切。

张世杰一身白甲威风凛凛,胯下战马黑甲闪闪,手提红缨霸王枪,一骑绝尘向陈镇南飞奔而来。

陈镇南下马抱拳道："将军此来未曾告知，大军威威，不知何为？"

张世杰坐在马上傲然道："陈大族长，不知你是装糊涂啊？还是老糊涂了？"

陈镇南闻听此言，抬头看了一眼张世杰道："老朽已是这土中枯木，是有些糊涂了，还望将军明示。"

"哼！你们世受皇恩，不知回报，反而勾结盐帮悍匪，刺杀边军守将，意图谋反，证据确凿！今大军前来清剿，你等不认罪就缚，还敢在此装糊涂？"张世杰大声斥责道。

"哼哼，是我老糊涂了！才想起我陈氏一族两代殒命，三百族人无辜惨死，我不但没能手刃仇敌，还要背上谋反叛逆的罪名。"陈镇南说着用手指天大喊，"是我糊涂了，还是这天糊涂了？"

"你说的这天，是指你头上的天，还是指当今朝廷？"张世杰恶狠狠地问道。

"哼！还不都是一样！"陈镇南一脸蔑视。

"大胆！给我拿下！"张世杰说完，后面的骑兵立即一拥而上，将陈镇南等人围在中间。

这时却听"嗖"的一声，一支羽箭劈空射来。

张世杰纹丝未动，只一伸手就在空中将羽箭抓住。

抓住羽箭后，张世杰抬头看向站在城墙上射箭的陈定西，扔下羽箭大喊一声："你这是造反哪！待我与你决一死战！"

张世杰说完就要骑马向城内冲去。

"慢着！"陈镇南大喊一声，"我陈氏一门以忠义立族，绝不会做出任何叛逆之事，今日我就随你走一遭，勿再牵连无辜了！"

张世杰闻言狠狠地瞪了陈定西一眼，又转头看着陈镇南说道："带走！"

"族长不可！"陈定西在城墙上大喊，随后带着一队百人骑兵从城内冲出。

陈定西心里清楚，如果让官军就此把大族长带走，那这个杀人造反的黑锅将从此背定，陈氏一族今后将任由吕家摆布，田地族产也都将不复存在。

张世杰正欲带走陈镇南等人，却见陈定西带着一百骑兵从城内杀出，本来他对陈定西射出的那一支冷箭就耿耿于怀，此刻正好给了自己出手的理由。

张世杰勇猛好战，而且特别喜欢决一死战。

"果然是要造反哪！待我与你决一死战！"张世杰大喊一声，掉头直奔

陈定西杀去。

陈定西本来是打算拦住官军，不让他们如此轻易就带走大族长，并未打算与官军动手，此时见张世杰一人一马掉头杀来，反倒不知该如何是好了。

正在陈定西犹疑之际，张世杰已一枪刺来，二人立即缠斗在一起。

正所谓"先下手者为强"，张世杰率先出手，招招致命，陈定西本就无意动手，一交手就处于下风，立时只有招架之功，没有还手之力。

这时陈定西带的一队骑兵将二人围在中间，准备随时出手围攻张世杰。

而与之同时，张世杰带的轻骑兵中也冲出一个千人队反包抄过来，将陈氏的族兵围在中间，只等张世杰一声令下，便要屠族。

眼见形势危急，陈宜中立即下令埋伏的族兵尽出，张弓搭箭对准城下的官军。同时自己又带着上千人马冲出城外，摆开鱼死网破的架势。

张世杰剩余的四千骑兵立即分成两队，随时准备从两翼围杀过来。

这种阵势，陈定西当然不敢轻举妄动，只能大喊一声："这是我与他的事，其他人勿要动手，都给我退下！"

陈氏族兵听令后立即收刀入鞘，张世杰的骑兵见状也纷纷收刀入鞘，两队人马从你包围我、我包围你的状态慢慢分开，形成对垒的军阵。

张世杰听到陈定西的指令后也停止进攻，待两军分开后，张世杰看着陈定西冷冷地道："你还挺有种！"

"陈家没有孬种，但人并不是我们杀的，你们不能这样把人带走！"陈定西道。

"人是不是你们杀的上峰自有定论，只是刚才你射我一支冷箭的账该怎么算？"张世杰说完突然一枪刺向陈定西，陈定西猝不及防。

一枪刺入小腹，几乎贯穿。

两军无不震骇，纷纷拔刀，一场血拼怕是难以避免。

"你射我一冷箭，我刺你一明枪，咱俩的账就算两清了！"张世杰看着陈定西恶狠狠地说道。

陈宜中大喊一声："我去你的，给我杀了他！"

陈氏族兵尽出，但与官军实力仍有较大差距，虽不至于以卵击石，但此战一败便是灭族……

第七十七章　挺身而出入瓮中

彤弓从树上飞身而下，对着赖家麦说道："快去叫聂布前来增援！"
说完便快马冲向两军阵前。

就在陈氏族兵一拥而上之际，陈定西一手抓着刺入自己身体的长枪，一手挥戈横劈，发出了生命中的最后一声呐喊："退后！"

"父亲！"陈宜中满眼热泪，一脸怒火。

陈定西慢慢转头，嘴角满是鲜血，看着陈宜中虚弱地说道："退后！退后！留住青山！"

"父亲！呜……"陈宜中哭了出来。

陈定西慢慢转回头看着张世杰道："咱俩的事两清了，真的假不了，假的真不了，陈氏没有造反，不要再逼他们了！"

张世杰看着陈定西突然有了一种说不出的感觉，对张世杰这种一生征战沙场的人来说，杀一个陌生人原本不会有任何感觉。可今天却有所不同，他当众无缘无故地杀了陈氏族长的继承人，本是通天大仇，可陈定西似乎并不想追究，此等胸怀和气度足以征服杀人者。

"你我皆是局中棋子，生死均在执棋人，他日我执棋，定会还你一子！"张世杰说完拔出长枪。

一股鲜血喷溅而出，陈定西跌落马下，眼望长天，死不瞑目。

"定西！"陈镇南大喊一声，挣脱束缚飞奔而来。

可陈定西哪里还有半点气息，任凭陈镇南如何摇晃呼喊，再也不会醒来。

对已近八十高龄的陈镇南来说，儿子陈靖东、孙子陈定西、孙女陈若仪，一个个接连惨死，这无异于灭顶之灾，任何人都难以承受。

陈镇南抬头看向张世杰，眼神中有说不清的哀怨和悲伤、仇恨和愤怒，却只能无奈地问道："你们究竟想要什么？国家连年战祸，你们还非要逼我等造反吗？"

"造反便要满门抄斩，你可以试试！我等只是要你交出杀人凶手！"张世杰冷冷地说道。

"凶手彤弓我们也正在缉拿，全城都贴有告示，此刻如何能交得出？"陈镇南厉声答道。

"交不出凶手，我就要带你走！然后让你的族人拿银钱田地来赎你！"

365

张世杰终于说出了此行的真实目的。

张世杰说完，陈镇南立即正色道："凶手与我毫无干联，我不会和你走的！"

"这可由不得你！"张世杰说完一个手势，后面的骑兵立即向陈镇南冲来。

陈氏也有一队族兵向陈镇南冲来，两队骑兵一旦遭遇，必将一发而不可收。

"住手！"

众人循声看去，只见一人一骑向两军阵前冲杀而来，红衣猎猎，正是彤弓。

"谁来找死？"张世杰大喊一声，一支霸王枪随即向彤弓直刺过去。

彤弓一个后仰，躲过张世杰的霸王枪，顺势冲到陈镇南的面前，降龙杖左右挥劈，前来缉拿陈镇南的两个骑兵应声落马，剩余的几个骑兵立即迎面冲来。彤弓纵马前出，手撑马头，身体倒立而起，一个倒转循环踢，几名骑兵全部跌落马下。

张世杰见状大喊一声："大胆狂徒，待我与你决一死战！"喊完提枪向彤弓杀来。

面对侧面来枪，彤弓一杖挑开，并顺势调转方向，正视张世杰，却见一枪又飞速刺来。彤弓侧身躲过，张世杰枪头回拉顺势横扫，彤弓眼见难以躲过，竟一把将枪杆抓住。

张世杰大惊，迅速旋转抽枪，彤弓被迫松手后一杖劈去，张世杰低头躲过，顺势向前一个穿心刺。

彤弓闪身避开，回手一杖击出，杖风凌厉，战马受惊后退，正好让张世杰躲过这一杖。

这时两人同时驱马向前，杖枪相击，一个穿插又缠斗了数个回合，而后两人战马并行，越战越勇，兵器相交，尽出杀招。

由于枪长杖短，张世杰想保持一定距离发挥长枪优势，彤弓却想拉近距离发挥降龙杖的优势。所以彤弓越打越靠近张世杰，张世杰越打越有意远离彤弓，这在外人看来就是彤弓在压着张世杰打。

在这种压迫下，张世杰越打越心急，彤弓却不急着取胜，故意一点一点地磨损张世杰身上的戾气。

张世杰大怒，一脚横踹，踢向彤弓的战马，彤弓好像早就料到张世杰会出此招，竟也一脚向张世杰的战马横踹过去。

两人并行交战，同时踹向对方战马，战马失去重心，向两侧斜跑而去。

这时彤弓竟以闪电般的速度腾空而起，另一只脚踹了自己战马一脚，借着踹自己战马的力量，灌注全身力量于降龙杖上，向着张世杰劈空砸去。

这个动作如果没有事前的准备和算计，无论如何也难以做到，所以张世杰此刻已经知道，眼前的这个人一直在掌控着整个战局。

此刻张世杰连同坐下的战马都已被彤弓一脚踹得失去重心，正偏移之时又突然遭到彤弓泰山压顶般的重击，即便张世杰在失衡状态下还能举枪硬挡一下，但这等力道坐下战马如何能承受得了？

刹那之间，只听战马痛苦长嘶，右侧前后腿同时折断，张世杰重重跌倒在地，彤弓在空中趁势拔出降龙刀，落地之时刀尖抵住张世杰咽喉。

"有种就杀了我！"张世杰还是一副不服输的样子。

"我无意杀你，我只想要一个公道！"彤弓说完竟收刀入杖。

"你想要什么公道？"张世杰从地上爬起道。

"人是我杀的，你们不来找我，反倒在这里滥杀无辜，你觉得公道吗？"彤弓直视着张世杰道。

张世杰看着彤弓冷哼一声说道："乱世求活，你却偏要跑来求个公道？命都没了，公道还有用吗？"

"公道自在人心！只要道义不死，则人心必归！人心归则天下治，所以越是乱世越要舍命求正道，唤醒人心！"

彤弓说完不屑地看了一眼张世杰又道："若都如尔等这般弃道苟活，助纣为虐，纵能长命百岁，也是遗臭万年！"

张世杰抬头看着彤弓，突然觉得眼前的这个人竟是一身的正气，自己与之相比，真如孤犬对皓月，只知对影狂吠，而不见其万丈之光。

张世杰此刻内心彷徨，竟不知该说什么好。

彤弓见张世杰犹豫，接着说道："今天我和你走，不要再为难陈氏一门，今日的账，我们今后再算！"

"这个我说了不算！"张世杰一口回绝。

"那谁说了算？"彤弓逼问。

张世杰苦笑一声道："我只是只守门犬，自然要等主人！"

话说到这儿，但见远处尘土飞扬，听得蹄声阵阵，又有一队骑兵杀到！

彤弓并不惊慌，因为他知道，这定是赖家麦带着聂布的骑兵到了。

张世杰却指着前方微微一笑道："说了算的人来了！"

彤弓这才回首看去，从密集的蹄声和冲天的尘土可以判定，这支骑兵数量绝不下千人，远非聂布的散兵游骑可比。

来的不是聂布，那聂布的人去哪里了？

想到这里，彤弓突然有了一种不祥的预感。

这时张世杰趁机踏着自己的伤马一跃而起，骑上另一匹战马，他长枪挥舞，麾下骑兵立即向两边分开，中间让出了一条道路。

张世杰纵马从中穿越而去。

不一会儿，张世杰就带着这队神秘的骑兵来到德安城下，只见这队骑兵身披重甲，手持长戈，乃是大宋军中最为精锐的重装铁卫。

此刻重装铁卫止戈列阵，杀气腾腾，没有一人发声，只有战马喘着重气。

稍停之后，就见一个头戴虎纹束发紫金冠、身着一品官服、身披雄狮吞金连环甲的将军从铁卫中慢慢走出。

彤弓放眼望去，正是江、汉、归、峡、襄、郢军马大总领吕文德！

原来一切都在吕文德的算计中！

第七十八章　蠹居棊处谁能防

真正的坏人就像毒蛇一样隐藏在暗处，令人难以防范。

吕文德此刻正是带着那种坏人才有的独特笑容，从骑兵分出的通道中走来，张世杰紧紧跟在身后。

"彤门主别来无恙？"吕文德阴阳怪气地说道。故意称其门主，显然是想与其保持距离。

彤弓知道吕文德对自己不受招抚一直耿耿于怀，甚至欲除自己而后快，但此等小事何须亲至，想必是有一盘大棋要下。

彤弓遂笑了笑说道："将军身负守土重任，何以有闲屈尊至此？天下无道，将军是想来瞧瞧，还是想替天行道？"

"大胆狂徒！本将军念你金沙江一战护国有功，一再容忍你，不想你竟变本加厉，到处散布谋逆之言！"

吕文德怒视着彤弓继续说道："当前北虏正在聚势南犯，尔等不思忠君报国，竟挑动本家和盐帮悍匪一起劫杀朝廷守将，兴兵造反，本将军如不亲至，如何能平定内乱，一心攘外！"

"将军此言大谬！事情原委九江兵马副统领石铁海和庐山知寨郭保卫具有呈报，是非曲直想必将军早已知晓。百姓疲敝至此，亦知道义为重，眼见亲人枉死，亦不曾有丝毫僭越。将军为何非要扣上谋反之名，行滥杀无辜之实，难不成你非要逼得天下百姓揭竿而起吗？"

彤弓大义凛然地怒怼吕文德。

"是非曲直？哼！那我问你，九江兵马大统领王大道究竟是何人杀的？"吕文德大声喝问。

"是我杀的！"彤弓不假思索地答道。

"谁能作证？"吕文德继续斥问。

"我能作证！"陈镇南以杖杵地，厉声喊道。

"还有江西大儒文仪，九江兵马副统领石铁海和庐山知寨郭保卫，均可作证！"彤弓补充道。

"哈哈哈哈！"吕文德狂笑一阵。

"王大道是被短银枪穿眼而死，而使用短银枪的是一个唤作简刀的土匪头目，是他偷袭杀了王大道父子，王大道的亲兵卫队数百人都亲眼所见！你们一个大族长、一个江西大儒、一个副统领、一个知寨、一个门

369

主，竟然联合欺君，还说没有叛逆之心？尔等这是死罪呀！"

吕文德这句话说得没错，彤弓等人确实是撒谎了，撒谎就是撒谎，无论出于何种目的，都是撒谎。

彤弓本来以为牯牛岭事件错在王大道父子，二人死不足惜，是谁杀的并不重要了，所以才说是自己杀的。料想吕文焕念及旧情，也不会太过为难自己，更重要的是能保住赖家麦等一帮聚众求生的百姓，也不会牵连到陈氏一族。

不想此刻却被吕文德抓到把柄，吕文德不提王大道的胡作非为，也不说彤弓为何冒名顶替，只就这个谎言本身安上个欺君之罪，用心实在是险恶，却也无法反驳。

所以彤弓和陈镇南都愣在了当场，二人都是忠义之人，既然吕文德说出了真相，二人绝对不会不承认。

"你说得对！人是简刀杀的，但是没有我，他也杀不成，所以人也算是我杀的！我之所以主动承担，是不想牵连无辜。王大道父子作恶多端，将简刀一家人活活烧死，又毒杀了三百陈氏族人，他难道不该死吗？"彤弓大气凛然地反问道。

"王大道该不该死，理应由朝廷定夺，岂能由着你等胡来？今天我暂不追究你们擅杀朝廷重臣之责，只处置尔等联合欺君之罪！"吕文德横眉立目道，"尔等还有何话要说？"

"王大道之死我全程参与，自然也是行凶者之一，何来欺君之罪？"彤弓愤然反驳。

"你们包庇简刀，也是欺君！若不是我在皇上面前苦苦求情，你们早就人头落地了！此刻还不束手就缚，难不成真想造反吗？"吕文德大声呵斥道。

"你究竟想怎样？"彤弓冷冷地问道。

"皇上赐予我便宜处置之权，鉴于尔等罪责，即令取消文仪科考资格，终生不得再考；调石铁海、郭保卫前往襄阳戍守；命德安陈氏抽调两千子弟并出资五百万两白银，前往襄阳修建城防工事，建成之后就地戍守，终生不得回乡；将陈镇南和彤弓押往临安，下狱候审；就地剿灭渔匪盐帮，恢复朝廷秩序。"

吕文德说完瞪着彤弓道："还不下马受缚？"

彤弓此刻终于感到了自己的渺小和无力，他好想问一问苍天，这世上究竟还有有没有天理！

如今重兵压城，稍有反抗就会坐实造反之名，让更多人无辜惨死，这种无奈实在让人窒息。

吕文德这一招实在是厉害，在这一事件中丝毫不提王大道的过错，只抓住彤弓等人欺瞒做文章。

文仪是江西大儒，会试必中，取消资格意味着终生不能入仕途，朝廷日后少了一个忠义之士，吕文德也少了一个难以驯服的对手。

让石铁海、郭保卫戍守襄阳，实际是吕文德见二人心存正义，想借此收买二人，派往前线戴罪立功，同时也算知人善任，于国于己都有利，可谓是一举多得。

让德安陈氏出人出钱修建城防，既可瓦解陈氏一族的势力，也可借此巩固城防，自己还能从中大赚一笔，这才是吕文德这盘棋的关键之处。

收押陈镇南和彤弓，既可除去心腹大患，将来还可借此要挟德安陈氏和忠义门人，后利实在难以计算。

剿灭渔匪盐帮，可借此向朝廷邀功。可哪来的渔匪盐帮，实际杀的都是平民百姓，真正的欺君者其实正是吕文德！

彤弓再勇，终是一介匹夫，如果遇到君子掌权，倒是可以一搏，如果遇到小人掌权，则是毫无还手之力。

更何况吕文德还是小人中的精英，这二者结合起来，足以剿灭天下英豪。

吕文德仅仅是抓住了彤弓等人的义气，就下了一盘一箭多雕的大棋。

彤弓仰头握拳，恨不能将这个世界掀翻，让颠倒的黑白重归正轨。可这个世界谁也掀不翻，每个人都被重重的不公和剥削压得喘不过气来。

吕文德说完，彤弓用血红的眼睛看着吕文德，看得吕文德汗毛倒竖。他从来没有见过这样的眼神，这样血红的眼睛，这样凌厉的杀气，即便身后有大军护佑，此刻面对彤弓，还是感到无比恐惧和不安。

"你想干什么？"吕文德有些心虚地问道。

彤弓瞪着血红的眼睛一字一顿地说道："我可以和你走，但有一个条件！"

"哼，你觉得此刻你还有资格和我谈条件吗？"吕文德不屑地说道。

"你可以试试！"彤弓声音不大，但血红的眼睛中却射出一道瘆人的光。

吕文德感到此时的彤弓，已经是一颗点燃引信的炸弹，随时准备引爆。

吕文德的第六感告诉自己，此刻绝不能引爆炸弹！

吕文德放缓语气道："什么条件？"

"陈大族长已近八十高龄，经不起牢狱诉讼，断不能和你走！这里没有渔匪盐帮，都是无家可归的百姓，不要再滥杀无辜！"

彤弓没有提文仪，因为他认为这样的朝廷不做官也罢，也没有为陈氏族人求情，因为他认为只要陈镇南留下，后续的事自然是陈镇南来做决定，他无须多说。

在彤弓的心里，只要能保住陈镇南和赖家麦等人就已经足够了，至于丢官破财的事本就不在彤弓考虑的范围之内。而彤弓不关心的，恰恰是吕文德关心的，彤弓在意的，恰恰是吕文德不在意的。

所以彤弓的这两个条件，吕文德听后未加迟疑便随口说道："好，就念在你我曾经的交情上，我答应你！"

对吕文德来说，只要陈氏能出人出钱，抓不抓陈镇南意义不大，至于渔匪盐帮，吕文德已经尽数剿灭。彤弓只说不要滥杀无辜，但在吕文德看来，他并未滥杀无辜，所以也一口答应，这两个条件，对吕文德来说，毫无损失！

吕文德说完又指着彤弓说道："请吧！"

彤弓二话不说，下马受缚，吕文德早就为彤弓备好了囚车。彤弓走进囚车，被锁上了手铐和脚镣，回头看了一眼陈镇南，不知说什么好，陈氏这一回劫难终究没有躲过，而且还是和自己这个克星有关。

陈镇南看着彤弓在囚车中远去的背影，老泪纵横，不知是该恨他还是该感谢他。

要说恨他，彤弓没做过任何对不起陈氏一门的事，反倒一直在保护陈氏一门的利益，若不是替自己出头，彤弓也不会成为阶下囚，这样的人如果去恨，岂不泯灭了良知。

但要说感谢他，彤弓出现之前，这些事也没有发生，这些劫难终究还是他带来的，又如何感谢他。

"唉！"陈镇南只能长叹一声，也许这一切都是天意。

既然是天意，就只能顺从了，反抗只会适得其反，陈镇南活到这个岁数，终于认命了。

彤弓留下陈镇南，是想让吕文德失去要挟陈氏一门的资本，以便让陈镇南从长计议，做好准备和吕文德再讨价还价，不想此刻陈镇南却突然认命。

陈镇南未做任何反抗，便立即着手变卖族产，抽调族中子弟前往襄阳，求得一时苟安。

第七十九章　背信弃义再成魔

天雷滚滚，乌云压城，一缕夕阳之光奋力想要穿透这层层黑暗，却只能在云层的薄弱处透出一道血色，黑暗即将来临，光明将被遮盖。

几粒硕大的雨滴落在彤弓的脸上，彤弓举头看向苍天，这乌黑的透着血色的云层，恰似此刻苍天的脸，阴森地看着这满目疮痍的大地。

囚车碾压大地发出"吱咯吱咯"的声音，持续的颠簸让手铐脚镣也发出"叮当叮当"的响声。

彤弓环顾四周，但见上千铁甲精卫押围，才真正意识到自己已深陷囹圄。

彤弓一生不受约束，豪气干云，第一次被囚禁在这方寸之地，他摇头苦笑。

但不管怎样，曾经立下的初心志向不能改变，即便适应不了这个世界，也要坚持重信义、有情义、扬正义，做一个维护道义的人。

只是这一去不知是生是死，和杨傲、李麟儿的五年之约但也断难如愿了。

李麟儿已经不在了，杨傲也远在扬州，好在曾托付过文家父子，若自己出事，务必去扬州告知杨傲。

还有那孤鹰，至今不知人在何方，更不知是生是死，恐怕今生再难见到了。

想到这里，彤弓突然觉得无比心酸，自从下山以来，伴随自己的都是杀戮和死亡、消逝和离别。

此刻他也明白了北逐门主为何要关自己二十年，不让自己下山，现在想来，这二十年和杨傲、那孤鹰在一起，才是这辈子最快乐的时光。

下山之后，现实的无奈刺破了理想的幻影，生活的挣扎冰冷了心中的热血，绝望到恐惧、失落到悲凉，纵然用尽浑身解数，仍然找不到前进的方向。

而一个苦苦奋斗的人突然失去方向，恰恰说明你已在天地中央，只要继续坚持，无论向何方迈出一步，都是前进的方向。

就像一个平凡的人在追求不平凡的过程中顿悟，不凡其实是重新回到平凡，这个看似简单的道理却很少有人能够明白，因为越简单的道理，越需要高深的悟性。

彤弓此刻还看不到这一切苦难的意义，因为这个过程本身就是最大的意义，它能改天换地，它能唤醒人心。

但这一切，都需要时间来沉淀和发酵，都需要岁月来感召和聚集，身负使命的人，需要无比执着地坚持走完这个过程，即使看不到期待的结果。

伟大的人之所以伟大，就在于此。

大军行至一片树林，一具具尸体堆满整个树林，在大雨的冲刷下，仍然弥散着血腥味儿。

一个巨大的闪电从天而降，让每个人的面目都有了一次清晰的闪现。

吕文德面带得意的笑容，上千铁卫都一脸的肃杀，满树林的尸体面目狰狞。

聂布手持霸王枪，背靠一棵大树，身体被一杆长枪牢牢地钉在树干上，此刻正和彤弓四目相对。

只听"咔嚓"一声惊雷，与此同时，彤弓也暴喝一声，从囚车中腾空而起，木制的囚车被彤弓巨大力量冲撞得四分五裂。

虽然彤弓此刻还戴着手铐脚镣，但疯狂的彤弓无人可挡，仅凭冲撞之力就将十数铁甲精卫撞飞。

在所有人还没有反应过来时，彤弓已冲到吕文德的马前。吕文德惊慌之中拔出腰刀，彤弓却一刻不停，直接撞在吕文德的马上。

战马长嘶一声，重重地摔在地上，彤弓随即将吕文德连人带马压在身下。

吕文德能单人猎虎，也曾是威震华夏的大力士，就在彤弓压下来之时，一脚将彤弓踹了出去。

身边的铁甲精卫霎时围上，彤弓行动不便，武功难以施展，一枪刺来，却被他牢牢夹在腋下，左右舞动，竟无人可以近身。

吕文德冲过来时，彤弓的两腋下各夹了五杆长枪，如同抱了两根粗大的铁柱子，在彤弓巨力挥舞下，人马触之即飞。

谁也没有想到，一个戴着手铐脚镣的人，竟然能爆发出如此强大的战斗力，伴随着彤弓的一声声怒吼，是一声声痛苦的惨叫，随着一声声撞击的闷响，是一声声瘆人的马嘶。

大雨飘泼，道路泥泞，重装骑兵难以发挥优势。在彤弓亡命攻击之下，人仰马翻，一时之间难以将他制服。

吕文德从未见过这样的魔鬼，内心的恐惧无以言表，不停地大喊："杀了他！杀了他！"

雨在下，马在嘶，人在叫，刀光剑影……

突然，一支羽箭劈空射来，正中彤弓的左臂，射箭者正是张世杰。

张世杰见彤弓中箭，纵马持枪杀来，直击彤弓中箭的左臂，彤弓虽然中箭，但左腋仍然夹着五杆长枪，向着张世杰横扫。

两枪相交，一声巨响，张世杰手中的长枪险些脱手。这时彤弓右臂下夹着的五杆长枪又横扫而来，张世杰大惊，他从来没见过戴着手铐脚镣且中箭受伤的人，还能有如此强悍的战斗力。

张世杰眼见躲不过，从马上飞身而下，落地之时，坐下战马已被彤弓击杀。

张世杰大怒，连续两匹爱驹都死在了彤弓手中，此时竟不顾一切地向彤弓劈刺，瞬间缠斗在一起。

又是一声巨响，两人又硬碰硬地死磕了一回，只见张世杰连续后退十多步，"哇"地吐出一口鲜血。彤弓左腋下的五杆长枪也应声而落，显然两人都受了内伤。

这时吕文德大喊："骑兵下马！"

数十骑兵应声下马，手持长枪一起向彤弓杀来，趁着彤弓受伤力弱的空当，数十条枪交织成一张大网，逐渐缩小包围，试图将彤弓锁在中间。

彤弓用右腋下夹着的长枪左右挥劈，奈何数十条长枪左搭右拦，无论如何也挥劈不去，直至自己被牢牢锁在中间。

吕文德大喊一声："你还不投降？"

这时，张世杰又是一箭，射中了彤弓的右臂，右腋下的长枪应声落地。

吕文德对着彤弓大喊："这回该投降了吧？"

彤弓的眼睛中似有两条火焰射出，口中发生雷霆般的怒吼，似乎正在积蓄力量准备再次暴起。

围锁的数十人都觉得手臂发麻，感到有一股巨大的力量正在酝酿并即将蔓延开来。

这时张世杰又一箭射出，正中彤弓的左肩，彤弓积蓄的力量随着中箭猝然减弱。紧接着又是一箭，射中彤弓的右肩，电闪雷鸣，大雨倾盆，彤弓的鲜血汩汩流到地面。

第八十章　身陷囹圄动四方

电闪雷鸣，彤弓喷火的双眼还死盯着吕文德。

"还不投降？你到底想干什么？"吕文德再一次大声喊道。

彤弓的行为吕文德实在想不通，如果想刺杀自己，何必要等上了囚车，戴着手铐脚镣再动手，如果一开始就偷袭自己，恐怕自己有九条命也要归天了。

吕文德实在想不通，所以他想问问彤弓，此刻这样拼命到底想要干什么？

彤弓不投降，张世杰只能继续射箭，又是一箭，射中彤弓的左肋。

此刻，彤弓顽强的斗志和无敌的勇猛让所有人都深感佩服，也深感恐惧，张世杰也实在不忍心再射下去，可也不敢放开彤弓这个狂魔。

又是一箭射中彤弓的右肋，一箭又一箭，彤弓已经身中六箭！

随着鲜血的流失，彤弓越来越虚弱，再也无法用力，大雨的浇淋，也让彤弓的魔性慢慢消退，他逐渐变得清醒。

"你答应过我，不会滥杀无辜！我才同意和你走！"彤弓死死地盯着吕文德说道。

"我是官，他们是匪！我没有滥杀无辜！"吕文德终于知道彤弓为何发疯，原来是认为自己失信于他。

"他们是无家可归的百姓，不是匪！"彤弓咬牙切齿地说道。

吕文德向前走了两步厉声问道："百姓？他们是有武装的！他们隐藏在树林中，埋伏在官军身后，你说他们是百姓？"

"他们只想自保，不会滥杀无辜、胡作非为！他们……是中了你的圈套！"彤弓愤愤地说道。

"哼！"吕文德冷哼一声继续道，"我身负护国重任，必须剿除隐患，不能有妇人之仁！至于善恶功过，就留待后人评说吧！"

吕文德说完转身欲走。

"等等！"彤弓喊道。

"你还想干什么？"吕文德转头问道。

"我有话和你说！"彤弓示意吕文德靠近。

吕文德有些犹豫，但看到彤弓已经十分虚弱，还被数十条枪牢牢锁着，料想他也奈何不了自己，遂慢慢地走了过去。

吕文德刚把头凑近，彤弓左手突然抓住吕文德的衣领，右手闪电般拔出肋下羽箭，刺向了吕文德的脖颈动脉。

吕文德惊慌之下避之不及，身边数十人眼看着吕文德将被刺颈而死却也无能为力。

千钧一发之际，彤弓却突然停手！

吕文德吓得浑身哆嗦，不停地说道："你、你想干什么？杀了我，他、他们也活不过来啦！"

"厚葬他们！"彤弓开出了条件。

"好、好！厚葬、厚葬！"吕文德满口答应。

彤弓听后长吁一口气，放开了吕文德，身体也随即瘫软下去。

吕文德脱离鬼门关后立即跑开，惊魂未定之际刚要下令杀了彤弓，但发现所有铁卫都在看着自己。

吕文德知道出尔反尔、言而无信是无法带兵的，遂稍微平复一下情绪说道："放开他！"

随后又指着林中的尸体道："厚葬……这些……人！"

彤弓跟跄着走到聂布的面前，又拔出聂布身上的长枪，脱下自己的红色风衣，将聂布裹起来。

彤弓用枪在树下画了一个圈，而后开始挖掘，众多铁卫也过来帮忙，不一会儿就挖出一个大坑。众人将林中尸体收敛，平整地放入坑中埋葬。

这时雨停云开，夕阳的余晖照在树林中，给大地披上了一层金黄，将这片大地上的一切苦难全部掩藏。

彤弓用手中的羽箭在树上刻了一行字："吾弟聂布及百名兄弟之墓！"

彤弓写完抱树垂泪，因为他认为这些兄弟都是因自己而死，自己真的是天煞孤星，克天克地、克父克母、克兄克妹，克天地间的一切！

此刻，彤弓真的想一死了之！

彤弓抱着大树，极度悲痛也极度虚弱，突然眼前一黑，晕倒在地。

在场的人无不痛惜，也无不敬服，因为彤弓身上散发出的气场实在是太强大了。

"他是忠义门的少门主！"

"忠义门？"

"忠义门是岳飞将军部下所创！"

"忠义门一直在守护着大宋！"

"听说忠义门早已解散了！"

"但是忠义门人还在！"

"唉！这么死了太可惜了！"

……

不知是谁说了第一句，忠义门的事便在铁甲精卫中传播开来，你一句，我一句，大家口口相传，走一路，说一路。

吕文德一路上多次下令禁止议论彤弓和忠义门，但越是禁止，私下议论越是猛烈。

彤弓在大家的口中越传越神，几乎已被神化，所有铁甲精卫都以一睹彤弓的风采为荣，大家争先恐后抢着押送囚车。

吕文德怕时长生变，便令吕文焕派水军在九江口等候，大军转水路，直奔临安。

吕文焕特地带了随军郎中寒运峰前来。寒运峰见到彤弓的时候，彤弓三魂已走两魂，六魄已去其五。

好在寒运峰医术本就极高，又受神医吕不来点拨，除了吕不来，医术早已是天下第一。经过寒运峰一路上的精心救治和调理，到达临安的时候，彤弓终于醒了过来。

彤弓醒来之后，所有铁甲精卫都大卫惊讶，因为没有人认为他能活过来。

但所有人都希望彤弓能活过来，这其间有人祈祷，有人设局打赌，当彤弓醒过来时，大家都视其为神仙附体，更是将其看作天人。

吕文德早已禀奏皇帝，说自己接连剿灭盐帮渔匪，巩固了长江下游防线，瓦解了陈氏一族，并补充了戍边力量，加固了襄阳城防，生擒带头生事者彤弓，极大震慑了天下乱民。

皇帝龙颜大悦，对吕文德更为倚重。吕文德用所获银两打点京中大小官员，进一步巩固了自己的地位。

彤弓被打入天牢。吕文德知道彤弓是忠义门主，只想让彤弓屈服，并不想杀了彤弓，因为他也不想激怒天下豪杰。

天牢之外，彤弓的故交旧友虽境遇不同，但都没有放弃他。

文仪父子第一时间赶往扬州，寻找杨傲，共商营救之策。

赖家麦、简刀和李石头下落不明。

陈宜中在陈镇南的开导下，对彤弓的看法有所转变，后前往临安履职。

裴大名在为苗雨魂守灵时救济百姓、广结善缘，一时名声大噪。

秦高飞集结金沙帮所有高手，重建金沙水军。

杜疯子散尽家财，广发英雄帖，集结天下英豪。

宋大权弃守渔门镇，告别父母妻儿，一心北上救恩人。

还有那孤鹰……

（上部完）